제1의 대죄

2

제1의 대죄

THE FIRST DEADLY SIN

2

로렌스 샌더스 장편 추리소설

최인석 옮김

황금가지

| 차 례 |

★ 이 책에 쓰인 본문 종이 e-Light는 국내 기술로 개발된 최신 종이로, 기존에 쓰이던 모조지나 서적지보다 더욱 가볍고 안전하며 눈의 피로를 덜게끔 한 단계 품질을 높인 고급지입니다.

제 5 장

롬바드 작전의 최근 보고서 사본이 한 주일 사이에 세 차례에 걸쳐 심부름 센터 직원을 통해서 델러니 서장의 집으로 전달되었다. 델러니는 시간이 갈수록 보고서가 점점 더 뜸하고 얄팍해진다는 것을 알았다. 펄리 부장은 형사들을 다시 파견하여 이미 조사가 끝난 부분에 대해 재수사를 시키고 있었다. 예를 들면 롬바드의 사생활과 정치적 경력, 범죄조직과의 연루 여부에 대한 확인, 251번 지서 관할지역과 인접지역, 나아가서는 맨해튼 전 지역과 뉴욕 전 지역에 이 사건과 유사한 암살이나 살인사건이 발생했는지의 여부, 그리고 FBI와 대도시 경찰청에 이와 유사한 살인사건이 발생했는지에 관한 조사 의뢰 등이었다.

델러니는 펄리 부장의 전문적 식견에 탄복했다. 부장은 뉴욕의 전 지역에서 모여든 500여 명의 형사들을 결합하여 하나의 수사대를 만들어냈다. 그들 가운데에는 델러니가 개인적으로 아는 사람들도 있었고, 명성을 들어 아는 사람들도 있었다. 또한 수사대에는 암살사건 전문가도 있었고, 무기기술자도 있었으며, 정치적 이해관계에 탁월한 사람도, 심문기술을 발휘하여 명성을 얻은 사람도 있었다.

그러나 결실은 없었다. 초점도 잡히지 않았고 단서도 없었으며 동기라고 할 만한 것도 발견되지 않았다. 펄리 부장은 부청장 브로턴에게 보낸 기밀공문에서 델러니 자신이 생각한 적이 있던 것을 암시하고 있었다. 이 사건은 경찰이 저지른 것인지도 모른다. 롬바드는 경찰청의 능력에 대해 계속해서 비난하고 있었던 것이다. 그러나 펄리 자신은 그 가능성을 별로 믿고 있지 않았다.

델러니 서장도 그 점에서는 마찬가지였다. 경찰이었다면 아마도 사람을 죽이는 데 권총을 사용했을 것이다. 그러나 상당한 경력을 지닌 대부분의 경찰관은 서장이나 청장이나 정치가들이란 임명을 받으면 나타났다가 임기가 끝나면 사라지고 만다는 것을 알고 있었고, 롬바드의 비난을 그저 또 하나의 대중 선동가가 나타났구나 하는 정도로 받아들이고 별로 신경도 쓰지 않은 채 자신의 일을 계속했다.

그 살인에 대해서 궁리하면 할수록, 롬바드 작전 보고서를 연구하면 할수록 델러니는 더욱더 이 사건이 아무 동기 없이 저질러진 살인이라는 확신을 갖게 되었다. 물론 살인자 자신에게는 어떤 동기가 있었을 것이다. 그러나 그것은 합리적인 사람들에게는 동기라고 할 수 없는 것이기 쉬웠다. 롬바드는 우연히 피살된 것이다.

델러니는 시간을 보내기 위해 노력했다. 그는 하루에 두 번, 정오에 한 번 저녁에 한 번 병원으로 가서 아내를 만났다. 또한 그는 직접 나서서 간단한 심문을 하기도 했다. 롬바드의 동업자를 만났고, 그의 모친을 만났으며, 그의 정치적 협력자들을 만났다. 그런 사람들과 만날 때는 정복을 착용하고 경찰 배지를 달았다. 브로턴에게 발각되면 위험하다는 것을 알고 있었지만 어쩔 수 없었다. 그러나 그 모든 것은 시간 낭비에 불과했다. 가치 있는 것은 전혀 얻을 수 없었다.

어느 날 밤, 의미 있는 진전을 이루지 못한 데 대해서 실망하고 있다가 그는 줄이 쳐진 노란색 공문서 용지에 메모를 하기 시작했다. 그는 제목을 '혐의자'라고 붙이고 용지 중앙에 길게 선을 그었다. 왼쪽 칸 맨 위에는 '신체적 특징'이라고, 오른쪽 칸 맨 위에는 '심리적 특성'이라고 써 넣었다. 그는 자신이 알고 있는 모든 사실과 추측한 모든 사실을 기록해 넣었다.

그는 '신체적 특징'이라는 항목 아래에 이렇게 기록했다.

백인 남성.
신장은 185센티미터 이상.
서른다섯 미만으로 힘이 세다.
미남이거나 적어도 평균은 되는 외모. 옷을 잘 차려입음.
근육이 잘 발달되었고 민첩함. 운동선수?

'심리적 특성'이라는 항목 아래에는 이렇게 기록했다.

침착하고 결단력이 있다.
미지(未知)의 동기에 지배당하고 있다.

정신병자? 살인범 언루와 비슷한 자?

용지 아래쪽에 그는 새로운 항목 하나를 더 만들었다. '기타 참
고 사항'이라는 항목이었다. 그 항목 아래에는 이런 기록을 했다.

제3의 인물이 개입되었을 가능성?
도난당한 운전면허증은 제3의 인물에게 '살인을 입증'하기 위
해 가져갔을 가능성이 있음.
251번 지서 관할지역 거주자?

델러니는 메모를 다시 읽었다. 그것은 낙심스러울 정도로 애매
모호한 기록에 불과했다. 그러나 알고 있는 사실과 추측된 사실을
기록하는 것만으로도 기분이 조금은 나아졌다. 사실 그가 아는 것
은 전혀 없었다. 모든 것이 안개와 그림자에 가려져 있었다. 그러
나 그는 거기 누군가 있다는 것을 느꼈다. 누군가의 모습이 희미
하게 드러나기 시작하고 있었다.
그는 몇 번이고 메모를 읽고 읽고 또 읽었다. 그때마다 그는 한
줄의 기록에 도달했다.
'미지의 동기에 지배당하고 있다.'
델러니는 전에 정신병질적 살인자들을 수사한 적이 있었고, 그
런 자들에 관한 연구서를 읽은 적도 있었다. 어떠한 경우에도 아
무 동기 없이 저질러지는 사건은 단 한 건도 없었다. 물론 그 동기
는 불합리하고 터무니없는 것이기 일쑤였다. 그러나 어떠한 사건
이든, 특히 다중(多衆)살인사건에도 살인자에게는 '동기'가 있었

다. 그 동기는 비록 이쑤시개를 아교로 붙여 만든 에펠탑처럼 터무니없고 값싼 것일지는 모르지만 어마어마한 철학적 구조물일 수도 있었다.

범인이 아무리 중증의 발광상태라 해도 그에게는 분명 이유가 있게 마련이었다. 사회의 냉대나 하느님의 속삭임, 정치적 신념이나 자아의 분출, 여성의 멸시나 외로움에 대한 공포 등이 모두 이유가 될 수 있었다. 아무튼 그것이 무엇이든 범인은 분명히 동기를 지니는 법이었다. 델러니의 체험과 연구에 의하면 진정으로 아무런 동기 없이 범행을 저지르는 살인자는 존재하지 않으며, 보통 사람들이 담뱃불을 붙이거나 코를 만지듯이 자연스럽고 편안하게 사람을 죽일 수 있을 만큼 본질 자체가 사악한 인간도 없었다.

지상에는 완벽하게 선한 인간이란 없으며, 또한 마찬가지로 완벽하게 악한 인간도 없다고 델러니는 믿었다.(아니 없기를 희망하고 있었다.) 그것은 윤리적 문제가 아니었다. 어떠한 인간도 완벽할 수 없다는 점에서 기인하는 것이었다. 그러니까 이 사건의 경우에도 살인자는 어떤 이유 때문에 롬바드의 두개골을 깨뜨린 것이다. 어쩌면 이성이나 논리와는 전혀 상관없는 동기일지도 모르지만 아무리 왜곡되고 어리석은 것이라 할지라도 살인자 자신에게는 의미 있고 분명한 어떤 목적을 위해 그런 짓을 저지른 것이다.

서재의 불빛 아래 앉아서 이 서글픈 '살인자의 초상'을 읽고 또 읽는 사이에 에드워드 델러니는 이자가 분명히 존재한다고, 어쩌면 그가 지금 앉아 있는 곳에서 그다지 멀지 않은 곳에 있다고 생각하게 되었다. 그는 이자가 지금 무엇을 생각하고 있을지, 무엇을 꿈꾸고 있을지, 무엇을 희망하고 있을지 궁금했다.

아침에 그는 직접 식사를 만들었다. 일을 봐주는 메리가 자기 집에서 직접 병원에 있는 바바라에게 가기로 되어 있기 때문이었다. 아내가 부탁한 깨끗한 잠옷과 주소록을 가져다 주기 위해서였다. 델러니는 토마토 주스를 한 잔 마시고, 자신의 완고한 방식에 따라 버터를 바르지 않은 토스트를 두 조각 먹고, 블랙커피를 두 잔 마셨다. 먹는 동안 그는 조간신문을 훑어보았다. 롬바드 사건 이야기는 이제 14면으로 밀려나 있었다. 기사의 핵심은 더 이상 할 얘기가 아무것도 없다는 것이었다.

11월의 날씨는 차가웠고 대기에서는 눈 냄새가 났다. 델러니는 코트를 입고 10시가 되기 전에 집을 나서서 2번로를 향해서 걸었다. 사탕 가게 근처에 공중전화가 있었다. 그는 토어슨의 전화를 대행해 주는 사무실에 전화를 하여 공중전화의 번호를 일러준 다음 초조히 기다렸다. 5분쯤 지나자 토어슨이 전화를 했다.

"아무것도 보고할 게 없습니다, 아무것도."

델러니는 건조하게 말했다. 토어슨은 그의 음성에서 어떤 기미를 알아챈 것이 분명했다. 그는 델러니를 위로하려 했다.

"진정하게. 브로턴 역시 아무것도 알아낸 것이 없네."

"압니다."

"내가 자네에게 들려줄 좋은 소식이 있네."

"뭡니까?"

"도르프만 경위를 251번 지서의 임시서장으로 임명할 수 있게 됐네."

"그거 잘됐군요. 고맙습니다."

"하지만 6개월 동안만이네. 그 기간이 지나면 자네가 복귀하거나 직위에 걸맞는 계급의 인물을 재임명해야 하네."

"알았습니다. 그걸로 충분합니다. 이렇게 됐으니 롬바드의 운전면허증 문제를 처리하는 데 도움이 되겠군요."

"무슨 문제 말인가?"

"전 지금 휴직 중이지만 아직 경찰청에 이름이 올라 있습니다. 그러니 제가 그 운전면허증이 분실되었다는 것을 보고해야 한단 말입니다."

"에드워드, 왜 그런 것까지 걱정하나? 걱정이 너무 많은 거 아닌가?"

"그래요. 걱정이 많습니다. 하지만 제가 보고해야 합니다."

"그러면 브로턴이 그걸 알게 될 거라는 뜻인가?"

"그렇게 될 가능성이 높지요. 이자가 또 살인을 저지른다면, 전 틀림없이 또 살인을 저지를 것이라고 생각합니다만, 그래서 펄리의 부하들이 이번 피살자의 운전면허증이나 그와 유사한 어떤 물건이 분실됐다는 것을 알게 되면 그자들은 플로리다에 간 롬바드의 미망인을 찾아가 수소문을 할 거란 말입니다. 그렇게 되면 전 브로턴에게 꼼짝없이 들통이 나고 말아요. 브로턴은 내가 증거를 감추고 있었다고 다그칠 겁니다."

"그 문제를 어떻게 처리했으면 좋겠나?"

"조사를 해봐야 알겠지만, 제가 기억하기로 이렇게 처리되는 것이 통례입니다. 운전면허증이 분실되거나 도난당하면 관할서에서는 교통과에 보고서를 제출합니다. 그러면 교통과 직원이 그것을 뉴욕 시 자동차등록사업소에 올리지요. 제가 도르프만에게 이 사실을 알리고 자료를 통상적인 방식으로 처리해 달라고 요청하겠습니다. 결국 브로턴은 교통과를 통해서 그 사실을 알게 되겠지요. 만일 그자들이 롬바드의 운전면허증이 분실되었다는 것을 알게 되면 누군가가 투덜대기 시작할 겁니다."

"너무 걱정 말게, 에드워드. 우린 교통과에도 친구가 있으니까."

"그럴 거라고 생각했습니다."

"도르프만에게 보고서를 작성하라고 하게. 그렇지만 그 보고서를 교통과에 보내기 전에 우선 내게 전화부터 하게. 그러면 교통과의 누구에게 그 보고서를 보낼 것인지 알려주겠네. 결국 보고서는 주정부까지 올라가겠지만 브로턴은 전혀 모르게 될 걸세. 이만하면 되겠나?"

"됐습니다."

"아주 조심스럽게 움직이는군, 에드워드?"

"부경감님은 아닙니까?"

"그래. 우리 모두 조심해야겠지. 에드워드, 그런데……."

"뭡니까?"

"전혀 아무런 진전이 없다는 건가? 말하고 싶지 않은 애매모호한 진전도 없나?"

델러니는 거짓말을 했다.

"있습니다. 그 정도의 진전은 있습니다."

그는 두 손을 주머니에 깊숙이 찌르고 고개를 숙인 채 집까지 천천히 걸었다. 축축하고 음산한 날씨였다. 토어슨에게 한 거짓말 때문에 울적했다. 사람들을 이용해야 할 때마다 그는 늘 울적했다. 그는 때로 사람들을 이용하기는 했지만 그것을 좋아하지는 않았다.

14

토어슨의 사기를 높이는 것이 왜 필요한가? 왜냐하면 델러니는 판단을 내렸던 것이다. 그것은 롬바드 살인사건을 해결하는 것이 브로턴 세력과 토어슨과 존슨 세력 간의 내부적 갈등보다 훨씬 더 중요하기 때문이었다. 사실상 그가 토어슨의 제안을 받아들인 것은 본능적으로 브로턴이 싫었다거나 브로턴을 쓰러뜨리기 위해서가 아니었다. 경찰청 내부의 정치적 역학관계에 관심을 가지고 있기 때문도 아니었다. 그 이유는 오직, 오직, 오직…….

그는 소리를 내어 탄식했다. 다시 해묵은 고민에 부딪힌 것이다. 나는 이것을 나의 지능에 대한 도전이라고 생각하는 것인가? 범인을 추적하는 것을 유전적으로 즐기는가? 나 자신을 신의 대리자로 확신하는 것인가? 도대체 왜 이 일을 맡았단 말인가! 거만하게 토머스 핸드리 기자에게 설명한 대로 우주의 조화와 원활한 움직임을 위해서였단 말인가? 아아, 빌어먹을! 델러니는 슬프게도 오직 한 가지 결론밖에 내릴 수 없었다. 그것은 미궁처럼 복잡한 자신의 심리적 동기를 탐색하느라 시간과 정신적 능력과 창조적 에너지를 소모하느니보다는 그것을 롬바드의 두개골에 쇠촉을 처박은 자를 찾아내는 데 쓰는 편이 훨씬 낫다는 것이었다.

델러니가 집 앞에 도착했을 때 도르프만 경위는 델러니의 집 앞에 서서 초인종을 누르고 있었다. 경위는 그가 다가오는 것을 발견하자 돌아서더니 얼굴 가득 웃음을 지으며 계단을 뛰어 내려왔다. 그는 델러니의 손을 잡고 위아래로 마구 흔들어대며 열광적으로 외쳤다.

"됐습니다, 서장님! 제가 임시서장이 됐어요! 6개월 동안요! 고맙습니다, 서장님!"

델러니는 도르프만의 어깨를 잡으며 말했다.

"잘됐어! 우리 들어가서 커피나 한잔 하며 얘기 좀 하세."

그들은 부엌으로 들어가 앉았다. 델러니는 도르프만이 벌써 새로운 직위에 걸맞는 태도를 취하는 것이 재미있게 느껴졌다. 도르프만은 제복의 단추를 풀고 의자에 몸을 젖히고 앉더니 길고 바싹 마른 다리를 쭉 뻗는 것이었다. 이제까지는 델러니 서장의 면전에서 그런 자세를 취한 적이 없었다. 그러나 델러니는 그를 충분히 이해할 수 있었다. 나아가서는 그런 도르프만을 칭찬해 줄 수조차 있었다.

델러니는 도르프만이 가져온 전문을 읽고 다시 한 번 웃음을 지었다.

"전에도 한 적이 있는 그 얘기밖에 내가 더 할 말이 있겠나? 난 바로 여기 있고, 뭐든지 자넬 도울 수 있다면 기꺼이 돕겠다는 거야. 묻는 걸 부끄러워하지 마. 세상엔 배울 게 많으니까."

"아닙니다, 서장님. 서장님께서 해주신 모든 일에 대해서 저는 깊이 감사드립니다. 벌써 서장님께서는 절 여러 차례 좋은 일에 추천해 주셨습니다."

델러니는 그를 자세히 살펴보았다. 다시 그짓을 해야 한다. 사람을 이용하는 일을. 델러니는 밀어붙였다.

"난 언제나 기쁜 마음으로 자넬 추천했어. 그 대신 나를 위해 호의를 베풀어줄 수 있겠지?"

"뭐든지 하겠습니다, 서장님."

"지금은 두 가지만 부탁하겠네. 앞으로 더 많은 걸 부탁하게 되겠지만 말이야. 맹세하네만, 자네 경력이나 근무기록에 오점이 될 일을 부탁하는 일은 결코 없을 거야. 만일 자네가 내 말을 부당하다고 판단한다 해도, 다시 맹세하네만 그 때문에 자넬 비난하지는 않을 테니까 그런 걱정은 말고 언제라도 말하게. 난 억지를 부리지는 않을 거야. 알았나?"

도르프만은 앉은 자세를 바로잡았다. 처음에는 그의 눈에 의혹의 빛이 떠올랐다가 차츰 심각해졌다. 그는 델러니를 한동안 응시했다. 그의 시선이 움직일 줄 몰랐다.

"서장님, 우린 오랫동안 같이 일해 왔습니다."

"그렇지."

"저는 서장님이 해서는 안 될 일을 해달라고 부탁하실 거라고는 생각지 않습니다."

"고맙네."

"원하시는 게 뭡니까?"

"먼저 분실된 운전면허증이 있다는 보고서를 교통과에 제출해 주게. 그 보고서에 이 문제를 자네에게 알린 것이 바로 나였다는 것을 명백히 언급해 주기 바라네. 보고서를 제출하기 전에 먼저 부경감 토어슨에게 전화를 해야 해. 그러면 토어슨 부경감이 교통과의 누구에게 그것을 보낼 것인지 알려줄 거야. 토어슨 부경감은 내게 그런 보고서가 으레 그러는 것처럼 곧장 주정부 자동차등록 사업소에 전달되도록 조처해 주겠다고 약속했어."

도르프만은 어리둥절한 얼굴이었다.

"그게 부탁이란 말인가요, 서장님? 그건 통상적 업무인데요. 서장님께서 운전면허증을 분실하신 겁니까?"

"아니야. 없어진 것은 프랭크 롬바드의 면허증이야."

도르프만은 다시 한 번 어리둥절한 눈으로 델러니를 바라보았다. 그는 천천히 제복의 단추를 채우기 시작했다.

"롬바드의 면허증이라구요?"

"그래, 경위. 묻고 싶은 게 있으면 물어봐. 성의껏 대답할 테니까. 그러나 부디 이 경우에는 자네가 아는 것이 적을수록 자네에게 이롭다고 말해도 모욕당했다고 생각하지는 말게."

붉은 머리칼의 도르프만은 일어서더니 두 손을 주머니에 찌른 채로 부엌을 서성거리기 시작했다. 그는 델러니를 쳐다보지도 않고 벽만 응시했다.

"소문을 들었습니다, 서장님."

델러니는 고개를 끄덕였다. 그는 경찰청 내에는 지위의 고하를 막론하고 고위급 간부들 사이의 갈등과 권력암투에 대해 전혀 모르는 사람은 하나도 없다는 것을 알고 있었다.

"그런 일에 개입하고 싶지는 않겠지?"

도르프만은 우뚝 멈춰 서서 붉은 손으로 의자의 등받이를 꽉 움켜쥐었다. 그는 이제 델러니의 눈을 똑바로 들여다보고 있었다.

"예, 서장님. 전 거기 연루되고 싶은 생각은 추호도 없어요."

"내가 요청하는 일은 완전히 통상적인 업무야. 그렇지 않은가? 운전면허증이 분실되었다는 사실을 보고하라고 요청하는 것일세. 그것뿐이네."

"좋습니다. 토어슨 부경감님께 전화해서 교통과 직원의 이름을 알아내 그 사람에게 운전면허 분실 보고서를 보내겠습니다. 면허 번호를 아십니까?"

"아니."

"두 번째 부탁은 어떤 겁니까, 서장님?"

도르프만의 어조에는 뭔가 서글픔 같은 것이 묻어 있었다. 델러니는 도르프만이 자신이 요구하는 대로 일을 처리하리라는 것을 알고 있었다. 그러나 이것으로 그들의 우정은 변질되어 버렸다. 도르프만은 자신의 명예에 누가 되지 않는 한은 부채를 갚을 것이다. 그러나 일단 부채를 다 갚았다고 판단하면 그때부터 그들 두 사람은 더 이상 스승과 제자도 아니요, 서장과 경위도 아닐 것이다. 더 이상 친구로 지낼 수 없게 될 것이다. 오직 직업적 협력자에 그칠 것이다.

델러니는 진심에서 우러나오는 우정을 파괴해 버린 것이다. 어떤 사소한 일 때문에 그는 신뢰와 믿음을 오염시켰다. 이제 도르프만에게 델러니는 또 하나의 흔해빠진 청탁자에 불과했다. 어쩔 수 없는 일이었다. 돌아설 길은 없었다.

델러니는 '부탁'과 '경위'에 역설적인 억양을 주며 말했다.

"두 번째 부탁은 경위, 251번 지서 관할에서 발생하는 암살이나 살인사건, 특히 롬바드 살인과 유사한 정황에서 발생했거나 그와 유사한 부상이 발견된 사건에 대해서 나에게 개인적으로 알려달라는 거야."

"그게 전부입니까?"

이번에는 도르프만이 역설적인 억양으로 물었다.

"그래."

"좋습니다, 서장님."

도르프만은 고개를 끄덕였다. 그는 칼라의 후크를 채우고 상의를 바로 폈다. 먼지와 때 자국은 이제 없었다. 그는 251번 지서의 임시서장이었다.

도르프만은 아무 말 없이 문으로 걸어갔다. 그는 손잡이에 손을 댔다가 움직임을 멈추더니 돌아서서 델러니를 바라보았다. 그의 표정이 한결 편해져 있었다.

"서장님, 저는 벌써 관할지역에서 발생하는 암살이나 살인사건에 대해서 필리 부장에게 보고하라는 명령을 받았습니다."

델러니는 고개를 끄덕거렸다.

"물론 그럴 테지. 당연한 명령이야. 먼저 필리 부장에게 보고하게."

"그 다음에는 서장님께요?"

"그래, 부탁하네."

도르프만은 고개를 끄덕이고 집에서 나갔다.

델러니는 한동안 꼼짝도 않고 앉아 있다가 오른손을 뻗었다. 손이 조금씩 떨리고 있었다. 도르프만과의 일은 그가 기대했던 대로 원만하게 되지도 않았고, 그가 두려워했던 대로 고약하게 되지도 않았다. 그는 스스로에게 말했다. 그렇게 하는 수밖에 없었다고. 사태가 통상적으로 진행되었다 하더라도 이런 정도의 불편은 감수하는 수밖에 없었을 것이라고. 도르프만은 타고난 숭배자였다. 아니 숭배할 사람 없이는 살아갈 수 없는 사람에 가까웠다. 만일 그가 스스로 무엇인가를 이루어내고자 했다 하더라도 결국 그는 세상의 험난한 물결에 휩쓸려 표류하거나 가라앉거나 급류에 빠져 헤엄을 쳐야만 했을 것이다. 델러니는 도르프만에게 한 행동을 합리화하기 위해 애쓰는 자신의 모습에 대해 서글프게 웃음 지었다. 그는 자신의 내부에 햄릿처럼 우유부단한 일면이 있다는 점을 슬프게 인정하는 수밖에 없었다.

병원에 갈 시간이 다가오고 있었다. 델러니는 수첩을 꺼내 들고 메리가 준비해 갔을 물건을 하나하나 점검했다. 그가 코트를 입고 펠트 모자를 쓴 다음 현관문의 손잡이를 향해 손을 뻗었을 때 전화벨이 울렸다. 그는 현관 근처에 있는 전화를 받았다.

"여보세요."

"서장, 나 랭글리네."

"아, 선생님. 반갑습니다. 어떻게 지내십니까?"

"좋지, 뭐. 자네는?"

"뭐 잘 지냈습니다. 몇 번 전화를 드릴까 하다가 재촉한다고 생각하실까 봐 그만뒀습니다. 이해하시지요?"

랭글리는 잠시 침묵을 지키다가 대답했다.

"알겠네. 여보게, 그런데 벌써 시간이 이렇게 흐르다니! 만난 지 벌써 1주일이 지났어. 오늘 점심 같이 먹을 수 있겠나? 할 얘기가 생겨서 그래."

"그러세요? 점심은 좀 어려울 것 같습니다. 집사람이 병원에 입원해 있어서 지금 막 병원에 가려던 참이었어요."

"걱정이 많겠군, 서장. 중환은 아니겠지?"

"글쎄요. 아직은 모릅니다. 하지만 시간은 좀 걸릴 것 같습니다. 선생님, 하시고 싶은 말씀이 뭡니까? 중요한 일인가요?"

플루트 소리처럼 가는 음성이 넘어왔다.

"중요할 수도 있지. 결정적인 것은 아닐지 몰라도 출발점은 될지 몰라. 그래서 하는 얘기인데……."

델러니는 얼른 말을 끊었다.

"좋아요. 알았습니다. 선생님, 병원에서 만나는 건 어떨까요? 점심을 같이 먹지는 못하겠지만 상의할 시간을 낼 수는 있을 겁니다."

"좋아! 병원에서 만나기로 하지. 자네가 날 도와줄 수 있었으면 좋겠는데. 하여튼 이렇게 해서 자네 부인을 만나게 되는군 그래."

크리스토퍼 랭글리는 신이 나서 말했다. 델러니는 그가 이런 식의 첩보원 같은 대화를 즐기고 있다는 것을 알 수 있었다.

델러니는 그에게 병원의 주소와 병실번호를 일러주었다. 그는 전화를 끊은 뒤에도 전화기를 쥔 채 한동안 서 있었다. 다시 한 번 그는 무기를 판별하는 중요한 일에 이 나이 든 멋쟁이를 끌어들인 것이 실수가 아니었기를 간절히 바랐다. 그는 랭글리의 도움을 받기로 결정했을 때의 자신의 동기를 분석해 보았다. 랭글리는 그 분야의 전문가다. 수사에는 아마추어라 해도 도와줄 사람이 필요하다. 랭글리가 '중요한' 일을 하고 싶다고 애원했다. 델러니에게도 동기는…….

생각하다 말고 델러니는 혼자 코웃음을 쳤다. 또다시 쓸데없는 생각으로 미로를 헤매고 있었다. 그는 롬바드 살인사건을 해결하고 싶었다. 그런데 오히려 자신을 심문하는 데 더 많은 시간을 소모하고 있는 것처럼 여겨졌다. 마치 그 자신이 죄인이기나 한 듯이. 죄인? 무슨 죄를 저질렀기에 죄인인가? 직무유기? 그는 오늘은 이 정도로 그치기로 했다. 적어도 오늘의 연구는 지금까지만으로도 충분했다. 모든 결론을 오늘 내릴 수는 없는 일이었다. 필요한 것은 수사를 하는 것이었다.

바바라는 창가의 바퀴 달린 의자에 앉아 있었다. 델러니가 들어서자 그녀는 고개를 돌려 그를 바라보며 눈부신 미소를 지었다. 그러나 그는 건강해 보이는 듯한 맑은 눈과 장밋빛 뺨을 보고 곧 음울한 생각을 지워버릴 수 없었다. 델러니는 그것이 무엇을 의미하는지 알고 있었다. 그는 웃는 얼굴로 재빨리 다가가서 아내에게 키스했다. 그가 아내에게 내민 것은 커다란 사과였다. 세상에 이렇게 크고 붉고 맛있어 보이는 사과는 다시없을 것 같았다.

"스승님께 사과를 드립니다."

델러니가 말하자 바바라는 웃음을 터뜨리며 그의 입술을 만졌다.

"내가 당신한테 뭘 가르쳤는데요?"

"말해 줄 수도 있지만 당신이 쓸데없이 흥분할까 봐 겁나는데……."

아내는 웃으며 그 커다란 사과를 손 안에 감싸 쥐었다.

"정말 탐스러워요."

"하지만 맛은 별로 없을 거야. 큰 놈은 늘 맛이 없어."

아내는 작은 소리로 말했다.

"먹지 않을 거예요. 침대 옆에 두고 보기만 할 거예요."

델러니는 걱정스럽게 말했다.

"그래, 그러지 뭐. 기분은 어때? 매번 같은 걸 물어서 당신은 괴롭겠지만 내가 그걸 물어보는 건 당신도 이해하지?"

아내는 팔을 뻗어 그의 손을 잡았다.

"물론이에요. 오늘 아침부터 새로운 주사를 맞기 시작했어요. 이틀 전에 그런 얘기를 했구요."

"괜찮은 것 같아? 음식이나 간호사들도 다 좋아?"

"모든 게 좋아요."

"1번로의 그 가게에 쳇발을 주문해 뒀어. 다음 주엔 온다더군. 그때 갖다 주지."

"그런 건 중요하지 않아요, 여보."

"중요해. 당신은 쳇발을 좋아하잖아. 곧 받게 될 거야."

그는 고집을 부렸다. 바바라는 미소를 지으며 그의 손을 툭툭 쳤다.

"알았어요, 여보. 중요해요. 받을게요."

그렇게 말한 다음 아내는 이상해졌다. 최근 들어 이런 일은 몇 번이나 반복되었다. 델러니는 그것이 두려웠다. 아내의 몸이 뻣뻣해지고 눈이 초점을 잃고 허공을 응시했다. 말하는 것도 힘든지 입술만 움직였다. 입을 벌렸다 오무렸다 하고, 아기가 젖을 먹을 때 내는 소리를 내면서 키스하는 것 같은 흉내를 거듭냈다.

그는 서둘러 말했다.

"들어봐, 여보. 지난 주에 에디가 여기 왔을 때 애가 좀 약해진 것 같았어. 그렇게 보이지 않았어?"

"허니 번치."

바바라가 말했다. 델러니는 무슨 말인지 알아들을 수 없었다. 그는 울고 싶은 기분이었다.

"뭐라구?"

바바라는 힘들게 반복했다. 그녀의 눈은 아직도 초점이 없이 허공을 바라보고 있었다.

"허니 번치 말이야. 그 책들이 어떻게 되었을까?"

"기억 안 나? 엘리자베스가 임신했을 때 우리가 가지고 있던 동화책들을 모두 싸서 그 아이한테 보냈잖아."

바바라는 고개를 돌려 초점이 잡히지 않은 눈으로 그를 바라보며 웅얼거렸다.

"그애가 책을 돌려주면 좋겠어. 내 책들."

"사다 줄게."

"새 책은 싫어. 옛날 책이 좋아."

그는 절망적으로 대답했다.

"알았어, 알았어. 붉은 표지 그림이 있는 옛날 책으로. 여보, 그 책을 구해다 줄게. 여보? 여보?"

서서히 바라라의 눈에 초점이 돌아왔다. 이제 정신을 차린 것이다. 그는 그 광경을 처음부터 끝까지 지켜보았다. 아내가 마침내 그를 쳐다보았다.

"여보?"

"그래. 나 여기 있어."

바바라는 미소 지으며 그의 손을 잡고 다시 중얼거렸다.

"여보."

"내 말 들어봐, 바바라. 오늘 여기로 날 만나러 오는 사람이 있어. 크리스토퍼 랭글리 선생이야. 메트로폴리탄 박물관에서 일하던 사람. 그 사람 얘기 내가 한 것 기억나지?"

바바라는 고개를 끄덕거렸다.

"그래요. 그 사람이 롬바드 사건에 사용된 흉기를 판별해 낼 거라고 했잖아요."

"그래!"

델러니는 기뻐 소리치며 허리를 굽혀 아내의 뺨에 키스했다. 바바라가 웃었다.

"무엇에 대한 키스예요?"

"당신의 회복을 위한."

"여보, 에디가 지난 주에 왔을 때 보니까 좀 마른 것 같았어요. 당신 보기엔 그렇지 않던가요?"

그는 고개를 끄덕거렸다.

"그래, 좀 약해진 것 같더군."

델러니는 의자를 끌어다 놓고 앉아 아내의 손을 잡았다. 부부는 사소한 일들에 관해 얘기를 나누었다. 서재의 커튼과 입원비를 지불하는 데 보태기 위해 보험적립 공채를 팔 것인가 말 것인가 하는 문제, 델러니의 아침식사, 엑스레이 촬영실의 버릇없는 직원, 바바라의 체온을 잴 때마다 참지 못하고 울음을 터뜨리는 간호사 등에 관해서였다. 델러니는 아내에게 도르프만이 승진했다는 얘기를 했다. 바바라는 매일 아침 같은 시간에 병실 창가에 나타나는 비둘기에 대해서 얘기했다. 그들은 소리를 낮춰 속삭이듯 얘기를 주고받았다. 사실 진정으로 귀 기울여 들을 만한 얘기는 아니었으나 그들은 손을 잡고 마치 사랑의 이중창을 노래하는 사람들처럼 열심히 얘기를 주고받았다.

사랑의 이중창을 방해한 것은 병실 문을 노크하는 작은 소리였다. 그 소리는 작았지만 끈질기게 계속되었다. 델러니는 몸을 돌려 말했다.

"들어와요."

문이 열리더니 멋쟁이 크리스토퍼 랭글리가 환히 웃으며 들어섰다. 그 뒤로 위풍당당히 물결을 가르며 항진하는 전함처럼 그 거대한 몸집을 나타낸 것은 짐머만이었다. 그녀 역시 환히 웃고 있었다. 두 사람 모두 이상한 모양의 갈색 종이봉투를 들고 있었다.

델러니는 벌떡 일어섰다. 그는 랭글리와 악수를 하고 짐머만에게는 고개를 숙여 인사했다. 그 다음에 바바라를 그들에게 소개했다. 바바라는 즉시 얼굴이 환해졌다. 그녀는 사람들을, 특히 분수를 알고 그에 알맞게 살아가는 사람들을 좋아했다.

얘기가 오갔고 웃음이 터져 나왔으며, 그 바람에 병실은 잠시 소란스러워졌다. 바바라는 침대에 가서 눕겠다고 고집을 부렸다. 그녀는 남편이 랭글리와 둘이서만 할 얘기가 있다는 것을 짐작하고 있었던 것이다. 짐머만은 침대 옆의 작은 의자에 앉아 갈색 종이봉투를 열었다. 그것은 집에서 요리해 온 거필터 피시(송어와 잉어고기에 계란과 양파를 섞어 둥글게 뭉쳐 끓인 유대 요리——옮긴이)였다. 두 남자는 마주 보며 미소를 지었다. 짐머만은 거필터 피시가 얼마나 영양가가 많은 음식인지, 병약한 사람에게 얼마나 훌륭한 치료 효과를 발휘하는지를 누누이 설명하기 시작했다.

잠깐 사이에 짐머만은 침대 위로 허리를 굽히고 바바라의 한 손을 그 커다란 손 안에 쥔 채 얘기를 나누기 시작했다. 두 여자는 순식간에 친해져서 만사를 잊은 듯 열중하며 끊임없이 속삭였다. 두 남자는 잊혀진 듯했다. 그리하여 두 남자는 병실 구석에 의자를 옮겨다 놓고 거기 걸터앉았다. 작은 노인 랭글리가 먼저 입을 열었다.

"서장, 우선 얘기할 것은 내가 아직 롬바드를 죽이는 데 사용된 흉기를 판별해 내지 못했다는 점이야. 그 두개골의 상처를 만들어

27

냈음직한 무기를 찾아 책을 뒤적이기도 하고, 박물관에도 가보고, 몇 가지 고대 무기들을 직접 살펴보기도 했지만 찾아내지 못했어. 하지만 자네 의견에 공감할 수 있게 됐지. 흉기는 현대 무기나 연장이야. 그래, 나도 그 생각에 이르렀어. 지난 주에 길을 걸어가는데 기술자들이 아스팔트를 파헤치고 있더군. 전선을 새로 묻는다고 했어. 구덩이에 엄청난 덩치의 흑인이 들어가 있었지. 그 날씨에 글쎄 웃통을 벗고 있더라니까. 상체 근육이 어찌나 잘 발달했는지, 용사 같았어. 그런데 서장, 그 사람은 평범한 곡괭이를 가지고 있었어. 벌목꾼의 도끼처럼 기다란 나무 손잡이가 달리고, 끝으로 갈수록 날카로워지는 강철 머리가 양쪽에 달린 그런 곡괭이 말이야. 물론 그건 롬바드를 죽인 흉기라기엔 너무 크지. 자네가 나한테 살인자가 그 흉기를 어딘가에 감추고 있었을 거라고 했잖나. 그 곡괭이는 감춰서 들고 다니기에는 너무 컸어."

델러니는 고개를 끄덕거렸다.

"그래요. 그렇겠죠. 하지만 곡괭이라는 아이디어는 흥미로운데요."

랭글리는 앞으로 허리를 숙였다.

"그 모양 말이야! 내 눈을 사로잡은 건 바로 그 모양이었어! 곡괭이 날은 사각형 모양이었는데, 끝으로 갈수록 점점 더 뾰족해져. 그것만이 아니지. 곡괭이의 양쪽 날은 아래로 구부러져 있어. 그 부검의가 피살자의 두개골에 난 상처의 흔적에 대해 얘기한 그대로야. 그러다 보니 이런 생각이 들었어. 혹시 저런 모양으로 작게 제작되는 물건도 있지 않을까 하는 생각. 한 손으로 쓸 수 있는, 손도끼 길이 정도의 손잡이가 달린 작은 곡괭이 말이야."

"그런 물건은 본 기억이 없는데요."

랭글리도 인정했다.

"나도 확신할 수 없어. 아무튼 여섯 군데의 철물점을 돌아다녔지만 그런 물건은 보이지 않더군. 하지만 일곱 번째 가게에서 이걸 찾아냈어. 쇼윈도에 있었지."

랭글리는 종이봉투를 열어 마술사가 모자에서 토끼를 꺼내듯 자신 있고 신비스러운 움직임으로 연장을 하나 꺼냈다. 그는 그 물건을 델러니에게 주었다. 델러니는 그 물건을 통통한 손가락으로 집어 이쪽저쪽을 살폈다. 손에 쥐기도 하고 휘두르기도 하고 머리 부분을 뚫어져라 노려보기도 했다. 그는 목제 손잡이의 냄새까지 맡아보았다. 마침내 그가 물었다.

"도대체 이게 뭡니까?"

랭글리는 즉시 대답했다.

"벽돌공이 쓰는 망치래. 손잡이는 히콜리나무를 다듬어 만든 거야. 머리는 강화금속이고. 머리 한쪽 끝이 네모꼴인 게 보이지? 그건 벽돌을 시멘트 반죽 위에 올려놓고 제자리에 맞춰 넣을 때 쓰는 거라고 하더군. 다른 쪽 끝을 봐. 넓적하긴 하지만 뾰족하잖아. 하지만 아래쪽으로 구부러져 있지 않아. 뾰족한 쪽은 벽돌을 깨는 데 쓰인대. 이걸 본 순간 이게 우리가 찾으려는 그 연장이 아니라는 것을 알 수 있었지. 하지만 이건 훌륭한 출발이 될 수 있을 거야. 안 그래?"

델러니는 힘을 실어 그 연장을 휘두르며 중얼거렸다.

"물론 그렇고말고요. 맙소사, 이런 연장이 있다는 건 몰랐어요. 이 정도면 사람의 두개골을 깨는 건 간단한 일이겠는걸요."

29

"하지만 우리가 찾는 건 아니지?"

"예, 이건 아닙니다. 날이 아래쪽으로 구부러져 있지 않으니까요. 랭글리 선생님, 롬바드를 죽인 흉기는 이 망치 같은 목제 손잡이가 달려 있지 않았을 겁니다. 이제까지의 제 경험으로 보면 목제 손잡이가 달린 흉기였다면, 특히 그게 오래된 연장이었다면 손잡이가 부러졌을 가능성이 높아요. 부러지는 지점은 목제 손잡이가 철제 머리 부분과 연결되는 바로 그 지점이죠. 제 짐작에는 전체가 철로 된 흉기를 찾아봐야 할 것 같습니다. 이건 다만 제 육감일 뿐이고, 또 선생님의 추리방법을 부정하는 것은 아닙니다만, 그런 생각이 듭니다."

작은 노인은 흥분하여 의자에서 벌떡 일어나 소리쳤다.

"그게 무슨 소린가! 다시는 그런 소리 말게. 자네 의견에 동감하네. 전적으로 동감해. 전체가 철로 된 물건이었을 거야. 하지만 내 얘기를 좀 더 들어봐. 이 벽돌공 망치를 찾아낸 바로 그 가게 주인에게 물어봤지. 왜 이런 물건을 갖고 있는지, 얼마나 팔리는지 말이야. 서장, 우선 이 세상에 벽돌공이 얼마나 있을지 한번 생각해 봐. 그리고 이 연장의 생김새를 봐. 견습 벽돌공이 이런 든든한 연장을 한 번 사면 평생 동안 쓸 수 있을 것 같지 않아?"

델러니는 다시 한 번 그것을 들고 휘둘렀다.

"그렇군요. 선생님 말씀이 옳은 것 같아요. 손잡이는 부러질지 몰라도 연장 자체는 50년이나 100년은 끄떡없을 것 같습니다."

"바로 그거야. 그 철물점 주인 말로는…… 사람이란 자기 직업이나 전문 분야에 대해서 얘기하고 싶어 안달을 하는 법 아닌가."

"압니다."

델러니는 웃으며 대답했다.

"철물점 주인 말로는 이게 한 해에 스무 개에서 서른 개 정도 팔린대. 그런데 벽돌공만 사는 게 아니라더군. '돌 사냥꾼' 들도 이 걸 산다는 거야. '돌 사냥꾼' 이란 보석이나 준(準)보석 같은 것을 찾아다니는 사람들이라더군. 뿐만 아니라 보석을 연구하는 사람들이나 그 비슷한 업무에 종사하는 사람들도 이걸 산다는 거야. 또 아마추어 고고학자들에게도 몇 개 판 적이 있대. 그 주인한테 이것처럼 머리 한쪽 끝이 넓적하게 날이 선 것 말고 송곳처럼 날 카롭고 예리한 것은 없냐고 물었지. 그랬더니 그런 연장이 있다 는 말은 들었지만 본 적은 없다는 거야. 그런 연장은 '돌 사냥꾼' 이나 광산을 찾아다니는 사람들, 고고학자들을 위해서 특별히 제 작된대. 거기에는 끝이 날카롭고 예리한 쇠촉이 달려 있다는 거 야. 어디 가면 그걸 구할 수 있냐고 물었더니 확실한 대답을 못 하 더라구. 스포츠용품점 같은 데 가면 찾을 수 있을지 모르겠다는 대답이 다였어. 어떻게 생각하나, 서장?"

델러니는 랭글리를 바라보며 말했다.

"우선 선생님께서 아주 훌륭한 조사를 했다고 생각합니다. 제 가 했더라면 도저히 이런 성과를 못 냈을 겁니다. 선생님께서 끝 까지 조사해 주시기 바랍니다. '돌 사냥꾼' 이 쓴다는 그 연장, 날 이 아래로 구부러지고 첨단이 예리한 그 연장을 찾아주세요."

랭글리는 기뻐서 얼굴이 달아오른 채 큰 소리로 웃어댔다.

"기꺼이 그러지!"

아직도 침대 쪽에서 소곤소곤 얘기를 나누던 두 여자는 얘기를 중단하고 궁금한 눈빛으로 남자들을 건너다보았다. 랭글리는 이번에는 좀 작은 소리로 말했다.

"기꺼이 해야지! 서장, 난 이제 중단할 수 없어. 수사라는 게 이렇게 흥미진진할 줄은 미처 몰랐어."

"아, 그렇죠. 흥미진진합니다."

델러니는 진지하게 고개를 끄덕였다.

"이렇게 즐거운 경험은 처음이야. 이곳에서 나가면 난 뭐라와 함께……."

"뭐라라구요?"

델러니가 랭글리의 말을 막고 물었다. 늙은 멋쟁이는 살짝 얼굴을 붉혔다.

"짐머만 말이야. 저 여자에게도 몇 가지 장점은 있거든."

"물론 그렇겠죠."

"업종별 전화번호부를 보고 스포츠용품점 명단을 만들었어. 우린 타임스 광장 부근에서 점심을 먹고 명단에 있는 상점이란 상점은 모조리 찾아다닐 작정이야. 그래서 '돌 사냥꾼'의 연장을 찾아야지. 그게 옳은 방법이겠지, 서장?"

델러니는 확인해 주었다.

"가장 정확한 방법입니다. 아마 저도 그렇게 했을 겁니다. 대여섯 군데, 아니 열댓 군데의 상점을 찾아다녔는데도 눈에 띄지 않더라도 실망하지 마세요. 제 생각엔 이건 이번 수사에서 아주 중요한 고비입니다."

"알겠네. 그럼 이제 가봐야겠군."

랭글리가 의욕에 차서 일어섰다.

"이 연장은 제가 보관해도 되겠습니까?"

"물론이지. 알잖아. 짐머만과 함께 점심을 먹어야 한다니까. 내게 아주 잘하고 있으니까."

"물론 그러시겠죠."

"하지만 아무 말도 안 해줬네, 서장. 아무것도. 맹세하네. 그녀는 내가 조카에게 선물하려고 그 연장을 찾는 줄 알아."

"좋습니다. 그렇게만 하세요. 오늘 아침 전화로는 실례했습니다. 제가 너무 예민해져 있나 봅니다. 우리 집 전화가 도청될지도 모른다고 생각하거든요. 그래서 극도로 조심하고 있어요. 이제부터는 저에게 할 말이 있으시면 우리 집에 전화를 하셔서 우스꽝스러운 이야기나 몇 마디 하세요. 그러면 제가 10분이나 15분 뒤에 공중전화를 이용해서 댁으로 전화를 하겠습니다. 그렇게 하면 되겠지요?"

그러자 전직 박물관 직원은 집게손가락을 코 옆에 세우더니 알았다는 듯 고개를 끄덕였다. 그것은 델러니가 찰스 디킨스 소설에서 읽은 적이 있을 뿐 실제로 누군가가 하는 것은 한 번도 본 적이 없는 동작이었다. 델러니 서장은 그 동작이 재미있어서 고개를 끄덕이며 말했다.

"바로 그겁니다."

랭글리와 짐머만은 바바라에게 다시 오겠다는 약속과 작별인사를 남기고 갔다. 병실 문이 닫히자 바바라와 델러니는 서로를 바라보며 동시에 웃음을 터뜨렸다. 바바라가 말했다.

"저 여자분 좋네요. 만난 지 얼마 되지도 않았는데 너무나 사적인 질문을 해대기는 하지만, 그게 그저 하릴없는 호기심 때문이 아니라 정말 마음속 깊은 데서 우러나는 관심 때문이라는 생각이

들어요. 아주 따뜻하고 개방적인 분이에요. 마음씨도 착하고."

"랭글리 선생한테 반해서 쫓아다니는 것 같던데."

바바라는 도전적으로 반문했다.

"그래서요? 그게 뭐 나빠요? 남편이 죽은 뒤에 너무나 오랫동안 외롭게 살았대요. 또 랭글리 씨도 외로운 사람이잖아요? 나이 들어서 외로운 처지가 되는 건 별로 좋지 않아요."

델러니는 화제를 바꾸기 위해 그 망치를 꺼냈다.

"이걸 좀 봐. 벽돌공이 쓰는 연장이야. 랭글리 씨가 찾아냈어."

"그게 롬바드를 죽일 때 사용된 흉기인가요?"

"아니야. 하지만 이 비슷한 것일 거야. 흉측한 모양이지?"

"그래요. 악마 같아요. 어서 치워요. 부탁이에요, 여보."

그는 그 물건을 갈색 종이봉투에 넣어 접어놓은 코트 위에 올려놓았다. 그래야 병실에서 나갈 때 잊지 않고 가져갈 수 있을 테니까. 그는 의자를 침대 옆으로 끌어가서 앉았다.

"그 거필터 피시를 어떻게 할 거야, 여보?"

델러니는 웃으며 물었다.

"조금 먹어보죠, 뭐. 당신도 드시겠어요, 여보?"

"아니, 사양하겠어!"

"이런 걸 가져오다니, 참 착한 분이에요. 그분은 음식이 모든 문제를 해결한다고 생각하는 그런 사람이에요. 배가 부르면 아무것도 문제될 게 없다고 생각하는 사람요. 때로는 그런 사람이 옳아요."

"그래."

"당신 기분이 별로인 것 같아요. 그렇죠?"

그는 의자에서 일어나 두 손을 바지 뒷주머니에 찌르고 침대 주변을 서성거리기 시작했다. 그는 침울하게 중얼거렸다.

"아무것도 얻은 게 없어! 아무것도 한 일이 없어!"

"당신 그 살인범이 미치광이일 거라고 했잖아요?"

그는 한숨을 내쉬었다.

"그건 내 생각일 뿐이야. 그나마 그게 단 하나뿐인 그럴듯한 이론이지. 그런데 내 생각이 옳다면 우린 범인이 다시 살인을 벌일 때까지 기다리는 수밖에 없어. 정말 끔찍한 노릇이야."

"랭글리 씨가 가져온 망치가 무슨 단서가 되지 않을까요?"

"그럴 수도 있고 아닐 수도 있어. 만일 살인범이 롬바드를 죽일 때 쓴 무기가 이것하고 똑같은 물건이었다 해도 내가 범인에게 눈곱만큼이라도 더 접근했다고 할 수는 없어. 이런 물건은 수백 수천 개가 있어. 매일 더 많은 물건이 팔려 나가고 있고. 그러니 거기 무슨 의미가 있겠어?"

"이리 와서 여기 앉아요."

바바라는 침대 곁의 의자를 가리켰다. 델러니는 거기에 앉아 아내가 내미는 손을 잡았다. 바바라는 남편의 손을 얼굴로 가져와 뺨에 대고 키스했다.

"가엾은 에드워드."

"난 멍청한 경찰이야."

"아니에요. 당신은 훌륭한 경찰이에요. 당신이 해야 할 일을 하지 않는 걸 난 한 번도 본 적이 없어요."

"롬바드 작전은 다른 경우야."

그는 여전히 침울했다.

"당신은 피살자의 운전면허증이 분실되었다는 것도 발견했잖아요."

"그렇지. 그런데 도대체 그게 무슨 의미가 있겠어?"

30년 동안 델러니와 살아오는 사이에 바바라는 남편 못지않게 경찰 업무의 처리과정에 능통한 여자가 되어 있었다.

"경찰에서 주차된 차량들의 번호판을 확인했나요?"

"물론이지. 펄리 부장이 그걸 안 할 리가 있어? 사흘 밤 동안 그 지역 다섯 블록 안에 주차된 모든 차들의 번호판을 조사했어. 그리고 차주들을 불러서 사건이 있던 날 밤 뭘 목격했는지 심문했지. 정말 넌덜머리나는 일이었을 거야! 하지만 브로턴은 그런 일을 할 대원들을 가지고 있지. 사실 그건 해야만 하는 일이고. 그런데 얻은 것은 없었어. 근처 주민들에 대한 심문에서도 얻은 것이 없었어. 아무것도."

"오컴의 면도날."

바바라가 말했다. 델러니는 그 말이 의미하는 바를 알았다. 그는 빙긋 웃었다.

델러니가 그 낯선 말을 접한 것은 몇 년 전이었다. 보스턴 지역 살인사건의 비율과 확률에 관하여 한 범죄학자가 쓴 논문을 읽다가 그 말을 발견했다. 그는 그 논문에 상당한 신뢰가 갔다. 논문에서 인용한 비율은 최근 뉴욕에서 일어난 같은 사건의 비율에 상당히 근접했다. 살인사건의 대부분은 피살자의 친척이나 '친지들'에 의해 저질러진다. 어머니와 아버지, 자식들, 남편과 아내, 아저씨와 아주머니, 이웃 사람들에 의해서. 다시 말하자면 대부분의 살인은 잘 아는 사람들이 연루되어 있다.

이 같은 사실을 근거로 그 범죄학자는 수사관은 언제나 '오컴의 면도날'이라는 원칙에 따라 수사를 진행하는 것이 바람직하다고 언급하고 있었다.

그 구절에 궁금증을 느낀 델러니는 그날 오후 내내 42번가의 도서관 열람실에서 '오컴'과 그의 '면도날'을 추적하느라고 진땀을 뺐다. 나중에 그는 바바라에게 자신이 알아낸 것을 얘기해 주었다.

"오컴은 14세기의 철학자로 유명론자(唯名論者)였어. 내가 유명론자들에 대해 아는 거라고는 그들이 보편적 진리란 존재하지 않는다고 믿었다는 것뿐이야. 아무튼 그 사람은 아주 고집스럽고 저돌적인 방법으로 문제를 해결하는 걸로 유명했대. 외면적인 세세한 점을 모두 잘라내는 것으로 진리에 접근할 수 있다고 주장했지. 그의 원리를 '오컴의 면도날'이라고 부르는 이유가 바로 그 때문이라는 거야. 여러 가지 모호한 해결책이 보일 때 가장 옳은 방법은 가장 뚜렷한 방법이라는 거지. 바꿔 말하면 불필요한 사실들을 모두 제거해 버려야 한다는 거야."

"당신은 평생 그런 식으로 일해 왔잖아요, 여보."

바바라의 말에 그는 웃었다.

"그런 셈이지. 난 그걸 '쓰레기를 버리는 방법'이라고 하지. 아무튼 14세기 철학자가 나와 같은 생각을 했다는 것은 기분 좋은 일이야. 철학을 더 공부해서 잘 이해할 수 있었으면 좋겠어."

"철학을 잘 몰라서 불편하다는 뜻이에요?"

"천만의 말씀! 불편할 건 없어. 하지만 철학은 내 지능의 한계를 깨닫게 해주지. 난 관념적으로는 생각을 할 수가 없어. 당신도 내가 체스를 배우려고 세 번이나 시도했다가 포기했다는 건 알 거야."

"여보, 당신은 사물이나 관념보다 사람에게 더 관심이 많은 것 뿐이에요. 사람에 대해선 너무나 잘 알잖아요."

바바라가 오컴의 면도날을 새삼스레 언급한 이유를 델러니는 알고 있었다. 그는 빙그레 웃고 이마를 문지르며 말했다.

"그래. 오컴이 불합리한 문제를 합리적인 방법으로 해결하려고 시도한 적이 있는지 모르겠군. 어쩌면 그 사람은 이런 문제에 맞닥뜨리면 논리나 추리적 방법론에 대한 가치를 의심하지 않았을까?"

그때 병실 문이 활짝 열리면서 루이스 버나디 박사가 들어섰다. 그의 피부는 기름이라도 바른 듯 번들거렸고 작은 눈은 교활하게 반짝거렸다. 목에서는 청진기가 대롱거렸다.

박사는 델러니에게 오른손을 내밀어 악수를 청하고, 왼손으로는 콧수염을 쓰다듬었다.

"서장님, 그리고 부인, 오늘은 기분이 어떠십니까?"

버나디는 '서장님' 하고 부르는 소리는 작게 '부인' 하고 부르는 소리는 크고 또렷하게 말했다.

바바라는 다리가 계속 부어오르고, 넓적다리 안쪽에 종기가 다시 나타났으며, 항생제 주사를 맞기 시작하면서부터 구역질이 더 심해졌다고 호소했다.

그녀의 얘기에 버나디는 미소 띤 얼굴로 "그렇군요. 예." 하고 대답하거나 "그런 일은 걱정하지 마세요." 하고 대답했다. 델러니는 화가 나서 혼자 생각했다. 너야 걱정이 될 리가 없지. 그런 일들이 너한테 일어나고 있지 않으니 말이야, 이 쥐방울 같은 놈아.

한편 박사는 바바라의 맥박을 재고, 청진기를 가슴에 대고, 눈꺼풀을 뒤집어 눈 속을 들여다보았다. 그는 단언했다.

"아주 순조롭게 회복 중이십니다, 부인. 요즘은 입맛도 좋아지고 있다면서요? 정말 좋은 일입니다, 부인."

"언제쯤이면……."

델러니가 입을 열었으나 박사가 손을 들어 그의 말을 막았다.

"인내하세요. 인내하셔야 합니다. 나 역시 인내할 줄 알아야 하구요, 허허."

델러니는 화가 치밀어 돌아섰다. 바바라가 어떻게 이런 기생오라비 같은 자식을 신뢰할 수 있는지 이해가 되지 않았다.

버나디는 몇 마디 더 중얼거리고 바바라의 손을 토닥거린 다음 기름이 번들거리는 미소를 지어 보이고는 병실을 나가려고 돌아섰다. 델러니가 돌아섰을 때 버나디는 이미 문 앞에 서 있었다. 델러니는 그를 불러 세웠다.

"박사님, 얘기 좀 합시다. 잠깐만 다녀올게, 여보."

복도로 나와 병실 문을 닫자 델러니는 버나디를 노려보며 말했다.

"어떻습니까?"

박사는 두 손을 펴 들고 어깨를 으쓱 치켜올리는 무의미한 몸짓으로 대답했다.

"무슨 말씀을 드릴까요? 서장님도 봐서 아실 텐데요? 여전히 감염상태는 계속되고 있습니다. 그 망할 놈의 프로테우스지요. 우리는 항생 물질을 최대한 광범위하게 사용하고 있습니다. 시간이 걸리는 일이지요."

"다른 문제도 있습니다."

"그래요? 그게 뭐지요?"

"최근에 아내가 뭔가, 글쎄요, 제정신을 잃어버린 것 같은 상태에 가끔 빠집니다. 이상한 눈으로 허공을 바라보고, 도대체 앞뒤가 맞지 않는 말을 합니다."

"어떤 것에 대해서요?"

"조금 전에는 동화책에 대해 얘기했어요. 아내가 어릴 때 읽던 책 말입니다. 아내가 지금 중증인 것은 아니지요?"

"아닙니다. 그렇지 않아요."

"진통제 때문일까요? 아니면 수면제 때문이거나."

"아닙니다. 우리는 항생 물질의 힘을 약화시킬 수 있는 모든 가능성을 피하려고 노력 중입니다. 서장님, 그런 일이라면 별로 걱정하지 않으셔도 됩니다. 부인께서는 큰 수술을 받았고, 지금은 회복 단계입니다. 약물 치료도 받고 있습니다. 열이 부인의 체력을 약화시키고 있다는 점은 인정해야겠지요. 부인이 이따금 잠깐씩, 뭐랄까요, 넋이 나간 상태가 되는 건 충분히 있을 수 있는 일입니다. 그런 경우에는 될 수 있는 한 부인을 즐겁게 해드리세요. 부인의 맥박은 정상이고 심장도 튼튼합니다."

"예전처럼 튼튼합니까?"

버나디는 무표정하게 델러니를 바라보았다. 그 순간 델러니는 그가 하려는 말을 정확히 짐작할 수 있었다.

"서장님, 부인은 기대 이상으로 잘 견뎌내고 계십니다."

버나디는 고개를 끄덕이고 돌아서서 마치 발레리나처럼 우아하게 사라졌다. 델러니는 혼자 남았다. 그는 무력한 분노로 목구멍이 달아오르는 것 같았다. 그는 버나디가 뭔가를 알고 있다고 생각했다. 적어도 뭔가 의구심을 품고 있다고 생각했다. 그러나 그자는 그것을 입 밖에 내려고 하지 않았다. 델러니는 사방을 가로막은 벽이 그를 짓누르고 있는 것만 같은 기분이 들었다. 수사에서도 그랬고 일상생활에서도 그랬다. 토머스 핸드리에게 우주의 성스러운 질서에 대해 지껄인 것은 무엇이었던가? 질서는 슬금슬금 사라지고 있었다. 그는 미치광이 살인자에게도, 아내의 몸 속에 진을 친 보이지 않는 괴물에게도 패배를 거듭하고 있었다.

하급 순찰경관으로부터 경찰청장에 이르기까지 모든 경찰관은 보름달이 뜰 무렵에 어떤 일이 생기는지를 알고 있었다. 몽유병자들이 늘어나고, 기묘한 목소리를 들었다는 여자들이 나타나며, 남자들은 이웃 아파트에서 발사한 전자총에 맞았다고 우기고, 세상의 종말이 왔다고 부르짖는 사람들이 늘어나며, 한밤중에 벌거벗은 사람이 오줌을 누면서 거리를 뛰어다니는 일이 벌어지는 것이다.

전쟁과 범죄와 무자비한 폭력과 소름 끼치는 질병과 잔인성과 공포와 자기만족에 찬 의사의 번지르르한 말에 농락당한 델러니는 바로 이것이 보름달의 시대, 세상의 종말이 도래한 시대가 아닌가 하는 생각마저 들었다. 질서는 사라지고 불합리한 것이 세상을 지배하는 시대가 오는 것은 아닐까.

그는 몸을 꼿꼿이 세우고 미소를 지으려 노력했다. 그는 병실로 들어가 아내에게 말했다.

"롬바드 살인사건을 해결하는 것이 어째서 중요한지를 갑자기 깨달았어. 그 사건은 251번 지서 관할지역에서 발생했거든. 그건 나의 세계야."

"오컴의 면도날을 잊지 말아요."

아내는 고개를 끄덕이며 말했다.

얼마 후 델러니는 집으로 돌아왔다. 파출부 메리가 그에게 햄 샌드위치를 만들어주었다. 그는 샌드위치와 차가운 맥주 한 병을 들고 서재로 들어갔다. 책상 위에 전화번호부를 펼쳐놓고 샌드위치를 먹으며 그는 헌책방에 전화를 걸어 삽화가 있는 《허니 번치》 원판을 살 수 있는지 물었다.

전화를 받은 사람은 그가 원하는 것이 무엇인지를 아는 듯했다. 그로셋 앤드 던랩 출판사가 펴낸 1920년대 초의 책으로 저자는 손다이크였다. 그러나 그 책을 가진 사람은 없었다. 한 헌책방 주인이 그의 이름과 주소를 적은 다음 그 책을 찾을 수 있는지 알아보겠다는 대답을 얻은 것이 유일한 성과였다. 어떤 사람은 2번로와 3번로 사이에 있는 우아한 '골동품' 가게에 가서 알아보는 것이 어떻겠느냐고 말하기도 했다. 그 가게는 옛 미국의 향수를 불러일으키는 물건들을 취급한다는 것이었다.

이상하게도 이 재미없는 일이 델러니의 마음을 평온하게 만들어주었다. 그래서 그는 다시 일을 하기로 마음먹었다. 꾸준히, 의구심 같은 것은 뿌리치고 일을 해야 했다.

그는 책상으로 가서 다중살인자에 관한 역사와 분석, 수사에 관한 기록을 담고 있는 책을 모조리 뽑아냈다. 그것이 아무리 지엽적인 사실만을 다루고 있다 해도. 안락의자 옆의 탁자에 쌓아 올린 책의 높이는 별로 높지 않았다. 그런 주제를 다룬 문헌이 그리 많지 않았던 것이다. 그는 안락의자에 앉아 두꺼운 뿔테 안경을 쓰고 책을 뒤적이기 시작했다. 롬바드 사건에 적용할 수 없을 것으로 보이는 내용은 뛰어넘기도 하고 대강대강 훑기도 하면서 자료를 조사했다.

그는 질 드 레와 베르도, 잭 더 리퍼에 대한 자료를 읽었고 최근 사건으로는 휘트먼과 스펙, 언루와 보스턴 교살자, 팬즈램과 맨슨에 대한 기록을 읽었다. 시카고에서 연쇄살인을 저지른 소년에 대해서도 읽었다. 그 소년은 여자를 죽인 다음 그 여자의 립스틱으로 욕실의 거울에 '내가 또 살인을 저지르기 전에 나를 잡아라.' 라는 글을 남긴 것으로 유명했다. 그것은 인간의 변질에 관한 슬픈 기록이었다. 살인범 역시 격렬한 욕정이나 혼돈스러운 열망에 사로잡힌 피해자라는 생각이 들었다.

그러나 사건 자체에는 어떠한 패턴도 없었다. 적어도 그가 조사한 사건들에서는 특정한 패턴이 발견되지 않았다. 열 사람을 죽인 살인자건 100사람을 죽인 살인자건 수천 명을 죽인 살인자건 범인은 각기 특별한 동기로 범행을 저질렀다. 만일 어떤 패턴이 존재한다 해도 그것은 오직 범죄자의 내면에만 있었다. 살인자마다 각자의 범행방식이 있었다. 사용하는 흉기는 매번 같았다. 또한 한 살인과 다음 살인 사이의 간격이 점점 짧아졌다. 살인범이 더욱 큰 충동에 사로잡히기 때문이었다. 더! 더! 더 빨리! 더 빨리!

또 한 가지 기묘한 사실이 관찰되었다. 다중살인범들은 예외 없이 남자였다. 여자가 몇 차례에 걸쳐 살인을 저지른 경우도 몇 건 있기는 했다. 예를 들면 오하이오에서의 돼지 여자가 그랬고, 베크 페르난데스의 경우도 그랬다. 다중살인을 저지르는 여성의 동기는 경제적 이익을 취하기 위해서인 것 같았다. 그러나 남성들의 경우에는 무자비한 동경이나 비정상적 분노, 열정에 휩쓸려 범행을 저질렀다.

방 안이 어두워지기 시작했다. 델러니는 독서용 전등을 켰다. 메리가 들어와 가야겠다고 인사를 했다. 그는 현관으로 가서 그녀를 배웅한 다음 문을 잠그고 사슬을 걸었다. 그는 서재로 돌아와 다시 책을 읽기 시작했다. 그는 계속 다중살인사건 사이에 어떤 패턴이 존재하지 않는지, 어떤 요건이 반복되어 나타나지는 않는지, 확률과의 상관관계는 없는지를 찾아내기 위해 노력했다.

현관문의 초인종이 울린 것은 거의 5시가 다 된 시각이었다. 델러니는 읽던 책을 치웠다. 그것은 히틀러를 정치적 지도자가 아니라 범죄자로서 분석한 흥미진진한 책이었다. 그는 현관으로 나가 외등을 켜고 문가의 유리창을 통해 밖을 내다보았다. 문 앞에 서 있는 사람은 크리스토퍼 랭글리였다. 그는 한 손에 흰색 쇼핑백을 들고 있었다. 델러니는 문을 열었다.

랭글리는 반가운 목소리로 소리쳤다.

"서장, 방해가 된 건 아니겠지? 하지만 전화로는 안 될 것 같았어. 또 집에 가는 길이었거든. 그래서 잠깐 들르는 게 낫겠다고 생……."

"괜찮습니다. 어서 들어오세요."

"아아, 정말 멋진 집이로군!"

그들은 서재로 들어갔다.

"서장, 내가 지금 말이네……."

"잠깐만요, 선생님. 마실 걸 한잔 갖다 드린 다음에 얘기를 듣기로 하지요. 뭘 드시겠습니까?"

"셰리주."

"죄송합니다만 셰리주는 없습니다. 베르무트 백포도주가 있는데, 그걸 갖다 드릴까요?"

"그거 좋지. 얼음은 넣지 말고. 작은 잔으로 부탁하네."

델러니는 멋지게 꾸민 캐비닛으로 가서 랭글리에게 줄 백포도주를 따르고 자신을 위해서는 호밀 위스키를 따랐다. 그는 랭글리에게 잔을 건네주고 안락의자를 권한 다음 독서용 전등 불빛에서 몇 걸음 물러나 어둠침침한 곳에 멈춰 섰다.

"선생님의 건강을 위해서."

"자네와 자네 부인의 건강을 위해서."

두 사람은 술을 한 모금씩 마셨다. 델러니가 입을 열었다.

"자, 무슨 일이십니까?"

"서장, 나는 바보야! 정말 바보야! 제일 먼저 해야 할 일을 안 했단 말이야!"

델러니는 오컴의 면도날을 상기하며 미소 지었다.

"알겠습니다. 저도 그런 실수를 몇 번이나 했으니까요. 무슨 일인데요?"

"병원에서 이미 얘기했지만 난 전화번호부의 업종별 번호란에서 도심에 있는 스포츠용품점의 명단을 만들었어. '돌 사냥꾼'의 망치를 팔 만한 곳의 명단을 만든 거지. 짐머만과 나는 점심을 같이 먹었어. 난 혀넙치를 배불리 먹었지. 아주 맛있었어. 그 다음부터 우린 걷기 시작했어. 상점 여섯 군데를 돌아다녔지. '돌 사냥꾼'이 쓰는 망치를 파는 데는 없었어. 어떤 가게는 내가 찾는 게 뭔지도 모르더라구. 뭐라가 좀 피곤해 하는 것 같았어. 그래서 뭐라를 택시에 태워 집에 보냈지. 지금쯤 나와 먹을 저녁식사를 만

45

들고 있을 거야. 요리솜씨는 형편없지만. 난 일과를 마치기 전에 몇 군데 상점을 더 돌아다니기로 했어. 명단에 있는 다음 상점은 '에버크롬비 앤 피치'였지. 그 가게에는 '돌 사냥꾼'의 망치가 있었어. 바로 그거였어! 뉴욕에 있는 그런 상점 가운데 제일 큰 상점이 바로 거기였어. 제일 먼저 그 상점부터 찾아가야 했던 거야! 그러니 내가 바보가 아니고 뭔가. 아무튼 여기 있네."

랭글리는 허리를 굽혀 흰 쇼핑백에서 그 연장을 꺼내 델러니에게 내밀었다.

그 연장은 진공 포장용 플라스틱 안에 담겨 있었다. 포장에는 '돌 수집가와 고고학자의 시굴(試掘)을 위한 도끼'라고 씌어 있었다. 벽돌공의 망치처럼 손잡이는 목제였고 머리는 금속이었다. 머리 한쪽은 네모난 망치였고 다른 쪽은 10센티미터 정도 길이의 곡괭이였다. 곡괭이 위쪽은 네모꼴이었다가 첨단 부분에서는 아주 예리해졌다. 그 연장에는 가죽끈이 달려 있어서 허리띠에 찰 수 있도록 되어 있었다. 전체 길이는 손도끼 길이 정도였다. 한 손으로 쓸 수 있는 연장이었다.

랭글리는 손으로 가리키며 말했다.

"이 날 끝을 봐. 아주 날카로워. 하지만 아래쪽으로 구부러져 있지는 않아. 날 위쪽의 선은 아래쪽으로 곡선을 그리고 있지만, 날 아래쪽 선은 거의 수평을 유지하고 있어. 또 손잡이도 목제고. 하지만 그렇다 해도 이건 우리가 찾는 것과 아주 비슷한 것만은 사실이지. 안 그런가?"

델러니도 단정적으로 말했다.

"물론입니다. 만일 이게 아래쪽으로 구부러져 있기만 하다면

46

이것이 롬바드를 죽인 흉기라고 말할 수 있을 정도군요. 이 플라스틱 포장을 뜯어도 될까요?"

"물론이네."

"돈을 너무 많이 쓰시는군요."

"쓸데없는 소리."

델러니는 플라스틱 포장을 뜯어 연장을 손에 쥐었다. 그는 고개를 끄덕였다.

"정말 흡사합니다. 날 끝이 날카롭게 꼭지점으로 모아지고 있고, 머리 부분의 지름이 3센티미터 정도고, 사람의 두개골을 능히 부셔버릴 수 있을 정도의 무게예요. 어쩌면 정말 이것이었는지도 모르겠군요. 이것을 롬바드의 시신을 부검한 의사에게 보여주고 싶습니다."

크리스토퍼 랭글리는 두 손을 휘저으며 말했다.

"아니네, 아니야. 아직 내 얘기가 끝난 게 아니야. 내가 오늘 여기 들른 것은 이 얘기를 하기 위해서였어. 이걸 사고 승강기를 타려고 가는 길이었어. 그러다가 스키용품과 등산용품을 파는 가게 앞을 지나갔지. 배낭이니 크램폰이나 피톤이니 하는 걸 파는 가게 말이야. 바로 거기에서 아주 흥미진진한 물건이 벽에 걸려 있는 걸 발견했어. 지금까지 한 번도 본 적이 없는 물건이었지. 약 1미터 길이였어. 두 손으로 쓰게 되어 있는 연장이었지. 그것을 재빨리 우리가 찾는 흉기와 비교해 보았어. 감춰 들고 다니기에는 불편할 것 같았고, 또 손잡이도 목제였지. 연장의 머리 끝부분은 날카로운 철제였어. 길이는 약 8센티미터 정도. 목제 손잡이에 맞게 다듬어져 있었지. 하지만 내 관심을 끈 건 바로 그 연장의 머리 부분이었어. 틀림없이 크롬을 씌운 금속이었어. 한쪽은 소형 곡괭이 같은 생김이었지. 끝이 아주 날카로운 정 같은 모양이었어. 반대쪽 끝에는 우리가 찾던 바로 그것이 달려 있었어! 곡괭이였지. 10센티미터 정도의 네모꼴. 첨단 부분으로 내려올수록 점점 날카로워지면서 삼각형이 되었다가 전체가 못 끝처럼 날카로워지더군. 그러면서 아래쪽으로 구부러지는 거야! 전체가 아래쪽으로 구부러져 있더라구, 서장! 위쪽 면도 아래쪽 면도 동일하게 아래쪽으로 구부러져 있었어! 끝은 아주 날카로웠지. 너무 날카로워서 사용하지 않을 때 손상되거나 사람이 다치는 것을 막기 위해 고무마개가 씌워져 있었어. 난 그 고무마개를 뽑아보았다네. 그랬더니 그 날끝 아래쪽에 톱날 같은 것이 네 개 비죽비죽 솟아난 게 보였어. 물건을 자르는 데 쓰이는 거겠지. 점원을 불러 그 연장의 이름이 뭔지 물어봤지. 그랬더니 얼음도끼라고 하더군. 어디 쓰는 거냐고 물었더니 점원 말이……."

델러니가 갑자기 소리쳤다.

"뭐랬다구요? 그게 뭐라구요?"

"어디 쓰는 거냐고 물어보았더니……."

델러니는 참지 못하고 다시 랭글리의 말을 가로챘다.

"그게 아니라, 점원이 그 물건의 이름을 뭐라고 했다구요?"

"얼음도끼."

델러니는 탄식했다.

"맙소사! 레온 트로츠키! 멕시코시티! 1940년."

"뭐야? 서장, 지금 무슨 말을 하는 거야?"

"레온 트로츠키 말입니다. 스탈린 치하에 러시아에서 망명한 사람이죠. 탈출했거나 추방당했는지도 모르지만. 그건 정확히 기억나지 않아요. 책을 뒤져봐야 알겠어요. 트로츠키는 한때 레닌이나 스탈린과 동급의 인물이었어요. 그러다가 레닌이 죽었지요. 그러자 스탈린은 혼자 권력을 독차지하고 싶었어요. 그래서 트로츠키는 러시아를 떠나 멕시코시티로 달아났어요. 1940년에 그자들은 트로츠키를 죽여요. 소문으로는 트로츠키를 암살한 자들은 러시아의 비밀경찰이었다고 해요. 자세히는 기억이 나지 않지만. 하지만 암살자가 트로츠키를 죽일 때 사용한 무기가 바로 얼음도끼였어요."

"자네 혹시 그 사건과 롬바드 사건이 무슨 관련이 있다고 생각하는 건 아닐 테지?"

"물론이죠. 그럴 리는 없습니다. 물론 조사는 해봐야겠지만, 무슨 상관이 있을 거라는 생각은 들지 않아요."

"하지만 자네는 프랭크 롬바드가 그 얼음도끼로 피살되었다고 생각하는 건가?"

"우선 술을 더 갖다 드리지요."

델러니는 랭글리와 자신이 마실 술을 새로 한 잔씩 따라서 제자리로 돌아왔다.

"랭글리 선생님, 전 형사라는 것이 전문직인지 재능이 필요한 직업인지는 모릅니다. 하지만 이런 건 압니다. 첫째 사람을 가르쳐서 좋은 형사로 만든다는 건, 사람을 가르쳐 올림픽 육상선수나 위대한 예술가로 만드는 것이 불가능한 것처럼 불가능합니다. 둘째 아무리 재능이 있어도 아무리 열심히 일해도 경험 없이는 좋은 수사관이 될 수가 없습니다. 경험이 많을수록 좋은 형사가 되는 거지요. 수사관으로 재직하는 동안 범죄의 양식을 판별할 수 있게 되는 겁니다. 사람들은 반복하거든요. 범행의 동기도, 사용되는 흉기도, 침입하는 방법과 탈출하는 방법, 알리바이를 만드는 방법도 반복돼요. 같은 일이 반복된다는 것을 알게 되는 거지요. 창문을 깨뜨리는 것, 부엌칼을 쓰는 것, 휘장을 찢어발기는 것, 타이어의 철심을 사용하는 것, 자물쇠를 부수는 것, 쥐약을 사용하는 것 등 수도 없이 많은 비슷한 행위들이 반복됩니다. 그런 모든 행위에 익숙해지는 겁니다. 롬바드 사건에서 제가 제일 당황했던 것은 이제까지의 사건을 통해 잘 알고 있던 것과 비슷한 점이 전혀 발견되는 않는다는 것이었어요. 아무것도 없었어요! 확률로 봐서 처음에는 잘 아는 사람이, 친척이나 친지가 롬바드를 죽였을 거라고 생각했지요. 그렇지만 그것은 부정적이었습니다. 그 다음 가능한 추리는 강도가 우발적으로 롬바드를 죽였으리라는 것이었습니다. 그것 역시 조사 결과 부정적이었어요. 범인은 롬바드의 돈에는 손도 대지 않았거든요. 최악의 사태는 도대체 롬바드를 죽인 범인이 사용한 흉기마저 온전히 판별해 낼 수가 없다는 점이었어요. 그런데 지금 선생님이 집 안으로 들어와 '얼음도끼'라고 말씀하신 겁니다! 마술입니다! 째깍 하는 소리가 들린 것 같았습니다. 트로츠키도 얼음도끼로 피살당했어요. 갑자기 내가 아는 사실과 마주친 거지요. 살인흉기는 예전에 사용된 적이 있는 물건이었던 겁니다. 설명하기는 힘들지만, 랭글리 선생님, 지금 우리는 분명히 수사에서 한 단계를 넘어선 것 같습니다. 이제야 비로소 진전이 시작된 것 같아요. 고맙습니다. 그리고 죄송합니다. 제가 선생님 말씀을 가로막았지요. 아까 상점의 점원 얘기를 하고 있었죠. 선생님이 그 얼음도끼를 어디에 쓰는 거냐고 했더니 그 사람이 뭐라고 대답하던가요?"

랭글리는 잠시 넋이 나간 듯 델러니를 쳐다보더니 말했다.

"아, 등산할 때 사용하는 물건이래. 손잡이를 붙잡아 지팡이처럼 쓸 수 있다는 거지. 예를 들면 빙판을 가로지를 때 얼음에 박을 수 있다는 거야. 점원은 얼음도끼 손잡이에 어떤 것을 갖다 붙이느냐에 따라 여러 용도로 쓰일 수 있다고 했어. 내가 본 것 말고도 작은 바퀴를 달면 눈 위에서 스키폴처럼 쓸 수도 있고, 그 밖에도 용도가 많대. 이 물건과 똑같이 생겼지만 크기는 작고 한 손으로 사용할 수 있는 것도 있냐고 물었더니 점원은 아주 모호한 대답을 하더군. 잘 모르겠대. 하지만 있을 것 같기도 하댔어. 그러면서 한다는 말이, 그런 물건은 머리 부분만이 아니라 전체가, 손잡이까지 금속으로 만들어졌을 거라고 하는거야. 생각해 봐, 서장. 한 손으로 사용이 가능하고 금속으로 만들어진, 날카롭고 이렇게 아래로 구부러진 물건이 있다는 거야! 어떤가?"

델러니가 소리쳤다.

"굉장합니다! 훌륭해요! 이건 낯선 물건이 아닙니다. 전에도 살인에 사용된 적이 있는 물건이니까요. 눈이 번쩍 뜨이는 기분이에요. 랭글리 선생님, 정말 굉장한 일을 해내셨습니다."

노인은 미소를 지었다.

"그저 운이 좋았을 뿐이지."

"선생님께서 만들어낸 운입니다. 덕분에 저도 운 좋은 사람이 됐습니다. 우리의 운이지요. 계속해서 이 방향으로 조사를 해주세요. 그 점원이 어디 가면 한 손으로 쓸 수 있는 얼음도끼를 구할 수 있는지 얘기하던가요?"

"아니, 하지만 뉴욕 시내에 캠핑이나 등산용품을 전문적으로 취급하는 가게가 몇 군데 있다는 얘기는 해줬어. 도끼와 손도끼, 크램폰과 특수 배낭, 나일론 밧줄 같은 물건을 파는 곳 말이야. 전화번호부에 그런 가게 명단이 나올지도 몰라. 서장, 계속해서 조사를 해야겠나?"

델러니는 서둘러 앞으로 걸어가 두 팔로 노인의 어깨를 잡았다.

"해야겠냐구요? 무슨 말씀이세요? 해야 하고말고요! 정말 대단한 것을 발견하셨는데요. 한 손으로 쓸 수 있는 얼음도끼를 찾아내셔야 합니다. 누가 파는지, 누가 사는지를 알아내야 해요. 그동안 저는 트로츠키 살인사건에 대해 좀 더 알아봐야겠습니다. 어쩌면 그 연장의 사진을 구할 수도 있을 거예요. 또 등산가들에 대해서도 조사해 봐야겠구요. 랭글리 선생님, 이제 우린 전진을 시작한 겁니다. 이제야말로 본격적으로 수사를 시작한 거예요! 전화드리겠습니다. 선생님도 저에게 전화해 주세요. 보안 같은 건 신경 쓰지 마세요. 이 방향이 옳다는 생각이 듭니다. 아니, 틀림없이 옳은 방향이에요. 육감이 그래요. 거의 틀림없어요. 논리하고는 상관없는 일이에요. 옳은 방향이 분명하다는 생각이 듭니다."

델러니는 마침내 랭글리를 배웅하여 보냈다. 랭글리는 문 밖으로 나서는 순간까지 열광에 휩싸여 그 얼음도끼를 어떤 방법으로 추적할 것인지 계획을 떠들어댔다. 델러니는 그때마다 모든 계획에 동의하고, 공손하게 고개를 끄덕였다. 그를 내보낸 뒤 현관문을 잠그고 서재로 돌아온 델러니는 뒷주머니에 손을 찌르고 고개를 숙인 채 방 안을 서성거렸다.

마침내 그는 전화번호부를 집어 뒤적이다가 전화를 걸었다. 토머스 핸드리가 다니는 신문사였다. 교환은 사회부로 전화를 돌려주었다. 전화를 받은 남자는 델러니에게 핸드리 기자가 비번이라고 말했다. 델러니는 핸드리의 집 전화번호를 물었다. 그 남자는 알려줄 수 없다고 대답했다. 델러니는 다시 물었다.

"전화번호부에 번호가 올라 있습니까?"

"안 올라 있어요."

델러니는 될 수 있는 한 엄중한 어조로 말했다.

"나는 뉴욕 경찰청 에드워드 델러니 지서장입니다. 이것은 공적 용무를 위한 전화입니다. 만일 당신이 고집을 부리면 나는 전화회사에 연락해서 핸드리 기자의 집 전화번호를 알아낼 수도 있습니다. 그러나 당신이 알려주면 시간을 절약할 수 있지요. 만일 내 신분을 확인하고 싶다면 취재본부에 있는 기자에게 연락해 보시지요. 그 사람 이름이 슬로슨이던가요?"

"슬로슨은 작년에 죽었습니다."

"그것 참 안됐군요. 훌륭한 기자였는데."

"알았습니다. 잠깐만 기다리세요, 서장님."

그 사람은 그제야 델러니에게 핸드리 기자의 전화번호를 알려주었다. 델러니는 고맙다고 인사를 하고 전화를 끊은 다음, 다시 전화를 걸었다. 전화를 받는 사람이 없었다. 그는 10분 뒤에 다시 전화를 했다. 이번에도 받지 않았다.

냉장고에는 음식이 별로 없었다. 점심 때 그가 먹은 구운 햄과 샐러드 재료가 약간 있을 뿐이었다. 그는 햄을 두껍게 두 조각 자르고 토마토와 오이를 잘랐다. 햄에는 겨자를 치고 나머지 재료에는 드레싱을 뿌렸다. 그는 그것을 순식간에 먹어치웠다. 먹으면서도 그는 손목시계를 자주 들여다보았다. 병원에 갈 시간이 다가오고 있었다.

델러니는 접시와 찌꺼기들을 싱크대 속에 넣고, 손을 씻은 다음 서재로 가서 다시 핸드리 기자에게 전화를 했다. 이번에는 통화가 되었다.

"여보세요?"

"토머스 핸드리 기자십니까?"

"그렇습니다."

"에드워드 델러니 지서장입니다."

"아, 안녕하세요, 서장님? 어떻게 지내십니까?"

"그저 그렇지요. 당신은요?"

"잘 있습니다. 서장님이 휴직 중이라는 얘기를 들었습니다."

"그렇습니다."

"부인이 편찮으시다구요. 안됐습니다. 금방 회복하시기 바랍니다."

"고맙습니다. 핸드리 씨. 그런데 부탁이 하나 있습니다."

"뭡니까, 서장님?"

"1940년에 멕시코시티에서 발생한 레온 트로츠키 암살사건에 관한 정보를 모두 구하고 싶습니다. 당신이라면 자료실에서 그런 정보를 얻을 수 있을 거라고 생각했습니다."

"트로츠키 암살사건이요? 제가 태어나기도 전의 일이군요."

"압니다."

"어떤 자료가 필요하신 겁니까?"

"특별한 건 아닙니다. 그 당시 신문의 기사들이면 됩니다. 그 사람이 어떻게 피살당했는지, 누가 죽였는지, 그때 사용된 흉기가 무엇이었는지, 그 흉기의 사진이 공개된 적이 있는지 등에 대해 알고 싶습니다. 만약 흉기 사진이 공개된 적이 있어서 그 사진을 구해주신다면 큰 도움이 될 겁니다."

"어디에 쓰실 건데요?"

델러니는 핸드리의 질문을 묵살하고 얘기를 계속했다.

"두 번째 부탁은 뉴욕 제일의 등산가의 이름과 주소를 알려주십사 하는 겁니다. 최고의 등산가 말입니다. 아니면 가장 경험이 많은 등산가나 기술이 가장 뛰어난 사람도 좋습니다. 그건 체육부 기자에게서 알아낼 수 있을 테지요?"

"아마 그렇겠지요. 그런데 도대체 이게 다 무슨 소용이 있는 건지 말해 주실 수는 없습니까?"

"내일 나와 한잔 할 시간 있습니까, 핸드리 씨? 5시쯤이면 어떨까요?"

"좋습니다."

"그때 내가 부탁한 정보를 얻을 수 있겠지요?"

"해보지요."

"좋습니다. 그럼 내일 만나서 얘기합시다."

델러니는 퍼거슨 박사와 식사한 적이 있는 식당의 주소를 알려주었다.

"됐습니까, 핸드리 씨?"

"좋아요. 조사해 드리지요. 트로츠키와 등산가. 맞지요?"

"그렇습니다. 그럼 내일 봅시다."

델러니는 서둘러 집을 나서서 2번로에서 택시를 잡아탔다. 그로부터 15분이 채 지나지 않아 그는 병원에 와 있었다. 델러니는 조심스럽게 아내의 병실 문을 밀었다. 한눈에 아내가 잠들었다는 것을 알 수 있었다. 그는 소리를 내지 않고 병실 안으로 들어가 플라스틱 의자에 앉아 전등을 끄고 코트를 벗었다. 그는 될 수 있는 한 조용히 거기 앉아 기다렸다.

델러니는 거의 움직이지도 않은 채 한동안 앉아 있었다. 잠깐 졸기도 했다. 그러나 거의 대부분 그는 아내를 지켜보고 있었다. 아내는 깊이 잠들어 있었다. 병실 안으로 들어오는 사람도 없었다. 복도에서 인기척이 희미하게 들려왔다. 그는 여전히 꼼짝도 않고 앉아서 두서없이 이 생각 저 생각을 더듬어 나갔다. 아이들을 생각했고, 핸드리를, 랭글리를, 브로턴을, 짐머만을 생각했다. 얼음도끼를 생각했고, 토어슨과 존슨을 생각했으며, 운전면허증을 생각했다. 그 모든 것들이 머릿속에서 마치 짤막한 영화처럼 재빨리 번쩍번쩍 떠올랐다가 사라졌다.

두 시간이 지나자 그는 수첩에 메모를 휘갈겨 쓰고 그 페이지를 찢어 아내의 침대 옆 탁자에 놓았다.

왔다 가요. 당신은 어디 간 게요? 사랑과 함께 제비꽃을.

—에드워드

그는 발소리를 죽여 병실을 나왔다.

델러니는 집까지 걸었다. 집에 도착해 서재로 들어가서 다시 다중살인의 역사와 동기, 방법에 관한 자료들을 읽기 시작했다. 역시 그런 범죄에는 아무런 패턴이 없었다.

델러니가 책을 치우고 서재의 불을 끈 것은 자정이 지난 직후였다. 그는 지하실과 1층의 방을 돌아다니면서 창문과 자물쇠를 점검했다. 그 다음 2층으로 올라가 옷을 벗고 따뜻한 물로 샤워를 하고 면도를 했다. 욕실 거울에 비친 자신의 벗은 몸을 보며 그는 건강상태가 별로 좋지 않다는 것을 깨달았다. 얼굴과 목, 가슴과 배, 엉덩이와 넓적다리 등 모든 부분이 쭈그러들고 있는 듯 보였다.

그는 침대에 들어가 머리맡의 전등을 끄고 눈을 감았다. 그러나 잠이 오지 않았다. 한 시간 동안이나 안정을 못 하고 이쪽저쪽으로 뒤척거렸다. 마침내 그는 다시 전등을 켰다. 모직 슬리퍼를 신고 서재로 들어갔다. 그는 '혐의자'라는 제목을 붙여둔 자료를 꺼냈다. '신체적 특징'이라는 항목 밑에 '운동선수?'라고 씌어 있었다. 곧 그것을 지우고 '등산가?'라고 써 넣었다. '기타 참고 사항'이라는 항목 밑에 '얼음도끼를 가지고 있는가?'라고 써 넣었다.

그것은 대단한 작업은 아니었다. 델러니 자신도 그 점을 인정할 수밖에 없었다. 사실대로 말하자면, 그것은 우스꽝스러운 짓이기도 했다. 그러나 서재의 불을 끄고 다시 2층으로 올라가 침대로 기어들자 그 즉시 잠들었다.

토머스 핸드리는 서류가방을 열면서 말했다.

"시간이 부족했어요. 서장님이 그 암살사건의 정치적 배경보다 사건 자체에 더 관심을 갖고 있을 거라고 생각했죠. 그래서 주로 암살에 관련된 기사들을 가져왔어요."

델러니 서장은 고개를 끄덕였다.

"옳은 추측입니다. 당신이 쓴 경찰에 관한 기사를 읽었습니다. 외부에서 관찰한 사람의 기사로는 제법 훌륭합니다."

"쳇, 고맙다고 해야 하나요?"

"시를 쓰고 싶은가요?"

핸드리는 깜짝 놀라 입을 벌리고 뒤로 비켜나 앉아 벤자민 프랭클린식의 독서용 안경을 벗었다.

"그걸 어떻게 아셨어요?"

"당신이 사용하는 어휘와 구절을 보고 알았죠. 리듬감하고. 경찰 내부로 직접 파고든 건 좋은 시도였어요."

"시로는 먹고 살 수가 없어요."

"그건 사실이지요."

핸드리는 사방을 둘러보았다. 칸막이 벽, 가죽소파, 오래된 판화와 연극 포스터가 눈에 띄었다. 그것들은 색이 바래고 먼지가 뒤덮여 있었다.

"이곳이 마음에 들어요. 처음 와본 곳인데. 제법 잘 꾸몄네요. 소품들이 정말 오래된 것처럼 보입니다."

델러니가 설명했다.

"오래된 물건들이지요. 100년이 넘었을 겁니다. 속임수가 아니에요. 맥주 맛은 어떻습니까?"

"좋은데요. 자, 그러면 본론으로 들어갈까요?"

핸드리는 서류가방에서 자필로 쓴 메모지를 꺼냈다. 그는 그것을 빠른 속도로 읽기 시작했다.

"레온 트로츠키. 러시아 혁명과 소비에트 건국의 지도자 가운데 한 사람입니다. 이론가지요. 스탈린이 국외로 추방시켰어요. 그러고서도 스탈린은 트로츠키를 의심했지요. 트로츠키가 국외에서 음모를 꾸밀 수 있다고 생각한 겁니다. 트로츠키는 멕시코시티로 갔습니다. 그는 매사에 의심이 많았습니다. 스탈린 때문이었죠. 굉장히 조심하며 살았습니다. 그렇다고 해도 벽장 안에 숨어서 살 수는 없는 노릇라 잭슨이라는 사람과 친해지게 되었습니다. 신문에는 잭슨의 이름이 서로 다르게 표기되어 있어요. 어떤 신문은 J-A-C-S-O-N이라고 표기하고 어떤 신문은 J-A-C-K-S-O-N이라고 표기했어요. 백인남자였죠. 이 사람은 적어도 6개월 동안 트로츠키의 집을 드나들었어요. 친구였지요. 하지만 트로츠키는 비서와 경호원들이 옆에 없을 때는 어느 누구와도 만나지 않았어요. 1940년 8월 20일, 잭슨은 자신이 쓴 기사를 들고 트로츠키 앞에 나타났어요. 잭슨은 트로츠키가 그 기사를 읽어주기를 바랐다고 합니다. 그 기사가 어떤 거였는지는 알아내지 못했어요. 아마 정치기사였겠지요. 잭슨은 서재로 들어오라는 권유를 받습니다. 비서가 그 자리에 없었던 것은 그때가 처음이었다고 해요. 잭슨이 나중에 진술한 바로는, 트로츠키는 그 기사를 읽기 시작했습니다. 트로츠키는 책상 앞에 앉아 있었고 잭슨은 트로츠키의 왼쪽에 서 있었지요. 잭슨은 레인코트를 입고 있었어요. 코트 주머니에는 얼음도끼, 권총, 단검이 들어 있었어요. 그는……"

"잠깐만, 잠깐만. 레인코트 주머니에 얼음도끼를 가지고 있었다고요? 불가능한 일입니다. 주머니에 들어가지 않을 텐데요."

"글쎄요. 한 신문에서는 그게 레인코트 주머니에 들어 있었다고 했고, 다른 기사는 잭슨의 레인코트 안에 감춰져 있었다고 했어요."

"감춰져 있었다는 건 이해가 되는군요."

"트로츠키는 잭슨의 기사를 읽고 있었지요. 잭슨은 레인코트 속에서 얼음도끼를 꺼내서 아니면 주머니에서 얼음도끼를 꺼내서 트로츠키의 머리를 내리쳤습니다. 트로츠키는 벌떡 일어나 잭슨을 덮치면서 그의 왼손을 물어뜯었습니다. 대단하지요? 그때 비서들이 달려 들어와 잭슨을 붙잡았습니다."

"권총과 단검은 왜 가지고 있었을까요?"

"잭슨의 진술로는 트로츠키를 죽인 다음 자살할 작정이었다고 합니다."

"거짓말 냄새가 나는데. 그럼 트로츠키는 죽었습니까? 그 서재에서?"

"아니요. 그로부터 스물여섯 시간 후에 죽었습니다."

"어떻게 타격을 가했는지에 관한 내용은 없습니까?"

"트로츠키의 머리 꼭대기를 가격했다고 합니다. 트로츠키는 앉아 있었고, 잭슨은 서 있었으니까요."

"그 사람은 어떻게 되었지요?"

"잭슨 말입니까? 감옥에 갔지요. 한 번 탈옥을 시도했지만 실패했습니다. 탈옥을 계획한 것은 분명히 게페우였어요. 그 시절에는 소련의 비밀경찰을 게페우라고 불렀죠. 지금은 잭슨이 어디 있는지, 살았는지 죽었는지도 모릅니다. 작년에 트로츠키에 관한 책이 하나 출간되었어요. 그것도 읽어볼까요?"

"아닙니다. 그건 중요치 않아요. 맥주 한잔 더 하겠습니까?"

"예, 한참 동안 떠들었더니 목이 마르네요."

그들은 술이 오기까지 말없이 앉아 있었다. 델러니는 호밀 위스키와 물을 마시고 있었다.

"이제 그 흉기 얘기를 해봅시다."

델러니가 말하자 핸드리는 메모를 꺼내 들여다보았다.

"사진은 찾을 수 없었어요. 하지만 우리 회사 자료실에 근무하는 나이 든 부인이 뭐든 잘 기억하는 사람이거든요. 그 부인 얘기가 1950년대에 어떤 잡지에 그 살인사건을 다룬 기사가 실렸는데, 그 기사에 얼음도끼 사진이 실렸다고 합니다. 그러니까 어디엔가 그 사진이 분명히 있기는 할 겁니다."

"그 밖에는?"

"산악 등반에 사용되는 얼음도끼였다고 합니다. 처음에 잭슨은 그 얼음도끼를 스위스에서 구입했다고 진술했어요. 그런데 나중에는 진술이 혼란스러워져요. 잭슨의 애인이 있었는데, 이 여자는 파리와 뉴욕에서 그런 물건을 본 적이 없다고 진술했어요. 잭슨과 그 여자는 멕시코로 오기 전에 파리와 뉴욕을 여행했다고 해요. 그 다음에 잭슨은 자기가 등산을 좋아하기 때문에 그 얼음도끼를 멕시코에서 구입해서 등산할 때 사용했다고 진술합니다. 멕시코의 오리사바와 포포 등지를 등반할 때 썼다고 말입니다. 그런데 나중에 밝혀진 사실로는 잭슨은 한동안 멕시코의 어떤 캠프에서 산 적이 있다고 합니다. 그 캠프의 주인 아들은 등산을 굉장히 좋아하는 사람이었다더군요. 잭슨은 그 사람과 함께 등산에 대해 몇 차례 얘기를 나눈 적이 있었대요. 그 사람한테 전에 구입한 얼음도끼가 하나 있었다고 합니다. 잭슨이 트로츠키를 공격해서 체포된 이튿날 캠프 주인이 그 얼음도끼를 찾아봤는데, 끝내 찾을 수 없었다고 합니다."

델러니는 고개를 끄덕거렸다.

"늘 그런 법이지요. 아무튼 잭슨은 이 얼음도끼를 스위스나 뉴욕에서 살 수도 있었을 것이고, 어쩌면 멕시코에서 훔칠 수도 있었겠지요. 그렇지요?"

"그런 셈이지요."

델러니는 한숨을 내쉬었다.

"대단하군요. 난 막대사탕처럼 생긴 그 물건을 누구나 살 수 있다는 걸 미처 몰랐어요. 잭슨은 정말 게페우 요원이었습니까?"

"그건 아무도 확실히 몰라요. 그러나 멕시코의 전직 비밀경찰 부장 한 사람이 잭슨은 게페우 요원이었다고 말했답니다. 그 사람이 그 사건에 관해 책을 썼는데, 그 책에서 그렇게 말했대요."

"잭슨이 얼음도끼로 트로츠키를 단 한 차례 가격한 것이 틀림없습니까?"

"그것에 대해선 많은 사람들의 견해가 일치합니다. 단 한 차례의 가격. 이 사건에 관해 더 필요한 게 있습니까?"

"아닙니다. 당장은 됐어요. 핸드리 씨, 짧은 시간 동안 정말 자세히도 조사했군요."

"물론이죠. 이런 일을 잘한다고 스스로가 인정합니다. 이제 뉴욕 제일의 등산가 얘기를 해볼까요? 정확하게 18개월 전이라면 그 질문에 간단히 답변할 수 있었을 겁니다. 캘빈 케이스, 31세에 기혼. 가장 전문적인 기량을 지닌 용감하고 과감한 등산가로 국제적 명성을 떨치던 인물이지요. 그런데 이 사람이 작년 초에 4인 1조의 팀을 구성해서 아이거 북벽을 등반했습니다. 그곳은 세계에서 가장 험난한 코스로 알려져 있답니다. 우리 신문사의 체육부장 말로는 에베레스트를 등반하는 것은 기술만을 필요로 하지만 아이거 북벽을 등반하기 위해서는 순전히 배짱이 필요하다고 하더군요. 궁금하실까 봐서 말씀드리는데, 아이거 북벽은 스위스에 있어요. 문자 그대로 깎아지른 듯한 절벽이지요. 아무튼 캘빈 케이스는 로프의 맨 끝에 매달려 있었다고 합니다. 미끌어졌거나 피톤이 빠졌거나 했겠지요. 아무튼 이 사람은 로프 끝에 대롱대롱 매달린 꼴이 되고 맙니다. 그러자 마침내 스스로 로프를 끊어 다른 사람들을 구하고 자신은 떨어져버렸습니다."

"맙소사."

"그래요. 그런데 놀랍게도 그 사람은 죽지 않았습니다. 하지만 척추가 부러졌어요. 허리 아래가 마비되어 있답니다. 침대에 묶여 사는 거지요. 대소변도 못 가리는 형편이래요. 내 소식통 말로는 그 사람은 대중의 관심을 자아낼 거라고 하는데, 인터뷰에 절대로 응하지 않는답니다. 책을 펴내자는 제안을 받고 있다지요."

"생계는요?"

"아내가 일을 한대요. 아이들은 없구요. 잘해 나갈 겁니다. 그건 그렇고 현재 활동 중인 가운데 최고인 사람도 알아왔습니다. 하지만 그는 지금 네팔에 있어요. 등반을 준비하고 있겠지요. 어떤 사람을 원하십니까?"

"캘빈 케이스를 선택하는 수밖에요. 주소를 압니까?"

"물론이죠. 서장님이 케이스를 원할 거라고 생각했어요. 주소는 이겁니다."

그는 델러니에게 종이쪽지를 건네주었다. 델러니는 그것을 받아 잠깐 바라보았다.

"그리니치 빌리지라. 그 거리를 잘 알아요. 몇 년 전 어떤 녀석이 지붕에 숨어서 내게 총질을 한 곳이 바로 여기였죠. 총격을 당한 건 그때가 처음이었어요."

"그 사람이 명중을 못 시켰나요?"

핸드리가 묻자 델러니는 미소를 지으며 대답했다.

"그래요. 명중시키지 못했죠."

"서장님은요?"

"명중시켰지요."

"그 사람 죽었습니까?"

"죽었지요. 맥주 더 할래요?"

"예, 한 잔만 더 하지요. 서장님도 더 하실 거지요?"

"그럼요."

"화장실부터 다녀와야겠네요. 터질 것 같아요."

"저 구석에 있는 문 바로 뒤요."

핸드리는 화장실에 다녀와서 이렇게 물었다.

"내가 시를 쓰고 싶어 한다는 거 진짜 어떻게 아셨어요?"

델러니는 으쓱 어깨를 흔들었다.

"그저 추측한 겁니다. 그렇게 놀랄 필요 없어요. 부끄러운 일도 아니고."

핸드리는 탁자를 내려다보며 잔을 빙글빙글 돌렸다.

"압니다. 하지만 그래도……. 좋아요, 서장님. 이제 서장님 차렙니다. 이게 다 무슨 일이죠?"

"무슨 일 같습니까?"

"트로츠키의 암살에 대해 물으셨죠. 그는 얼음도끼로 피살당했어요. 그건 산악인의 연장이지요. 뉴욕 제일의 산악인에 대해서도 물으셨죠. 분명히 얼음도끼와 관계된 일 같은데 뭡니까, 도대체?"

델러니는 이런 질문을 받게 되리라는 것을 짐작하고 주의 깊게 답변을 마련했다. 그는 조금씩 더 진실에 가까워지는 세 가지 답변을 준비했다. 아직 어디까지 이 기자를 믿어야 할지 알 수가 없었다. 델러니는 핸드리가 이미 트로츠키와 얼음도끼, 그리고 등산가 사이의 관계를 파악해 냈으니까 두 번째 답변을 하기로 마음먹었다.

"현재 전 휴직 중이지만 프랭크 롬바드가 죽은 곳은 내 관할구역입니다. 당신한테는 우습게 들릴지 모르지만, 난 이게 내 책임이라고 생각합니다. 251번 지서는 내 고향이에요. 그래서 지금 비공식적인 수사라고 할 수 있는 걸 하는 겁니다. 공식적 수사는 롬바드 작전 수사대에서 하는 거구요. 그건 당신도 알지요? 내가 하는 일도 당신한테 묻는 것도 경찰청과는 상관없는 일입니다. 공적 수사권이 없으니까 당신이 내게 해준 일도 개인적인 호의라고 해야지요."

핸드리는 오랫동안 델러니를 쳐다보았다. 그 다음 그는 맥주를 단숨에 반이나 비우고 잔을 내려놓았다. 콧수염에 맥주 거품이 묻어 있었다.

"정말 상대 못 할 분이군요."

핸드리의 말에 델러니는 서글프게 고개를 끄덕거렸다.

"그래, 사실입니다. 난 롬바드가 얼음도끼로 피살당했다고 생각합니다. 트로츠키 암살사건의 배경과 등산가에 대해 물은 이유가 바로 그겁니다. 내가 아는 건 그뿐이죠. 그 조사를 부탁한 건 당신을 믿기 때문이었습니다. 내가 약속할 수 있는 건 제일 먼저 당신에게 사건 정보를 주겠다는 것뿐입니다. 만일 그럴 만한 게 생긴다면 말입니다."

"서장님께 수사팀이나 있나요?"

"수사팀? 그런 거 없어요. 어떤 사람이 날 돕고 있기는 하지만 경찰청 소속이 아니죠. 민간인입니다."

"제게만 정보를 준다고요? 저한테만?"

"그래요. 정보가 생긴다면 말이오."

"지금 당장이라도 기사를 쓸 수 있어요. 휴직 중인 한 서장이 개인적으로 옛 관할지역에서 발생한 사건을 수사하고 있다. 요란할 겁니다. 제목은 '에드워드 델러니 지서장, 복수를 선언하다.' 원하는 게 이런 겁니까?"

"아닙니다. 그러는 당신이 원하는 건 뭡니까?"

"그 수사에 동참하는 겁니다. 일이 진행되는 걸 알고 싶습니다. 필요한 대로 얼마든지 절 이용하세요. 기꺼이 도와드리지요. 하지만 지금 서장님이 하고 있는 일을 저도 알아야겠어요."

"아무것도 안 될지도 몰라요."

"좋아요. 아무것도 안 되어도 좋다구요. 그 도박에 참가하겠습니다. 됐나요?"

"내가 허락하기 전에는 한 줄도 기사화하지 않는 거지요?"

"좋습니다."

"당신을 믿겠습니다, 핸드리 씨."

"날 믿는다구요? 천만에요. 하지만 서장님께는 다른 선택의 여지가 없지요."

꿈은 애매모호했다. 안개가 자욱한 거리에서 그는 한 남자를 쫓
아갔다. 아니 남자라고는 할 수 없었으나 뭔가가 있었다. 희미한
어둠 속에 움직이는 그림자였다. 롬바드가 피살되던 날 밤처럼 오
렌지색 가로등 불빛 아래 보슬비가 흩날리고 있었다.

그림자의 정체를 알아내기 위해 아무리 빨리 움직여도 그림자
는 변함없이 그의 앞을 가고 있었다. 아무리 따라가도 가까워지지
않았다. 공포나 두려움도 느껴지지 않았다. 그림자 속에서 움직이
는 그 물체의 정체를 알고 싶은 욕구뿐이었다.

그때 소리가 들렸다. 순찰차의 경적소리가 아니었다. 소방차의
경적도 아니었다. 구급차의 경적소리였다. 소리가 점점 더 요란해
지면서 가까워졌다. 델러니는 몸부림치며 잠에서 깨어나 전화를
찾아 더듬거렸다.

미처 정신을 차리기도 전에 도르프만의 음성이 흘러나왔다.

"서장님?"

"그래."

"도르프만입니다. 이스트 84번가에서 사건이 벌어졌습니다. 1번
로와 2번로의 중간 지점입니다. 롬바드 살인사건과 흡사한 것 같
아요. 피해자의 신원은 일단 버나드 길버트라고 알려졌습니다. 죽
지는 않았습니다. 지금 구급차가 도착하기를 기다리는 중입니다.
저도 곧 그쪽으로 가봐야 할 것 같습니다."

"펄리 부장에게 알렸나?"

"예."

"잘했네."

"거기로 오시겠습니까?"

"아니야. 자네 혼자서도 잘해낼 거야. 즉시 출발하게. 어느 병원으로 가는 건가?"

"머시 성모병원입니다."

"전화해줘서 고맙네, 경위."

"천만의 말씀입니다."

델러니는 불을 켜고 슬리퍼를 신고 가운을 걸쳤다. 그는 아래층 서재로 내려가면서 차례차례 벽에 붙은 스위치를 올려 전등을 켰다. 마침내 책상 위의 전등까지 켰다. 집 안은 춥고 축축했다. 가운 위에 코트를 걸쳤다. 그는 책상 위의 달력을 살펴보았다. 롬바드 사건이 발생한 날로부터 22일이 흘렀다. 그는 새 종이를 꺼내 이 사실을 꼼꼼히 기록했다. 그 다음에 부경감 토어슨의 전화응답 대행사에 전화를 걸어 자신의 이름과 전화번호를 일러주고 전화를 끊었다.

바로 토어슨한테 전화가 왔다. 그는 졸린 음성이었으나 화를 내지는 않았다.

"무슨 일인가, 에드워드?"

"집에서 전화를 걸었습니다. 중요한 일이라서요. 롬바드 살인 사건과 유사한 사건이 발생했어요. 역시 251번 관할지역에서. 84번가입니다. 버나드 길버트로 알려진 인물이 습격을 당했습니다. 아직 살아 있답니다. 그를 머시 성모병원으로 옮겨갈 거라고 합니다. 제가 아는 건 이게 전부입니다."

토어슨은 탄식했다.

"맙소사. 자네 말이 옳은 모양이군."

"확신할 수는 없습니다. 전 현장에 가볼 수가 없으니까요."

"그래. 그건 너무 위험해. 롬바드 살인사건과 유사하다는 게 확실한가?"

"아는 건 다 말했다니까요."

"좋아. 그렇다고 가정한다면 브로턴이 어떤 일을 할까?"

"만일 피해자의 부상이 롬바드가 당한 부상과 유사하다면 펄리 부장은 롬바드와 버나드 길버트 사이에 어떤 관련이 있는지를 파악하려 하겠지요. 만일 그 관계를 발견하지 못하면, 그는 두 피해자 모두가 우연히 살인범과 마주친 것이라고 생각하게 될 것이고, 범인을 미치광이라고 생각하게 될 겁니다. 그 다음 펄리는 근처 다섯 개 주 구역 안에 있는 모든 정신병 관련 기관을 조사할 겁니다. 부하들을 보내 병원을 개업하고 있는 정신분석의와 정신과 의사들을 조사하게 하고, 최근 퇴원한 정신병력자들을 조사하겠지요. 시내에 있는 미치광이로 알려진 모든 사람들에게 수사관을 보내 심문을 해야 할 거고. 그런 일을 할 겁니다."

"그게 효과가 있을 거라고 생각하나?"

"아닙니다. 브로턴은 부하를 500명이나 거느리고 있지요. 한 사람의 형사가 최소한 서너 명의 끄나풀을 가지고 있다면 적어도 2000명의 정보원이 온 시내에 깔려 활동하겠지만, 얻는 것은 아무것도 없을 겁니다. 만일 전과가 있는 미치광이가 날뛰는 거라면 누군가 그걸 아는 사람이 있을 겁니다. 눈치 챈 사람이 있을 거예요. 무슨 얘기를 하는 걸 들은 사람이라도 있겠지요. 그러나 이 범인은 완전히 새로 나타난 인물입니다. 전과란 없어요. 아마 외모도 평범할 겁니다. 난 벌써 내 수첩에 이 녀석이 옷도 잘 차려입고 다닐 거라고 기록해 뒀습니다."

"무슨 수첩 말인가?"

델러니는 그런 말을 한 것을 후회하며 한동안 입을 다물고 있었다. 그 수첩은 혼자만의 것이었다.

"혐의자에 관한 사실을 적어둔 바보 같은 종이쪽지에 불과합니다. 아무것도 아니죠. 모든 게 애매모호할 뿐이에요. 전 아무것도 모릅니다."

이번에는 토어슨이 한동안 아무말도 하지 않다가 다시 입을 열었다.

"자네와 나, 존슨이 다시 한 번 만나야 할 것 같군. 자네는 그 수첩을 가지고 나와야 하네."

델러니는 음울하게 대답했다.

"버나드 길버트 사건에 관한 보고서를 읽은 뒤 가져가면 안 되겠습니까?"

"그렇게 하지. 뭐, 내가 도와줄 일 있나?"

"범죄 현장에 우리 측 사람을 보낼 수 있습니까? 아니면 현장 조사 때 보내거나?"

토어슨은 조심스럽게 중얼거렸다.

"글쎄. 어쩌면 될지도 모르지."

"만일 가능하면 몇 가지만 부탁하겠습니다. 첫째, 피해자의 지갑에서 없어진 물건이 있는가 없는가를 확인해 주십시오. 특히 신분증으로 이용될 수 있는 물건이요. 둘째, 피해자가 어떤 종류의 머리기름을 쓰는가 안 쓰는가를 확인해 주십시오?"

"머리기름이라구? 그건 무슨 뚱딴지 같은 소리인가?"

델러니는 전화통에 대고 얼굴을 찌푸렸다.

"아직은 모릅니다. 정말 몰라요. 아마 중요하지 않은 것인지도 모르죠. 하지만 조사는 해주실 거죠?"

"해보지. 또 있나?"

"하나 더 있습니다. 만일 버나드 길버트라는 자가 죽는 경우, 그리고 이 사건이 롬바드 사건과 유사하다는 것이 입증되는 경우에 신문기자들이 그 사실을 포착하여 '미치광이 살인범 무차별 학살 연이어' 하는 식의 기사가 만연할 겁니다. 거기 대비하는 게 좋을 겁니다. 시끄러워질 게 분명하니까요."

"아, 맙소사. 그렇겠지."

"압력은 대부분 브로턴에게 떨어지겠지만요."

"경찰청장에게도."

"물론 그 양반에게도요. 필리 부장이 가장 힘들겠지요. 아마 수백 가지 엉터리 신고와 가짜 자백이 쏟아져 들어올 겁니다. 물론 단 하나도 조사하지 않고 넘어갈 수는 없는 노릇이겠지요. 게다가 이런 사건을 모방한 살인이나 습격사건이 시의 다른 지역에서 빈발할 거고요. 그런 일은 늘 벌어지니까요. 하지만 그런 일에 속아서는 안 됩니다. 차츰 그런 사건들은……."

델러니는 한동안 토어슨과 더 얘기를 나누었다. 그들은 도르프만이 최근에 251번 지서의 임시서장으로 임명되었고, 토어슨은 순찰부의 책임자니까 토어슨이 길버트 사건의 현장에 나타난다 해도 그것이 완전히 논리적이고 이해될 수 있는 일이라는 데 의견을 같이 했다. 그는 임시서장으로 임명된 도르프만이 사건을 잘 처리하는지 확인하기 위해 현장에 직접 시찰을 나갈 수 있었다. 토어슨은 길버트의 지갑에서 분실된 신분증은 없는지, 피해자가 머리기름을 쓰는지 안 쓰는지를 알아내는 대로 가능한 한 신속히 델러니에게 전화를 하기로 약속했다.

전화를 끊자마자 델러니는 퍼거슨 박사의 집에 전화를 했다. 새벽 2시가 다가오는 시각이었다. 그러나 박사는 깨어 있었고, 그의 음성을 듣자마자 반가워하기까지 했다.

"에드워드, 웬일이야? 난 이제 막 현장 검증을 마치고 돌아오는 길이야. 아주 싱싱하고 꽃다운 아가씨가 당했어. 스물여섯이나 스물일곱밖에 안 됐을 거야. 너무나 사랑스러운 아가씨였어."

"죽었나?"

"그런 셈이지. 강심제 남용이야. 하지만 뭔가 이상하다고 생각되지 않아? 싱싱하고 꽃다운 아가씨가 실연했다고 그런 방법으로 죽다니."

"기혼이었어?"

"법적으로는 아니고."

"그 남자친구가 의사가 의대생 아냐?"

박사는 잠시 대답하지 않고 있다가 마침내 투덜거렸다.

"이 못된 친구. 날 놀래키는군. 자네가 흥미를 느낄 것 같아 하는 말인데, 그 남자친구는 약사야."

"아마 그 친구가 더 싱싱하고 꽃다운 아가씨를 발견한 모양이지. 하지만 박사, 내가 전화한 이유는…… 251번 지서 관할에서 또 사건이 발생했어. 오늘 밤에. 1차 감정으로는 롬바드 사건하고 흡사한 무기가 사용되어 흡사한 부상을 입은 것 같아. 피해자가 아직 살아 있다는데 버나드 길버트라는 남자야. 머시 성모병원으로 옮겨질 모양이야."

"아아, 성모님!"

"자네 이번 사건도 담당인가?"

"아니야."

"이번 사건 담당 의사와 머시 성모병원 의사들에게 연락해서 이 사건이 정말 롬바드 사건과 유사한지 알아봐 줄 수 있겠어? 또 피해자가 죽을지 살지도 좀 알아봐 주고. 그 사람들이 하는 얘기라면 뭐든지 알려주면 좋겠는데."

다시 한 번 퍼거슨은 한동안 대답하지 않다가 입을 열었다.

"자네 별 볼일 없는 점심 한 끼 사고 온갖 걸 다 부탁하는군."

"그럼 별 볼일 없는 점심 한번 더 사지."

퍼거슨이 웃었다.

"자네 사람을 각기 다른 식으로 대하지?"

"우리 모두가 그렇잖아."

"그럴 테지. 그래서 자넨 아는 게 생기면 즉시 연락해 달라는 거지?"

"그렇게만 해주면 오죽이나 좋겠어. 또 하나, 만일 피해자가 죽으면 부검이 실시되겠지?"

"물론이지. 모든 살인사건의 피살자나 피살자일 가능성이 있는 경우에는 부검을 하니까."

"친척들의 허락이 있든 없든 상관없이?"

"그렇다니까."

"만일 버나드 길버트가 죽는다면 자네가 부검할 수 있나?"

"난 의학검사실 실장이 아니야. 그 사람의 노예 가운데 하나일 뿐이지."

"하지만 어떻게 수단을 부려볼 순 있을 거 아냐?"

"아마도."

"그렇게 해주게."

"좋아, 에드워드. 한번 해보지."

"하나 더 있는데."

퍼거슨은 또 웃었다. 델러니의 고막을 찢을 듯 요란한 웃음이었다. 그는 전화기를 귀에서 떼고 박사의 웃음이 그치기를 기다렸다.

"에드워드, 자넬 사랑해. 정말이야. 자넨 언제나 '두 가지만 부탁하세.' 또는 '세 가지만 얘기하겠어.' 하고는 마지막에 가서는 언제나 '아, 한 가지 더 있어.' 하고 말하거든. 자넨 정말 대단해. 좋아. 그 '하나 더'가 뭐야?"

"머시 성모병원 의사와 얘기를 하게 되거나 자네가 부검을 하게 되면 피해자가 머리기름을 사용했는지 알아봐 줘. 그럴 수 있지?"

"머리기름이라. 에드워드, 자넨 정말 뭐 하나도 잊는 법이 없군 그래."

"그렇지, 뭐."

그는 인정하는 수밖에 없었다.

"어려울 건 없어. 내가 '베고째고'를 하게 되면 머리기름을 염두에 두지. 지금 당장은 머시 성모병원에서 비상에 들어간 의사들에게 그런 일을 알아봐 달라고 부탁할 수는 없으니까."

"나도 알아. 다시 전화해 주겠지?"

"뭐든 알아내면. 내가 전화 안 하거든 아무것도 알아낸 게 없다고 생각하면 돼."

델러니는 잠자는 것은 포기했다. 그는 부엌으로 가서 커피를 끓일 물을 올려놓았다. 물이 끓는 동안 서재로 가서 구석장에서 세로 90, 가로 120센티미터의 게시판을 꺼냈다. 251번 지서 관할지역의 흑백지도를 붙여둔 게시판이었다. 지도 위에는 투명한 비닐이 덮여 있어서 그 위에 무언가를 기록했다가 지울 수 있었다. 현직에 종사할 때 델러니는 노상강도나 가택 침입, 강력범죄 등이 발생하는 현장을 표시하는 데 그 지도를 썼다. 지서의 지휘 사무실 벽에 붙어 있는 커다란 지도의 축소판이었다.

델러니는 휴지로 비닐을 깨끗이 닦아내고 부엌으로 가서 블랙 커피를 가지고 와서 책상 앞에 앉았다. 지도가 앞에 펼쳐져 있었다. 그는 붉은 색연필을 깎아 주의 깊게 두 개의 점을 진하게 그려 넣었다. 롬바드가 피살된 현장인 이스트 73번가와 길버트가 피습당한 이스트 84번가였다. 그 점 옆에 피해자의 성과 사건이 발생한 날짜를 기록했다.

그 두 붉은 점은 범죄의 어떤 패턴을 제시해 주지도 않았고, 범죄행위의 간격을 보여주지도 않았다. 그러나 체험과 다중살인에 관해 읽은 자료를 종합해 보면, 또 다른 사건이 발생한다면 그 현장 역시 이 부근이 되리라는 추측이 가능했다. 아마도 251번 지서 관할지역일 것이다. 어쩌면 범인은 이 부근에 사는 주민인지도 모른다.(어쩌면! 어쩌면! 모든 것이 '어쩌면'이었다.) 범인은 롬바드 살인에 성공하자 자신이 사는 곳이 안전하다고 생각했을 것이다.

델러니는 뒤로 물러나 앉아 지도 위의 점을 바라보았다. 그는 펄리 부장이 두 피해자 사이에 아무런 관련이 없다는 것을 확인하는 데 사흘이면 족할 것이라고 생각했다. 그 다음 펄리는 정신병에 걸린 살인광을 지목할 것이고, 그 다음에는 델러니가 토어슨에게 애기한 행동을 취할 것이다.

델러니의 추측은 계속되었다. 펄리 부장은 아무런 예고도 없이 비밀리에 매일 밤 10시부터 새벽까지 251번 지서 관할지역에 열 명 내지 스무 명의 비밀요원을 배치할 것이다. 그들은 평상복을 입고 신문을 옆구리에 구겨 넣은 다음 마치 다음 길목의 아파트에 사는 사람인 것처럼 위장하여 공격을 기다리며 분주한 걸음으로 거리를 오갈 것이다. 델러니라 해도 그렇게 할 것이었다. 그는 펄리의 철두철미함을 잘 알고 있기 때문에 펄리 역시 그렇게 하리라고 확신했다. 어쩌면 그것은 효과를 볼지 모른다. 동시에 살인범이 그 위장한 사람들의 정체를 파악하는 경우에는 범행지역을 먼 곳으로 옮겨가게 하는 효과를 초래할지도 모른다. 그러나 하는 데까지는 한 다음 범인이 걸려들기를 기다려야 한다. 뭐든 해야만 하는 것이다.

델러니는 지도 위의 두 붉은 점을 노려보면서 식어버린 블랙커피를 마셨다. 그는 비율과 확률을 생각하려고 노력했다. 그때 전화벨이 울렸다. 그는 곧 전화를 받았다.

"에드워드 델러니 서장입니다."

"토어슨이네. 여긴 2번로 선술집이고. 내가 도착했을 때 버나드 길버트는 이미 병원으로 옮겨진 후였네. 브로턴과 펄리가 길버트와 같이 있어. 피해자가 의식을 회복하여 무슨 말이든 해주기를 바라고 있겠지."

"그럴 겁니다."

"길버트의 지갑도 롬바드 사건 때와 똑같이 피해자 옆의 길바닥에 떨어져 있었네. 누군가가 피해자의 집에 가서 없어진 물건이 있는지 확인하는 중일 거야."

"지갑 안에 돈이 있었습니까?"

"도르프만 말로는 있었다더군. 50달러쯤."

"그런데 손도 안 댔다는 거지요?"

"틀림없이."

"도르프만은 어떻게 하고 있던가요?"

"잘하더군."

"그렇군요."

"조금 불안해 하는 것 같았어."

"그야 당연하지요. 길버트의 생존 여부에 관한 예견 같은 것은요?"

"아직은 없네. 키가 작은 사람이라더군. 165에서 170센티미터 정도. 정면에서 공격당했네. 흉기가 앞머리칼이 났었음직한 부분에서 위쪽으로 약 3센티미터 부분을 뚫고 들어갔다네."

"머리칼이 났었음직한 부분이라뇨?"

"길버트는 거의 완전한 대머리라더군. 도르프만의 말로는 몇 올 안 되는 흰 머리칼이 귀 뒤에 조금 난 정도라고 하더군. 앞쪽에는 머리칼이 전혀 없었고. 그 사람은 모자를 쓰고 있었대. 그래서 나는 흉기가 머릿속을 파고들 때 모자의 섬유도 일부 상처 속에 휩쓸려 들어가지 않았을까 생각하고 있네. 맙소사, 에드워드. 난 이런 일이 싫군. 그 사람이 쓰러져 있던 곳에서 피와 무슨 이상한 걸 봤네. 빨리 대원들을 행정적으로 관리하는 일로 돌아가고 싶어."

"압니다. 그러니 그 사람이 머리기름을 쓰는지 안 쓰는지 알아낼 수 없었다는 말이지요?"

"알아내지 못했네. 난 형편없는 수사관이라는 걸 인정하는 수밖에 없겠군."

"할 수 있는 건 다 하신 겁니다. 집에 가서 좀 주무시는 게 좋겠군요."

"그래야지. 필요한 거 또 있나?"

"가능한 한 빨리 롬바드 작전 수사대의 현장 감식 보고서를 보고 싶습니다."

"재촉해 보겠네. 에드워드……."

"왜요?"

"거기, 길에 피가 흥건히 고여 있는 걸 본 순간 기분이……."

"어떠셨습니까?"

"브로턴과 우리와의 갈등 같은 것은 사소한 일에 불과하다는 생각이 들었네. 이해되나?"

"물론입니다. 그 말뜻 충분히 알아요."

델러니는 부드러운 어조로 대답했다.

"범인을 잡아야 하네, 에드워드."

"잡겠습니다."

"틀림없나?"

"틀림없습니다."

"좋아. 이제 집에 가서 잠을 좀 자야겠네."

"그렇게 하세요."

전화를 끊은 뒤 델러니는 책상 맨 윗서랍에서 다시 '혐의자' 자료를 꺼냈다. 그는 한 항목 한 항목을 꼼꼼히 들여다보았다. 토어슨에게서 지금 들은 얘기들로 수정해야 할 부분은 하나도 없었다. 오히려 그의 추측이 차츰 정확한 것이 되어가고 있을 뿐이었다. 키가 작은 길버트의 머리 윗부분에 타격이 가해졌다는 것은 살인범의 키가 크다는 것을 의미했다. 그러나 롬바드 사건 때는 뒤쪽에서 공격하는 것이 성공적이었는데, 어째서 이번에는 앞쪽에서 공격을 가했을까? 길버트는 공격하는 것을 보지 못했을까? 보았다면 몸을 굽히거나 팔을 들어 막을 생각을 하지 않았을까? 수수께끼였다.

델러니는 그에 관한 생각을 중단하고 날이 새기 전에 몇 시간 동안이라도 잠을 자야겠다고 생각했다. 그러나 그때 전화벨이 울렸다. 그는 전화통을 향해 팔을 뻗으며 앞으로 남은 생애 동안 얼마나 이놈의 흉측스러운 검은 물건, 귀를 짓눌러대는 이놈의 물건 때문에 시달려야 할까 하고 생각했다.

"에드워드 델러니 지서장입니다."

"퍼거슨이네. 피곤해. 졸려 못 견디겠어. 그래서 얘기를 빨리 끝내야 하니까. 중간에 끼어들거나 방해하지 마."

"알았어."

"자네 생각이 다 맞았어. 버나드 길버트. 백인남성. 마흔 살가량. 신장은 165 내지 170센티미터. 체중 68킬로그램 정도. 그 안팎일 거야. 의학적 소견 같은 건 그냥 넘어갈 거야. 롬바드 사건 때와 같은 부상이 틀림없어. 앞쪽에서 당했지. 흉기는 앞이마와 머리칼이 만나는 지점 위쪽으로 약 5센티미터 지점을 파고들었어. 피해자는 거의 완전한 대머리니까 머리기름 문제는 여기서 해결된 거지?"

"해결되기는. 더 알아봐야 해."

"그 사람이 쓰고 있던 펠트 모자에서 떨어져 나온 이물질이 상처에서 발견됐어. 부상의 깊이는 10에서 15센티미터 정도. 아래쪽으로 구부러져 있었고. 피해자는 완전히 의식불명상태. 생존 가능성은 부정적. 질문 있어?"

"얼마 동안이나 살아 있을 수 있을까?"

"한 1주일 정도. 그 사람 심장이 그리 튼튼하지 않아."

"의식을 회복할 수 있을까?"

"불가능에 가까워."

델러니는 퍼거슨의 인내력이 한계에 도달하고 있다는 것을 느꼈다.

"고마워, 박사. 큰 도움이 됐어."

퍼거슨이 비아냥거렸다.

"언제든지 전화해. 언제든지 새벽 2시쯤에 전화해서 내 잠을 깨워도 좋아."

"아, 잠깐만."

델러니가 말했다. 퍼거슨은 한숨을 내쉬었다.

"알아, 알아. 자네가 그럴 줄 알았어. '한 가지만 더.' 그렇지?"

"부검에 대한 부탁은 잊지 않았을 테지?"

퍼거슨은 화를 내기 시작했다. 그는 저주를 퍼붓고 욕을 퍼부었다. 델러니는 미소 지으며 소리 없이 수화기를 내려놓았다. 그는 침대로 갔다. 그러나 잠을 이룰 수 없었다.

델러니는 이 일을 증오하는 한편 사랑하기도 했다. 증오하는 이유는 이것이 그의 마음을 불안정하게 만들고 잠을 빼앗아가기 때문이었다. 사랑하는 이유는 그것이 하나의 도전이기 때문이었다. 그것은 마치 한 번에 얼마나 많은 오렌지를 만들어낼 수 있는지를 시험하는 마술사와 흡사한 기분이 들게 했다.

모든 힘든 사건들은 결국 이 복합적인 지점으로 접근하게 마련이었다. 흉기와 방법, 동기와 혐의자, 알리바이와 시기가 그것들이었다. 그리고 델러니는 그 모든 것들을 한 번에 해결해야만 했다. 편안한 마음으로 웃으면서 그것들을 허공에 던졌다가 되받으면서 가지고 놀아야 했다.

그는 경험으로 알고 있었다. 해결하기 힘든 사건은 결국 이런 순간에 마주치게 한다는 것을. 사건의 모든 꼬리를 추적할 수 있을 것인지, 마음의 동요를 이겨낼 수 있을 것인지 의심스러워지는 시기가 온다는 것을. 온갖 것이 혼돈 속으로 무너지고 있는 듯한 시점이 닥쳐온다는 것을. 모든 것을 이겨내면서 더욱더 열중하여 사건을 파고들 수 있을 것인지 의구심에 사로잡히는 때가 온다는 것을 델러니는 알고 있었다. 그리고 바로 그런 때 뒤얽혀 있던 매듭들이 풀리기 시작하고 사건이 해결되기 시작한다는 것도 그는 알고 있었다.

지금 당장은, 사건은 뒤얽힌 매듭과 같았다. 모든 것이 정체되어 있고 뒤얽혀 있었다. 그러나 델러니는 그 매듭을 풀 열쇠를 발견하기 시작했고, 매듭이 풀려 나가는 것을 볼 수 있었다. 이렇게 되면 사건은 빠르게 해결을 향하여 전진하는 것이다. 이제 사건의 복잡성은 더 이상 염려할 필요가 없었다. 그는 그 정도는 대적할 수 있었다. 그 이상의 것도 대적할 수 있었다. 그 위에 말뚝을 박는 것이다! 재능 있는 사람이 할 수 있는 일을 그보다 재능이 없는 사람이 할 수도 있는 법이었다. 그것은 어리석고 거만한 생각이라는 것을 델러니 자신도 알았다. 그러나 그런 신념을 지니지 않았다면 그는 이미 다른 직업에 종사하고 있을 것이다.

그로부터 사흘 뒤, 버나드 길버트는 의식을 회복하지 못한 채 사망했다. 그 무렵 펄리 부장은 롬바드와 길버트 사이에는 아무런 연관도 없다는 확신을 얻었다. 있다면 단 하나, 피해의 양상이 같다는 점뿐이었다. 그리고 그는 델러니가 이미 예상한 방법을 동원해 수사를 개시했다. 최근에 정신병원에서 탈출한 환자가 있는지에 대한 조사가 시작되었고, 최근 퇴원한 정신병자들에 대한 조사가 시작되었으며, 정신병력이 있는 범법자들에 대한 심문이 시작되었고, 251번 지서 관할지역에는 민간인으로 위장한 형사들이 폭넓게 배치되었다.

델러니는 이 모든 사실들을 토어슨이 제공하는 롬바드 작전 보고서의 사본을 통해 알고 있었다. 이번에도 보고서는 두꺼웠으나 실질적 수사의 진전은 엿보이지 않았다. 델러니는 보고서를 몇 차례나 거듭 읽고 분석했다. 그는 버나드 길버트의 생애에 관하여 세세한 사실까지 파악할 수 있었다. 그는 피살자의 아내 모니카 길버트가 남편의 지갑에서 없어진 물건은 신분증뿐이라고 진술했다는 것도 알았다.

버나드 길버트가 근무하던 회계회사는 롱아일랜드에 자리 잡은 한 제조업체의 회계장부를 감사하고 있었는데, 그 업체는 미합중국 정부를 위해서 비밀스러운 작업을 하고 있었다. 그 제조업체의 재산관계에 접근하기 위해서 길버트는 사진이 부착된 특별한 신분증을 제시해야만 했다. 분실된 것은 바로 이 신분증뿐이었다. 필리 부장은 즉시 이 사실을 FBI에 신고했다. 그러나 델러니가 판단한 바로는 아직까지 연방수사관들은 이 사건에 대해 아무 조사도 시작하지 않았다.

필리 부장은 부청장 브로턴에게 보내는 보고서에서 롬바드와 길버트 살인사건에 사용된 흉기의 형상에 대해 설명하고 있었다. 그 가운데 '도끼나 곡괭이의 한 종류'라는 구절이 있었다. 그것으로 델러니는 필리 부장이 그다지 멀리 뒤처져 있지는 않다는 사실을 확인했다.

아직 언론은 롬바드 사건과 길버트 사건 사이의 연관성을 포착하지 못했다. 사실상 길버트 사건에 대해서 신문은 짤막한 기사만을 할애했을 뿐이었다. 또 하나의 대로상 범죄가 발생한 것으로만 알고 있었다. 델러니는 이 이야기를 핸드리에게 해줄 것인지 잠시 생각해 보다가 하지 않는 편이 낫겠다는 판단을 내렸다. 머지않아 핸드리 스스로도 두 사건의 관계를 알게 될 것이요, 그 사이에 필리 부장은 신문이 굵직하게 뽑아내는 기사의 압력을 받지 않을 수 있을 것이며, 엉터리 신고전화나 엉터리 자백, 모방범죄로 인한 시간 낭비를 하지 않을 수 있을 것이었다.

델러니 지서장이 가장 심사숙고한 것은 행동을 개시할 시점을 선택하는 일이었다. 그는 쏟아져 나오는 롬바드 작전 수사대의 각종 보고서를 제때 받아보고 싶었다. 또한 모니카 길버트를 직접 심문하고 싶어 죽을 지경이었다. 부상당한 최고의 등산가 캘빈 케이스를 방문해야 했고, 그 얼음도끼에 대해서도 더 알아봐야 했다. 랭글리가 어느 정도 진척을 보이고 있는지도 확인해야 했다. 더구나 그 착한 노인이 델러니가 그에게 의존하고 있다는 것을 눈치 채지 못하게 해야 한다는 것도 중요했다. 게다가 하루에 두 번은 병원에 있는 아내를 방문해야만 했다. 물론 그것이 가장 중요한 일이었다.

길버트가 피습당한 날로부터 이틀 뒤, 피해자가 의식은 없지만 호흡은 계속하면서 삶과 죽음 사이의 어느 지점을 헤매고 있는 동안 델러니는 모니카 길버트에게 접근할 방법을 모색하기 위해 오랜 시간 동안 궁리에 궁리를 거듭했다. 그 여자가 남편의 침대 곁에서 대부분의 시간을 보내리라는 것은 분명했다. 또한 롬바드 작전 수사대의 수사관들이 그 여자를 경호하고 있으리라는 것도 분명했다. 그 여자의 집 밖에도 집 안에도 2인 1조의 수사관들이 배치되어 있을 것이었다.

델러니는 롬바드 작전 수사대에게 발각되지 않고 그녀와 은밀히 접촉할 수 있는 방법을 몇 가지 생각해 보았으나 결국은 포기하고 말았다. 모두 헛되고 어리석은 짓 같았다. 그는 최선의 방법은 가장 단순한 방법이라고 판단했다. 직접 전화를 해서 자신의 이름을 알리고, 시간을 정해 그녀의 집을 방문하는 것이었다. 브로턴의 부하들에게 방해를 받거나 발각되는 경우에는 롬바드의 아내를 심문하기 위해 찾아갔을 때 마련했던 똑같은 핑곗거리를 들이대는 수밖에 없었다. 251번 지서의 전직 서장으로서 사과와 조의를 표하기 위해서 찾아가는 것이다.

그 방법은 먹혔다. 적어도 어느 시점까지는. 델러니는 전화를 해서 신분을 밝히고 오후 4시에 방문하기로 약속했다. 그 시간이 되어야 그녀가 머시 성모병원에서 집으로 돌아온다는 것이었다. 그는 모니카가 그와 나눈 대화를 경호원에게 고스란히 반복할 것이라고 생각했다. 이미 그런 부탁을 받고 있었을 테니까. 아예 전화가 도청되고 있는지도 몰랐다. 어떤 경우든 다 가능했다. 그리하여 그가 4시가 되기 몇 분 전에 그 집 앞으로 다가가자 일반 차량으로 위장한 수사 차량에서 한 사람의 수사관이 창문을 내리더니 손짓을 하며 외쳤다.

"안녕하세요, 지서장님."

델러니는 놀라지 않았다. 그는 그 수사관이 누구인지는 알지 못했으나 손짓을 하여 답례를 보냈다.

모니카 길버트는 건강하고 머리 숱이 많은, 잘생긴 여자였다. 멋을 부리지 않은 검은 드레스를 입고 있었는데, 그런 옷으로도 그녀의 풍만한 가슴과 엉덩이, 탄탄한 넓적다리의 윤곽은 감춰지지 않았다. 그녀는 홍차를 우려내어 권했다. 델러니는 기꺼이 차를 받아 들었다. 방 안에는 두 명의 소녀가 있었다. 소녀들은 어머니의 치마 뒤에 숨어서 델러니를 훔쳐보았다. 모니카가 아이들을 그에게 소개해 주었다. 메리와 실비아였다. 델러니는 의자에서 일어나 아이들에게 정중히 인사했다. 아이들은 깔깔거리며 방에서 뛰쳐나갔다. 집 안에 경호원은 보이지 않았다.

"우유를 넣을까요? 아니면 설탕을?"

모니카가 물었다.

"아닙니다. 됐습니다. 고맙습니다, 부인. 전 그냥 마시는 걸 좋아합니다. 남편께선 어떠신지요?"

"차도가 없어요. 아직까지 의식불명이에요. 의사들은 큰 기대를 하지 않는 것 같아요."

그녀는 건조한 어조로 말하고, 눈을 깜빡이지도 않은 채 델러니를 똑바로 바라보았다. 델러니는 그녀의 자제력에 감탄했다. 그는 그것이 얼마나 힘든 일인지 알고 있었다.

그녀의 숱이 많은 머리칼은 넓고 부드러운 이마 위로 넘겨져 양쪽으로 잘 빗질되어 흘러내렸다. 머리칼은 어깨에 닿을 정도의 길이었다. 커다란 눈은 푸른빛이 도는 회색이었다. 아름다운 눈동자였다. 긴 콧날은 완벽하게 균형 잡혀 있었다. 모든 것이 큼직큼직했지만 균형이 깨질 만큼 크지는 않았다. 화장을 하지도 않았고, 가짜 속눈썹을 붙이지도 않았다. 델러니는 모니카가 아주 완벽한 여자라는 생각이 들었다. 그는 본능적으로 이 여자가 부드러운 말씨와 예절 바른 태도를 좋아하리라고 판단했다.

그는 그녀를 향해 상체를 조금 굽히고 낮은 목소리로 입을 열었다.

"길버트 부인, 남편께서 부상을 당한 이래 경찰의 조사를 받느라 오랜 시간 동안 고생하셨을 겁니다. 제 방문은 비공식적인 것입니다. 전 현직에 있지도 않으니까요. 휴직 중입니다. 하지만 저는 이 관할지역에서 오랫동안 지휘자로 일했습니다. 그래서 부인께 개인적으로 사과의 뜻을 전하기 위해 왔습니다."

"고맙습니다. 무척 친절하시군요. 전 모든 일이 잘 처리……."

델러니는 정중하게 말했다.

"물론 잘 처리될 것이라고 약속드릴 수 있습니다. 많은 사람들이 이 사건을 해결하기 위해 활동 중입니다."

"범인을 잡을 수 있을까요?"

"물론입니다. 잡을 겁니다. 제가 약속드립니다."

그녀는 델러니를 이상하다는 듯 쳐다보았다.

"수사에 관여하고 있지 않으시잖아요?"

"직접적으로는 아닙니다. 하지만 사건은 제 구역에서 발생했습니다. 제 관할구역이었던 곳이지요."

"왜 휴직하셨지요?"

"집사람이 아픕니다."

"안됐네요. 이 근처에 사세요?"

"예, 경찰서 바로 옆집입니다."

"아, 그렇다면 이 지역에 대해 잘 아시겠군요. 강도와 절도가 자주 일어나 밤이 되면 외출도 할 수 없어요."

델러니는 고개를 끄덕이며 안타까운 어조로 말했다.

"그렇습니다. 저도 그걸 알고, 부인 못지않게 그것을 혐오합니다."

"그이는 아무도 해친 적이 없어요."

마침내 그녀는 감정을 드러냈다. 델러니는 그녀가 울음을 터뜨릴까 봐 두려웠다. 그러나 그녀는 울지 않았다.

"길버트 부인, 남편에 대한 얘기를 하면 불편하시겠습니까?"

"천만에요. 무엇을 알고 싶으세요?"

"그분은 어떤 분입니까? 직업이나 배경 이야기가 아닙니다. 그건 다 알고 있습니다. 그분 자체에 대해 알고 싶습니다."

"세상에 그처럼 착하고 성실한 사람은 없을 거에요. 파리 한 마리도 죽인 적이 없어요. 나와 아이들을 위해 너무나 열심히 일했어요. 그이가 생각하는 건 그것뿐이었어요. 그건 제가 알아요."

"그렇군요."

"여길 둘러보세요. 우리가 부자인 것처럼 보이세요?"

델러니는 집 안을 둘러보았다. 사실대로 말하자면 그곳은 소박한 집이었다. 바닥에는 리놀륨이 깔려 있었고, 비싸지 않은 가구가 놓여 있었으며, 커튼이 드리워져 있었다. 그러나 집 안은 주부의 손길을 받아 깔끔했다. 좋은 전축이 있었고, 벽에는 색깔과 광채가 조화를 이룬 추상화가 걸려 있었으며, 작은 목제 원시 조각품 하나가 세워져 있었다.

"편안해 보이는군요."

델러니가 말하자 그녀는 확신에 차서 대답했다.

"낙원이었어요. 그이가 과거에 가졌던 것이나 제가 과거에 가졌던 것에 비하면요. 이건 부당해요. 이건 정말 부당해요, 서장님."

그는 무력하게 고개를 끄덕거렸다. 그녀를 위로하기 위해 무슨 말을 해야 할지 알 수가 없었다. 할 말이 없었다. 그래서 그는 그것으로 그녀가 진정되기를 바라며 퍼거슨이 길버트의 심장에 대해 한 얘기를 상기하고는 조용하고 낮은 소리로 다시 입을 열었다.

"길버트 부인, 남편은 평소에 활동이 많으셨습니까?"

그는 자신이 과거형으로 물었다는 것을 깨닫고 그녀가 눈치 채지 못했기를 바랐다. 그러나 그 순간 그녀의 눈빛이 바뀌었다. 델러니는 자신의 실수에 대해 마음속으로 저주를 퍼부었다.

"그러니까 육체적으로 활동이 많으신가요? 운동도 하고 그러십니까?"

모니카는 대답하지 않고 델러니를 한동안 노려보았다. 그러다가 허리를 굽혀 델러니의 잔에 차를 더 따라주었다. 드레스 소매 아래로 뻗어 나온 그녀의 팔은 굳건하고 힘차게 움직였다. 그것을 보며 델러니는 감탄했다. 마침내 그녀가 입을 열었다.

"수사에 직접적으로 관련이 없는 분이 지나치게 질문이 많으시군요."

델러니는 그제서야 그녀가 얼마나 날카로운 사람인지를 깨달았다. 그는 거짓말을 둘러댈 수도 있었으나 그녀에게 간파당하고 말 것이라는 생각이 들었다.

"길버트 부인, 얼마나 많은 사람들이 이 사건에 매달려 있는지 아십니까? 그 사람들이 누구인지, 왜 여기 매달려 있는지 아십니까? 중요한 것은 범인을 잡는 일입니다. 그렇지 않습니까? 저는 맹세할 수 있습니다. 저는 부인보다 훨씬 더 남편을 습격한 그자를 잡아내고 싶습니다."

그녀가 부르짖었다.

"아니에요! 나만큼은 아닐 거예요! 난 그짓을 한 자가 붙잡혀서 처벌받기를 원해요."

그녀의 눈이 분노로 이글거렸고 온몸이 뻣뻣이 굳었다.

델러니는 그 분노에 충격을 받았다. 그는 모니카가 자제력이 있으며 어쩌면 냉담한 여자일 것이라고 생각했다. 그러나 이제 그녀는 분노에 몸을 떨고 있었다.

"무엇을 원하십니까? 복수를 원하십니까?"

모니카의 눈이 델러니의 눈 속에서 활활 타올랐다.

"그래요. 바로 그거라구요. 복수예요. 서장님 질문에 대답하면 복수할 수 있을까요?"

"그럴 거라고 생각합니다."

"그것으론 부족해요, 서장님."

"그래요. 제 질문에 대답해 주시면 당신 남편에게 그짓을 한 자를 찾아내는 데 도움이 될 겁니다."

'당신 남편'이라는 말이 중요했다. 델러니가 기대했던 대로였다. 모니카가 입을 열었다.

그녀의 남편은 육체적으로는 허약했다. 심장도 약했고, 왼쪽 팔목에는 관절염이 있었으며, 검사를 받아도 엑스레이 사진을 촬영해도 아무것도 나타나지는 않았으나 간헐적으로 신장에 통증을 느꼈다. 시력도 약했고 주기적으로 결막염에 시달렸다. 운동도 하지 않았다. 그는 늘 앉아서 시간을 보내는 사람이었다.

모니카는 그러나 남편이 일을 열심히 했다고 고집스러운 어조로 단언했다. 그는 너무도 일을 열심히 했다는 것이었다.

델러니는 고개를 끄덕거렸다. 그는 이제껏 마음에 걸렸던 한 가지 의문에 대답을 얻었다. 범인이 정면에서 공격해 오는데 왜 버나드 길버트가 피하지도 반항하지도 않았는가? 그 이유는 분명해 보였다. 힘이 약했고 운동신경도 둔했으며 체력의 한계를 넘어선 지나친 일로 피곤함이 뼛속까지 파고들어 있었던 것이다. 그런 사람이 저 건강하고 젊고 냉혹하고 단호한 정신병자의 강력한 근육질의 힘에 대항해 무엇을 할 수 있었겠는가.

"고맙습니다, 길버트 부인."

델러니는 작은 소리로 말한 다음 차를 마시고 일어섰다.

"시간을 내주셔서 감사합니다, 부인. 남편께서 하루 빨리 완쾌 되시기를 빕니다."

"그이가 어떤 상태인지 아세요?"

델러니는 거짓말을 하는 수밖에 없었다.

"저보다야 부인께서 더 잘 아시겠지요. 제가 아는 건 그분이 심하게 부상을 당했다는 것 정돕니다."

모니카는 그의 시선을 피하며 고개를 끄덕였다. 그는 그녀가 벌써 남편이 절망적이라는 사실을 안다는 것을 깨달았다.

모니카는 그를 현관까지 배웅했다. 활기에 넘치는 두 소녀가 뛰어나와 그를 올려다보고 깔깔거리며 어머니의 치맛자락에 매달렸다. 델러니는 그 나이 때의 엘리자베스를 떠올리며 아이들에게 미소를 지어주었다. 얼마나 귀여울 때인가.

"저도 뭔가 하고 싶어요."

갑자기 모니카가 말했다. 델러니는 영문을 알 수 없었다.

"뭘 말입니까, 부인? 무슨 말씀이신지요?"

"뭔가를 해야겠어요. 도움이 될 일을요."

"벌써 많은 도움을 주셨습니다."

"제가 할 수 있는 일이 그런 것뿐인가요? 서장님은 무엇인가를 하고 계세요. 무얼 하시는지는 모르지만, 전 서장님을 믿을 수 있어요. 정말 그짓을 한 범인을 찾으려고 애쓰신다는 것을 알 수 있어요."

델러니는 감동했다.

"고맙습니다, 부인. 그렇습니다. 저는 그자를 찾기 위해 노력하고 있습니다."

"그렇다면 제가 도와드릴 수 있게 해주세요. 뭐든지요! 전 타자도 칠 수 있고, 일손이 부족하면 거들어드릴 수도 있어요. 숫자에는 자신이 있어요. 무슨 일이든 하겠어요. 커피를 끓이고 심부름도 할 수 있어요. 뭐든지 하겠어요!"

델러니는 자신의 입에서 무슨 말이 나올지 불안했다. 그는 간신히 고개만을 끄덕이고 밝은 미소를 지어 보이고는 밖으로 나와 문을 닫았다.

거리에는 여전히 일반 차량으로 위장한 수사 차량이 같은 위치에 서 있었다. 그는 수사관이 또 손을 흔들 것이라고 생각했다. 그러나 두 사람 중 하나는 머리를 뒤로 젖히고 입을 벌린 채 잠들어 있었고, 다른 한 사람은 경마표를 들여다보며 말을 고르는 중이었다. 그들은 델러니가 나오는 것도 알지 못했다. 만일 델러니의 부하였다면 그는 그들의 엉덩이를 걷어찼을 것이었다.

이튿날의 출발은 순조로웠다. 책방 점원이 델러니 서장에게 전화를 해서 『허니 번치』 원판을 두 권 구했다고 연락을 해왔다. 델러니는 반가웠다. 그는 책을 청구서와 함께 우편으로 보내달라고 부탁했다.

델러니는 이 일을 예상치 않았던 좋은 징조로 받아들였다. 대개의 경찰들처럼 그 역시 미신을 믿었다. 그는 다른 사람들에게 '운은 스스로 만드는 것이다.'라고 말했지만 사실은 그것이 완전히 진실은 아니라는 것을 알고 있었다. 우연히 찾아오는 행운이라는 것이 있는 법이었다. 때로는 전혀 기대도 하지 않았는데 행운이 찾아드는 경우도 있었다. 중요한 것은 행운이 찾아들 때 그것을 곧 알아보는 일이었다. 행운이란 수천 가지의 변장을 하고 있기 때문이었다. 때로는 재난으로 변장을 하는 경우까지 있지 않은가.

그는 서재의 책상에 앉아서 준비해 둔 '해야 할 일'이라는 제목의 메모지를 들여다보고 있었다.

모니카 길버트 조사.
퍼거슨의 부검 결과.
랭글리에게 전화.
『허니 번치』.

그는 마지막 항목에 줄을 그었다. 첫 번째 항목에도 줄을 그으려다가 자신도 정확히 알 수 없는 어떤 이유 때문에 그대로 남겨 두었다. 그는 책상 위를 뒤져서 마침내 핸드리가 그에게 준 종이 쪽지를 찾아냈다. 캘빈 케이스의 이름과 주소, 전화번호가 적힌 쪽지였다. 그는 자신이 점점 더 많은 사람들을 개인적 수사에 끌어들이고 있다는 것을 깨달았다. 그래서 그는 사건에 관련된 모든 사람들의 이름과 주소, 전화번호 등이 나열된 자료철이나 단순한 인명록을 만들기로 작정했다.

델러니는 캘빈 케이스와 만나는 가장 좋은 방법이 무엇인지를 생각해 보았다. 전화를 하는 것은 좋지 않다는 생각이 들었다. 갑자기 방문하는 것이 최선이었다. 때로는 사람들이 반응을 준비할 기회를 주지 않고 놀라게 함으로써 좋은 효과를 얻을 수도 있었다.

그는 렉싱턴로를 향해 차가운 바람에 어깨를 웅크리고 걸어갔다. 그곳에서 시내로 들어가는 지하철을 탔다. 그는 지하철을 자주 타지 않았지만, 지하철을 탈 때마다 차량 안팎과 플랫폼의 외벽에 낙서가 점점 더 늘어가는 것 같았다. 성적 희롱이나 인종차별적인 욕설 같은 것은 다행히도 비교적 드물었다. 그러나 스프레이나 사인펜으로 휘갈겨 쓴 '토니 168. 빅 134. 앤지 127. 벨라 78. 아이언 울브스 127' 따위의 낙서들은 수백 가지나 되었다. 그는 이런 낙서들이 사람들의 이름과 깡패 집단의 명칭이라는 것을 알고 있었다. 그 뒤의 숫자는 거리의 번호였다. 말하자면 그것은 '나는 여기 왔었다.'는 증거를 남기는 방법이었다.

델러니는 14번가에서 지하철을 내려 처음에는 서쪽으로, 다음에는 남쪽으로 걸어가며 사방을 살폈다. 그가 이 지역의 순찰경관이었을 때로부터 거리가 변했다는 것을, 지금도 변하고 있다는 것을 느꼈다. 그는 처음 이곳에 배치되었을 때보다 조금이라도 나은 상태에서 이 거리를 떠날 수 있으리라고 생각했다. 그러나 이제는 처음 배치되었을 때보다 더 악화되지 않은 상태에서 이 거리를 떠날 수만 있어도 다행이라고 생각했다.

주소는 5번로에서 조금 비껴난 웨스트 11번가였다. 델러니는 이 지역의 임대료가 엄청나다는 것을 알고 있었다. 캘빈 케이스가 임대료 조정법의 영향을 받는 아파트에서 살고 있지 않는 한 그역시 엄청난 임대료를 물고 있을 것이었다. 그 집은 남북전쟁 시대의 양식으로 지은 멋지고 오래된 건물이었다. 정면의 창문에는 모두 제라늄이나 담쟁이덩굴이 자라는 흰색 화분상자가 놓여 있었다. 현관문 손잡이와 문패는 번쩍이는 청동이었다. 쓰레기통에는 수거 종류별 표지가 붙어 있었고, 현관 앞 길은 잘 청소되어 있었다. 작은 표지판에는 이런 글귀가 씌어 있었다. '개에 입마개를 해주시오.' 그리고 그 밑에 누군가가 이렇게 써 넣은 것도 보였다. '싫다. 어쩔래?'

케이스는 아파트 3-B호에 살고 있었다. 델러니는 초인종을 누르고 인터콤을 향해 고개를 숙이고 기다렸다. 대답이 없었다. 그는 다시 초인종을 눌렀다. 이번에는 세 번을 길게 눌렀다. 뻣뻣하고 거칠거칠한 음성이 들려왔다.

"뭐야, 이거?"

"캘빈 케이스 씨 댁입니까?"

"그래요. 왜요?"

"에드워드 델러니 지서장입니다. 뉴욕 경찰청 소속이죠. 잠깐 얘기를 하고 싶습니다."

"무슨 일이죠?"

그의 말씨는 불분명하고 거칠었다. 더구나 인터콤에서 나는 기계음 때문에 더욱 듣기가 거북했다.

"어떤 사건을 수사 중입니다."

대답이 없었다. 침묵이 너무 오래 계속되는 바람에 델러니가 다시 한 번 초인종을 눌러야 할지를 궁리할 무렵에야 문의 잠금장치가 덜컥 풀렸다. 그는 허겁지겁 손잡이를 잡아 문을 열고 카펫이 깔린 계단을 올라갔다. 3-B호 앞에 또 하나의 초인종이 있었다. 그는 초인종을 누르고 기다렸다. 이번에도 이상할 만큼 오랜 시간이 흘렀다. 그 다음에 벌어진 일은 안에서 다시 초인종 소리 같은 것이 울린 것이었다. 델러니는 어리둥절하여 그저 기다리고 서 있었다. 아파트 현관문 앞에서 초인종을 울리고 나서 사람들이 기대하는 것은 어떤 사람이 안에서 누구냐고 묻거나 문이 열리는 것이 아닌가. 그런데 이 집에서는 그게 아니라 초인종 소리 같은 것이 울리는 것이었다.

그제서야 델러니는 이 집의 주인이 불구자라는 사실을 상기해 냈다. 그는 자신의 어리석음에 대해 투덜대면서 다시 초인종을 울렸다. 안에서 다시 소리가 울렸다. 이번에 그 소리는 화가 난 듯 길고 거칠었다. 그는 문을 열고 안으로 들어섰다. 어둡고 작고 혼란스러운 아파트 현관이었다. 델러니는 문을 닫았다. 자동으로 문이 잠기는 전자음이 들렸다.

"케이스 씨?"

델러니가 불렀다. 꺽지고 거친 음성이 들려왔다.

"나 여기 있소."

델러니는 어지럽혀진 거실을 가로질러 갔다. 누군가 거실에서 잠을 잔 것 같았다. 소파 겸용 침대 위에 잠을 잔 흔적이 그대로 남아 있었다. 여자 잠옷이 떨어져 있었고, 분첩이 떨어져 있는가 하면 화장도구는 탁자에 놓여 있었고, 재떨이에는 립스틱이 묻은 담배꽁초가 있었으며, 《보그》와 《브라이드》가 떨어져 있었다. 창가에는 식물이 자라고 있었다. 목이 긴 양철 화분에 만병초 잎새가 싱싱했다. 누군가 제법 정성을 기울이고 있는 것이 분명했다.

델러니는 그 어지러운 곳에서 벗어나 열린 문을 지나 아파트의 안쪽으로 걸어갔다. 어지럽혀진 거실과 그 너머 침실 사이의 문틀에는 끈을 잡아당겨 올리고 내릴 수 있는 블라인드가 드리워져 있었다. 그가 보기에 그 블라인드는 바닥까지 닿을 정도로 길었다. 그것을 내리면 햇빛이 완전히 차단되는 것은 물론이요 안을 들여다볼 수도 없을 것이었다. 프라이버시를 완벽하게 보장받을 수 있는 셈이었다. 그러나 물론 소리까지 차단할 수는 없을 것이다. 또한 블라인드에 잠금장치가 있을 리 없었다.

델러니는 블라인드 밑을 빠져나가 침실을 둘러보았다. 창문에는 먼지가 뒤덮여 있었고, 천장에는 석고가 부스러져 내리고 있었으며, 바닥의 깔개는 때투성이였다. 제법 멋진 두 개의 오크나무 옷장 서랍은 조금씩 열려 있었고 신문과 잡지들이 바닥 여기저기 흩어져 있었다. 마치 누군가가 병을 집어던져 병 안의 액체가 튀고 흘러내리는 것을 지켜본 것만 같은 꼴이었다.

냄새는 지독했다. 김 빠진 위스키 냄새였다. 썩은 침대 커버 냄새였다. 썩은 생선 냄새였다. 소변과 대변 냄새였다. 철제 냄비 안에서 작은 나무 조각이 타면서 향내를 피워 올리고 있었다. 그것 때문에 냄새는 더욱 끔찍스러웠다. 그 방은 썩어가고 있었다. 델러니는 이보다 더 심한 악취를 맡아본 적도 있었다.(냄새를 피우지 않는 경찰관이 하나라도 있던가.) 그러나 이 악취는 참아낼 수가 없었다. 그는 입으로 숨을 쉬면서 침대 안에 있는 남자를 향해 돌아섰다.

커다란 침대였다. 한때는 그 침대를 케이스와 그의 아내가 함께 썼겠지 하고 델러니는 상상했다. 이제 그의 아내는 거실의 간이침대에서 자는 것이리라. 침대 주변에는 탁자와 의자들, 잡지더미와 전화용 탁자, 술병과 얼음통이 있는 바퀴 달린 탁자가 있었고, 바닥에는 환자용 간이변기가 뚜껑이 열린 채 놓여 있었다. 휴지와 반쯤 먹다 만 샌드위치, 흠뻑 젖은 타월, 담배와 시가꽁초, 페이지가 미친 듯 찢겨 나간 페이퍼백들, 역시 뜯겨 나간 하드커버 책들, 깨진 잔들, 그 밖에도 온갖 것들이 널려 있었다.

"도대체 뭘 원하는 거요?"

그제서야 델러니는 그 남자를 똑바로 쳐다볼 수 있었다.

그는 때묻은 짙은 푸른색 시트로 턱 밑까지 가리고 있었다. 델러니에게 보이는 것은 네모난 얼굴, 네모난 머리뿐이었다. 빗질을 하지 않아 헝클어진 머리칼은 어깨에 닿을 정도로 길었다. 붉은 콧수염과 구레나룻 역시 네모졌으며 헝클어져 있었다. 검은 눈동자는 이글거렸고 두툼한 입술은 더럽고 갈라져 있었다.

"캘빈 케이스 씨?"

"그렇소."

"뉴욕 경찰청 에드워드 델러니 지서장입니다. 지금 어떤 사람의 피살사건을 수사 중인데, 그 사람은……."

"신분증이나 좀 보여주쇼."

델러니는 침대 옆으로 다가섰다. 냄새 때문에 머리가 아팠다. 그는 케이스의 얼굴 앞에 신분증을 제시했다. 그 남자는 그것은 거의 쳐다보지도 않았다. 델러니는 뒤로 물러섰다.

"얼음도끼로 피살당한 사람이 있습니다. 등산가가 쓰는 얼음도끼 말입니다. 제가 여기 온 것은……."

"내가 그랬다는 거요?"

갈라진 입술이 열리고 누런 이가 드러났다. 그것은 죽은 사람의 웃음 같았다. 델러니는 깜짝 놀랐다.

"아닙니다. 얼음도끼에 대해 알고 싶어서 찾아온 겁니다. 당신

을 최고의 등산가라고 추천하는 사람이 있어서 만나면 도움
을……."

"개소리 하고 있네."

케이스는 지친 어조로 중얼거렸다. 그는 머리를 이쪽저쪽으로
흔들어댔다.

"그 살인자를 찾아내는 데 협조하실 생각이 있으신지……."

"가쇼. 꺼지란 말이요."

케이스가 중얼거렸다. 델러니는 돌아섰다. 두 걸음을 걸어갔다.
그러고는 멈춰 섰다. 바바라가 있고 랭글리가 있었다. 모니카 길
버트가 있고, 저 모든 소중한 사람들이 있었다. 핸드리와 토어슨,
퍼거슨과 도르프만이 있었다. 그리고 여기 또 한 사람이 있었다.
델러니는 숨을 가슴 깊이 들이마셨다. 분노마저도 계산해야 하는
것에 화가 났다. 그는 더러운 침대 위의 괴물을 향해 돌아섰다. 잃
을 것이란 없었다.

"이 개자식, 망할 자식, 엿 먹을 자식아. 이 똥 같은 놈아. 난 형
사다. 널 조사하러 왔어, 이 허깨비 같은 성불구자야. 평생 그렇게
살아라, 이 개놈아. 침대에 엎어져 벌레처럼 살아봐. 누가 널 먹여
주냐? 네 마누라지? 아니야? 누가 집을 치우냐? 네 마누라지? 그
렇지? 누가 네 똥을 치우고 오줌을 치워줘? 역시 네 마누라지? 그
런데 넌 거기 자빠져서 술만 퍼먹고 있다는 거지? 이 방에 들어서
는 순간 네가 어떤 놈인지 한눈에 알아봤다, 이 쥐새끼 같은 놈아.
침대에 자빠져서 자신에 대해 한탄이나 하고 있으니까 기분 좋
지? 살맛나지? 에라, 이 똥만도 못한 놈아. 똥오줌이나 싸고 술이
나 퍼마시면서, 죽도록 일하는 마누라한테 고함이나 질러대면서

평생 살아봐라, 이 못난 놈아. 남자라구? 네가? 대단한 남자구나. 똥이나 핥아먹을 놈. 네 낯짝에 침이나 뱉어주고 싶다, 이놈아. 네 이름을 들은 날을 잊어버려야지 더러워서 못살겠다, 이 먼지 만도 못한 놈아. 넌 이 세상에 없는 놈이야. 알아들어? 넌 아무것도 아 니야."

델러니는 돌아섰다. 그는 거의 자제력을 잃고 있었다. 그때 침 실 문가에 서 있는 한 여자를 발견했다. 작고 가느다란 몸매의 금 발이었다. 그녀의 머리칼이 블라인드를 스치고 있었다. 그녀는 창 백하게 질린 얼굴로 주먹을 깨물고 있었다.

델러니는 심호흡을 하고 더욱 당당하게 보이려는 몸짓으로 어 깨를 쫙 폈다. 그는 갑자기 아주 보잘것없는 사람이 된 것 같은 기 분이었다.

"케이스 부인이십니까?"

그 여자는 고개를 끄덕거렸다.

"뉴욕 경찰청 에드워드 델러니 지서장입니다. 당신 남편에게 수사에 협조해 주실 것을 부탁드리려고 왔습니다. 제가 지금 한 말을 들으셨다면, 부디 더러운 말을 쓴 것을 용서해 주십시오. 죄송합니다. 용서해 주십시오. 부인께서 여기 계시다는 걸 몰랐습 니다."

그녀는 다시 희미하게 고개를 끄덕거렸다. 아직도 그녀는 휘둥 그레 뜬 푸른 눈으로 그를 쳐다보며 주먹을 깨물고 있었다.

"안녕히 계십시오."

델러니는 마지막 인사말을 남기고 그녀 옆을 지나쳐 문으로 걸 어갔다. 그때 침대 위의 남자가 입을 열었다.

"서장."

"뭐요?"

델러니는 돌아섰다.

"당신도 참 대단한 개자식이로군요. 그렇지요?"

"그럴 필요가 있을 때는 그렇습니다."

델러니는 고개를 끄덕이며 말했다.

"누구라도 이용하는 사람이군요. 병신이건 술꾼이건 무기력한 사람이건 절망한 사람이건 다. 그런 사람들까지 다 이용할 사람이요."

"그렇습니다. 난 살인범을 찾고 있습니다. 도움이 될 사람이라면 누구든 다 이용할 겁니다."

케이스는 덮고 있던 푸른 시트 자락을 집어 젖은 눈을 닦았다.

"그리고 아주 더러운 입을 가졌어요. 정말 대단한 입이요."

그는 바퀴가 달린 탁자로 팔을 뻗어 술이 반쯤 남은 위스키 병과 더러운 잔을 하나 집어 들었다.

"여보. 뉴욕 경찰청에서 나온 에드워드 델러니 서장이 쓸 깨끗한 잔 하나쯤은 있겠지?"

여자는 아무 말도 하지 않은 채 고개만 끄덕거렸다. 그녀는 사라졌다가 잔을 두 개 가지고 돌아왔다. 케이스는 술을 따른 다음 술병을 다시 탁자 위에 놓았다. 그들 세 사람은 말없이 잔을 들어 올렸다. 그들은 어떤 말을 하고 술을 마셔야 할지 아무도 몰랐다.

"칼, 당신 배 고프지 않아요? 난 곧 일하러 나가야 해요."

캘빈의 아내가 물었다.

"난 괜찮아. 서장님, 샌드위치 좀 드시겠습니까?"

"고맙지만 괜찮습니다."

"그냥 우리끼리 있게 해줘, 여보."

"하지만 집을 좀 치워야 할 것 같은……."

"우리끼리 있게 해줘, 여보. 부탁이야."

그러자 그 여자는 돌아섰다. 그때 델러니가 그녀를 불렀다.

"부인."

그 여자가 다시 돌아섰다.

"여기 계셔주십시오. 남편과 제가 이제부터 무슨 얘기를 하든 부인께서 듣지 못할 이유란 없습니다."

여자는 깜짝 놀랐다. 영문도 모르는 채 그녀는 델러니와 남편을 번갈아 쳐다보았다. 케이스는 한숨을 내쉬었다.

"정말 괴상한 사람이군. 정말 괴상한 사람이야."

"그렇습니다. 난 정말 괴상한 사람입니다."

"여기로 비집고 들어오더니 멋대로 하고 있어."

델러니는 더 이상 참지 못하고 물었다.

"지금 얘기하겠습니까? 제 질문에 대답하겠습니까?"

"먼저 무슨 일인지 알고 싶군요."

"한 사람이 이상한 흉기로 피살당했습니다. 우린 그 흉기가 얼음도끼였다고……."

"'우리'라는 게 누굴 말하는 겁니까?"

"그 흉기가 얼음도끼였다고 생각합니다. 얼음도끼에 대해 자세히 알고 싶어요. 그런데 뉴욕에서 가장 빼어난 등산가라고 어떤 사람이 당신을 추천해 주었지요."

"한때는 그랬지, 한때는."

케이스가 힘없이 중얼거렸다.

그들은 술을 한 모금씩 마시며 서로를 꼼짝도 않고 바라보았다. 한순간 사이렌 소리도, 경적소리도, 바람소리도 멎었다. 거리의 소음도, 도시의 소란도 중지되었다. 델러니는 그 순간 바로 이 블록에 서 있던 건물을 한 무리의 불만에 찬 과격분자들이 파괴했던 사건을 상기했다. 그들은 건물의 지하층에 폭발물을 장치함으로써 인류에 대한 사랑을 입증하고자 했다.

이제 그들은 케이스의 아파트에서 조용히 서로를 바라보며 앉아 있었다. 그들은 자신도 모르는 사이에 속삭이듯 작은 소리로 얘기를 나누고 있었다. 케이스가 조용히 물었다.

"서장이 직접 조사를 하러 왔다는 거요? 살인사건 하나 때문에? 아니, 그럴 리가 없지요. 정복 경찰관이나 형사라면 모르지만. 서장이? 말이 안 되는 일이지. 대체 무슨 일입니까, 델러니 서장님?"

델러니는 심호흡을 했다.

"난 지금 휴직 중입니다. 공식적으로는 근무 중인 경찰이 아니지요. 그러니 케이스 씨는 내 질문에 답변할 의무가 없습니다. 난 251번 지서의 서장이었습니다. 주택지구지요. 한 달 전에 대로상에서 한 남자가 피살당했어요. 당신도 그 기사를 신문에서 봤을 겁니다. 프랭크 롬바드라는 시의회 의원이었지요. 이 사건을 해결하기 위해 수많은 사람들이 매달려 있습니다. 하지만 수사에 아무런 진전이 없었습니다. 심지어 범인이 사용한 흉기가 어떤 것인지조차 알아내지를 못했습니다. 그래서 난 혼자서라도 이 사건을 조사해야겠다고 생각했습니다. 그러니 공식적인 수사는 아닙니다.

아까도 말했듯이 난 휴직 중이니까요. 그런데 사흘 전에 롬바드가 피살된 지점에서 그다지 멀지 않은 장소에서 또 한 사람이 습격을 당했습니다. 두 번째 사람은 아직 살아 있긴 하지만 머지않아 사망할 것 같습니다. 그 사람의 상처는 롬바드의 상처와 너무나 흡사했습니다. 두개골이 깨진 거지요. 전 두 사건 모두 얼음도끼가 흉기로 사용되었을 거라고 생각합니다."

"왜 그렇게 생각하게 된 거죠?"

"상처의 생김새 때문입니다. 그 크기와 모양 때문이죠. 얼음도끼는 전에도 살인흉기로 사용된 적이 있습니다. 1940년 레온 트로츠키가 바로 얼음도끼로 암살당했습니다."

"내게서 무얼 알아내자는 겁니까?"

"얼음도끼에 대한 거라면 뭐든 좋습니다. 누가 만드는지, 누가 사는지, 그걸 사서 어디에 쓰는지 등등요."

케이스는 아내를 바라보았다.

"내 도끼를 좀 가져다 주겠어, 여보? 현관장에 들어 있어."

그녀가 나간 사이에 두 남자는 입을 다물고 있었다. 케이스는 의자를 권했으나 델러니는 머리를 저었다. 이윽고 케이스 부인이 돌아왔다. 그녀는 다섯 개의 도끼를 엉거주춤 들고 서 있었다. 두 개는 옆구리에 끼고, 나머지 세 개는 손잡이를 잡고 있었다.

"침대 위에 둬."

케이스가 말하자 그녀는 고분고분 더러운 침대 시트 위에 그것을 올려놓았다.

델러니는 일어서서 그것들을 재빨리 훑어보고 손에 움켜쥐어 보았다. 전체가 금속으로 만들어져 있었다. 손도끼만 한 길이였고, 손잡이에는 가죽이 감겨 있었으며, 손잡이 아랫부분에 가죽 매듭이 달려 있었다. 머리 부분은 한쪽은 망치였고 반대쪽은 곡괭이형 도끼였다. 도끼는 정확히 랭글리가 묘사한 그 모양이었다. 13센티미터 정도의 길이에 머리 부분은 네모꼴이었다가 차츰 세모꼴이 되었고, 끝부분으로 가면 예리하고 날카로워졌다. 그렇게 날카로워지면서 날 전체가 아래쪽으로 구부러졌다. 아래쪽으로는 네 개의 톱날이 달려 있었다. 머리 전체가 밝은 붉은색이었고, 가죽에 싸인 손잡이는 밝은 푸른색이었다. 그 사이는 번쩍번쩍 빛을 발하는 금속이었다. 머리 옆부분에 인장이 찍히고 작은 글귀가 새겨져 있었다. 델러니는 안경을 쓰고 읽어보았다. '서독 제품'이라는 글귀였다.

"이게……." 하고 델러니가 말을 시작하려는데, 케이스가 가로챘다.

"이건 정확히는 얼음도끼가 아닙니다. 쓰임새로 보면 오히려 얼음망치죠. 하지만 대개의 사람들이 그냥 얼음도끼라고 부릅니다. 뒤섞어 부르는 거지요."

"이걸 서독에서 샀습니까?"

"아뇨. 여기 뉴욕에서 샀지요. 등산장비는 서독과 오스트리아, 스위스 제품이 가장 질이 좋아요. 그런 나라에서 세계 각국으로 수출을 하지요."

"뉴욕 어디에서 이걸 샀지요?"

"제가 일하던 상점이요. 직원에게는 좀 싸게 주거든요. 스프링가에 있는 '아웃사이드 라이프'라는 상점이죠. 그곳에서는 낚시와 사냥장비, 캠핑과 사파리장비, 등산장비 등 모든 걸 다 팔았습니다."

"전화를 좀 써도 되겠습니까?"

"그러시죠."

델러니는 너무 기쁘고 흥분돼서 랭글리의 전화번호마저 기억이 나지 않을 지경이었다. 그는 할 수 없이 전화번호 수첩을 꺼내 랭글리의 번호를 찾아내야 했다. 전화를 하면서도 그는 그 짤막한 얼음도끼를 손에서 놓지 않았다. 전화를 거는 동안 내내 그는 그 것을 쥔 채 들여다보았다.

"랭글리 선생님? 델러닙니다."

"아, 서장! 전화를 하려고 했지만, 아직 아무것도 알아낸 게 없어서 말이야. 그 물건을 발견할 수 있음직한 가게목록을 만들어놓고 하루에 예닐곱 군데씩 돌아다녔어. 하지만 아직은 성과가……."

"랭글리 선생님, 지금 그 목록을 가지고 계십니까?"

"물론이지, 서장. 바로 여기 있어. 전화가 왔을 때 막 나가려던 참이었어."

"그 목록에 '아웃사이드 라이프'라는 가게도 있습니까?"

"'아웃사이드 라이프?' 잠깐만. 아, 그래. 여기 있어. 스프링가로군."

"랭글리 선생님, 그 가게에 우리가 찾는 물건이 있을 거라는 단서를 잡았습니다. 오늘 거기 가실 수 있겠습니까?"

"물론이지. 지금 당장 가지, 뭐."

"고맙습니다. 그걸 찾건 못 찾건 저에게 즉시 전화를 해주십시오. 저는 집이나 병원에 있을 겁니다."

델러니는 전화를 끊고 캘빈 케이스에게 돌아섰다. 델러니는 아직도 손에 얼음도끼를 쥐고 있었다. 그는 그것을 힘껏 휘둘러보고 다음에는 높이 치켜들었다가 아래로 힘껏 내리쳤다.

"굉장하군요."

델러니가 중얼거리자 케이스가 말했다.

"그렇고말고요. 묵직하죠. 그걸로 사람 죽이는 건 아주 간단한 일일 겁니다."

"얼음도끼에 대해 좀 더 얘기해 주시죠."

케이스는 얘기를 시작했다. 길지 않은 얘기였다. 그는 현대의 얼음도끼는 고대 알프스의 작대기로부터 변화되어 온 것이라고 믿었다. 목동의 지팡이처럼 긴 막대가 시초였다는 것이다. 사실 케이스는 스위스에서 아직도 그런 지팡이가 사용되는 것을 본 적이 있었다. 그런 지팡이에는 손망치로 다듬은 곡괭이가 달려 있었는데 눈의 깊이를 측정하는 데도 쓰이고, 얼음의 강도를 측정하는 데에도 쓰이며, 돌의 너비를 재거나 돌출부나 얼음의 균열을 살피는 데도 쓰였다.

"그 다음에는 양손잡이 얼음도끼가 개발되었지요."

케이스는 상체를 굽혀 침대 발치에서 샘플을 찾아주었다. 시트 아래 감춰진 그의 몸뚱이는 알몸인 것이 분명했다. 그의 상체는 한때는 근육으로 탄탄했을 것이다. 그러나 이제 근육은 보이지 않았다. 물렁물렁한 살덩이가 불그스름한 털에 묻혀 있었고, 악취를 풍길 따름이었다.

케이스는 기다란 얼음도끼를 델러니에게 보여주면서 그것이 어떻게 지팡이로 쓰이고, 얼음에 박으면 어떻게 밧줄을 지탱하는 지지대가 되며, 머리에 붙은 도끼 부분으로 어떻게 얼음을 깎아내면 손발을 지탱하는 지지점을 확보할 수 있고, 바위처럼 든든하게 짐의 무게를 지탱하는 거점을 확보할 수 있는지를 설명했다. 손잡이에 돌출된 끝부분은 여러모로 쓸모가 많았다. 빙판 위를 가로지를 때는 끌로 쓸 수 있었고, 거기 달린 가죽매듭은 얼어붙은 벌판을 건너갈 때 사용할 수 있었으며, 임시로 작은 병마개로도 쓸 수 있었다.

"이걸 언제 다 마련했습니까?"

델러니가 물었다.

"이것 둘은 오스트리아에서 샀습니다. 이것은 서독에서 이것은 제네바에서 샀지요."

"어디에서나 살 수 있습니까?"

"유럽에서는 어디서나 살 수 있지요. 그곳에선 아주 많은 사람들이 등산을 즐기니까요."

"그리고 이곳에서도?"

"뉴욕에만도 열 개 정도의 상점이 있어요. 어쩌면 그 이상일지도 모르구요. 물론 뉴욕 이외의 지역에서도 구할 수 있을 겁니다. 예를 들면 웨스트코스트 같은 곳 말입니다."

델러니는 짤막한 얼음도끼 손잡이에 붙은 가죽끈을 팔목에 감았다.

"이건 뭡니까? 어디에 쓰이는 거지요?"

"아까도 말했지만 이건 사실은 얼음망치입니다. 암벽 등반을 할 때는 곡괭이형 도끼 끝으로 구멍을 낼 수 있어요. 다른 쪽 끝에 붙은 망치로는 그 구멍에 피톤을 박아 넣지요. 피톤이란 철제 못입니다. 꼭대기에 고리 같은 것이 달려 있어요. 그래서 그 구멍에 밧줄을 넣을 수 있습니다."

델러니는 들고 있는 얼음도끼의 머리 부분을 손가락으로 재보았다. 두 뼘 정도였다. 그는 손가락 끝을 문지르며 웃음을 지었다.

"뭐 때문에 웃는 겁니까?"

위스키를 더 따르며 케이스가 물었다.

"기름이 묻어 있군요."

"뭐요?"

"도끼머리에 기름이 묻어 있다구요."

"아, 그럼요. 에블린이 내 장비들을 깨끗이 닦고 기름까지 쳐두지요. 아내는 언젠가는 내가 다시 등산을 할 수 있을 거라고 생각하거든요. 그렇지, 여보?"

델러니는 고개를 돌려 그녀를 바라보았다. 그녀는 웃으려고 애쓰며 말없이 고개를 끄덕거렸다. 델러니는 그녀에게 미소를 지어주었다.

"케이스 부인, 어떤 종류의 기름을 쓰십니까?"

"글쎄요. 그냥 보통 기름일 텐데요. 6번로에 있는 장비 가게에서 사와요."

케이스가 말했다.

"묽은 기름입니다. 재봉틀 기름 같은 거지요. 별로 특별한 건 아닙니다."

"등산가들은 모두 다 장비에 기름칠을 해둡니까?"

"훌륭한 등산가는 그렇게 하지요. 예리하게 다듬어두는 건 물론이구요."

델러니는 고개를 끄덕였다. 그는 미련이 남은 듯한 태도로 그

짤막한 얼음도끼를 케이스의 침대 발치에 놓인 다른 얼음도끼 옆에 놓았다.

"'아웃사이드 라이프'에서 일했다고 했지요? 그곳에서 이걸 샀다고요."

"그래요. 거의 10년이나 일했지요. 난 그곳 등산부서 책임자였습니다. 내가 등산을 갈 땐 언제나 근무를 빼주었어요. 가게로서는 좋은 광고가 되니까요."

"제가 이런 도끼를 사고 싶다면 그저 그 가게로 가서 돈만 내면 되는 겁니까?"

"물론입니다. 한 15달러 정도입니다. 하지만 그건 5년 전 가격이에요."

"현금으로 살 수 있어요? 혹시 판매전표를 씁니까?"

케이스는 눈살을 찌푸리며 그를 바라보았다. 그러다가 얼굴을 구기며 웃었다. 다시 더러운 이가 드러났다.

"형사 아저씨는 잠시도 쉬지 않고 머리를 굴리는군요. 그렇지요? '아웃사이드 라이프'에 관한 한 서장님은 운이 좋은 셈입니다. 판매전표를 꼭꼭 기록하니까요. 적어도 제가 거기서 일할 때는 그랬어요. 고객의 주소와 이름도 기록해 둬야 했습니다. 솔 아펠이 그렇게 하라고 했기 때문이지요. 솔 아펠은 가게 주인입니다. 그 사람은 우편판매로 엄청난 매상을 올렸어요. 여름상품과 겨울상품 카탈로그를 만들어 고객들에게 보냈지요. 늘 그 카탈로그에 새 상품들을 추가시켰구요. 그러면 고객들은 우편으로 구입하고 싶은 상품을 신청하는 겁니다."

"고객의 주소와 이름이 기록된 판매전표는 언제까지 보관됩니까?"

"여러 해 동안 보관되지요. 지하층은 그런 전표로 꽉 차 있어
요. 하지만 흥분은 마세요, 형사 아저씨. 뉴욕에는 '아웃사이드 라
이프' 말고도 얼음도끼를 살 수 있는 가게가 얼마든지 있으니까
요. 다른 대부분의 가게에서는 그런 것 없이 돈 계산만 하고 끝낼
겁니다. 고객의 이름이나 주소 같은 것은 가지고 있지 않을 거예
요. 누가 뭘 샀는지도 모를 테구요. 또 아까도 말했지만 이런 물건
들은 대부분 수입품이에요. 런던이나 파리에서, 베를린에서, 빈에
서, 로마나 제네바에서도 얼음도끼를 살 수 있고 그 밖의 어디에
서나 살 수 있어요. 로스앤젤레스나 샌프란시스코, 보스턴, 포틀
랜드, 시애틀, 몬트리올 같은 도시에서도 살 수 있구요. 그러니
'아웃사이드 라이프' 한 곳만으로 뭘 알아낼 수 있겠어요?"

델러니는 진심으로 고마웠다.

"고맙습니다. 정말 큰 도움을 주셨어요. 정말 감사합니다. 내가
한 상소리들을 부디 용서하기 바랍니다."

케이스는 어떤 몸짓을 했다. 델러니로서는 무슨 뜻인지 알 수
없는 몸짓이었다.

"이제 무얼 하실 겁니까, 서장님?"

"지금부터 뭘 할 거냐구요? 아, 다음 수사 방향 말이지요? 글쎄
요, 아까 전화로 얘기하는 건 들으셨지요? 도와주는 사람이 지금
'아웃사이드 라이프'로 가는 중일 겁니다. 만일 당신의 얼음도끼
와 같은 물건을 살 수 있게 되면, 난 그곳으로 가서 판매전표를 조
사할 수 있게 해달라고 요청할 작정입니다. 그래서 얼음도끼를 산
사람들의 명단을 만들어야지요."

"하지만 말했잖아요. 판매전표는 수천 장이라니까요!"

"압니다."

"또 뉴욕에는 손님의 주소나 이름 같은 건 기록하지 않고 얼음 도끼를 파는 가게가 얼마든지 있어요."

"안다니까요."

케이스는 고개를 돌리며 투덜거렸다.

"서장님은 바보군요. 아까는 아니라고 생각했지만 이제 보니 틀림없는 바보요."

"칼."

그의 아내가 불렀다. 그러나 그는 아내를 돌아보지 않았다. 델러니는 침대에 누운 남자를 똑바로 노려보며 입을 열었다.

"당신이 수사라는 걸 어떻게 생각하는지는 모르겠습니다. 대부분의 사람들은 소설이나 영화나 텔레비전을 보고 수사라는 게 저런 건가 보다 짐작하지요. 그래서 수사를 아주 흥미진진한 게임이나 악마와 같이 영리한 추리, 아니면 지붕을 뛰어넘는 추적 같은 것으로 생각합니다. 현관문을 차고 들어가서 범인을 체포한다거나 지하철 레일 너머로 총을 쏘아대는 것 따위 말입니다. 하지만 실제로 수사에 종사하는 형사의 업무 가운데 그런 일은 5퍼센트도 안 될 거요. 형사가 대부분의 시간을 어떻게 소비하는지 알려드릴까요, 등산가 선생?

약 15년 전에 롱아일랜드의 대로에서 한 소녀가 납치된 적이 있습니다. 소녀는 학교에서 집으로 돌아가는 길이었지요. 차 한 대가 소녀 옆으로 다가오더니 운전사가 소녀에게 말을 걸었습니다. 소녀는 차 앞으로 다가갔지요. 어린 소녀였어요. 그러자 운전사가 문을 열고 소녀를 낚아채 차 안에 밀어 넣고 사라져버린 겁니다.
이 사건을 목격한 사람이 있었어요. 늙은 여자였습니다. 그 여자
는 차의 색깔이 어두웠다고, 그러니까 검거나 진한 푸른색이거나
진한 갈색 또는 적갈색이었던 것 '같다'고 말했어요. 번호판은 뉴
욕 번호판이었던 것 '같다'고 말했지요. 아무것도 확실히 말할 수
있는 게 없었어요. 아무튼 소녀의 부모는 협박장을 받았습니다.
부모는 그 협박장의 지시를 따랐어요. 경찰에 연락하지 않고, 돈
을 주었지요. 사흘 뒤에 소녀는 시체가 되어 발견되었습니다. 그
제서야 FBI가 수사를 시작했지요.

그들에게는 수사를 개시할 두 가지 단서가 있었어요. 그 차가 뉴
욕 번호판을 단 차였던 것 '같다'는 것과 손으로 쓴 협박장이었지
요. 그래서 FBI는 각처에서 예순 명의 요원들을 불러들였습니다.
그들은 필적을 감정하는 방법을 간단히 교육받았어요. 협박장을
크게 확대한 사진이 벽에 부착되었습니다. 스무 명을 1개조로 하
여 3개조가 3교대로 롱아일랜드에서 발급된 운전면허증 신청자의
필적을 조사하기 시작했습니다. 하루 스물네 시간 그들은 그 작업
을 계속했어요. 얼마나 많은 필적을 조사했을 것 같습니까? 수천?
아마 수백만이었을 겁니다. 그보다 더 많았을지도 모르죠. 요원
들은 비슷한 필적을 모조리 뽑아냈어요. 그 다음에는 필적 전문
가들이 그 필적들을 조사하여 점점 더 혐의자의 범위를 좁혀 나
갔지요."

"그래서 범인을 잡았나요?"

에블린 케이스가 끼어들었다. 델러니는 고개를 끄덕였다.

"물론이지요. 범인을 체포했습니다. 마침내는. 만일 그들이 혐

의자를 롱아일랜드 지역의 면허증 신청자 가운데서 발견하지 못했다면 뉴욕 주 지역의 모든 신청서를 조사했을 겁니다. 수백만, 수백만이지요. 이 얘기를 하는 것은 대부분의 경우에 수사작업이라는 것이 어떤 것인지를 알려드리기 위해서입니다. 상식이죠. 어디서든 시작하지 않으면 안 된다는 것을 깨달아야 한다는 겁니다. 힘들고 지루하고 따분하고 반복되는 작업입니다. 그리고 확률의 문제구요. 바로 그런 겁니다. 다시 한 번 도움에 감사드립니다."

델러니가 거실로 통하는 블라인드 앞까지 걸어갔을 때 케이스가 희미하게, 거의 속삭이는 듯한 음성으로 그를 불렀다.

"서장님."

델러니는 돌아섰다.

"예?"

"서장님이 '아웃사이드 라이프'에서 그 도끼를 찾게 되면 누가 판매전표를 조사하게 됩니까?"

델러니는 어깨를 으쓱하고 대답했다.

"내가 해야지요. 누군가는 해야 하니까. 아무튼 조사는 해야 합니다."

"때로는 판매전표에 번호만 기록되기도 하는데, 그 번호가 무슨 뜻인지 알 수 없을 텐데요."

"가게 주인에게서 알아내야지요. 그 번호가 무슨 뜻인지 알 수 있을 겁니다."

"서장님, 난 할 일 없이 시간만 죽이고 있는 사람입니다. 외출도 못 해요. 내가 그 전표를 조사하겠습니다. 난 무얼 찾아야 하는지 알아요. 서장님보다는 훨씬 더 빨리 얼음도끼 판매전표를 찾아

114

낼 수 있어요."

델러니는 무표정한 얼굴로 오랫동인 케이스를 바라보았다. 마침내 그는 고개를 끄덕였다.

"당신에게 연락하겠습니다."

에블린 케이스는 델러니를 문까지 배웅했다. 그녀는 작은 소리로 말했다.

"고맙습니다."

케이스의 집에서 나오자 델러니는 곧장 6번로로 걸어가서 남쪽으로 방향을 바꿔 장비를 파는 가게를 찾았다. 없었다. 그는 11번 가로 돌아와서 북쪽으로 걸었다. 역시 장비를 파는 가게는 없었다. 이번에는 6번로를 가로질러 서쪽으로 걸어갔다. 가게가 하나 있었다.

델러니는 안으로 들어가 말했다.

"기름을 한 통 주시오. 재봉틀 기름 같은 거 말입니다."

델러니는 작고 네모난 통을 하나 받았다. 목이 긴 통이었는데, 작고 붉은 뚜껑이 달려 있었다. 그가 물었다.

"이 기름으로 연장을 닦을 수 있습니까?"

점원은 자신 있게 대답했다.

"물론이죠. 연장은 물론이고 재봉틀이나 선풍기, 자물쇠 등등 뭐든 닦을 수 있어요. 우리나라에서 이것이 제일 많이 팔리는 물건입니다. 어떤 목적으로나 쓸 수 있거든요."

델러니는 고맙다는 말을 입 안에서만 중얼거리며 가게를 나왔다.

그는 택시를 타지 말았어야 했다. 그의 집 가계부는 아직은 저축과 지출의 균형을 유지하고 있기는 했다. 그들은 유가증권(대부분이 면세 시채(市債)였다.)을 보유하고 있었고, 집도 가지고 있었다. 그러나 이제 봉급을 받는 입장이 아니었고, 바바라의 치료비와 입원비는 공포스러울 지경이었다. 그러니까 지하철을 탔다가 59번가에서 버스로 바꿔 타는 편이 옳았다. 그러나 그는 너무 흥분하고 너무 낙관적인 기분이 들어 병원까지 택시를 타기로 결정했다. 주택가를 지나면서 그는 기름통의 붉은 뚜껑을 열어 손톱에 몇 방울의 기름을 떨어뜨렸다. 그는 손끝으로 기름을 문질렀다. 묽은 기름이었다. 촉감도 좋았다. 그는 빙긋 미소 지었다.

바바라는 병실에 없었다. 간호사는 바바라가 엑스레이 사진을 찍고 검사를 몇 가지 더 받기 위해 검사실로 내려갔다고 말했다. 델러니는 바바라의 침대 머리맡에 쪽지를 남겼다.

여보, 왔다가 가요. 오늘 밤에 다시 올게. 사랑하오.

──남편 에드워드

델러니는 서둘러 집으로 돌아오자 코트와 상의를 벗고 넥타이를 느슨하게 푼 다음 소매를 걷어붙이고 슬리퍼를 신었다. 파출부 메리가 집에 있었다. 그녀는 비프스튜를 요리하는 중이었다. 델러니는 요리가 다 되면 그것을 차갑게 식혀달라고 부탁했다. 먹는 일 말고도 할 일이 너무나 많았다.

그는 서재에 있는 자료 서랍 두 개를 깨끗이 치웠다. 첫 번째 서랍에는 롬바드 작전 수사대의 보고서 사본들을 정리해 넣었다. 그는 그 자료를 두 종류로 분류했다. 하나는 프랭크 롬바드에 관련된 것, 다른 하나는 버나드 길버트에 관련된 것이었다. 그 두 제목 아래 다시 몇 가지 항목을 두고 분류했다. 흥기와 동기, 부상과 개인적 배경 등이 그것이었다.

두 번째 서랍에는 자신이 만든 자료들을 정리해 넣었다. 지금으로서는 대부분이 짤막짤막한 메모에 불과한 것들이었으나 그는 그것들을 봉투에 넣어두었다.

이제 델러니는 그 짤막짤막한 메모들을 보고서 형태로 만들기 시작했다. 누구에게 보낼 것인지, 작성하는 목적이 무엇인지는 아직 그 자신도 알지 못했다. 그러나 그것은 그가 오랜 세월 수사에 종사해 오는 동안 일을 해온 방식이었다. 또한 그는 자신의 육감이나 의문을 글로 옮겨놓는 것이 유익하다는 것을 경험을 통해서 알고 있었다. 행복하던 시절에는 바바라가 전동타자기로 그의 메모들을 깨끗이 타자해 주었다. 그것은 얼마나 큰 도움이 되었던가. 그러나 그에게는 아직까지도 전동타자기가 신비의 물건이었다. 그러니까 손으로 보고서를 쓰는 것에 만족하는 수밖에 없었다.

델러니는 먼저 이 사건에 관련된 사람들의 이름과 주소와 전화번호를 기록하여 긴 명단을 만들었다. 주소와 전화번호를 모르는 경우에는 전화번호부를 뒤져 찾아냈다. 그 다음에는 토어슨과 존슨을 만난 일에 대한 보고서를 작성하고, 롬바드의 미망인과 어머니, 친지들과 만나 나눈 대화도 보고서로 만들었다. 또한 도르프만, 퍼거슨 박사와 나눈 대화에 대해서도 기록을 만들었다. 되도록 빠르게 써 내려갔다. 수첩에 휘갈겨 써두었던 메모를 참조하기도 하고, 편지봉투를 들여다보기도 했으며, 잡지나 신문의 빈 공간에 써두었던 글귀를 옮겨 적기도 했다.

117

벌써 1주일 전에 해야 했던 일이었다. 한시바삐 이 일을 끝내고 이제부터 매일매일의 진행 상황에 따라 자료를 축적해야 한다는 생각에 마음이 조급해졌다. 무의미한 일인지도 모르지만, 정녕 무가치한 일인지도 모르지만 델러니는 자신이 한 일에 관하여 기록을 남기는 것이 중요한 일로 여겨졌고, 자료가 불어날수록 작으나마 위안을 받을 수 있을 것이라고 생각했다. 두 번째 서랍에는 벽돌공의 망치와 '돌 사냥꾼'의 망치, 그리고 기름통도 넣어두었다. 그것은 이를테면 물증이었다.

그는 꾸준히 작업을 계속했다. 단 두 번, 부엌에 가서 차가운 맥주를 가져오기 위해서 일을 중단했을 뿐이었다. 메리는 2층에서 청소를 하고 있었다. 비프스튜가 들어 있던 오븐의 불은 꺼져 있었다. 그는 뚜껑을 열고 냄새를 맡아보았다. 냄새는 훌륭했다.

델러니는 될 수 있는 한 빠른 속도로, 될 수 있는 한 명료하게 써 내려갔다. 그의 필적은 자신이 보기에도 형편없었다. 바바라는 그 글자를 알아보았다. 그 밖에 그것을 읽을 수 있는 사람이 또 누가 있으랴. 아무튼 그의 단정한 자료봉투는 점점 두툼해져 갔다. '혐의자'와 흉기, 동기와 심문, 시기와 부검 등등. 그것들은 모두 공식적이고 인상적인 형태였다.

저녁이 되었다. 여전히 그는 최선을 다하여 빠른 속도로 기록을 계속했다. 메리는 배가 고파 쓰러지기 전에 스튜를 먹으라는 명령을 엄격하게 내리고 갔다. 그는 현관문을 잠그고 다시 기록을 계속했다. 얼마 후 초인종이 울렸다. 그는 화를 내며 펜을 집어던졌다가 곧 이렇게 소리쳤다.

"아, 맙소사! 랭글리 선생이야. 도끼를 가져온 거야."

그는 유리창으로 밖을 내다보았다. 랭글리였다. 손에는 종이로 싼 물건을 들고 있었다. 노인은 웃고 있었다. 델러니는 문을 열었다.

"됐어!"

랭글리가 부르짖었다. 서장은 몇 시간 전에 그 자신이 바로 똑같은 물건을 손에 쥐고 있었다는 얘기를 할 수 없었다. 그것은 그 멋쟁이 노인의 승리감을 박탈하는 짓이었다.

서재에서 그들은 그 얼음도끼를 함께 관찰했다. 그것은 케이스가 가지고 있던 물건과 똑같았다. 그들은 세밀히 살펴보았다. 점점 날카로워지는 곡괭이형 도끼, 아래쪽으로 구부러지는 날, 날카로운 도끼날의 끝, 전체가 금속으로 이루어진 몸통 등을.

"그래요, 랭글리 선생님. 바로 이겁니다. 고맙습니다."

델러니는 고개를 끄덕이며 말했다. 랭글리는 손을 휘저었다.

"아, 이러지 마. 자네가 가게 이름을 가르쳐줬잖아. '아웃사이드 라이프'라고 말이야."

델러니는 그저 이렇게만 말했다.

"우연히 만난 사람한테서 들은 겁니다. 등산에 아주 관심이 많은 사람인데, 얘기를 하다 보니까 그 가게 이름이 나왔지요. 순전히 행운입니다. 하지만 결국 거기까지 도달한 것은 선생님 덕분입니다."

랭글리는 그 연장을 손에 쥐었다.

"완벽한 균형이야. 정말 잘 만들어진 연장이야. 그런데……."

"왜 그러세요?"

랭글리는 머뭇거리며 말했다.

"이제 내 일은 끝난 것 같군 그래. 이것을 찾아냈으니 말이야. 안 그런가?"

"우리가 찾아내려고 한 건 그 흉기였지요."

"그래. 물론이지. 그런데 이제 그걸 찾아냈잖아. 자넨 이제 나에게서 더 이상 얻을 수 있는 게 없을 거라 이 말이야. 그러니 난 이제……."

랭글리의 음성은 차츰 작아졌다. 그는 손에 쥔 얼음도끼를 내려다보며 그것을 몇 번이나 돌리고 또 돌렸다. 델러니는 뜻밖이라는 듯 말했다.

"더 이상 할 일이 없으시다구요? 랭글리 선생님, 전 선생님께 부탁드릴 일이 아직 너무나 많아요. 하지만 벌써 수고를 너무 많이 하셨기 때문에 부탁드리기가 망설여지네요."

랭글리는 기뻐하며 델러니의 말을 가로챘다.

"뭐라구? 그게 무슨 소리야? 뭐든 말해. 난 지금 수사를 중단할 수 없어. 정말 중단하고 싶지 않아. 무슨 일을 해야 하나? 제발 얘기해 주게."

"우린 뉴욕에서 얼음도끼를 파는 상점이 '아웃사이드 라이프' 하나뿐인지 아닌지 아직 몰라요. 선생님께서 만든 가게 명단 가운데 아직 찾아가지 않은 곳도 있지요?"

"그렇지."

"그러니까 우린 뉴욕에서 얼음도끼를 파는 가게는 모조리 조사해서 확실한 명단을 만들어야 해요. 이런 얼음도끼나 이와 비슷한 물건을 파는 가게 말입니다. 또 미국에서 이런 것을 만들어 파는 회사가 몇 개나 있는지, 어떤 도매상과 거래하는지, 뉴욕 지역의 도매 상인은 누구인지 따위도 알아내야지요. 또 여기 보이시죠?
머리 한쪽 옆에요. 여기 '서독 제품'이라고 찍혀 있지요? 이건 수
입품이에요. 오스트리아와 스위스에서도 수입되어 들어올 겁니
다. 그러니까 우린 수출업자가 누구인지, 수입업자가 누구인지도
조사해야 해요. 랭글리 선생님, 그건 엄청나게 많은 일입니다. 그
래서 부탁드리기가 망설여……."

크리스토퍼 랭글리는 외쳤다.

"내가 그 일을 하겠어! 정말 수사라는 게 이렇게 복잡한 건지
미처 몰랐네. 하지만 난 그 일이 왜 필요한지 충분히 이해할 수 있
어. 자넨 뉴욕 지역에서 판매되는 모든 얼음도끼의 출처를 파악하
려는 거지? 내 말이 맞나?"

델러니는 고개를 끄덕였다.

"정확하십니다. 우린 먼저 뉴욕 지역에서 시작합니다. 그 다음
에는 점점 더 멀리 뻗어가야 해요. 엄청난 일이지요. 전 도저
히……."

랭글리는 그 작은 손을 들어 델러니의 말을 막았다.

"부탁이야, 서장. 난 그 일을 하고 싶어. 이제껏 살아오면서 이
런 활력을 느껴본 적이 없어. 이제 난 이렇게 일을 시작하겠네. 먼
저 내 명단에 있는 모든 가게를 찾아가 얼음도끼를 취급하는지 조
사해야지. 취급하는 가게 명단은 따로 작성하겠어. 그 다음 도서
관에 가서 국내에 있는 연장 제작업체의 명단을 만들어야지. 그
제작업체 하나하나에 연락을 하거나 상품목록을 보내달라는 편지
를 보내 이런 얼음도끼를 만드는지 알아보겠어. 동시에 유럽 각국
의 대사관과 영사관, 무역협회 등을 찾아가서 누가 이런 물건을

미국으로 수입해 들여오는지를 알아볼게. 어떤가?"

델러니는 감탄하여 랭글리를 바라보았다.

"랭글리 선생님, 선생님과 전부터 일을 했더라면 얼마나 좋았을까 하는 생각이 듭니다. 선생님은 정말 놀라우신 분입니다."

랭글리는 좋아서 얼굴을 붉혔다.

"아, 너무 그러지 마, 서장."

"선생님의 계획은 훌륭합니다. 그건 정말 지루하고 힘든 작업입니다만, 선생님께서 기꺼이 이 일을 해주시겠다면 제가 말씀드릴 수 있는 건 '고맙습니다.' 라는 말뿐입니다. 정말 중요한 일이기 때문이지요."

중요하다는 것이 바로 열쇠였다. 랭글리는 반복했다.

"중요한 일이지. 그래, 그렇지."

'아웃사이드 라이프'에서 산 도끼는 델러니가 보관하기로 했다. 델러니는 그것을 두 번째 자료 서랍에 조심스럽게 넣어두었다. 델러니의 '전시품'은 점점 늘어나고 있었다. 그는 랭글리를 문까지 배웅했다.

"짐머만 부인은 요즘 어떠십니까?"

"아, 잘 있지. 여전히 내게 아주 친절하다네. 잘 알겠지만."

"물론이죠. 집사람도 그 부인 인상이 좋다고 하더군요."

"그래?"

"그럼요. 짐머만 부인이 마음에 든대요. 마음씨가 아주 따뜻한 분 같다구요. 착하고 개방적인 분 같다더군요."

"아, 그럼, 그럼. 바로 그런 여자지. 그 거필터 피시 먹어봤어?"

"아, 아니오."

"그건 안 먹는 게 습관이 된다네. 자, 그럼 난……."

노인은 문에서 걸어 나갔다. 델러니가 그를 불러 세웠다.

"잠깐만요, 랭글리 선생님. 한 가지만 더요."

랭글리는 문 앞으로 돌아왔다.

"'아웃사이드 라이프'에서 얼음도끼를 살 때 영수증을 받았습니까?"

"영수증? 받았지. 여기 있어."

그는 코트 주머니에서 영수증을 꺼내 델러니에게 내밀었다. 델러니는 그것을 꼼꼼히 들여다보았다. 영수증에는 랭글리의 이름과 주소, 품목(등산용 도끼 ─ 4B54C), 뉴욕 시의 소비세를 포함한 가격(18달러 95센트)이 적혀 있었다.

"점원이 내 이름과 주소를 물었어. 고객에게 1년에 두 번 무료로 상품목록을 보내주는데, 그 우송 명단에 내 이름을 포함시킨다나. 그래서 알려줬는데. 그건 상관없겠지, 서장?"

"물론입니다."

"그 사람들 상품목록이 재미있을 거라는 생각도 들고. 아주 재미있는 물건들도 팔더라고."

"이 영수증 제가 갖고 있어도 되겠습니까?"

"물론이지."

"랭글리 선생님, 이 일 때문에 돈을 너무 쓰시네요."

랭글리는 웃으며 허공에 손을 흔들고 떠났다.

델러니는 현관문을 닫고 서재로 돌아왔다. 수사과정을 기록하는 일을 계속할 생각이었다. 그러나 그는 일을 중단했다. 그리고 포기하고 말았다. 무엇인가 마음에 걸리는 일이 있었다. 그는 부엌으로 갔다. 스튜 냄비는 레인지 위에 놓여 있었다. 델러니는 서서 긴 조리용 포크로 미지근한 고기 세 덩이와 감자 한 조각, 작은 양파 한 조각과 당근 한 조각을 먹었다. 맛은 형편없었다. 그러나 메리의 요리솜씨를 잘 아는 그는 음식 맛은 좋은데 그의 입맛이 쓴 탓이라고 생각했다.

병원에 들러서 델러니는 아내에게 무엇이 문제인지를 얘기했다. 아내는 누운 채 말이 없었다. 거의 침통하다고 할 정도였다. 그는 아내가 얘기를 듣는 것인지, 듣는 것이라면 그 얘기의 내용을 이해하는 것인지 잘 알 수가 없었다. 아내는 발열상태 특유의 반짝이는 눈빛으로 말없이 그를 쳐다보고만 있었다.

그는 낮에 벌어진 일들을 모두 다 아내에게 얘기했다. 단 하나, 『허니 번치』 때문에 책방에서 온 전화 얘기는 하지 않았다. 그는 그 책으로는 아내를 깜짝 놀라게 해주고 싶었다. 델러니는 랭글리가 어떻게 해서 얼음도끼를 샀는지, 자신이 어떻게 바로 그와 비슷한 연장이 롬바드와 길버트 살해에 사용되었다고 판단하게 되었는지를 설명했다.

"이제 무엇을 해야 할지 알 것 같아. 벌써 랭글리 씨를 통해서 그 얼음도끼를 살 수 있는 가게들을 조사하고 있어. 그분은 소매상과 도매상, 제조업체와 수입상들을 하나하나 조사할 거야. 한 사람이 하기에는 정말 엄청난 일이야. 그리고 나는 '아웃사이드 라이프'의 주소록을 복사해야 해. 그게 얼마나 엄청난 분량일지는 아직 몰라. 대단한 분량이겠지. 하지만 누구든 그걸 조사하지 않으면 안 돼. 그 명단에서 251번 지서 관할지역에 사는 사람들의 이름과 주소를 파악해야 해. 범인이 범죄 현장 근처에 산다는 확신이 들어. 그 다음에 할 일은 '아웃사이드 라이프'의 판매전표를 모두 확보하는 거야. 그 가게에서 판매전표를 몇 년이나 보관하는지는 아직 몰라. 하지만 그 방법으로 내 관할지역에 사는 사람 중에 얼음도끼를 구입한 적이 있는 사람을 확인할 수 있을 거야. 그것을 '아웃사이드 라이프'의 고객 주소록과 대조해야 해. 그런 식으로 명단을 조사하고 또 조사하는 작업이 랭글리가 얼음도끼를 판다고 확인한 가게 하나하나에 대해서 일일이 이루어져야 해. 물론 그 가게 중에는 고객 주소록 같은 건 만들지 않는 가게도 있을 거고, 판매전표를 쓰지 않는 가게도 있을 거야. 그러니까 어쩌면 이 대조작업은 기념비적인 시간 낭비로 끝나고 말지도 몰라. 하지만 안 할 수는 없지. 당신은 어떻게 생각해?"

"물론 해야 해요. 의심할 여지도 없어요. 게다가 그건 지금 당신이 발견한 유일한 단서잖아요."

델러니는 음울하게 고개를 끄덕였다.

"그래. 유일한 단서야. 하지만 그 작업에는 어마어마한 시간이 걸릴 거야."

아내는 잠시 남편을 쳐다보다가 미소 지었다.

"무엇 때문에 당신이 찜찜해 하는지 알아요, 여보. 랭글리 씨와 케이스 씨가 도와준다 하더라도 고객 구소록과 판매전표 조사에 너무 많은 시간이 필요할 거라고 생각하고 있죠? 당신이 그 엄청난 허섭스레기 속을 헤매는 동안 또 다른 사람이 부상을 당하거나 피살당할까 봐 두려운 거죠? 아마 롬바드 작전 수사대에 이 일을 넘겨주는 것이 옳지 않을까 하는 생각까지 하고 있을 거예요. 브로턴과 500명이나 되는 그의 부하들에게 이 일을 시켜야 하지 않을까 하구요. 그렇게 하면 그들은 훨씬 빠른 시간에 조사를 끝낼 수 있을 테니까요."

"그래. 바로 그걸 걱정하고 있어. 당신 생각은 어때?"

그는 아내가 사고 능력을 잃지 않았다는 것이 반가웠고, 그의 얘기를 귀 기울여 들었다는 것이 반가웠다.

"당신이 그걸 넘겨주면 브로턴이 그 작업을 충실히 실행할까요?"

"펄리 부장은 틀림없이 그럴 거야. 내가 그 사람에게 가면 돼. 그 친구는 지금쯤 절망감에 빠져 있을 거야. 당연하지. 그물에 아무것도 걸리는 게 없으니까. 그 친구가 이 작업을 움켜쥐면 정말 철저히 조사를 해낼 거야."

부부는 한동안 아무 말도 하지 않았다. 델러니는 아내의 침대 끝에 걸터앉아 그녀의 손을 잡았다. 아무 말도 나누지 않은 채 또다시 한동안 시간이 흘렀다. 마침내 아내가 입을 열었다.

"이건 정말 도의적인 문제군요. 그렇죠?"

델러니는 쓸쓸하게 고개를 끄덕거렸다.

"내 자존심과 야심과 이기주의에 관련된 문제지. 게다가 토어슨이나 존슨에게 한 약속도. 하지만 내가 그렇게 하지 않으면, 그래서 누군가 또 피살되면 난 쏟아지는 엄청난 추궁에 대답해야 할거야."

바바라는 그 질문을 던지는 사람이 누구인지는 묻지 않았다. 그녀는 작은 소리로 말했다.

"명단을 조사하는 작업을 도와줄게요. 온종일 난 여기 누워서 책이나 읽고, 잠이나 자며 보내고 있어요. 얼마든지 도울 수 있어요."

126

델러니는 서글픈 미소를 지으며 머리를 저었다

"당신은 이렇게 하는 것이 좋겠다고 내게 말해 주는 것이 날 가장 크게 돕는 거야."

바바라가 비양거렸다.

"내가 하라는 대로 한 적이 있기나 해요? 당신은 언제나 당신 자신이 갈 길만을 갔어요. 당신도 그걸 알잖아요."

그는 웃으며 아내에게 단언했다.

"하지만 당신이 도움이 된 건 틀림없는 사실이야. 당신은 내 눈앞에서 복잡한 사실들을 단순하게 정리해 보여주곤 했어."

"여보, 난 당신이 지금 당장 무슨 행동을 취해야 한다고는 생각지 않아요. 아이바 토어슨도 존슨 경감도 이 사건에 깊이 연관되어 있어요. 당신이 브로턴에게 가든 펄리 부장에게 가든 그 사람들에게 당신이 발견한 것과 당신이 혐의를 두고 있는 것에 대해 얘기한다면, 그 사람들은 틀림없이 도대체 누가 당신에게 수사할 권한을 주었는지 추궁할 거예요."

"토어슨이나 존슨에 대해서는 말하지 않을 거야. 잊지 마, 여보. 난 청장이 보낸 편지를 가지고 있어."

"그렇다 해도 역시 혼란스럽기는 마찬가지예요. 그렇지 않아요? 또 브로턴은 십중팔구 토어슨이 연루되어 있다는 걸 알게 될 거예요. 당신과 토어슨은 오랫동안 친했으니까요. 여보, 왜 토어슨이나 존슨하고 상의하지 않는 거예요? 그 사람들한테 당신이 하고 싶은 일을 얘기해 봐요. 상의하라구요. 그 사람들은 이성적인 분들이에요. 뭔가 해결책을 제시할 거예요. 저도 이 사건이 당신에게 얼마나 중요한 의미를 가지고 있는지 알아요."

델러니는 고개를 숙였다.

"그래. 중요해. 시간이 지날수록 점점 더 중요해지고 있어. 토어슨은 길버트가 습격당한 현장에 갔을 때 정말 기가 막혔다고 했어. 심지어는 브로턴을 제거하는 문제는 이 살인범을 체포하는 것에 비하면 사소한 문제라고 말할 정도였어. 그래, 그렇게 하는 게 제일 낫겠어. 토어슨이나 존슨하고 상의해 봐야겠어. 그 사람들에게 브로턴한테 내가 발견해 낸 사실들을 알리겠다고 말해야겠어. 생각만 해도 속이 상하지만, 젠장! 그러는 수밖에 없겠어. 좋아. 그에 관해 좀 더 생각해 보지. 내일쯤 그들을 만나겠어. 그러니까 내일 오전엔 여기 올 수 없을 거야. 하지만 저녁 때는 와서 일이 어떻게 정리되었는지 알려줄게."

"잊지 말아요, 여보. 너무 흥분하지 말고요."

"내가 언제 흥분한 적이 있다고 그러는 거야? 난 언제나 완전히 침착하다구."

그들 부부는 같이 웃음을 터뜨렸다.

델러니는 구식 면도칼로 면도를 했다. 그것은 그의 부친이 사용하던 것이었다. 스웨덴제 강철 면도칼에 뼈로 만든 손잡이가 달린 멋진 물건이었다. 매일 아침 그는 벨벳이 덮인 낡은 상자에서 면도칼을 꺼내 욕실 문 손잡이에 달린 가죽띠에 날을 문질렀다.

바바라는 그 위험한 면도칼이 번쩍거리는 것을 노골적으로 싫어했다. 어느 해 크리스마스에 그녀는 전기면도기를 선물했다. 델러니는 아내를 기쁘게 해주기 위해 집에서 몇 번 그 전기면도기를 썼다. 그 다음에는 그것을 사무실로 가지고 갔다. 그는 바바라에게 오후 늦은 시각이나 밤늦게 회의에 참석하는 경우에 단정한 얼굴로 가기 위해서 전기면도기를 자주 사용한다고 안심시켰다. 아내는 그의 거짓말을 받아들이고 고개를 끄덕여 주었다. 아마도 바바라는 그가 구식 면도칼을 좋아하는 이유는 그것이 아버지가 쓰던 물건이기 때문이라는 것을 알고 있었을 것이다. 부친은 델러니가 숭배하는 인물이었던 것이다.

아침에 델러니는 그 강철 면도칼을 꺼내 수염투성이 턱 밑으로 조심스럽게 밀어 내리면서, 귀로는 침실의 작은 트랜지스터 라디오에서 흘러나오는 뉴스를 듣고 있었다. 그 뉴스를 통해서 한밤중에 미지의 살인범으로부터 습격을 당한 버나드 길버트가 의식을 회복하지 못한 채 사망했다는 것을 알게 되었다. 델러니는 면도하던 손길을 멈추지 않았다. 그는 침착하게 면도를 끝내자 턱의 비누를 문질러 닦아내고 로션을 바른 다음 파우더를 조금 뿌렸다. 그는 흰 와이셔츠를 입고 넥타이를 매고 늘 입는 짙은 색깔의 양복을 입고 아래층으로 내려갔다. 부엌에서 아침을 먹기 위해서였다. 오랜 습관에 따른 움직임이었다. 잠깐 서재에 들어가기는 했지만 모니카 길버트에게 보내는 조문 편지를 위해 메모만 적어놓고 나왔다.

델러니는 파출부 메리와 아침인사를 했다. 그는 그녀가 준비한 오렌지 주스와 달걀 반숙, 버터를 바르지 않은 토스트와 블랙커피를 먹었다. 두 사람은 날씨와 바바라의 건강에 대해 얘기를 나누었다. 메리는 바바라의 재봉틀 방에 있는 가구 커버를 모두 벗겨내 세탁소에 보내는 게 어떻겠느냐고 물었고, 그는 그것을 허락했다.

식사 후에 서재로 들어간 델러니는 연필로 모니카에게 보내는 조문 편지의 초안을 잡았다. 편지 문구가 웬만큼 마음에 든 다음에 읽어봐도 그 편지는 뻣뻣하고 단도직입적이었다. 그러나 그런 식이 아니고는 어떻게 써야 하는지를 알 수가 없었다. 그는 잉크로 편지를 다시 써서 주소와 이름을 쓰고 우표를 붙인 봉투에 넣었다. 집에서 나갈 때 부칠 작정이었다.

9시 30분쯤 그는 의학검사실로 전화를 걸었다. 퍼거슨 박사는 아직 출근하지 않았으나 곧 올 것이라고 했다. 델러니는 끝으로 갈수록 점점 좁아지는 나사못의 굴곡과도 같은 궤도를 그리며 15분 동안 초조히 서성거리다가 다시 전화를 했다. 이번에는 퍼거슨과 통화가 되었다.

"나도 알아. 그 사람 죽었더군. 출근하자마자 얘기 들었어."

"자네가 하게 됐나?"

"그래. 시체는 여기로 오는 중이야. 에드워드, 내 인생에 있어서 큰 문제가 생겼어. '베고째고'를 점심 먹기 전에 할까 먹고 나서 할까 하는 거지. 결국 점심을 먹기 전에 하기로 했어. 그러니까 11시나 11시 30분 무렵이면 시작되겠지."

"시작하기 전에 좀 만났으면 좋겠는데."

"나갈 수 없어, 에드워드. 절대로 안 돼. 다른 일 때문에 자리를 비울 수가 없어."

"그럼 내가 가지. 11시에 15분쯤만 시간을 내줄 수 있겠어?"

"중요한 일이야?"

"내 생각에는."

"전화로는 말할 수 없는 거야?"

"안 돼. 봐야 하는 거야. 자네에게 줄 문서도 있고."

"좋아, 에드워드. 11시에 15분 동안만."

"고마워, 박사."

델러니는 부엌으로 갔다. 그는 종이타월과 기름종이를 한 장씩 뜯어냈다. 알루미늄 호일도 한 장 뜯어냈다. 서재로 돌아온 그는 자료 서랍에서 기름통과 랭글리가 '아웃사이드 라이프'에서 구입한 얼음도끼를 꺼냈다.

그는 기름통의 뚜껑을 열어 종이타월을 기름으로 적셨다. 젖은 종이타월을 기름종이에 싸고, 그것을 다시 알루미늄 호일로 쌌다. 기름이 스며 나오지 않도록 알루미늄 호일이 접힌 곳을 힘껏 눌러서 기름 먹인 두꺼운 봉투에 넣었다.

델러니는 그 다음 연필을 깎았다. 연필심을 아주 뾰족하게 다듬었다. 책상 위에 종이를 고정시키고 그 위에 얼음도끼를 올려놓은 다음, 날카롭게 깎은 연필로 면밀하게 얼음도끼의 윤곽을 그려 나갔다. 그는 도끼 아래쪽에 붙은 네 개의 톱날을 종이 위에 그대로 재현하는 데 특별한 주의를 기울였다.

그 다음 자를 꺼내 얼음도끼 한쪽에 붙은 곡괭이 위쪽의 머리 부분을 쟀다. 네 모서리 모두 2.4센티미터 정도였다. 그는 얼음도끼의 윤곽을 그린 종이 위에 똑같은 크기의 네모를 그린 다음 그것을 접어 상의 주머니에 집어넣었다. 그리고 기름에 적신 종이타월을 넣은 봉투를 들고 나갈 준비를 했다. 그는 코트를 입고 모자를 쓰고 2층에 있는 메리에게 지금 나간다고 소리쳤다. 메리 역시 큰 소리로 알았다고 대답했다. 현관문을 밀고 밖으로 나서다가 모니카에게 쓴 조문 편지를 떠올렸다. 그는 다시 서재로 돌아가 그 편지를 집어 들었다. 밖으로 나간 그는 우체통을 발견하자 곧 편지를 우체통에 넣었다.

퍼거슨 박사는 서둘렀다.

"에드워드, 어서 용건을 끝내. 브로턴이 부하 하나를 보내 부검을 지켜보라고 했어. 공식적인 부검 보고서를 받기 전에 미리 구두 보고를 받고 싶다는 거야."

"빨리 끝내지, 박사. 벌써 자네에게 한 얘기지만, 길버트는 앞쪽으로 가격당했어. 이마 윗부분으로부터 약 5센티미터 지점. 가격을 당하자 길버트는 뒤로 나자빠졌던 것이 분명해. 범인은 피해자가 쓰러지기 전에 흉기를 뽑아냈어. 그 결과 상처의 흔적이 비교적 깨끗하고 선명해. 그러니까 지난번 롬바드 때보다 훨씬 더 분명히 상처의 모양을 파악할 수 있을 거야."

"잘됐군."

델러니는 종이를 꺼내 펼쳤다.

"내 생각엔 상처의 모양은 바로 이런 꼴일 거야. 이것만으로는 정확히 얘기하기 어렵지만, 그 흉기의 머리 부분은 네모꼴일 거라고 생각해. 이 그림에서 보는 것처럼 그 네모꼴의 네 모서리는 각기 2.4센티미터 정도일 거야. 만일 내가 옳다면 바깥쪽의 상처는 바로 이 크기와 흡사할 거야. 두개골 외부의 상처 말이야. 그 다음, 상처가 두개골 안으로 깊어질수록 상처는 네모꼴에서 세모꼴로 변했다가 아래쪽으로 구부러지면서 점점 더 날카로워지고 아주 예리해질 거야."

"이건 자네 상상인가, 아니면 실제 흉기를 보고 그린 건가?"

"보고 그린 거야."

"좋아. 더 이상은 알고 싶지 않아. 이건 뭐지?"

"도끼날 아래쪽 끝에 있는 네 개의 톱날이야. 부검을 하면 상처 아래쪽에 거칠게 부서져 나간 흔적을 발견하게 될 거야."

"뇌수란 그다지 단단한 물질이 아니야, 이 사람아. 시체 옆에다 이 그림을 펼쳐놓고 부검을 하란 말이야?"

"브로턴의 부하가 들어와 있다면 안 되겠지."

"그렇지는 않을 거야."

"만일 브로턴의 부하가 부검에 참관하는 경우라도 잠깐 이 그림을 보고 나서 부검할 수 있지 않을까? 만일의 경우에 대비해서 말이야."

"그러지."

퍼거슨은 종이를 접어 바지 주머니에 밀어 넣으며 물었다.

"거기 가진 건 또 뭐야?"

"이 봉투 안에는 알루미늄 호일이 있어. 그 호일 안에는 기름에 적신 종이타월이 있고. 경기계용 기름이지."

"그래서?"

"롬바드의 상처 부위에서 기름 같은 게 발견되었다고 했지? 자넨 그게 롬바드의 머리기름일 거라고 생각했어. 분석해 내기에는 그 양이 너무 적었다고 했고."

"길버트는 대머리야. 적어도 부상당한 부위에는 머리칼이 없어."

"바로 그게 중요한 점이야. 그것은 머리기름이 아니니까. 분명히 길버트의 상처에서도 기름이 발견될 거야. 바로 이 경기계용 기름 말이야."

퍼거슨은 회전의자를 뒤로 밀어 물러나더니 델러니를 노려보
았다. 그러고는 넥타이를 느슨하게 풀고 플란넬 셔츠의 단추도 풀
었다.

"자넨 정말 멋쟁이야, 에드워드. 이 지역 최고의 수사관이지.
하지만 머시 성모병원에서는 길버트의 상처를 엑스레이로 촬영하
고 엄밀히 조사한 다음 세척까지 했어."

"만일 상처에 기름이 있었다 해도 그 흔적이 발견될 수 없을 거
라는 뜻이야?"

"그렇다고는 하지 않았어. 하지만 발견될 가능성은 훨씬 더 적
어진 셈이지."

"후각분석검사는 어떨까?"

"후각분석검사? 그게 어쨌다는 거야?"

"그에 대해 얼마나 아나?"

"자네만큼은 알겠지. 지난번 공고문을 읽었군 그래?"

"그래. 좀 요령부득이더군. 그렇지?"

"그랬어. 후각분석기를 제작한다는 생각은 크게 터무니없는 건
아니야. 들고 다닐 수도 있겠지. 범죄 현장에 가지고 가서 대기를
채취해서 그 즉시 냄새를 판별해 내거나 그것을 보관했다가 검사
실로 가지고 가서 주분석기에 넣어 분석해 낼 수도 있을 거고. 하
지만 그렇게까지 되려면 아직은 헤쳐 나가야 할 난관이 많아. 지
금 당장은 터무니없고 생경할 뿐이지. 하지만 언젠가 그 실험을
하는 걸 본 적이 있는데 아주 인상적이었어. 분석기가 열다섯 가
지의 담배 연기로부터 아홉 가지의 담배를 판별해 내는 걸 봤어.

그리 나쁘지 않은 결과지."

"다시 말하자면, 그것이 증거로 채택되기 위해서는 그와 비교될 만한 다른 증빙 자료도 있어야 한다는 뜻인가? 컴퓨터의 메모리 뱅크 같은?"

"그런 셈이지. 아, 자네가 무슨 생각을 하는지 알겠어. 좋아, 에드워드. 이 경기계 기름 샘플을 두고 가. 길버트의 상처에서 발견된 물질에 대한 보고서를 구해볼게. 하지만 후각분석검사에 크게 의존할 생각은 마. 그건 아직 몇 년 더 기다려야 해. 아직은 실험 단계니까."

"알았어. 하지만 난 어떤 가능성도 부정하고 싶지 않아."

"자넨 늘 그렇잖아."

퍼거슨의 말이었다.

"기다릴까?"

"그럴 필요 없어. 후각분석검사는 적어도 사흘은 걸려. 어쩌면 1주일이 걸릴지도 몰라. 자네가 가져온 기름에 대해서는 오늘 오후나 저녁쯤에 전화로 알려주지. 집에 있을 건가?"

"아마 그럴 거야. 하지만 병원에 있을지도 몰라. 거기로 전화해도 돼."

"바바라는 좀 어떤가?"

"그저 그래."

퍼거슨은 고개를 끄덕이고 일어나 양복 상의를 벗어 옷걸이에 걸고 가운을 입었다. 그가 물었다.

"그저 그렇다는 건 어떻다는 거야, 에드워드?"

"난들 알아야지. 나도 그저 하루하루 견디는 것뿐이야."

135

"누구나 다 그런 거야."

큰 몸집의 퍼거슨은 얼굴에 미소를 지었다.

델러니는 로비의 전화로 토어슨에게 전화를 했다. 몇 분 후 전화가 왔으나 토어슨은 아니었다. 전화 대행업체였다. 업체의 직원은 토어슨 씨가 지금 자리에 없으니 오후 3시에 다시 전화를 하라고 했다.

델러니의 전화에 대해 토어슨이 즉시 응답전화를 하지 않은 것은 처음이었다. 그는 불안했다. 어쩌면 토어슨 부경감은 회의 중이거나 관내를 순찰 중인지도 모른다. 그러나 델러니는 불안감을 뿌리칠 수 없었다.

그는 주머니에서 수첩을 꺼내 '아웃사이드 라이프'의 주소를 찾았다. 택시를 타고 스프링가로 갔다. 택시에서 내린 그는 한동안 거리를 둘러보며 서성거렸다. 더러운 건물들이 늘어선 거리였다. 소규모 공장과 인쇄소, 갖가지 연장을 파는 도매상이 입주해 있는 게 분명했다. '아웃사이드 라이프'가 이런 거리에 자리 잡고 있다는 것이 좀 기묘한 일로 여겨졌다.

'아웃사이드 라이프'는 10층짜리 건물의 2층과 3층에 자리 잡고 있었다. 델러니는 계단을 통해 2층으로 올라갔다. 그러나 2층의 문에는 '사무실과 우편물 취급실. 매장은 3층입니다.'라는 안내판이 붙어 있었다. 델러니는 한 층을 더 걸어 올라갔다. 주인 이름을 확인하기 위해 수첩을 꺼냈다. 솔 아펠. 그를 만나 얘기하기 전에 먼저 매장을 둘러보고 싶었다.

그곳은 높은 천장에 굵직굵직한 파이프가 있는 넓은 공간이었다. 유리 진열대가 몇 개 있었으나 고객의 눈을 유혹하는 멋진 진열 같은 것은 전혀 고려하지 않은 채 만든 것 같았다. 대부분의 상품들은 바닥이나 색칠도 하지 않은 장에 함부로 쌓여 있거나 흰 칠이 드러난 벽의 고리에 매달려 있었다.

매장 전체가 마치 거대한 물체의 덩어리 같았다. 배낭과 소형 보트, 등산화와 크램폰, 건조 식품과 등유 랜턴, 손도끼와 그물침대, 침낭과 야외 조리기구, 사냥용 칼과 낚싯대, 릴과 낚시용 바구니, 피톤과 나일론 밧줄, 보트용 장비 등 5센트짜리 낚시바늘에서부터 1495달러나 하는, 방충망에 창문까지 달린 커다란 붉은 텐트에 이르기까지 온갖 물건들이 망라되어 있었다.

'아웃사이드 라이프'는 불리한 위치에도 불구하고 열렬한 단골을 충분히 확보하고 있는 것 같았다. 델러니는 그 넓은 매장 안을 어슬렁거리는 손님이 거의 마흔 명에 가깝다는 것을 알 수 있었고, 점원들이 분주히 움직이는 것을 보았다. 그는 등산장비를 파는 코너를 찾아서 피톤과 크램폰, 등산용 벨트와 멜빵, 나일론 밧줄과 알루미늄 틀이 있는 배낭, 그리고 갖가지 종류의 얼음도끼를 살펴보았다. 짧은 손잡이가 달린 도끼는 두 종류가 있었다. 하나는 랭글리가 사온 것이었고 다른 하나는 그것과 비슷했으나 손잡이가 나무고 곡괭이날 아래쪽에 톱날이 없었다. 델러니는 그것을 세밀히 살펴보았다. 손잡이 아랫부분에 '미국 제품'이라는 도장이 찍혀 있었다.

그는 분주히 움직이는 점원 한 사람에게 아펠 씨가 어디 있는지를 물어보았다. 점원은 멈추지 않은 채 멀어지면서 어깨 너머로 소리쳤다.

"사무실에 있습니다. 아래층에요."

델러니는 2층의 무거운 문을 밀고 안으로 들어섰다. 비좁은 대기실이었다. 벽면은 거칠거칠한 합판이었다. 또 하나의 투명한 유리문이 있었다. 그 너머는 널찍했다. 그곳이 창고와 우편물 취급실인 것이 분명했다. 대기실 한쪽 구석에 이어폰을 낀 교환원 한 사람이 커다란 교환기 앞에 앉아 있었다. 그것은 델러니가 알기로는 이미 오래전에 제작이 중단된 고물 교환기였다. '아웃사이드 라이프'는 높은 수익을 올리지만 그것을 사무실을 멋지게 치장하거나 편리하게 꾸미는 데 투자하지는 않는 것 같았다.

델러니는 교환원이 플러그를 뽑았다가 끼웠다가 하면서 예닐곱 통의 전화를 바꿔주는 일을 마치기까지 한참 동안을 기다렸다. 마침내 참지 못하고 그가 말했다.

"아펠 씨를 만나러 왔습니다. 내 이름은……"

델러니가 채 말을 끝내기도 전에 교환원은 대기실 너머의 커다란 방으로 뚫린 작은 구멍에다 대고 고함을 질렀다.

"사장님! 손님 왔어요!"

델러니는 비닐이 갈라진 낡은 소파에 앉았다. 바닥에는 쓰레기가 여기저기 뒹굴었다. 그 방 안의 유일한 장식품은 합판 벽에 붙은 액자였다. 그 액자는 솔로몬 아펠 씨가 유대인 운동연합을 위해 많은 공헌을 했다는 것을 보여주고 있었다.

유리문이 열리고 거대한 몸집의 사나이가 땀을 뻘뻘 흘리며 들어섰다. 그 남자의 둥글고 커다란 얼굴에 혼란스러운 표정이 스쳐 갔다. 그는 불을 붙이지 않은 시가를 물고 씹고 있었다. 소매가 없고 올이 풀린 커다란 스웨터에 한쪽 다리에 흰색과 검은색 비단 조각을 붙인 검푸른색 청바지를 입고 있었다. 전혀 예상할 수 없었던 지나치게 현대적인 차림이었다. 게다가 그는 구슬로 장식한 사슴가죽 신발을 신고 있었다.

그는 시가를 입에 문 채 소리쳤다.

"벤슨 앤 허스트 상점에서 왔소? 내가 솔 아펠이오. 도대체 텐트는 어떻게 된 거요? 약속을 했으면 지켜야……."

델러니는 서둘러 그의 말을 중지시켰다.

"잠깐, 잠깐만요. 나는 벤슨 앤 허스트 상점에서 온 사람이 아닙니다. 나는……."

그러자 아펠은 다시 이렇게 말했다.

"아, 캐터스에서 온 사람이로군. 그놈의 파이버글라스 낚싯대, 당신들 그걸 물건이라고 파는 거요? 도대체 당신들 말은……."

델러니는 다시 그의 말을 중단시켜야 했다.

"잠깐만요. 난 캐터스에서 온 사람도 아닙니다. 뉴욕 경찰청 에드워드 델러니 지서장입니다."

델러니는 신분증을 꺼내 보였으나 솔 아펠은 그것을 쳐다보지도 않았다. 그는 항복하는 사람처럼 두 손을 머리 위로 번쩍 들어 올렸다.

"항복입니다. 혐의가 뭐든 내가 했어요. 날 잡아가요. 제발 이놈의 미치광이 같은 곳에서 날 좀 데려가 줘요. 호의를 베푸세요. 감옥이 이보다 나을 겁니다."

델러니는 웃었다.

"아니, 아닙니다. 그런 게 아니라니까요. 아펠 씨, 제가 온 것은……."

"댄스 파티를 열 겁니까? 아니면 디너 파티? 돈을 좀 달라구요? 좋아요. 언제나 어느 때나 좋아요. 자, 얼마나 드릴까요?"

아펠은 벌써 주머니에서 지갑을 꺼내고 있었다. 델러니는 손을 들어 올리고 한숨을 내쉬었다.

"아펠 씨, 부탁입니다. 그런 일이 아닙니다. 모금을 하러 온 게 아닙니다. 시간을 좀 내달라는 것뿐이에요."

"시간이라구요! 이제 보니 당신 정말 중요한 걸 빼앗으려고 하는군요. 시간이라구요!"

그는 유리문을 향해 돌아서더니 큰 소리로 외쳤다.

"샘! 어이, 샘! 돈을 가져와. 수표 말고! 현금으로!"

"얘기를 할 만한 곳이 어디 없습니까?"

델러니가 물었다.

"지금 얘기하고 있잖습니까?"

"좋습니다."

델러니는 교환원을 돌아보며 내키지 않는 듯 대답했다. 그녀는 플러그를 끼고 뽑느라 정신이 없는 듯했다.

"아펠 씨, 캘빈 케이스 씨를 통해서 당신을 알게 되었습니다. 전……"

"캘빈!"

아펠은 이렇게 소리치더니 다가와서 델러니의 코트 자락을 움켜쥐었다.

"그 멋진 친구, 그 좋은 친구! 그 친구 요즘 어때요? 얘기 좀 해 줄 수 있어요?"

"글쎄요, 그 사람은……"

"아, 말 안 해도 알아요. 술만 퍼먹고 있겠지. 알아요. 들었어요. 난 그 친구가 돌아오면 좋겠는데. 그 친구에게 이런 말까지 했어요. '그래, 네가 걷지 못한다는 건 알아. 됐다구. 하지만 생각은 할 수 있잖아. 아니야? 일도 할 수 있어. 안 그래?' 그게 중요한 일이지요. 그렇지 않아요? 어, 델, 델……."

"델러니요."

"델러니 서장님. 그거 아일랜드 이름이군요. 그렇지요?"

"그렇습니다."

"그렇고말고. 내가 알지요. 아무튼 중요한 건 일을 하는 거라구요. 내 말 틀려요?"

"옳습니다."

아펠은 갑자기 화가 난 사람처럼 외쳤다.

"물론 옳고말고요. 그 친구가 일을 원하면 언제든지 난 일을 주겠다는 겁니다. 여기에 말이에요. 우린 그 친구를 쓸 수 있어요. 그 친구에게 그렇게 전해줘요. 그 말 전해주겠어요?"

아펠은 말을 하다 말고 갑자기 자기 손으로 이마를 치며 투덜거렸다.

"내가 그 친구를 직접 만나봤어야 하는 건데. 도대체 나 같은 멍청이가 어디 있담? 정말 부끄러운 일이에요. 가서 그 친구를 만나야겠어요. 그 친구에게 전해줘요, 델러니 서장님."

"지서장입니다."

"서장님, 그 친구에게 전해줄 수 있어요?"

"물론 전하지요. 다시 그 친구를 만날 수 있다면 말입니다. 하지만 내가 온 건……."

"그 친구를 위해 모금운동을 하는 거지요? 물건을 팔아서 돈을 마련하는 거지요, 서장님? 난 여덟 사람이 앉을 수 있는 식탁이 필요한데, 어떨까요? 또⋯⋯."

델러니는 마침내 그를 진정시킨 다음에 소파에 앉았다. 그는 어떤 사건을 수사 중이라고 설명했다. 그러나 솔 아펠은 무슨 사건인지 묻지도 않았다. 그로부터 5분이 채 지나지 않아 델러니는 '아웃사이드 라이프'에서는 약 3만 명 정도의 고객 주소록을 확보하고 있으며, 그들에게 여름과 겨울의 상품목록을 우송하고 있다는 것을 알게 되었다. 또한 타자된 고객 명단이 따로 있는데, 솔 아펠은 언제라도 델러니가 원하기만 하면 기꺼이 그 명단을 복사하여 제공할 용의가 있다고 말했다.

"그 명단을 절대로 공개하지 않겠다고 약속드립니다."

델러니가 말하자 아펠은 소리쳤다.

"누가 신경이나 쓴답니까? 내 경쟁자들이 나와 같은 가격으로 물건을 팔 수 있다고 해요? 하!"

델러니는 또한 '아웃사이드 라이프'에서는 판매전표를 7년 동안 보관한다는 것도 알게 되었다. 그것은 월별로 정리되어 연도별로 상자에 비축되는데, 건물 지하실에 보관되어 있다고 했다.

"왜 7년 동안 보관하는 겁니까?"

델러니가 묻자 아펠은 어깨를 으쓱 치켜 올리며 대답했다.

"누가 알겠습니까? 아버님께서는 작년에 돌아가셨어요. 아버님의 영혼에 평안이 깃들기를. 나도 그렇게 오래 살아야 하는데 말이에요. 아버님 성함은 마이크 아펠이었어요. '멘슈(독일어로 훌륭한 인물이라는 뜻—옮긴이)'셨지요. '멘슈'가 무슨 뜻인지 압니까, 서장님?"

"알지요. 우리 부친께서도 아일랜드 '멘슈' 셨습니다."

"그렇군요. 부친께서는 내게 골백번이나 말씀하셨어요. '아들아, 판매전표는 꼭 7년 동안 보관해 둬야 한다.' 이유야 내가 어떻게 알겠습니까? 부친께서 그렇게 하셨고, 나도 그렇게 하는 것뿐입니다. 세금 때문인지 무엇 때문인지는 몰라요. 아무튼 전표를 7년 동안 보관해요. 올해 전표를 거기 집어넣으면서 가장 오래된 해의 전표는 버리지요."

"그걸 조사해도 괜찮겠습니까?"

"조사한다구요? 서장님, 전표가 수만 장이나 되는데요?"

"그래야 한다면 허락해 주시겠습니까?"

"좋도록 하시지요. 사라!"

솔 아펠은 갑자기 고함을 버럭 질렀다.

"이봐, 사라!"

나이 든 유대인 여자 한 사람이 교환원의 등 뒤쪽 창문으로 고개를 내밀었다.

"부르셨어요, 사장님?"

"그 작자에게 안 된다고 말하고 치워버려!"

아펠이 고함을 지르자 그 여자는 고개를 끄덕이고는 사라졌다.

델러니는 이제 나가려 했으나 아펠은 그를 보내주지 않았다. 아펠은 델러니의 손을 잡고 끝없이 악수를 하면서 얘기를 그치지 않고 늘어놓았다.

"매장으로 올라가서 뭐든 마음에 드는 걸 골라요. 마음 내키는 대로. 돈을 지불하기 전에 나에게 전화부터 해요. 믿을 수 없을 정도로 할인을 해드릴 테니까. 정말이라니까요. 당신네 아일랜드인하고 우리 유대인은 비슷한 점이 많아요. 다 시인들이지요. 그렇지 않아요? 말이나마 올바르게 할 수 있는 사람이 어디 있어요? 아일랜드인하고 유대인뿐이지요. 경찰이 필요하면 아일랜드 경찰을 찾아야 해요. 변호사가 필요하면 유대인 변호사를 찾아야 하고. 내가 이런 물건을 팔고는 있지만, 이것들에 대해 알고나 있다고 생각하세요? 하하! 나로 말할 것 같으면 마이애미 해변이나 나소로 캠핑을 가는 사람이에요. 이 튜브나 풀장에 띄워놓고 거기 앉아 큰 잔으로 술을 마시는 거지요. 그 손바닥만 한 비키니로 몸을 가린 멋진 여자들이나 쳐다보면서 말입니다. 나한테는 바로 그런 게 '아웃사이드 라이프'지요. 서장님, 당신이 마음에 듭니다. 델러니라고 했지요? 전화번호부에 이름이 나와 있나요? 물론 그럴 테지요. 다음 달에 우리 조카애 때문에 잔치를 해야 하는데, 그때 전화할 겁니다. 아무것도 사오면 안 돼요. 알았어요? 아무것도! 난 캘빈 케이스를 만나러 가야겠어요. 당신도 일을 해야겠지요? 사라! 사라!"

델러니는 마침내 그곳을 빠져나왔다. 아펠이 한 말을 생각하며 그가 큰 소리로 웃기도 하고 머리를 젓기도 했기 때문에 계단을 오르내리는 사람들이 영문을 알 수 없다는 얼굴로 그를 쳐다보았다. 그는 아펠이 다음 달 조카의 잔칫날에 그에게 전화를 할 거라고는 생각하지 않았다. 그러나 만일 아펠이 전화를 하면 그는 잔치에 가기로 마음먹었다. 진정으로 살아 있는 사람을 만나기가 어디 쉬운 일인가.

델러니는 이번에도 원하는 것을 찾아냈다. 늘 그렇듯이 그 결과는 그가 두려워했던 것처럼 나쁘지도 않았고, 기대했던 것처럼 좋지도 않았다. 그는 스프링가를 서쪽으로 걸어갔다. 그때 갑자기 소시지 구이와 후추 냄새가 코를 찔렀다. 거리의 노점 앞에 푸에르토리코인들과 흑인들이 늘어서 있었다. 델러니는 그 사람들 틈으로 파고들어 소시지 피자 한 조각과 달콤한 콜라 한 잔을 마셨다. 다이어트 같은 것은 잊어버리기로 했다. 이따금은 그러는 때도 있어야 하는 법이었다.

그는 지하철을 두 번 갈아타고, 버스를 한 번 타고 집에 도착했다. 메리는 부엌에서 커피를 마시고 있었다. 그는 메리와 함께 커피를 마셨다. 델러니는 점심을 먹었다고 말했으나 무엇을 먹었는지는 얘기하지 않았다. 메리는 코를 킁킁거리더니 웃어댔다.

"뭘 드셨는지는 모르지만 아무튼 마늘이 잔뜩 들어간 음식을 드셨군요."

델러니는 서재에 틀어박혀 오후 3시까지 자신이 만든 서류를 정리했다. 이제 그의 수사기록은 만족스러울 만큼 두터워졌다. 물론 그 기록은 롬바드 작전 수사대의 보고서가 그런 것처럼 아무런 구체적인 내용도 담고 있지 않았다. 그러나 델러니의 수사기록에는 구체적 목표를 향해 접근하고 있다는 분명한 조짐이 보였다.

오후 3시에 그는 토어슨에게 전화를 했다. 이번에는 전화 대행 업체의 여직원이 알아볼 테니까 잠시 기다리라고 말했다. 잠시 후 그녀는 토어슨이 저녁 7시에 다시 전화를 해달라고 부탁했다고 말했다. 델러니는 전화를 끊었다. 무슨 일이 벌어진 것이 분명했다. 무엇인가가 잘못되어 가고 있었다.

델러니는 마음속의 걱정을 몰아내고 수사기록으로 되돌아갔다. 만일 '혐의자'가 정말 등산가라면(델러니는 그럴 것이라고 생각했다.) '아웃사이드 라이프'의 고객 주소록 외에 그자의 신원을 포착할 수 있는 다른 방법은 없는 것일까? 예를 들면 산악인 클럽이나 전국연합 같은 것이 있지는 않을까? 그 클럽이나 연합의 회원 명단에서 251번 지서 관할지역에 사는 회원의 이름을 뽑아낼 수는 없을까? 등산을 전문적으로 다루는 소식지나 잡지는 없을까? 그런 것을 발행하는 회사에는 정기구독자의 명단이 있을 것이요, 그 명단을 보면 정기구독자 가운데 251번 지서 관할지역에 사는 사람들의 이름을 확보할 수 있지 않을까? 등산에 관한 책자들은 또 어떨까? 251번 지서 관할지역의 도서관에 가서 등산에 관한 책자를 대출한 적이 있는 사람들의 명단을 확보해야 하지 않을까?

그는 이런 생각들이 떠오르는 대로 신속히 기록해 나갔다. 등산은 그렇게 대중적인 스포츠는 아니었다. 그런데 정말 그것을 스포츠라고 부를 수 있는 것일까? 등산은 오락이나 기분 전환이라고는 할 수 없을 것 같았다. 그것은 차라리, 글쎄 뭐라고 해야 할까? 그의 생각으로는 등산에 가장 어울릴 듯 싶은 단어는 '도전'이었다. '성스러운 싸움'이라는 말도 문득 생각났다. 그러나 그것은 등산에 그리 어울릴 것 같지는 않았다. 델러니는 그에 관해서는 케이스와 얘기를 해보기로 마음먹었다. 그리고 주의 깊게 기록을 계속했다.

결국 델러니의 생각은 벌써 며칠 전부터 그의 마음을 불편하게 만들고 있던 바로 그 문제에 봉착했다. 그리하여 그는 지금까지 수사해 온 모든 결과를 브로턴과 펄리 부장에게 넘겨주기로 결심했다. 그들이라면 델러니보다 훨씬 더 신속하게 조사를 할 수 있을 것이었다. 그리고 그들이 조사를 시작함으로써 어쩌면, 오직 어쩌면에 불과하지만 또 하나의 죽음을 미연에 방지할 수 있을지도 몰랐다. 그는 이제까지와 마찬가지로 앞으로도 혼자서 수사를 계속할 수도 있었다. 그러나 그것은 이기주의에 불과했다. 그렇다. 자기중심적인 생각에 지나지 않았다.

델러니가 솔 아펠과 만난 일을 세밀히 기록해 나가고 있을 때 책상 위의 전화가 울렸다. 그는 전화기에 대고 맥빠진 음성으로 말했다.

"여보세요."

"'여보세요.' 라니? 도대체 '여보세요.' 라는 게 무슨 놈의 인사 말이야? 도대체 '에드워드 델러니 지서장입니다.' 라는 응답은 어디로 치운 거야?"

퍼거슨 박사였다.

"좋아. 에드워드 델러니 지서장이야. 부검은 끝났어?"

"그래, 친구. 축하하네."

"내 그림이 정확했단 말이야?"

"그래. 두개골 외부 상처 말이야. 그건 대강 네모꼴이었어. 각 모서리가 2.4센티미터였고. 파이버글라스로 그걸 쟀어. 그게 뭔지 알아?"

"가느다란 유리섬유잖아. 쉽게 구부러지고 건전지의 힘으로 빛까지 내는."

"자넨 정말 모르는 게 없군, 에드워드. 그래, 내가 쓴 게 그거야. 상처의 흔적은 점점 날카로워지면서 아래쪽으로 구부러지고 끝은 예리했어. 또 상처 아래쪽 부위에서 거칠게 마모된 찰과상이 발견되었어. 그러니까 자네가 보여준 그 톱니바퀴 날로 인한 상처로 판단할 수 있겠지. 그걸 공식적 부검 소견서에 기록해 넣을 수는 없겠지만 자네의 추리가 근거가 있다는 것은 입증된 셈이야, 서장."

"고마워, 박사. 그리고 기름은?"

"확실히 발견되었다고는 할 수는 없어. 하지만 자네가 준 종이타월과 전문가 한 사람을 검사실로 보냈어. 아까도 얘기했지만 그 검사에는 시일이 걸려."

"검사실 사람들이 떠벌리고 다니지는 않을까?"

"나에게만 결과를 알릴 거야. 그건 그 사람들에게는 그저 일상 업무에 불과해. 행복해, 에드워드?"

"그래, 아주 행복해. 자네 술 마셨나?"

"그 사람은 너무 작았어. 너무 작고 약했어. 너무 지쳐 있었지. 심장은 더 약했어. 손톱 크기의 자상(刺傷)까지 있더군. 그래서 술을 마셨지. 뭐, 안 될 거 있어?"

"아니, 아니야."

"그놈을 꼭 잡아, 에드워드."

"잡을 거야."

"약속하나?"

"약속하지."

에드워드 델러니 지서장은 선언했다.

그는 5시 30분이 지나자마자 병원에 닿았다. 그러나 그곳에는 재난이 기다리고 있었다. 바바라는 그를 보자 벌써 20년 전에 죽은 사촌에 관한 얘기를 시작했고, 그 다음에는 '이 지긋지긋한 놈의 전쟁'에 대해 떠들어댔다. 델러니 생각에는 베트남 전쟁을 말하는 것 같았다. 그러다가 아내는 해병대 소위 톰 헨드릭스에 관해 얘기하기 시작했고, 델러니는 그제서야 아내가 말하는 전쟁이 한국 전쟁이라는 것을 깨달았다. 톰 헨드릭스는 한국 전쟁에서 사망했던 것이다. 그 다음에 바바라는 「내 진실한 연인의 머리칼은 흑발이라네」라는 노래를 불렀다. 델러니는 무엇을 어찌 해야 할지를 알 수가 없었다.

그는 아내 옆에 앉아 그녀를 진정시키려고 노력했다. 그러나 아내는 잠시도 쉬지 않고 떠들어댔다. 그녀는 파출부 메리에 대해, 침실의 커튼에 대해, 토어슨과 제비꽃에 대해, 죽은 개에 대해 쉬지 않고 말하더니 갑자기 "우리 아이들을 누가 데려갔어요?"하고 물었다. 델러니는 너무 놀라 눈물이 날 것 같았다. 그는 벨을 눌러 간호사를 불렀다. 그러나 아무도 들여다보지 않았다. 그는 복도로 뛰쳐나가 처음 눈에 띈 간호사를 거의 강제로 끌고 병실로 들어왔다.

바바라는 여전히 쉬지 않고 얘기를 했다. 간호사가 잠시 환자 진료기록을 보기 위해 나간 뒤에도 바바라는 눈은 감은 채 입술에는 웃음 같은 것을 지은 얼굴로 계속해서 떠들어댔다. 델러니는 혼자 남아서 초조히 그녀를 지켜보았다. 아내의 무의미한, 끝없는 얘기를 귀 기울여 들었다. 갑자기 롬바드 사건 이야기가 튀어나오는가 하면 『허니 번치』 이야기가 나오고, 100달러가 있어야 한다고 말하는가 하면, 에디와 엘리자베스 이야기가 튀어나왔다. 그 다음 순간에는 공원의 회전목마를 타고 웃고 떠들며, 회전목마의 생김새를 이야기했고, 회전목마는 돌고 또 돌았다. 마침내 간호사가 약을 가지고 들어왔다. 그녀는 피하 주사를 준비하여 바바라의 손목 근처에 놓았다. 잠깐 사이에 바바라는 조용해지더니 이내 잠들었다.

델러니는 헐떡거리며 물었다.

"하느님 맙소사, 도대체 아내가 어떻게 된 거요? 도대체 이게 무슨 일이냐구요?"

간호사는 기계적인 미소와 함께 대답했다.

"그저 흥분하신 거예요. 이젠 괜찮아요. 평화롭게 주무시잖아요."

"평화롭다구요?"

그는 반문했다. 간호사는 반복했다.

"평화롭게요. 궁금하신 게 있으면 내일 아침에 담당 의사 선생님을 만나보세요."

간호사는 병실에서 나갔다. 그는 넋이 나간 얼굴로 아내를 지켜보았다. 도대체 이놈의 세상의 광기는 언제나 끝이 날 것인지 궁금했다. 그는 아내의 침대를 향해 돌아앉았다. 아내는 틀림없이 평화롭게 잠든 것처럼 보였다. 그는 너무나 놀라고 겁이 났으며 절망적인 기분이었고, 동시에 화가 치밀었다.

아직 7시는 되지 않았다. 그래서 토어슨에게 전화를 할 수가 없었다. 그는 누군가 자신을 공격해 주기를 바라며, 그저 막연히 그렇게 되기를 바라면서 집까지 걸어가기로 했다. 그에게는 아무 무기도 없었지만 아무래도 상관없었다. 공격을 받으면 상대방의 불알을 걷어차고 목덜미를 물어뜯을 작정이었다. 바로 그런 기분이었으니까. 그는 어두운 거리를 구석구석 돌아보았다. 그는 외치고 싶었다.

"나에게 시비를 걸어. 이리 와! 날 공격해, 이놈들아!"

그는 집 안으로 들어서자 코트와 모자를 벗고 두 잔의 위스키를 안주도 얼음도 없이 마셨다. 차츰 마음이 가라앉았다. 도대체 그게 무슨 일이었을까. 무슨 일이었을까. 그는 이제 집에 와 있었다. 상처를 입지도 않았다. 생각도 명료해졌다. 그러나 아내는……

델러니는 7시가 될 때까지 꼼짝도 하지 않고 앉아서 위스키를 마셨다. 시간이 되자 그는 토어슨에게 전화를 했다. 그러나 그 전화에도 그는 별로 마음을 쓰지 않았다. 토어슨은 즉시 델러니의 집으로 전화를 했다.

"에드워드."

"예."

"중요한 일인가?"

"그렇다고 생각합니다. 존슨 경감님과 연락할 수 있습니까?"

"경감님은 여기 계시네."

델러니는 그제야 토어슨의 음성이 잔뜩 긴장해 있으며 몹시 다급하다는 것을 깨달았다. 델러니는 말했다.

"만나야 합니다. 빠르면 빠를수록 좋아요."

"좋아. 지금 여기로 올 수 있나?"

"사무실이십니까 아니면 집입니까?"

"집일세."

"택시를 타지요. 20분이면 충분할 겁니다."

델러니는 전화를 끊자 혼자 큰 소리로 외쳤다.

"모두 엿이나 먹으라고 해. 집어치우라고."

델러니는 부엌으로 가서 싱크대 밑의 장에서 종이가방을 찾아 들고 서재로 돌아갔다. 그는 종이가방 안에 세 개의 망치와 경기 계용 기름, 그리고 그가 가진 모든 '물적 증거'를 넣어 들고 집을 나섰다.

토어슨 부인이 그를 맞이했다. 문간에 나온 그녀는 델러니의 코트와 모자를 받아 들고 사라졌다. 토어슨 부인의 머리칼은 약간 은빛이 도는 금발이었다. 키가 컸고 수척해 보였다. 그러나 뼈대는 강건했고 델러니가 한 번도 본 적이 없는 아름다운 보라색 눈동자를 가졌다. 그는 토어슨 부인과 잠시 잡담을 나눴다. 그녀가 바바라의 안부를 물었다. 그 순간 델러니는 들고 있던 가방을 떨어뜨리고 말았다. 그러자 토어슨 부인이 갑자기 물었다.

"식사는 하셨어요?"

그는 자신이 무엇을 먹었는지 안 먹었는지도 알 수 없었다. 기억이 나지 않았다. 그는 머리를 저었다.

"샌드위치를 만들어드릴게요. 햄하고 치즈를 넣어서요. 좋아요? 아니면 쇠고기로 할까요?"

"아무거나 좋습니다. 둘 다 좋아요."

"샐러드도 좀 있어요. 한 시간이면 다 준비될 거예요. 다른 사람들은 거실에 있어요. 어딘지 아시죠?"

거실에는 세 남자가 앉아 있었다. 토어슨과 존슨은 델러니가 들어서자 소파에서 일어나 그에게 손을 내밀었다. 그들은 악수를 교환했다. 세 번째 남자는 그저 앉아 있을 따름이었다. 토어슨과 존슨도 그를 델러니에게 소개할 생각을 하지 않았다.

땅딸막한 키에 거무스레한 얼굴, 길고 짙은 콧수염을 기른 남자였다. 그는 두 손을 무릎 위에 놓고 마치 조각처럼 꼼짝도 하지 않았다. 검은 눈동자만이 호기심을 띠고 활기차게 움직였다. 생생하고 지적인 눈빛이었다.

델러니는 소파에 앉은 다음에야 그 사람이 누구인지를 깨달았다. 부시장 허만 앨린스키였다. 대중 앞에 나서기를 꺼려하는 사람, 동시에 비밀을 철저히 지킬 줄 아는 사람이었다. 시장에게 생기는 각종 문제를 해결해 주는 사람인 동시에 시장의 가장 절친한 친구라고 알려져 있었다. 《타임스》에 그의 이력이 짤막하게 소개된 적이 있었다. 기자는 앨린스키의 가장 큰 임무는 이런 것이라고 결론지었다. "대부분의 경우 그가 하는 일은 남이 하는 말을 경청하는 일이라는 것이 분명하다. 또한 그를 알고 있는 모든 사람들이 그가 그 일에 아주 유능하다는 것을 잘 알고 있다."

토어슨이 물었다.

"술 하겠나, 에드워드? 호밀 하이볼로?"

델러니는 재빨리 둘러보았다. 토어슨과 존슨은 술잔을 들고 있었고, 앨린스키는 술잔을 들고 있지 않았다.

"지금은 사양하겠습니다. 이따가 마시든지 하겠습니다."

"좋아. 집사람이 샌드위치를 만들어 가지고 올 걸세. 에드워드, 우리에게 해줄 중요한 얘기가 있다고 했지? 자유롭게 얘기해 보게."

델러니는 다시 한 번 토어슨의 음성이 긴장해 있다는 것을 확인했다. 델러니는 존슨 경감을 돌아보았다. 그 역시 굳어 있었고 음울한 얼굴이었다.

"좋습니다. 지금부터 얘기하겠습니다."

델러니는 얘기를 시작할 때는 앉아 있었다. 그러나 잠시 후에는 일어나서 방 안을 서성거리거나 벽난로에 팔꿈치를 올려놓고 선 채로 얘기를 계속했다. 그는 앉아 있을 때보다 일어서 있을 때 더 생각이 잘 떠올랐고, 얘기도 더 잘할 수 있었으며, 몸짓도 자유롭게 구사할 수 있었다. 나머지 세 사람은 그의 얘기를 중단시키지 않았다. 그들은 델러니가 움직일 때마다 눈과 얼굴을 돌려 그를 좇았다.

델러니는 롬바드의 죽음에서부터 얘기를 시작했다. 시체의 위치를 얘기하고, 살인범이 롬바드 앞쪽에서 다가와 그와 교차한 다음 뒤돌아서서 롬바드의 뒤쪽에서 습격을 가했다고 생각하게 된 이유를 설명했다. 상처의 모양과 특성을 묘사하고, 상처에서 기름이 발견되었다는 사실도 언급했다. 피살자의 운전면허증이 분실된 사실을 얘기했고, 그 면허증은 살인범이 자신이 범인이라는 사실을 누군가에게 입증하기 위해 가져간 것이라는 가정도 얘기했다. 그 다음은 랭글리 이야기로 이어졌다. 그의 전문 분야와 그가 벽돌공의 망치를 찾아낸 경위를 설명하고, 그 벽돌공의 망치에서 '돌 사냥꾼의 망치'로, 그리하여 마침내 얼음도끼로 흉기가 추적된 경위를 설명했다.

이 지점에서 델러니는 종이가방에서 연장을 꺼내 세 남자에게 보여주었다. 세 남자는 그 연장을 자세히 살펴보았다. 그들은 무표정한 얼굴로 연장의 날을 만져보기도 하고, 연장의 무게를 가늠해 보기도 하고, 연장을 휘둘러보기도 했다.

델러니는 얘기를 계속 이어 버나드 길버트 사건을 설명했다. 이번에는 신분증이 분실되었다는 점, 살인범이 정신병자라는 델러니 자신의 심증, 그자가 251번 지서 관할지역 거주자일 것이라는 추정, 다시 살인을 저지를 가능성이 높다는 점 등을 설명했다. 델러니는 핸드리 기자를 통해 얻은 정보도 얘기했다. 트로츠키가 암살된 방법을 설명하고 캘빈 케이스의 이름도 얘기했다. 케이스와 만난 경위도 설명하고 얼음도끼의 머리 부분에 칠하는 기름에 대해서도 설명했다. 델러니는 그 기름을 세 남자에게 보여주었다.

델러니는 수사과정에 관한 얘기로 그들 세 사람을 완전히 장악했다. 그들은 얘기에 열중하여 허리를 앞으로 숙이고 있었고, 토어슨과 존슨은 술잔에 손도 뻗지 않았다. 부시장 앨린스키의 날카로운 눈은 번쩍번쩍 빛을 발하고 있었다. 그들은 숨소리도 내지 않았다.

델러니는 '아웃사이드 라이프'를 방문하여 주인 솔 아펠과 만난 사실과 나눈 대화에 대해서도 얘기했다. 고객 주소록과 판매전표에 대해 설명했다. 또한 그가 얼음도끼 머리 부분의 윤곽과 경기계용 기름의 샘플을 어떤 식으로 부검의에게 전달했는지도 얘기하고, 그 부검의가 다름 아닌 길버트의 시체를 부검한 의사라는 점도 설명했다. 시체의 상처 모양을 어떻게 조사했는지, 후각분석검사를 통해 그 기름이 어떻게 검증될 수 있는지도 설명했다.

존슨 경감이 물었다.

"뒷일을 한 사람이 누군가?"

앨린스키가 갑자기 고개를 이쪽저쪽으로 움직이더니 처음으로 입을 열었다.

"뒷일이라니? 그게 뭔가?"

델러니가 설명했다.

155

"사체 부검 말입니다. 하지만 그 사람 이름은 결코 말하지 않겠다고 약속했습니다."

"우린 알아낼 수 있네."

앨린스키는 조용히 말했다. 델러니도 조용히 대답했다.

"물론 그러시겠지요. 하지만 저를 통해서는 알아낼 수 없을 겁니다."

앨린스키는 그 대답으로 더 이상 같은 질문을 하지 않았다. 토어슨은 부검이나 랭글리, 핸드리 기자와 캘빈 케이스, 길버트 부인과 솔 아펠에게 이 사건에 대해 어느 정도까지 알려주었는지 물었다.

델러니는 최소한의 정보만을 주었다고 대답함으로써 그들을 안심시켰다. 그들은 델러니가 롬바드와 길버트 살인사건을 개인적으로 수사하고 있다고 알고 있을 따름이며 기꺼이 도와주려 하고 있다고 설명했다.

"이유가 뭔가?"

앨린스키의 질문이었다. 델러니는 어깨를 으쓱 치켜 올렸다.

"나름대로의 이유가 있겠지요."

잠시 동안 침묵이 흘렀다. 앨린스키는 다시 조용한 어조로 물었다.

"자네에게는 증거가 없지, 서장?"

델러니는 깜짝 놀라 그를 돌아보았다.

"그렇습니다. 모두 애매합니다. 추리에 불과하지요. 지금 제가 보고한 내용은 법정에 제출할 수 있는 성질의 것들이 아닙니다."

"그러나 자네는 그걸 믿고 있다는 거지?"

"그렇습니다. 그 이유는 하나뿐입니다. 다른 믿을 만한 추리가 없기 때문이지요. 롬바드 작전 수사대가 이보다 더 믿을 만한 추리를 가지고 있습니까?"

세 남자는 말없이 서로를 돌아보았다. 그들의 표정만으로는 델러니는 아무것도 알아낼 수 없었다. 그는 다시 토어슨을 향해 입을 열었다.

"바로 그렇기 때문에 제가 오늘 여기 온 겁니다. 전 이 모든 것을 넘겨주고……."

바로 그 순간 문을 툭툭 치는 소리가 들렸다. 그것은 노크 소리가 아니라 문자 그대로 문을 차는 소리였다. 토어슨이 벌떡 일어나 문을 열었다. 그의 아내가 음식이 가득 담긴 커다란 쟁반을 두 손에 들고 있었다. 토어슨이 그것을 받았다.

"고마워, 여보."

토어슨 부인은 다른 남자들에게 큰 소리로 말했다.

"음식은 얼마든지 있어요. 그러니까 더 달라고 하세요. 예의 바른 체하지 마시구요. 알았지요?"

토어슨은 쟁반을 칵테일 탁자 위에 올려놓았다. 세 남자는 탁자 주위로 몰려들었다. 햄치즈 샌드위치, 쇠고기 샌드위치, 토마토와 무, 미나리 열매로 양념을 한 오이 피클, 에스파냐 양파와 매운 겨자, 올리브와 감자칩, 부추 등이 놓여 있었다.

그들은 모두 선 채로 먹기 시작했다. 토어슨이 술을 새로 만들었다. 이번에 델러니는 호밀 하이볼과 물을 받았고, 앨린스키는 스카치를 더블로 받았다.

델러니는 얘기를 꺼낼 적절한 순간을 놓치고 싶지 않았다. 그가 판단하기에 지금까지 그가 한 얘기는 세 남자에게 특정한 효과를 발휘하고 있었고, 제법 깊은 인상을 심어준 것이 분명했다. 그래서 그는 샌드위치를 먹고 부추를 씹으면서도 얘기를 계속했다. 이번에는 앨린스키를 보며 얘기했다.

"제가 알아낸 모든 것을 펄리 부장에게 넘기고 싶습니다. 애매한 것들이지만 분명히 구체적 단서로서의 가치는 있습니다. 제가 이 얼음도끼의 출처를 조사하고, '아웃사이드 라이프'의 고객 주소록과 판매전표를 조사하기 위해서 동원할 수 있는 인력은 수사 경험도 없는 서너 사람에 불과합니다. 하지만 펄리에게는 수백 명의 요원이 있어요. 또 그가 요구하기만 하면 더 많은 사람들이 동원될 수 있습니다. 이건 시간의 문제입니다. 전 펄리에게 이 정보를 넘겨야 한다고 생각합니다. 저보다 그가 훨씬 빨리 조사를 끝낼 수 있을 테니까요. 그래야만 범인이 또 한 사람의 생명을 앗아가는 걸 막을 수 있을 겁니다. 전 범인이 또 살인을 저지를 것이라고, 계속해서 살인을 저지를 것이라고 생각합니다. 체포될 때까지 그자는 살인을 계속할 겁니다."

나머지 세 사람은 술을 마시고 델러니를 쳐다보며 꾸준히 먹을 뿐이었다. 토어슨만이 한 번 입을 열려고 했으나 앨린스키가 손을 들어 말을 막았다. 마침내 앨린스키는 샌드위치를 다 먹고 종이냅킨으로 손을 닦았다. 그는 술잔을 들고 소파로 돌아가 앉아 길게 한숨을 내쉬며 델러니를 바라보았다.

"그러니까 자네에게는 이게 윤리적인 문제겠군. 그렇지, 지서장?"

앨린스키는 부드러운 어조로 물었다. 델러니는 어깨를 으쓱 치켜 올렸다.

"좋으실 대로 생각하십시오. 전 다만 이제까지의 수사 결과가 계속해 볼 가치는 있다고 확신합니다. 그러니까 펄리 부장에게 넘기면 그는 훨씬……."

"불가능하네."

토어슨이 짤막하게 말했다. 델러니는 화가 나서 소리쳤다.

"어째서 불가능하다는 겁니까? 만일……."

그때 존슨 경감이 나서서 작은 소리로 말했다. 그는 벌써 세 개째 샌드위치를 먹고 있었다.

"진정하게, 에드워드. 바로 그 때문에 우리가 자네를 오늘 밤보자고 한 거네. 지난 몇 시간 동안 라디오도 텔레비전도 보지 않은 것 같군. 자네는 지금 펄리 부장에게 그 정보를 제공할 수 없게되었네. 몇 시간 전에 브로턴이 펄리를 잘랐거든."

"자르다니요?"

"표현이야 어찌 됐건 말이네. 펄리를 수사 책임자 직위에서 해임해 버렸다네. 롬바드 작전 수사대에서 쫓아내버렸단 말일세."

델러니는 화가 나서 외쳤다.

"하느님 맙소사! 그럴 수는 없습니다!"

토어슨은 고개를 끄덕였다.

"브로턴은 그럴 수 있네. 게다가 그 방법이 아주 졸렬하고 비인간적이었지. 펄리에게는 말 한 마디 해주지 않았네. 그저 신문사에 기자회견을 하겠다고 연락을 하고는 회견장에서 펄리 부장이 롬바드 작전 수사대에서 가진 모든 책임과 지휘권을 박탈한다고 선언해 버렸지. 그자는 펄리 부장이 능률적이지 않고 무능하다고 말했다더군."

"그렇다면, 도대체 누가……."

"그러고는 브로턴 자신이 롬바드 작전 수사대에 동원된 모든 수사관들을 직접적으로, 개인적으로 지휘하겠다고 선언했네."

"아, 맙소사! 다 끝났어요. 다 끝났어."

델러니는 신음했다. 토어슨은 여전히 무표정한 얼굴로 델러니를 바라보며 얘기를 계속했다.

"더 나쁜 소식도 있네. 한 시간 전에 펄리가 은퇴를 신청했네. 브로턴이 한 말을 들은 다음 펄리는 자신의 경력은 이제 끝장이라고 생각한 거지. 그래서 떠나겠다는 거야."

델러니는 소파에 무겁게 주저앉았다. 그는 말없이 술잔을 내려다보고 있다가 중얼거렸다.

"그 개자식. 펄리는 좋은 친굽니다. 얼마나 훌륭한 수사관인데요. 펄리는 바로 제 뒤를 쫓아오고 있었어요. 제가 앞섰던 것도 내게 그럴 만한 시간적 여유가 있었기 때문이었습니다. 하지만 펄리도 한 주일이나 열흘 정도만 지나면 이 얼음도끼에 도달했을 겁니다. 틀림없어요. 롬바드 작전 수사대에서 나온 보고서를 보면 알 수 있는 일이에요. 빌어먹을! 경찰청이 펄리 같은 사람을 잃어서야 어디! 맙소사! 훌륭한 두뇌에 서른 해 동안의 수사 경험을 수챗구멍에 처박다니! 구역질이 납니다!"

그들 가운데 어느 누구도 입을 열지 않았다. 델러니가 안정을 되찾을 때까지 시간적 여유를 주려는 것이었다. 앨린스키가 소파에서 일어나 다시 쟁반 앞으로 갔다. 그는 무 몇 조각과 올리브를 집어 들고 델러니의 소파 앞으로 와서 소리 내서 음식을 씹었다.

그는 여전히 부드러운 어조로 말했다.

"시장, 사태가 이렇게 발전되었다 해도 자네의 윤리적 문제에는 변화가 없는 건가? 말하자면 자네는 아직도 이제까지의 수사 결과를 브로턴에게 갖다 줘야 한다고 생각하나?"

델러니는 침울하게 대답했다.

"그래야겠지요. 펄리를 자르다니, 젠장. 브로턴은 제정신이 아닙니다. 그자는 펄리를 속죄양으로 삼아 제 명성만 지키려 하는 겁니다."

"우리도 그렇게 생각하네."

존슨 경감의 말이었다. 델러니는 아직도 그 앞에 서 있는 부시장 앨린스키를 올려다보며 물었다.

"도대체 이게 뭡니까? 이젠 무슨 생각을 하는지 털어놓을 때도 되지 않았습니까?"

"정말 알고 싶나, 서장?"

델러니는 투덜거렸다.

"그럼요. 알고 싶습니다. 하지만 제게 말해 주기를 바라는 건 아닙니다. 혼자서 알아내겠습니다."

앨린스키는 고개를 끄덕거렸다.

"그럴 줄 알았지. 난 자네가 아주 영리한 사람이라고 생각했네."

"영리하다뇨! 전 바로 제 관할구역에 사는 미치광이 살인범 하나 잡지 못하고 있는데요."

"자네에게는 이게 아주 중대한 문제지, 서장? 살인자를 찾는 일 말이네. 그게 가장 중대한 문제지?"

"물론 그것이 가장 중대한 문제입니다. 이 미치광이는 살인을 계속 저지를 거라니까요. 살인과 살인 사이의 시간 간격도 점점 더 줄어들 겁니다. 어쩌면 이젠 대낮에 사건을 저지를지도 모릅니다. 누가 알겠어요, 그걸? 하지만 전 한 가지는 자신 있게 말할 수 있어요. 이자는 이제 살인에 매료되었습니다. 중단할 수 없을 겁니다. 신문이 이 사실을 대서특필할 때까지 기다려보지요. 신문은 틀림없이 그렇게 하고 말 테니까요. 그렇게 되면 우리 꼴은 정말 기막히게 되겠지요."

토어슨이 한가로운 어조로 다시 물었다.

"자네가 가진 걸 브로턴에게 다 갖다 바치겠다 이건가?"

"모르겠습니다. 뭘 어떻게 해야 할지 모르겠어요. 다시 생각해 봐야 할 것 같습니다."

앨린스키가 끼어들었다.

"그게 현명한 생각이네. 생각해 보게. 생각보다 더 좋은 건 없지. 시간을 두고 심사숙고해 보게."

델러니는 자신이 왜 화를 내는지도 알 수 없는 채 화가 치밀었다.

"모두 한 가지만 알아두세요. 그 결정은 제가 하는 겁니다. 제가 한단 말입니다. 어떻게 결정을 내리든 전 제 결정대로 할 겁니다."

그들은 델러니에게 무엇인가를 제안할 수도 있었다. 그러나 그보다 더 좋은 방법을 그들은 알고 있었다.

존슨은 다가와서 델러니의 어깨에 그 묵직한 손을 올려놓았다. 그 커다란 흑인은 웃고 있었다.

"우린 알고 있었네, 에드워드. 처음부터 자네가 고집쟁이 친구라는 걸 알고 있었다니까. 우린 아무것도 자네에게 강요하지 않을 걸세."

델러니는 술잔을 비우고 소파에서 일어나 빈 잔을 칵테일 탁자에 놓았다. 그는 망치들과 경기계용 기름을 종이가방에 넣었다.

"부인께 잘 먹었다고 전해주십시오. 혼자서 갈 수 있으니까 나오지 않으셔도 됩니다."

델러니가 말했다.

"전화로 자네의 결정을 알려주겠나, 에드워드?"

"물론입니다. 브로턴에게 가기로 결심을 하면 먼저 알려드리지요."

"고맙네."

"전 이만 가겠습니다."

델러니는 그들에게 인사를 하고 거실에서 나왔다. 나머지 세 남자는 선 채로 그가 나가는 것을 지켜보았다.

그는 다섯 블록을 걷고, 고장난 공중전화에서 동전 두 개를 잃은 다음에야 고장나지 않은 공중전화를 찾을 수 있었다. 그는 핸드리 기자에게 전화를 했다.

"여보세요?"

"에드워드 델러니 지서장입니다. 방해가 됐습니까?"

"그런데요."

"일하는 중인가요?"

"하려고 하는 중입니다."

"어떻습니까?"

"좋지 않습니다."

델러니는 장난기도 악의도 없이 대답했다.

"그건 사실입니다. 당신 같은 시인에게도, 나 같은 경찰에게도 그렇죠. 도움이 필요해서 전화했어요."

"트로츠키 암살 때 사용된 도끼 사진 말인가요? 못 찾으셨어요?"

"아니, 다른 일이오."

"서장님도 다른 사람이지요. 아세요? 도움은 청하면서 내게 도움은 주지 않는 분이죠. 언제 약속한 정보를 줄 겁니까?"

"하루나 이틀 사이에."

"약속합니까?"

"약속하죠."

"좋아요. 도울 일이라는 게 뭡니까?"

"브로턴에 대해 얼마나 알고 있나요?"

"누구요?"

"브로턴, 티모스 브로턴. 경찰청 부청장."

"그 사람이 필리 부장을 해임했어요. 무능하다는 이유로. 게다가 직무유기가 있었다는 암시까지 하더군요. 참 친절하기도 한 상관이죠."

"그 친구가 원하는 게 뭐라고 합디까?"

"브로턴 말이에요? 물론 경찰청장이 되는 거지요. 그 다음에는 시장, 그 다음에는 주지사, 그 다음에는 미합중국 대통령. 그 사람, 서장님은 꿈도 꾸지 못할 정도의 야심가예요."

"당신 말을 들으니 그 사람을 좋아하지 않는 것 같군요."

"옳은 추리십니다. 그 사람을 인터뷰한 적이 있어요. 대부분의

164

사람들은 지갑에다 자기 아내와 애들 사진을 가지고 다니잖아요?
그 사람은 자기 사진을 가지고 다녀요."

"멋지군. 그는 영향력이 좀 있나요? 정치적 영향력 말입니다."

"대단한 영향력이 있어요. 퀸즈와 스테이튼아일랜드를 근거로
요. 소문에 듣자니까 다음 해에 대통령 후보 예비선거에 출마한다
는 목표를 세우고 있다더군요. '법과 질서'를 발판으로 해서요. 아
시죠? '우리는 어떠한 대가를 치르더라도 거리에서 범죄를 몰아
내야 합니다.' 어쩌고 하는 거요."

"성공할 것 같습니까?"

"그럴지도 몰라요. 그가 만일 롬바드 살인사건을 성공적으로
해결하면 큰 도움이 되겠지요. 만일 롬바드 살인범이 검둥이고,
마약중독자고, 복지연금을 받아먹고 살고, 열다섯 살짜리 금발의
백인 히피 소녀와 살고 있는 것으로 밝혀지면, 세상에 어느 누구
도 브로턴의 행진을 막을 수 없을 겁니다."

"시장이 근심에 싸여 있는 것 같습니까?"

"서장님이라면 걱정 안 되겠어요?"

"걱정되겠지요. 고맙소, 핸드리. 여러 가지 일을 많이 도와줬
어요."

"나한테는 아무것도 안 줍니까? 도대체 무슨 일이에요?"

"하루 이틀만 시간을 더 줄 수 없어요?"

"좋아요. 하지만 더 이상은 안 돼요. 길버트는 죽었지요."

"죽었습니다."

"롬바드 사건과 길버트 사건은 관련이 있지요?"

"그래요."

"이틀입니다. 더 이상은 못 참아요. 그때까지 아무 애기도 안 해주면 추측대로 기사를 써내기 시작할 겁니다."

"알겠소."

델러니는 집까지 걸었다. 종이가방이 그의 무릎께에서 내내 덜 렁거렸다. 이제 그는 무슨 일이 벌어지고 있는 것인지 조금 짐작 이 갔다. 토어슨이 왜 그리 긴장하고 있었는지, 존슨이 왜 그다지 음울한 얼굴이었는지, 앨린스키가 왜 거기에 와 있었는지도 알 것 같았다. 델러니는 진정 그놈의 정치 따위에 관련되고 싶은 생각이 조금도 없었다. 그는 경찰이었다. 전문가였다. 지금 당장 그가 원 하는 것은 살인자를 잡는 것뿐이었다. 그러나 그는 다른 사람들의 야심과 파당과 갈등으로 이루어진 혼란 속에 빠져들고 있는 것처 럼 여겨졌다. 거기에서 헤어 나올 수 없을 것만 같았다.

델러니는 다시 한 번 깨달았다. 롬바드와 길버트의 살인자를 찾 는 일은 그에게 아주 개인적이고 사적인 일이 되었다. 그리하여 그는 다른 사람들과 다른 상황들, 다른 동기들이 수사에 개입되는 것을 못마땅하게 생각하게 되었다. 물론 그에게는 도움이 필요했 다. 혼자서 모든 일을 처리할 수는 없었다. 그러나 본질적으로는 이 사건은 결투였다. 단 두 사람 사이의 전투였다. 외부에서 가해 지는 충고나 압력, 영향력 따위는 차단되어야 했다. 자신의 능력 의 한계를 알고 적의 능력을 존중할 줄 알아야 했다. 적을 과소평 가해서는 안 될 일이었다. 그것이 단순한 펜싱 경기든 목숨을 내 건 결투든 혼자서 당당히 대결해야 했다.

그러나 그는 다시 한 번 그 모든 것이 이기적인 생각에 불과하 다는 점을 인정하면서 혼자 소리 내서 투덜거렸다. 남자다움을 과시하려는 어리석은 욕망이었다. 자신의 목숨을 걸고 맞서는 한 아무것도 어려울 것은 없다고 믿는 자신에 대한 과신이었다. 바바라와 부시장 앨린스키가 말한 것처럼 본질적으로 윤리적인 결단이 이번 결정에는 어떤 영향도 미칠 수 없다. 미치게 해서는 안 된다.

이런 생각을 하며 그는 고개를 숙인 채 혼자서 중얼거리기도 하고 투덜대기도 하며, 종이가방이 그가 걸을 때마다 무릎을 탁탁 치는 것도 잊은 채 터벅터벅 길을 걷고 있었다. 그의 머릿속에는 생각이 가득했지만 그의 발길은 자동적으로 갈 길을 찾아갔다. 그때 날카로운 목소리가 그를 불렀다.

"델러니!"

그는 천천히 걸음을 멈췄다. 뉴욕의, 아니 전 세계의 모든 형사들과 마찬가지로 그도 사람을 처벌하는 일에 조력해 왔다. 사람들은 사형을 당하기도 하고, 교도소에 갇혀 장기 혹은 단기의 징역형을 살기도 했으며, 때로는 정신병 감호소에 구금되기도 했다. 그들 대부분이 법정에서, 친구들을 통해 걸어온 전화에서, 편지를 통해서 복수를 하겠다고 위협했다. 다행스럽게도 그런 위협을 실행에 옮긴 사람은 없었다. 그러나 실행에 옮기고자 마음먹은 사람이 전혀 없다고 할 수는 없는 일이었다.

거리는 어둠침침했다. 검은 세단이 한 대 주차되어 있었고, 그 안에서 거친 음성이 그를 불러 세운 것이었다. 그는 자신에게 아무 무기도 없다는 것을 상기하면서 천천히 그 차를 향해 돌아섰다. 그는 들고 있던 종이가방을 길 위에 떨어뜨리고 두 손을 허공에 쳐들었다.

그때 델러니는 승용차의 운전석에 제복을 입은 사람이 탄 것을 보았다. 뒷좌석의 창문이 내려졌다. 그 창문으로 크고 성난 뚱뚱한 얼굴이 튀어나왔다. 부청장 브로턴이었다. 그는 화난 얼굴로 이 사이에 문 시가를 부지런히 피워대고 있었다.

"델러니!"

브로턴이 다시 외쳤다. 그것은 인사라기보다는 명령이었다. 델러니는 차 앞으로 다가갔다. 브로턴은 차의 문을 열 생각은 하지도 않았다. 델러니가 말을 하기 위해 상체를 굽혀 차창께로 고개를 숙여야만 했다. 그는 그것이 브로턴의 의도적인 행위일 것이라고 생각했다. 상대방이 복종하는 자세를 취하게 만들려는 것이었다.

"부청장님."

델러니가 대답했다.

"도대체 자네 지금 무슨 우라질 짓을 하고 다니는 거야?"

"무슨 말씀이신지 모르겠습니다."

"플로리다에 수사관을 파견했어. 그랬더니 롬바드의 운전면허증이 분실되었다는 것이 밝혀졌단 말이야. 그 과부가 하는 말이 자네가 그 운전면허증에 대해 물었다고 하더군. 또 자네가 그 집에 들어가는 걸 내 부하가 목격한 적도 있고 말이야. 난 증거를 은폐시킨 범인으로 자넬 처박아버릴 수도 있어!"

"하지만 전 그것에 대해 보고했는데요."

"보고하다니? 필리에게 보고했단 말이야?"

"아닙니다. 전 그 일이 그렇게 중요한 일이라는 건 몰랐습니다. 도르프만에게 말했습니다. 251번 지서 임시서장 말입니다. 도르프만이 그 보고서를 교통과에 틀림없이 발송했을 겁니다. 뉴욕 주정부의 자동차등록사업소에 알아보시지요. 틀림없이 그곳에 운전면 허증 분실 사실이 기재되어 있을 겁니다."

한동안 브로턴은 아무 말도 하지 않았다. 시가 연기가 창문 밖으로 뭉게뭉게 피어 나와 델러니의 얼굴에 뒤덮었다. 그는 아직도 허리를 굽힌 채 서 있었다. 브로턴이 다시 물었다.

"길버트의 마누라는 왜 만났어?"

델러니는 망설이지 않고 대답했다.

"롬바드의 미망인을 만난 것과 같은 이유지요. 조의를 표하기 위해서였습니다. 관할서의 전직 지서장으로서 제 구역에서 발생한 범죄로 인한 피해자 가족에게 조의를 표하는 것이 의무라고 생각했습니다. 경찰청이 주민과 원만한 관계를 유지하는 데 도움이 될 거구요."

다시 브로턴은 한동안 침묵을 지켰다. 그러다가 화를 버럭 내며 소리쳤다.

"대답을 잘도 준비해 뒀군 그래."

브로턴은 어둠침침한 차 안에 앉아 있었다. 델러니는 허리를 굽힌 채 차창 앞에 서 있었다. 그는 브로턴의 표정을 제대로 알아볼 수 없었다. 브로턴이 다시 물었다.

"자네 요즘 토어슨을 만나고 있나? 존슨 경감도 만나고 있지?"

"물론 만납니다. 그분은 오랫동안 가장 절친한 친구였습니다."

"그자가 자네의 '랍비' 지?"

"예. 토어슨 부경감이 존슨 경감을 소개해 주었지요. 휴직했다고 해서 옛 친구를 만나지 말라는 법은 없다고 생각하는데요?"

"에드워드, 난 자넬 믿을 수 없어. 자네 같은 자들은 냄새로 알 수 있단 말이야. 자네가 지금 무슨 일을 꾸미고 있다는 걸 냄새로 알 수 있어. 내 말 잘 들어. 아직도 자네 이름은 내 명단에 남아 있어. 때만 되면 자넬 쓰레기통에 처박아버릴 거야. 알아들었나?"

"알아들었습니다, 부청장님."

"날 엿 먹일 생각 마, 에드워드. 자네가 나에게 할 수 있는 일보다 내가 자네에게 할 수 있는 일이 훨씬 더 많고 확실해. 알아든나?"

"예, 압니다."

델러니는 화가 치미는 것을 참고 있었다. 그 순간 그는 결심했다. 화가 치미는 것은 중요치 않았다. 브로턴의 성질이 개 같다는 사실도 중요하지 않았다. 그는 바닥에 떨어진 종이가방을 주워서 차창으로 들어 올렸다.

"부청장님, 보여드리고 싶은 물건이 있습니다. 제 생각엔 이게 아마 도움이⋯⋯."

그러나 브로턴은 큰 소리로 그의 말을 가로챘다. 델러니는 브로턴이 트림을 하는 소리도 들었다.

"이제 꺼져버려. 자네 도움 같은 건 필요 없어. 도울 생각도 마. 날 도와주고 싶다고? 그 방법을 알려주지. 어디 쥐구멍 같은 데로 기어 들어가서 다시는 내 눈앞에 나타나지 마. 알아들었나?"

"부청장님, 저는 다만⋯⋯."

"이런 빌어먹을, 도대체 어떻게 해야 자넬 내 눈앞에서 꺼지게 할 수 있는 거야? 꺼지란 말이야, 델러니! 내가 원하는 건 그것뿐이야. 눈앞에서 사라져. 그 개똥 같은 대가리를 치우란 말야."

에드워드 델러니 지서장은 비로소 안도감과 만족감을 느끼며 고분고분 말했다.

"알아들었습니다. 부청장님. 충분히 알아들었습니다."

델러니는 허리를 펴고 섰다. 브로턴의 승용차가 멀어져갔다. 우스운 생각이 들었다. '윤리적' 근심 걱정을 한 보따리나 짊어지고 엎치락뒷치락하고 있었는데, 갑자기 더러운 주둥이를 가진 속물이 나타나 그의 '윤리적' 문제를 한꺼번에 해결해 주었던 것이다. 델러니는 즐겁게 집으로 걸어갔다. 그리하여 곧 토어슨에게 전화를 하여 브로턴을 만난 사실을 알리고 이대로 혼자서 조사를 계속하고 싶다고 말했다.

"잠깐 기다리게, 에드워드."

토어슨이 말했다. 델러니는 존슨 경감과 부시장 앨린스키가 아직까지 거기 같이 있는 것이리라고 생각했다. 이제껏 그들은 얘기를 계속하고 있었을 것이다. 잠시 후에 토어슨이 다시 말했다.

"좋아. 계속하게. 행운을 비네."

델러니는 낙서나 하고, 허공이나 쳐다보며 앉아 있고, 잘 알아볼 수도 없는 기록을 끝없이 계속하고, 계획을 세우고, 계획이 완성되자마자 다시 그것을 치워버리는 데 너무나 많은 시간을 소모하고 있는 듯 여겨졌다. 그러나 그는 토어슨의 집에서 세 남자를 만난 이래 두 주일 동안 조금씩 조금씩 의미 있는 지점을 향하여 접근하고 있었고, 그에 대해 확신을 갖기 시작하고 있었다.

그는 짐머만의 아파트에서 랭글리를 만났다. 그녀가 차를 더 마시라고, 과자를 더 먹으라고 재촉하며 부산을 떠는 동안에도 랭글

171

리의 계획을 검토했다. 랭글리는 조사를 계속하기 위해서 아주 빽빽한 계획을 세워놓고 있었다. 그 작은 노인은 벌써 맨해튼 지역에서 그 얼음도끼를 파는 상점을 두 군데나 더 찾아냈다. 그러나 그 두 가게는 고객 주소록도 판매전표도 가지고 있지 않았다.

델러니는 음울하게 말했다.

"그건 상관없습니다. 행운의 여신이 늘 우리를 쫓아다니기를 기대할 수는 없어요. 우리가 가진 것으로 최선을 다할 따름이지요."

랭글리는 맨해튼 지역에서 그 얼음도끼를 파는 가게를 더 찾아볼 예정이었다. 그 다음에는 다른 지역에 대한 조사를 시작할 것이다. 다음 단계는 그런 연장이나 야영생활을 위한 장비를 제작하는 공장과 도매상을 조사하고, 그 얼음도끼를 미국 내에서 제작하는 회사들의 명단을 작성하는 것이다. 또 다음 작업은 미국으로 수출하는 해외 등산장비 제작회사들의 상호와 주소를 파악하여 명단을 만들어야 한다. 이 작업은 우선 서독으로부터 시작하여 오스트리아, 스위스까지 망라되어야 한다.

"엄청난 일입니다."

델러니가 머리를 설레설레 저었다. 랭글리는 웃을 뿐이었다. 그는 자신이 해야 할 일의 엄청난 분량에 대해 전혀 두려워하지 않는 것 같았다.

"과자 더 들어요. 집에서 만든 거라니까요."

짐머만이 명랑한 어조로 말했다. 랭글리의 말은 사실이었다. 그녀의 요리솜씨는 정말 형편없었다.

델러니는 그 이후 케이스를 다시 한 번 만났다. 그때 케이스는 자랑스럽게 술을 자제하고 있다고 말했다. 침대 머리맡에 놓인 라디오가 정오 뉴스를 시작하기 전에는 한 잔도 마시지 않는다는 것이었다. 그때 케이스는 이렇게 말했다.

"나 스스로 그러기로 마음먹은 겁니다. 정오 뉴스를 알리는 음악이 시작될 때까지는 한 모금도 입에 대지 않을 겁니다. 뉴스가 시작되면 그때는……"

델러니는 축하해 주었다. 케이스가 다시 한 번 돕고 싶다고 말하자 그들 두 사람은 '아웃사이드 라이프'의 판매전표를 어떤 식으로 조사할 것인지에 대해 의논을 시작했다. 케이스가 말했다.

"문제가 있어요. 지난 7년 동안 얼음도끼를 산 사람들의 판매전표를 확보하는 건 쉬운 일일 겁니다. 하지만 그 살인범이 얼음도끼를 산 게 10년 전의 일이라면 우린 어떻게 해야 하는 거지요?"

"그렇다면 그 사람 이름은 판매전표에는 없어도 고객 주소록에는 있겠지요. 그에 대해서도 사람을 시켜서 조사를 할 작정입니다."

"좋아요. 하지만 그 살인범이 얼음도끼는 다른 가게에서 사고 그 밖의 등산장비만 '아웃사이드 라이프'에서 샀다면요?"

"그렇다면 어떤 종류의 등산장비에 관한 판매전표든 모두 다 끌어낼 수 없을까요?"

케이스의 대답은 이러했다.

"그것도 문제입니다. 등산에 쓰이는 갖가지 장비들은 등산가들만이 쓰는 것이 아니에요. 캠핑을 즐기는 사람들도 쓰고, 등짐꾼들도 쓰고, 산엔 한 번도 가본 적이 없는 사람들도 쓰거든요. 예를 들면 배낭이나 손전등, 냉동 건조 식품과 장갑, 등산용 허리띠와 멜빵 같은 것들은 산에는 가본 적도 없는 수많은 사람들이 구입해서 쓰는 물건이란 말입니다. 젠장, 얼음 낚시꾼들도 아이젠을 구입하고, 요트 타는 사람들도 등산가들이 사용하는 밧줄을 구입하니까요. 그러니 그걸 조사해서 얻는 소득이 뭐겠어요?"

델러니는 한동안 생각에 잠겼다. 케이스는 또 한 잔의 술을 마셨다. 델러니는 다시 입을 열었다.

"이거 봐요, 케이스. 수만 장의 판매전표를 한 번 이상 조사해 달라는 요청은 하지 않겠습니다. 하지만 이런 식으로 하면 안 될 것이 없을 것 같군요. 등산과 관련이 있는 어떤 장비건 판매전표는 모조리 조사하면 어떻겠습니까? 모든 장비 말입니다. 밧줄과 배낭, 음식 등 뭐든 등산과 관련이 있는 장비에 대한 판매전표는 모조리 조사하는 겁니다. 그렇다면 엄청난 분량이 되겠지요. 그렇지 않아요? 거기 이름이 포함된 사람들 가운데에는 등산가가 아닌 사람들도 많이 있을 겁니다. 상관없어요. 그와 함께 얼음도끼를 구입한 것으로 확인된 사람의 판매전표는 따로 분류하여 명단을 만드는 겁니다. 일단 그 판매전표 조사가 끝나면 우리 둘이 먼저 얼음도끼를 구입한 사람의 명단 가운데에서 251번 지서 관할지역에 거주하는 사람을 뽑아냅니다. 그래서 그들을 만나 조사를 합니다. 그것으로 알아낼 수 있는 것이 없는 경우에는 어떤 물건이건 등산장비를 구입한 적이 있는 사람들의 명단 가운데에서 251번 지서 관할지역에 사는 사람들을 추려내서 또 조사합니다. 그것으로도 소득이 없으면 우린 범위를 더욱 확대하여 명단에 있는 사람들을 하나하나 조사하기 시작해야겠지요."

"하느님 맙소사, 만일 그것으로도 소득이 없으면 판매전표에 이름이 있는 사람들을 모두 조사할 작정이로군요?"

"그렇게 엄청난 작업은 아닐 거라고 나는 생각합니다. 지난 7년 동안 '아웃사이드 라이프'에서 여러 차례에 걸쳐 몇 가지 물건을 산 사람들이 있을 겁니다. 솔 아펠이 창고에 보관하고 있는 판매 전표는 수십만 장이지만, 고객 주소록에는 겨우 3만 명의 이름만이 들어 있다는 걸 생각해 봐요. 그 조사는 내가 해도 좋고 당신이 해도 좋겠지요. 하지만 내 생각엔 솔 아펠은 물건을 계속 사러 오는 사람들은 고객 명단에 끼워 넣지 않고 새로운 고객들의 이름만 명단에 끼워 넣는 방식을 취하고 있을 겁니다. 우편물을 같은 사람에게 몇 통씩이나 보내지 않을 수 있도록 말입니다."

"그럴듯하군요. 좋아요. 3만 명의 단골고객이 있다고 추측할 수 있다는 거로군요. 일단 내가 판매전표를 조사해서 그 결과가 신통치 않으면, 그 3만 명의 고객을 하나하나 조사하겠다는 거지요?"

델러니는 고개를 끄덕거렸다.

"해야 하는 경우에는요. 하지만 그럴 필요가 없는 경우에는 그 과정을 생략할 수도 있지요. 그건 그렇고, 내 계획이 어떻습니까? 얼음도끼 구입자 명단과 등산에 관련된 장비를 구입한 사람들 명단, 이렇게 둘로 나누어 작성하는 것 말입니다."

"좋을 것 같아요."

"그럼 솔 아펠에게 판매전표를 여기로 옮겨달라고 부탁해도 되겠습니까?"

"물론이지요. 서장님은 미친 사람입니다. 알지요?"

"알지요."

모니카 길버트를 만나기 위해서는 더욱 세심한 주의와 계획이 필요했다. 델러니는 길버트의 집 맞은편 도로를 두 차례나 왕복했다. 그리하여 경호원이나 감시자가 없고, 제복을 입은 순찰경관도 없으며, 일반 차량으로 위장한 수사 차량도 없다는 것을 확인했다. 경호원이나 감시자가 철수했다 해도 전화가 도청되고 있을지도 모르는 일이었다. 델러니는 브로턴이 그를 '쓰레기통에 처박아 버리겠다.'고 위협한 것을 잊지 않고 있었다. 그래서 브로턴이 이 사실을 알게 될지도 모르는 위험을 감수할 수는 없었다.

그 순간 그는 길버트에게 두 딸이 있다는 것을 상기했다. 큰아이는 틀림없이 학교에 다닐 나이였다. 어쩌면 둘 다 학교에 다닐지도 몰랐다. 만일 두 딸을 학교에 보내고 있다면 모니카는(델러니가 그녀의 성격과 환경에 대해 알게 된 사실들로 미루어 짐작하건대) 도보로 직접 아이들을 학교까지 데리고 갔다가 오후에 하교시간이 되면 다시 학교에 가서 아이들을 데려올 것 같았다. 초등학교는 모니카의 집에서 세 블록 떨어진 거리였다.

다음 날 아침, 그는 한 블록 아래쪽 길 건너편에 자리 잡고 서서 길버트 모녀가 나타나기를 기다렸다. 바람은 차갑고 날씨는 추웠다. 그는 발로 길바닥을 걷어차며 귀마개를 가져왔더라면 좋았을 걸 하고 후회했다. 그러나 그로부터 30분이 채 지나지 않아 그는 보상을 받았다. 길버트 부인이 두 딸과 함께 모습을 나타냈다. 두 터운 외투로 몸을 감싼 모녀가 아파트에서 나왔다. 그는 길 건너편에서 그들 모녀의 뒤를 쫓았다. 길버트 부인은 학교 교문 앞에서 두 딸과 헤어졌다. 그녀는 학교를 등지고 돌아섰다. 집으로 돌아가려는 것 같았다. 그때 델러니가 길을 건너 그녀에게 다가가면서 모자를 벗어 들고 인사를 했다.

"길버트 부인."

"어머, 서장님."

"어떻게 지내십니까?"

"그저 그렇죠. 고맙습니다. 편지도 잘 받았습니다. 참 친절하신 분이세요."

"별 말씀을. 길버트 부인, 잠시 얘기를 나눌 수 있을까요? 커피 한잔 같이 하시겠습니까?"

그녀는 잠시 망설이며 그를 넘겨다보았다.

"글쎄요. 지금 집에 가는 길이라. 저와 함께 집으로 가시면 안 될까요? 아이들이 학교에 간 다음에 전 늘 커피를 또 한잔 마시거든요."

"고맙습니다. 그렇게 해주신다면 더욱 좋지요."

델러니는 '아웃사이드 라이프'의 고객 주소록 사본과 손으로 그린 251번 지서 관할지역의 지도를 조심스럽게 감싸 안고 있었다. 고객 주소록은 가로 3, 세로 5센티미터 크기의 카드로 세 묶음이었다.

"커피 맛이 참 좋습니다."

"고맙습니다."

"길버트 부인, 전에 수사를 도와주시겠다고 말씀하셨지요. 아직도 그럴 의향이 있으신지요?"

"그럼요. 도움이 되기만 한다면 기꺼이 돕겠어요."

"이건 그저 사무적인 일에 불과합니다. 지루하지요."

"상관없어요."

델러니는 그녀에게 원하는 바를 말했다. 길버트 부인은 3만에 달하는 고객 주소록의 이름과 주소를 헤쳐 나가야 했다. 그 가운데 251번 지서 관할지역에 사는 사람이 발견되면 그 사람에 대한 자료 카드를 따로 타자기로 작성해야 했다. 그 일이 끝나면 또다시 그 사람들의 이름과 주소를 모두 정리하여 새로운 수사용 명단을 작성해야 했다. 그것은 두 부를 만들어야 했다.

"질문 있습니까?"

델러니가 물었다.

"엄격히 이 지역 경계선 안에 거주하는 사람들로 제한해야 하나요?"

"글쎄요. 그에 관해서는 부인의 판단에 맡기겠습니다. 겨우 몇 블록 벗어난 경우에는 명단에 포함시키는 것이 낫겠지요."

"이것이 남편을 죽인 범인을 잡는 데 도움이 되는 일인가요?"

"그럴 겁니다, 길버트 부인."

그녀는 고개를 끄덕였다.

"좋아요. 당장 시작하겠어요. 그 이유가 아니라 해도 난 지금 뭐든지 열중할 수 있는 일을 하는 게 나을 거예요."

그는 경탄하며 그녀를 바라보았다.

델러니는 나중에 케이스와 길버트 부인을 만나고 난 다음에 어째서 그다지 마음이 흡족했는지 이유를 생각해 보았다. 그는 그것이 이름과 주소에 관해 상의했기 때문이라는 것을 깨달았다. 이름! 이제까지는 상대할 것이란 강철 연장과 기름뿐이었다. 그러나 이제 델러니에게는 이름이 있었다. 그것은 엄청난 예금과도 같았다. 나이아가라 폭포처럼 빛나는 이름을 그는 지니고 있었던 것이다. 그리고 주소! 어쩌면 그 이름이나 주소를 아무리 뒤져도 소득이 없을지 모른다. 델러니는 그에 대해서도 마음의 준비를 하고 있었다. 그러나 그는 이제 물건이 아니라 '사람'을 조사하고 있었다. 흡족함의 원인은 바로 그것이었다.

핸드리 기자도 만났다. 그 만남은 까다로웠다. 델러니는 핸드리가 알아도 된다고 생각한 얘기만 들려주었다. 그는 핸드리가 나머지 공백은 스스로 채워 넣을 수 있을 만큼의 지능을 갖추고 있다고 믿었다. 예를 들면 그는 핸드리에게 롬바드와 길버트는 같은 흉기로 피살되었다고 말했다. 틀림없이 같은 흉기였다고까지는 말해 주었다. 그러나 얼음도끼라는 특정한 흉기를 지목해 주지는 않았다. 핸드리는 수첩에 휘갈겨 쓰며 고개를 끄덕일 뿐, 흉기가 무엇이었는지에 대해서는 묻지 않았다. 신문기자로서 핸드리는 그런 말들, 그러니까 '틀림없이'라거나 '진술한 바에 따르면', 혹은 '보고된 바에 의하면' 같은 말이 뜻하는 바가 무엇인지 확실히 알고 있었던 것이다.

델러니는 자신이 하는 수사에 대한 책임을 혼자 떠맡고 있었기 때문에 토어슨이나 존슨, 앨린스키나 브로턴의 이름은 입 밖에도 내지 않았다. 그는 자신이 이 사건에 관심을 갖는 이유는 오직 사건이 자신의 관할구역에서 발생했기 때문이며, 그래서 개인적 책임을 느끼기 때문이라고만 말했다. 핸드리는 수첩을 들여다보고 있다가 고개를 들어 한동안 그를 쳐다보았다. 그러나 입을 열지는 않았다. 델러니는 살인범이 정신병자일 것 같다는 말도 했다. 또한 롬바드도 길버트도 우연히 범인에게 걸린 희생자들이고, 살인범은 또다시 그런 우연한 희생자를 살해할 것이라고도 말했다. 핸드리는 고맙게도 열심히 기록만 할 뿐 델러니에게 곤란한 질문은 하지 않았다. 곤란한 질문이란 바로 이런 것이었다. '왜 당신이 아는 사실을 롬바드 작전 수사대에 알리지 않습니까?'

그들의 말다툼은 핸드리가 언제 이 이야기를 신문에 보도할 것이냐는 문제를 놓고 벌어졌다. 핸드리 기자는 지금 당장 신문에 이 이야기를 보도하고 싶다고 했다. 델러니는 자신이 기사를 써도 좋다고 얘기할 때까지는 기다려야 한다고 주장했다. 말다툼은 거의 고함을 질러대는 지경에까지 이르렀다. 고함소리는 더 커지기만 했다. 누가 누구에게 무엇을 해주었는데 누구는 아무것도 해준 게 없다는 둥, 얼마만큼을 해줬는데 아무것도 안 해줬다는 게 말이 되느냐는 둥 하는 말들이 오갔다. 그러나 어느 한순간 그들은 자신들이 하는 말이 얼마나 우스운지를 동시에 깨달았고, 그리하여 똑같이 웃음을 터뜨렸다. 델러니는 술을 한 잔씩 더 따랐다. 그리고 두 사람은 타협점에 이르렀다. 핸드리는 앞으로 두 주일 동안 기다린다. 그때가 되면 델러니가 보도해도 좋다는 말을 하지 않더라도 핸드리는 얼마든지 기사를 쓸 수 있다. 원하는 대로 얼마든지 추측할 수 있으며, 그것을 그대로 보도할 수 있다. 다만 한 가지, 정보를 제공한 사람이 델러니였다는 사실만은 공개하지 않는다.

그 두 주일 동안 델러니에게 가장 실망스러웠던 일은 병원에서 벌어졌다. 그는 우편으로 받은 『허니 번치』 두 권을 끌어안고 행복한 기분으로 병실로 들어섰다. 바바라는 완전히 제정신을 차리고 있었다. 온전한 건강상태였다. 그런데 그녀는 그 책을 뒤적거리다가 머리를 설레설레 저으며 한참 동안 깔깔대고 웃더니 이렇게 물었던 것이다.

"여보, 이게 어떻게 된 일이에요?"

델러니는 바로 당신이 이 책을 원했다는 얘기를 하려다가 돌연 아내가 그 일을 전혀 기억하지 못하는 것이 분명하다는 사실을 깨달았다. 델러니는 울화가 치밀었으나 꾹 눌러 참았다.

"좋아할 것 같아서. 당신이 엘리자베스에게 준 것과 똑같은 책이잖아."

억지로 미소 지으며 그가 한 말이었다.

"아, 당신은 참 착한 사람이에요."

바바라는 얼굴을 내밀었고 델러니는 거기 열렬히 키스했다. 그는 아내가 그처럼 명랑한 기분인 것을 보고 이제 그녀가 낫기 시작하는 것이기를 기대했다. 그가 병실을 떠날 때 그 두 권의 책은 아내의 침대 옆 탁자 위에 놓여 있었다. 다음 날 그가 병실에 갔을 때에는 한 권이 침대 옆 탁자에 펼쳐진 채로 엎어져 있었다. 델러니는 아내가 그 책을 읽기 시작했다는 것을 알 수 있었다. 그러나 그것이 좋은 징조인지 나쁜 징조인지는 종잡을 수가 없었다. 바바라는 그 책에 대해서 아무 말도 하지 않았고 그 역시 아무 말도 하지 않았다.

그리하여 그는 대부분의 시간을 계획을 세우고, 수사기록을 작성하고, 사람들을 만나고, 얘기를 나누는 데 보냈다. 1주일에 두 번씩 토어슨에게 전화를 할 때도 특별히 보고할 만한 진전이 없었다. 일반인으로 이루어진 아마추어 수사진을 각기 업무에 배치한 다음 델러니는 하루나 이틀에 한 번씩 그들에게 전화를 했다. 재촉하기 위해서가 아니라 얘기를 나누기 위해서였다. 그는 그들이 하는 일의 중요성을 깨우쳐주고 그들의 질문에 대답해 주기 위해서, 자신이 그들을 지켜보고 있다는 것을 알리기 위해서 전화를 했다. 그는 이번 수사에 시간이 걸린다는 것을 알고 있었고, 그래서 아마추어 수사진들에게 용기를 북돋아줘야 한다고 생각했다. 델러니는 아주 효과적으로 그들에게 용기를 불어넣을 수 있었다. 왜냐하면 그가 그들을 좋아하기 때문이었다.

계획했던 모든 일들이 차질 없이 진행되어 가고 있을 때, 그의 아마추어 수사진들이 각기 업무에 매달려 있는 바로 그때 델러니는 자신에게는 아무런 할 일도 없다는 것을 깨달았다. 그는 노트와 수사기록으로 되돌아가서 그것을 다시 한 번 읽었다. 그 결과 몇 가지 나아갈 방향을 찾아냈다. 등산잡지와 등산가들의 클럽이나 협회를 찾아가서 조사를 해봐야겠다는 것과 동네 도서관에 가서 등산 관계 도서대출 현황을 파악해 봐야 한다는 것이 그것이었다.

델러니는 '혐의자'라는 제목의 기록을 꺼냈다. 지난 여섯 주 동안 그는 그 기록에 아무런 내용도 첨가하지 않고 있었다. 그는 손목시계를 보았다. 이제 막 병원에서 돌아온 길이었다. 저녁 8시가 되어가고 있었다. 저녁을 먹었던가? 그렇다. 메리가 차려놓은 새우와 닭고기 요리, 쌀밥, 햄 몇 조각을 먹었다. 호두도 먹었다. 그는 호두를 좋아하지 않았으나 결국 그것도 먹어치웠다. 나머지 음식은 모두 마음에 들었다.

델러니는 캘빈 케이스에게 전화를 했다.

"에드워드 델러니요. 잘 지냅니까?"

"그럼요."

"부인께서는요?"

"잘 있습니다. 무슨 용건이시지요, 서장님?"

"얘기를 좀 하고 싶어서요. 판매전표에 대한 문제가 아닙니다. 그 일은 당신이 잘할 거라고 믿어요. 다른 문제입니다. 지금 나가면 당신 집에 30분 뒤에 도착할 겁니다."

"좋아요. 오세요. 서장님께 보여드릴 물건이 있어요. 굉장한 겁니다."

"아, 그래요? 곧 가겠습니다."

에블린 케이스 부인이 현관에서 델러니를 맞았다. 그녀는 얼굴을 붉혔다. 행복한 표정이었다. 이제 막 열다섯 살 된 소녀처럼 보인다고나 할까. 빛이 바랜 청바지와 소매 없는 찢어진 셔츠를 입고 허리께에 남편의 셔츠를 졸라매고 있었다. 그녀는 갑자기 발꿈치를 들더니 델러니의 빰에 키스했다.

"아, 고맙습니다."

델러니는 웃었다. 에블린은 숨가쁘게 말을 쏟아놓았다.

"서장님, 우린 계속해서 판매전표를 뒤적이고 있어요. 우리 둘 모두요. 매일 밤마다요. 그이가 저에게 판매전표의 번호가 무얼 뜻하는지 가르쳐주었어요. 가끔은 전 회사에 나갔다가도 점심시간에 집에 돌아와서 남편의 일을 도와요."

델러니는 웃으며 그녀의 어깨를 두들겼다.

"좋아요. 훌륭합니다. 부인 모습이 더없이 좋아 보입니다."

"그런 말씀은 그이를 본 다음에 하시는 게 나을걸요!"

아파트는 전보다 훨씬 밝아져 있었다. 악취도 훨씬 덜했다. 케이스의 방 창문도 청소를 하여 깨끗했고 커튼도 새것으로 바뀌었다. 술병들이 놓여 있던 침대 옆 수레 위에는 담쟁이덩굴 화분이 놓여 있었고, 바닥에도 새로운 카펫이 깔려 있었다.

'아웃사이드 라이프'의 판매전표가 사방에 널려 있었다. 복도의 벽에 높다랗게 쌓인 것도 판매전표였고, 거실 벽에도 침실 벽에도 전표가 가득했다. 델러니는 몇 군데에서는 게걸음으로 조심스럽게 그 사이를 빠져나가야 했다. 그는 거실과 케이스의 침실 사이에 있던 블라인드가 없어진 것을 발견했다.

"안녕하세요? 이 방 어때요?"

케이스가 크게 손을 휘두르며 인사를 보냈다. 그는 어마어마한 철제 장치에 앉아 있었다. 5센티미터 두께의 철제 파이프로 만들어진 커다란 틀이 침대 주위에 둘러져 있었고, 그 위에는 호텔 현관의 차양 같은 것이 덮개 없이 설치되어 있었다. 거기에 철제 케이블과 역기, 손잡이와 도르래, 그 밖의 장비들이 부착되어 있었다.

델러니는 놀란 얼굴로 그 어마어마한 장치를 둘러보았다.

"도대체 이게 다 뭐요?"

케이스는 그의 얼굴을 보고 웃음을 터뜨렸다.

"솔 아펠이 갖다 줬어요. 그가 날 만나고 간 그 다음 날, 어떤 친구가 하나 와서 여기저기 치수를 재더니 며칠 뒤에 세 사람이 나타나 이것들을 보여주고 나서는 대뜸 여기에다 달더라구요. 운동기구예요. 이제 상체로 운동을 할 수 있어요. 좀 보실래요?"

케이스는 두 팔을 뻗어 철제 케이블에 달린 그네 같은 것을 붙잡고 몸을 침대에서 끌어올렸다. 상체를 가리고 있던 깨끗한 시트가 미끄러져 내렸다. 그의 벌거벗은 상체는 허약했다. 다 망가진 근육이 부들부들 떨렸다. 그가 두 손을 놓자 그의 몸은 다시 침대 위로 떨어졌다. 케이스는 헐떡거리며 말했다.

"이게 답니다. 아직까지는요. 하지만 이제 기운이 되살아날 겁니다. 그걸 느낄 수 있어요. 이걸 보세요."

케이스의 머리 위에 두 개의 손잡이가 달려 있었다. 그 손잡이들도 역시 철제 케이블을 통해 머리 위 철봉 너머에 있는 도르래에 연결되어 있었다. 철제 케이블은 침대의 세로 길이를 따라 내려가서 아래쪽 철봉의 도르래에 연결되었다가 그 밑으로 이어져 마침내 철제 역기에 닿아 있었다.

케이스는 양손으로 손잡이를 잡고 번갈아가며 어깨 밑까지 끌어내렸다.

"지금은 겨우 0.5킬로그램짜리 역기를 들어 올리지만 한쪽에 각각 2.5킬로그램까지 올려놓을 수 있어요."

에블린 케이스가 옆에 있다가 델러니에게 숨가쁘게 말했다.

"처음 시작할 때는 500그램짜리도 제대로 들어 올릴 수 없었어요. 하지만 지금은 거뜬히 하죠. 다음 주쯤엔 1킬로그램짜리를 시작할 예정이에요."

"이걸 보세요."

케이스는 철제 틀에 매달린 머리핀처럼 생긴 장비를 가리켰다.

"악력을 키우는 운동기구입니다. 이두박근과 가슴 근육을 발달시키는 데도 사용되지요."

케이스는 두 손으로 그 머리핀처럼 생긴 기구를 붙잡아 두 팔을 함께 비틀었다. 얼굴이 시뻘겋게 달아올랐다. 그런데도 그 기구는 거의 움직이지 않았다. 델러니가 말했다.

"됐어요, 이젠. 그만하면 됐어요."

케이스는 강철 손잡이를 장비 이쪽저쪽으로 옮기는 방법을 보여주었다.

"가장 멋진 일이 아직 남아 있어요. 장비를 설치하러 온 사람들과 얘기를 했는데, 그들은 이런 장비를 전문적으로 취급하는 물리치료 기구점에서 나온 사람들이더군요. 거기에서는 변기가 내장된 휠체어까지 판매한다는 겁니다. 말하자면 냄비 같은 것이 마련된 좌석이 있다는 거지요. 휠체어에 앉아 여기저기 마음대로 돌아다니다가 변을 보고 싶으면 그저 보면 된다는 거지요. 아, 하느님 맙소사! 서장님은 마음대로 움직이니까 모르지요. 에블린은 힘이 약해서 그 휠체어에 나를 옮겨 앉히기 힘들어요. 하지만 곧 힘을 되찾기만 하면 이 손잡이를 잡고 내 몸을 움직여 혼자 그 휠체어에 옮겨 앉을 수 있게 될 겁니다. 휠체어에서 몸을 일으켜 침대로 옮겨 앉을 수도 있구요. 난 할 수 있어요. 팔도 어깨도 아주 강했으니까요. 손으로만 매달려 몸을 지탱하다가 얼마든지 몸을 들어올리곤 했거든요."

델러니는 감탄했다.

"정말 대단한데요. 하지만 너무 심하게 하지는 말아요. 시작할 때는 조심해야 하니까요. 조금씩 조금씩 힘을 회복할 수 있어야죠."

"물론이죠. 어떻게 해야 하는지는 다 알아요. 우린 그 휠체어를 주문했어요. 그게 오려면 앞으로 두 주일은 걸릴 겁니다. 그때쯤이면 나 혼자서 아무 어려움 없이 침대를 빠져나갔다가 다시 돌아올 수 있는 힘이 자라기를 바라는 거지요. 그 휠체어에는 제동장치도 있어요. 그러니까 거기 앉아 있는 동안 의자가 저 혼자 굴러

가는 일은 없다는 거죠. 그게 무슨 뜻인지 아세요, 서장님? 판매
전표를 조사하기 위해서 책상 앞에 끄떡없이 앉아 있을 수 있단
말입니다. 굉장한 도움이 될 겁니다."

델러니는 얼굴 가득 웃음을 지었다.

"정말 그렇겠군요. 그런데 술은 아직도 많이 마시나요?"

"아니오. 끊지는 못했지만 줄였어요. 그렇지, 여보?"

케이스의 아내는 흐뭇한 얼굴로 웃었다.

"그래요. 그건 제가 알아요. 전에 사던 술의 반밖에 사지 않거
든요."

두 남자는 웃음을 터뜨렸다. 에블린도 따라서 웃었다.

"판매전표 조사는 생각보다 훨씬 더 빨리 끝낼 수 있을 것 같
아요."

"그래요? 어떻게요?"

"'아웃사이드 라이프'는 등산장비 외에 낚시와 사냥, 테니스와
골프, 심지어는 크로켓이나 배드민턴 등의 장비까지 대단히 많은
품목을 취급해요. 판매량의 약 75퍼센트가 등산장비 외의 품목이
지요. 그러니까 판매전표를 보고 그게 등산과 상관없는 품목이면
던져버리면 되지 않겠어요?"

"그렇군요. 그 말을 들으니 훨씬 마음이 놓입니다. 이제 잠시
다른 얘기를 해도 될까요? 판매전표가 아닌 다른 문제요. 괜찮아
요?"

"물론이죠. 지금 기분이 얼마나 좋은데요. 여보, 서장님이 앉으
실 의자 좀 가져와요."

"내가 가져오지요."

델러니는 에블린에게 말하고 직접 등받이가 꼿꼿한 책상용 의자를 가지고 침대 옆으로 왔다. 그는 캘빈 케이스의 얼굴을 마주 볼 수 있는 곳에 의자를 놓고 앉았다.

"한잔 하시겠어요, 서장님?"

"좋아요. 고맙습니다. 물을 타서 주세요."

"여보?"

에블린은 부엌으로 나갔다. 두 남자는 마주 앉은 채 한동안 침묵을 지키고 있었다. 케이스가 참지 못하고 물었다.

"도대체 무슨 일인데 그래요?"

"등산가들 문제입니다."

얼마 후 델러니는 서재에서 수사기록 '혐의자'를 꺼내놓고 케이스가 등산가들에 관해 들려준 얘기를 기록해 넣었다. 물론 그 얘기는 케이스가 아직 능란한 등산가이던 시절의 얘기였다. 델러니는 자신의 본능과 체험, 행동의 동기에 관한 지식에 근거해서 케이스의 얘기에 첨삭을 하고 중요 부분을 추출하기도 하면서 기록을 계속했다.

'신체적 특징'이라는 제목 밑에 그는 팔길이, 팔과 어깨의 완력, 가슴 크기, 공포에 대한 저항력 등의 항목을 추가했다. '어떠한 체력이든 어떠한 신장이든' 모든 사람이 등산가가 될 수 있다고 한 케이스의 말은 옳았다. 다만 그 등산가들 사이에 우열의 차이가 있을 뿐이었다. 델러니는 그에 관해서는 기꺼이 확률과 비율을 적용할 작정이었다.

'심리적 특성'이라는 제목 밑에는 쓸 것이 많았다. 야외생활을 좋아한다, 중독으로 발전할 위험성이 있다, 자신의 마음을 능란하게 통제할 줄 안다, 뚜렷한 자살충동은 없다, 완전한 자기중심주의자다, 또 (캘빈 케이스가 그것을 이렇게 표현했던가?) '생명의 한계'에 이르기까지 모험을 한다, 즉 자신과 죽음 사이에 아무것도 존재하지 않는 한계, 오직 자신의 체력과 용기만이 존재하는 그런 한계에 이르기까지 모험을 시도한다. 마지막으로 한 가지가 더 있었다. 충만한 종교적 정서, 즉 우주와 합일하는 느낌('온갖 것과 합일하는 느낌')에 대한 깊은 종교적 도취. 그것은 그 밖의 모든 것은 '그저 쓰레기'에 불과하다는 허무감을 동반하는 것이었다.

'기타 참고 사항'이라는 제목 밑에 델러니는 '음주는 절제한다.' '약물은 복용하지 않는다.' 그리고 '살인 이전이 아니라 이후에 성교를 할 가능성이 있다.'라고 적어 넣었다.

델러니는 그 기록을 읽고 읽고 또 읽었다. 뭔가 잊은 것이 없는지 찾아내기 위해서였다. 그러나 잊은 것은 없는 것 같았다. 이제 '혐의자'는 어둠침침한 어둠 속에서, 애매모호하던 안개 속에서 차츰 모습을 드러내고 있었다. 그는 이제 그 '혐의자'에게 손을 뻗칠 수 있게 되어가고 있었다. 그자가 누구인지, 무엇을 원하는지, 왜 그런 짓을 저지르는지를 차츰 발견해 나가고 있었다. 범인은 아직 그림자요 안개에 불과했다. 그러나 이제 차츰 그 그림자와 안개 속에서 범인의 윤곽이 드러나고 있었다. 이제 '혐의자'는 기록과 델러니의 마음속에서 서서히 구체적 모습을 드러내기 시작하고 있었다. 델러니의 마음속에서는 이미 그자의 신체적 특징이 애매하나마 차츰 자리를 잡아가고 있었다. 그 멍청이의 마음속에서 어떤 일이 벌어지는지도 조금씩 추측할 수 있었다.

"불쌍한 놈. 어리석은 쓰레기."

그는 큰 소리로 외치고 화가 나서 머리를 흔들어댔다. 자신이 왜 이런 정신 나간 녀석들과 마주칠 때마다 동정심을 느끼는 것인지 알 수가 없었다.

자정이 지나고 1시가 가까워질 무렵, 그는 아직도 기록을 붙들고 앉아 있었다. 전화벨이 울렸다. 델러니는 전화벨이 세 번 울릴 때까지 기다렸다. 그는 그 전화가 무슨 얘기를 전하려는 것인지 알고 있었다. 그렇다. 그는 이미 알고 있었다. 그는 그것이 지긋지긋했다. 마침내 그는 전화를 받았다.

"여보세요?"

그는 조심스럽게 말했다.

"델러니 서장님이십니까?"

"아, 그래."

"도르프만입니다. 또 벌어졌습니다."

델러니는 심호흡을 했다. 그는 입을 크게 벌리고 머리를 뒤로 젖힌 다음 천장을 멍청히 올려다보았다. 그리고 다시 한 번 심호흡을 했다.

"서장님, 듣고 계십니까?"

"그래. 현장은 어딘가?"

"75번가입니다. 2번로와 3번로 사이요."

"죽었나?"

"예."

"신분 확인은?"

"피살자의 신분증은 분실되었지만 총은 그대로 있었습니다."

"뭐라구?"

"피살자는 브로턴이 민간인으로 위장하여 박아놓은 수사관이었습니다."

제6장

블랭크는 버나드 길버트의 신분증을 꺼내놓으며 진지하게 말했다.

"이 사람이 고통받기를 바라지 않았어. 정말이야. 내가 바란 건 그런 게 아니었어."

셀리아는 그의 뺨을 어루만졌다.

"그 사람은 고통받지 않았어요, 내 사랑. 의식도 없었는걸요. 혼수상태였다구요."

"난 그 사람이 행복하기를 바란 거야!"

대니얼 블랭크는 부르짖었다. 셀리아가 그를 위로했다.

"물론이죠. 전 이해해요."

블랭크는 길버트가 죽은 다음에야 셀리아에게 달려왔다. 롬바드가 죽은 다음에 그녀에게 달려왔던 것과 같았다. 그러나 이번에는 달랐다. 그는 서먹서먹함을, 소외감을 느껴야 했다. 그는 이제 더 이상 셀리아가 필요치 않게 된 것 같은 느낌이 들었다. 셀리아도, 그녀의 충고도, 그녀의 강의도 더 이상 필요가 없어진 것 같았다. 그는 자신의 행위를 음미하고 상기하기 위해 혼자 있고 싶었다. 셀리아는 이해한다고 말했다. 그러나 물론 그녀는 이해하지 못할 것이다. 어떻게 그것까지 이해할 수 있으랴.

지저분한 방에 그들은 벌거벗은 몸으로 누워 있었다. 사방이 먼지투성이였고 집 전체가 그들 주변에서 꾸물거렸다. 그는 자신이 셀리아에게 강한 남자여야 한다고 생각했으나 그런지 아닌지를 알 수 없었고, 그것에 대해 더 이상 관심마저 없었다. 그런 것은 중요하지 않은 일이 되고 말았다.

블랭크는 생각에 잠겨 말했다.

"정면에서 공격한 것이 실수였어. 아마 그 부분의 두개골이 더 강한 모양이지. 뇌라는 게 그렇게 약한 것이 아니거나. 그 친구는 뒤로 넘어졌어. 그런데도 나흘이나 살아 있었지. 난 그런 짓은 다시는 안 할 거요. 어느 누구에게도 고통을 주고 싶지 않아."

"당신 그 사람 눈을 봤어요?"

셀리아가 조용한 어조로 물었다.

"봤지."

"뭐가 보였어요?"

"충격. 경악. 깨달음. 인식. 그리고 마지막 순간에는 뭔가 다른 것."

"그게 뭐였는데요?"

"모르겠어. 확실히는 모르겠어. 순응 같은 것이 아니었을까. 그리고 조용히 거기 몸을 맡기는 것. 표현하기가 쉽지 않군."

193

그러자 셸리아는 소리쳤다.

"아, 바로 그거예요! 그거요! 달관이에요. 그거야말로 우리 모두 찾아 헤매는 것이잖아요? 최종적 언어예요. 완결이구요. 가톨릭이건 선불교건 공산주의건 허무주의건 다 같아요. 뭐든 마찬가지예요. 하지만 댄, 우리에게 달관이 필요한 건 사실이잖아요? 우린 모두 그걸 필요로 해요. 우린 그걸 찾기 위해서는 스스로를 포기할 수도 있고 남을 노예로 만들 수도 있어요. 그렇지만 바로 그것이야말로 우리가 찾아야 할 것이에요. 한 사람 한 사람이 모두요. 그렇지 않아요? 그것은 우리 모두에게 절대적인 가치예요. 하지만 그것을 발견하는 길은 서로가 다를 거예요. 사람마다 각기 자신의 길을 찾아 나가야죠. 내 사랑, 당신의 몸이 얼마나 아름다운지 내가 얘기한 적 있어요?"

셸리아는 말하면서 그의 몸을 끊임없이 애무했고 그는 서서히 욕망으로 달아올랐다.

"여기 면도했어요? 여기도요?"

블랭크는 쾌감에 취하여 작은 소리로 말했다.

"기억나지 않아. 그랬는지도 모르지."

"여긴 실크 같아요. 부드러운 실크. 당신 갈비뼈하고 엉덩이뼈가 살을 떠받들고 있는 모습은 정말 사랑스러워요. 가슴에서 허리까지의 선은 얼마나 아름다운지 몰라요. 엉덩이에서 갑자기 살이 부풀어 오르는 것도 정말 좋아요. 당신은 너무 강해요. 너무 단단해요. 너무 부드럽고 착해요. 당신 팔이 얼마나 긴지 한번 봐요. 당신 어깨가 얼마나 넓은지 봐요. 게다가 당신 젖꼭지는 꽃봉오리 같아요. 당신 엉덩이, 아아, 정말 좋아요. 당신 살을 만지면 난 언

194

제나 숨이 막힐 것만 같아요. 아아!"

그녀는 그의 몸을 쓰다듬으며 계속해서 중얼거렸다. 블랭크의 몸은 의지와는 달리 서서히 그녀의 손길에 반응을 나타냈다. 그는 누워서 셀리아를 자신의 몸 위에 올려놓았다. 그녀는 벌써 그가 원하는 것을 알고 있었고, 그가 원하는 대로 몸을 움직였다. 블랭크는 속삭였다.

"당신이 내 몸 속으로 들어올 수 있다면 얼마나 좋을까. 당신에게 남성의 성기가 있다면. 아니 그보다는 우리가 각자 남성과 여성의 성기를 함께 가지고 있다면. 그건 창조주의 섭리보다 훨씬 더 발전된 생각이야! 그렇게만 되면 우린 서로 상대방의 몸을 받아들이는 동시에 상대방의 몸 속으로 들어갈 수 있을 텐데. 얼마나 좋을까."

"그래요. 멋질 거예요."

그는 자신의 몸 위에 놓인 셀리아의 몸을 힘껏 끌어안았다. 그녀를 "내 사랑."이라고 "아니 귀여운 사람." 이라고 불렀고 "아아, 정말 좋아." 하고 말했다. 그들은 서로의 몸을 탐닉했다. 그때 셀리아가 숨을 몰아쉬며 물었다.

"날 위해 어떤 사람을 죽여줄 수 있어요?"

블랭크는 셀리아의 몸속을 파고들며 대답했다.

"안 될 일이야. 그랬다가는 일을 다 망치고 말 거야."

블랭크는 사랑이 없는 조용한 흰색 타일 주택에서 자랐다. 그는 외아들이었다. 사랑을 나눌 대상이 없었다. 그래서 그의 관심은 내부로만 향했다. 그는 사색적이고 비밀스러운 성격의 아이로 자라났다. 그가 생각하는 것과 느끼는 것은 대부분의 경우 그 자신의 욕구와 공포감, 증오와 희망과 절망 등이었다. 어린 소년으로서는 이상한 일이지만 블랭크는 자신의 이기주의를 의식하고 있었고, 다른 사람들도 그처럼 자기만을 생각하는지 궁금하게 여기기도 했다. 다른 아이들은 그렇지 않은 것 같았다. 비슷한 또래 아이들은 언제나 명랑했고, 외향적이었으며, 남들과 쉽고 빠르게 친구가 되어 어울려 다녔고, 여자아이들을 놀리고 웃어댔다. 그런데도 그는……

"마치 내가 서로 다른 두 사람으로 나누어져 있다는 느낌이 들 때도 있었어. 부모나 세상을 향해 드러내는 나 자신과 나만의 내면에 틀어박혀 있는 본래의 나 자신. 외면적으로 드러난 나는 규칙을 잘 지키고 물건도 잘 치우는 착한 아이였지. 수석을 수집해서 함에 잘 정리해 두고, '대니얼 블랭크'라고 이름표까지 붙여 보관해 두는 착한 소년.

하지만 나는 소년 시절부터, 아니 더 어렸을 때부터 잠을 잘 때면 거의 매일 밤 이상한 꿈을 꿨어. 아무 뜻도 없는 괴상망측하고 앞뒤가 안 맞는 꿈을. 이상한 물건들이 나오고, 기묘한 사건이 벌어지고, 사람들이 뒤바뀌고, 옷을 괴상하게 입은 미치광이 같은 얼굴을 한 사람들이 나오고. 아이들과 부모가 함께 학교에 다니는가 하면 아이들과 부모가 역사상의 인물이나 문학 작품에 나오는 인물들과 뒤섞이고. 모두가 혼란투성이였지.

그러다가 아마 여덟 살 무렵이거나 아니면 그보다 얼마 후였거나 낮에도 백일몽을 꾸면서 현실감을 잃어버리는 일이 생기기 시작했지. 그런 백일몽도 밤에 꾸는 꿈처럼 터무니없고 황당무계했어.
하지만 그 때문에 일상생활이 어려운 정도는 아니었어. 말하자면
외관상의 내 생활에 지장을 초래하지는 않았다는 거야. 난 여전히
숙제를 했고 수업시간에는 발표도 했지. 수집한 돌에도 여전히 단
정히 이름표를 붙이고 매일 부모님의 뺨에 키스를 했어. 그러면서
도 나는 그런 것으로부터 수백만 킬로미터나 멀리 떨어져 있었던
거야. 아니 사실은 떨어져 있는 것이 아니라 나 자신의 내면에서
꿈을 꾸고 있었던 거지.

그런데 내가 의식하지도 못하는 사이에 그 백일몽들이 밤에 꾸는
꿈과 뒤섞이기 시작했어. 언제 어떻게 그런 일이 벌어지기 시작했
는지는 나도 알 수가 없어. 아무튼 백일몽이 밤에 꾸는 꿈의 연장
이 되어버렸지. 게다가 내가 꿈의 플롯을 상상하면 그 플롯이 밤
이고 낮이고, 이따금은 1주일씩이나 계속되더군. 그런 일이 벌어
지다니 정말 놀랄 일이었어. 그러다가 새로운 플롯에 싫증이 나면
하루나 이틀쯤 옛날의 플롯으로 돌아가기도 하고. 어려운 일이 아
니었지. 그저 그것을 상기하거나 꿈의 자세한 내용을 떠올려 꾸미
기만 하면 그만이었으니까.

예를 들면 이런 상상을 하는 거야. 나는 부모님의 친자식이 아니
다, 어떤 낭만적인 이유로 양자로 들어온 것이다, 내 아버지는 아
마도 유명한 정치가이고 어머니는 공개할 수 없는 사랑에 빠진 굉
장한 미인이다, 수도 없이 많은 어떤 이유 중 하나 때문에 내 친부
모는 나를 친자식으로 맞아들일 수가 없게 되었다, 그래서 나를
이 둔감하고 멋없는 낯짝의, 아이가 없는 인디언 부부에게 맡긴
것이다, 그러나 언젠가는 친부모가 나를 찾는 날이 반드시 올 것

이다…….

이건 내가 이미 소년 시절에 의식할 수 있었던 일이야. 아마 이 얘기로 내가 어릴 때부터 자의식을 지니고 있었다는 것이 입증되겠지. 그때 내 나이가 아마 열두 살쯤이었을 텐데, 나와 비슷한 나이의 소년들이 대부분 그런 것처럼 나도 어떤 좋지 않은 짓, 사소한 악행을 저질렀지. 방종스럽고 야만적인 장난이나 아무 의미 없이 마구 저지르는 난폭한 짓, '악동들'이 하는 그런 짓 말이야. 다른 아이들과 내가 다른 점이 뭐였냐면 그런 짓을 하다가 들켜 벌을 받는 경우에 나는 조금도 죄의식을 느끼지 않았다는 거야. 내 생각엔 그래. 어느 누구도 나에게 죄의식을 느끼게 만들 수 없었지. 난 오직 붙잡혔다는 것만이 슬펐어.

사람이 두 가지의 서로 다른 자아를 가지고 사는 게 이상한 일이라고 생각해? 아니, 그렇지 않아. 정직하게 말하자면, 거의 모든 사람들이 두 얼굴로 살아간다고 믿고 있지. 대부분의 사람들은 물론 대중이 원하는 역할을 수행하지. 결혼하고 일하고 아이 낳고 투표하고 법률을 준수하며 단정히 살아가. 그러나 그런 사람들 하나하나가, 남자건 여자건 아이들이건 간에 사실은 남들에게는 한 번도 드러내지 않는 비밀스러운 생활이, 남들에게 결코 공개하지 않는 비밀생활이 있어. 우리 각자의 그 은밀한 인생에는 황당무계한 환상과 무시무시한 욕구, 끔찍스러운 욕정이 가득 차 있지. 그 자체로는 죄스러울 것도 창피할 것도 없어. '이런 건 죄스럽고 창피한 짓이다.' 하고 배운 경우를 제외하고는.

어떤 사람이 쓴 글이 기억나. 저명한 작가였지. 그는 만일 한 시간 뒤에 세계의 종말이 올 것이 확실하다면 전화기마다 사람들이 장

사진을 이룰 거라고 썼어. 다른 사람에게 사랑한다고 말하기 위해서 저마다 전화로 몰려든다는 거지. 난 그런 개수작은 믿지 않아. 이렇게 생각하지. 사람들은 대부분 그 마지막 한 시간을 '내가 왜 이런 저런 짓을 할 수 있는데도 하지 않았을까?' 하고 후회하느라고 소비할 거야.

나는 사람들 하나하나가 각기 하나의 비밀스러운, 따로따로 떨어져 있는 섬이라고 생각해. '어느 누구도 외따로 떨어진 섬은 아니다.' 라고? 미친놈의 수작이야. 깊고 열렬한 사랑도 사람과 사람 사이의 간격을 메울 수 없어. 우리가 느끼고 꿈꾸는 것의 대부분은, 그러면서도 남들에게 얘기하지 못하는 것의 대부분은 부끄러운 것들이야. 사회는 우리에게 '이런 느낌이나 꿈은 좋지 않다.' 하고 판단해 주고 가르치지. 그런 느낌이나 꿈을 사회가 허용하지 않는 거야. 그러나 인간이 그런 느낌과 꿈을 품는 것이 도대체 왜 부끄러운 일이 되는 거지? 우리의 타고난 느낌과 꿈대로 사는 편이 훨씬 낫지 않을까? 그렇게 되면 이 세상은 천국이 될지도 모르지. 어쩌면 지옥이 될지도 모르고. 그런데 도대체 그놈의 '천국' 이나 '지옥' 이라는 게 뭐야? 그게 무슨 뜻이지? 가장 끔찍스러운 죄악은 바로 거부하는 거야. 그거야말로 비인간적이지.

대학 때 만났던 그애와 섹스를 했을 때도 나중에 아내하고 할 때도, 그 사이에 다른 여자들과 섹스를 했지. 난 그게 아주 재미있고 만족스러웠어. 당연한 일이었지. 너무나 만족스러워서 신음소리나 기침, 방귀, 트림, 악취, 피 따위는 얼마든지 무시할 수 있었어. 그 밖의 불쾌한 것들도 무시할 수 있었지. 그러나 그런 한순간만 지나면 내 마음은 벌써 다른 것들, 그러니까 내가 수집한 보석 같

은 돌이나 앰록 II 컴퓨터의 프로그래밍에 돌아가 있었어. 난 자위
행위도 즐겼어. '정상적 성교'라는 것이 자위행위와 다를 것이 뭐
냐는 생각을 뿌리칠 수 없었지. 사랑을 하면서 내는 신음소리나
맹세, 황홀감 같은 것은 외면적인 얼굴일 따름이야. 은밀한 반응
은 상대방에게도 감춰지는 거지. 한번은 어떤 여자하고 섹스를 하
면서도 머릿속으로는 오직 헬스클럽에서 만난 사람만을 생각한
적도 있어. 그 여자가 그때 무슨 생각을 하고 있었는지는 하느님
만이 아시겠지. 사람이란 그렇게 따로 떨어져 있는 거야.

당신은 내가 만난 여자들 가운데 가장 지적인 여자야. 사실대로
말하자면, 나보다 훨씬 더 지적이지. 예민한 감각이나 이해력은
나보다 떨어지지만 대단히 이지적이야. 난 이제까지 이지적인 여
자를 만나본 적이 없어. 아니면 그런 여자를 만난 적은 있는데 그
때는 내가 여자의 그것을 견디지 못했는지도 모르지. 그러나 당신
의 경우는 난 그것에 매혹당했어. 반해버렸지. 마치 미궁에 빠져
버린 것 같았어. 적어도 당분간은 그랬지.

난 당신이 나에게 원하는 게 무엇인지 알 수 없었어. 내게 원하는
것이 있는지도 몰랐지. 난 당신의 강의를 즐겨 들었고 당신이 혼
자서 벌이는 연극도 재미있게 봤어. 그렇지만 당신의 정체가 무엇
인지는 정확히 짚어낼 수 없었지. 언젠가 내가 당신을 저녁식사에
초대하려고 전화를 했을 때 당신이 이렇게 말한 적이 있어.

'부탁하고 싶은 것이 있어요.'

'뭔데?'

내가 묻자 당신은 한동안 아무 말도 않고 있다가 이렇게 말했지.

'오늘 밤에 얘기할게요. 저녁식사 때요.'

그래서 그날 저녁식사 때 내가 물었지.

'부탁할 게 뭐지?'

그랬더니 당신은 날 쳐다보며 이렇게 말했어.

'편지로 쓰는 게 낫겠어요. 당신에게 편지를 보낼게요.'

'그래.'

난 그렇게 말하는 수밖에 없었지. 강요하고 싶지 않았거든.

하지만 결국 당신은 부탁하는 편지 같은 건 쓰지 않았어. 당신은 그런 사람이지. 그건 어떤 면에서는 꼭 미친 짓 같았어. 내가 당신을 이해하기 전까지 그랬어…….

난 당신도 나처럼 갑작스럽게 변덕이나 미친 듯한 열정, 황당무계한 욕구나 어리석은 꿈에 쉽게, 깊이 빠져 들어 거기에 온몸을 던지고 마는 여자라는 것을 이해하게 되었어. 사람들은 아마 그걸 불합리하다고 말할 거야. 자신에게 전혀 거짓말을 하지 않는다는 것은 정말 소름 끼칠 만큼 힘든 일이지만 만일 나 자신에게 거짓 없이 말하자면, 내가 당신에게 어떤 적의를 느끼고 있다는 점을 인정해야 할 거야. 당신에게 어떤 면에서 적개심을 느끼기 시작했단 것을 깨달았어. 그 이유는 당신이 날 알고 있기 때문이지. 그리고 또 내가 남자고 당신은 여자이기 때문이야. 나는 페미니스트는 아니야. 남자들에게도 나름대로 어려움이나 약점이 있다고 생각하지.

솔직히 말하면, 당신이 나를 화나게 만드는 이유는 당신에게 자신만의 은밀한 인생이 있다는 점과 당신의 지능이 나보다 더 뛰어나다는 것, 또 기분만 좋으면 성적으로 나보다 훨씬 더 강렬하기 때문이라는 것을 인정해야 해. 나는 그걸 깨닫고 인정하기로 했지.

당신이 한 개인으로서 주체적으로 존재하는 여자 가운데 나와 마음 깊이 절친해진 최초의 여자라는 점을 말이야. 보스턴 출신의 유대인 여자는 몸뚱이뿐이었어. 전처 역시 그랬지. 그런데 이제 난 나 자신처럼 속내를 알아내기 어려운 한 여자를, 한 '영혼'을 알게 된 거야. 그러니까 내가 당신을 이해하려는 것이나 당신이 날 이해하길 바라는 것이나 비논리적이기는 마찬가지야.

한 가지 이해하기 어려운 사실이 있어. 우리는 침대에서 땀을 잔뜩 흘리며 남자와 여자로서 육체적으로 가장 친밀한 관계를 맺었지. 그런 다음 옷을 입고 당신과 저녁식사를 하러 가는 길에 택시가 당신을 향해 오길래 나는 당신을 보호하기 위해 팔을 잡아당겼어. 그랬더니 당신이 갑자기 증오심으로 이글거리는 눈으로 날 노려보면서 외쳤어. '만지지 말아요!'

또 한 가지. 당신은 저녁 내내 조용하고 따뜻했어. 그렇지만 어딘지 모르게 정신이 다른 데 팔린 듯했지. 우리는 당신의 집으로 돌아왔어. 당신은 나를 집에 들어오게 하지 않았지만 나는 화장실이 급했지. 오직 그것 때문에 당신은 내가 집에 들어오는 것을 허락했어. 그에 대해서는 불만이 없어. 그거야 당신의 특권이니까. 내가 미치광이 강간자도 아니고. 하지만 화장실에서 나와 서재로 들어갔을 때 난 당황하고 말았어. 당신은 가죽 안락의자에 앉아 있었고 당신 뒤에는 밸린터가 서 있었는데, 그자가 당신의 목과 어깨를 마치 애무하듯이 마사지하고 있었지. 그뿐만 아니라 한쪽 구석에서는 토니가 온몸을 비비 꼬면서 그 광경을 호기심에 차서 바라보고 있었지. 그런 경우 난 어떻게 해야 했을까?

또 있어. 당신은 이따금 아무런 얘기도 통고도 없이 사라지지. 짧게는 몇 시간이나 며칠일 때도 있고, 길면 1주일 정도. 돌아와서도 그에 대해 설명도 하지 않고 용서를 구하지도 않아. 돌아온 다음에 보면 당신은 언제나 지쳐 있고 상처를 입고 있지. 가끔은 붕대를 감고 있기도 해. 나는 그에 대해 묻지 않았어. 당신도 설명하지 않지. 우리는 말로 한 것은 아니지만, 서로에게 굳은 맹세를 한 것과 같아. 나는 추궁하지 않는다. 당신은 묻지 않는다. 다만 그 살인에 대해서만은 예외지. 당신은 살인에 대해서라면 수많은 질문을 하고도 다시 질문을 만들어내니까.

또 한 가지. 당신은 수입한 영국산 승마채찍을 사들이지. 난 그건 싫어. 어느 쪽이 그걸 쓰든지 마음에 들지 않아.

사실 당신에게는 이해할 수 없는 사실들이 끝도 없이 많아. 당신은 택시 운전기사가 목적지에서 한 블록쯤 떨어진 곳에 우리를 내려줬다고 고함을 질러대고, 내게 팁을 주지 말라고 큰 소리로 외치지. 그랬다가도 세 시간 뒤에는 오줌 냄새를 풀풀 풍기는 더러운 주정뱅이 거지에게 내가 돈을 줘야 한다고 고집을 부려.

그러니까 우리에게 벌어진 일의 진상은 이런 것이 아닐까 하는 생각이 드는 거야. 우리는 같은 차원에서 서로에게 만족스러운 관계를 만들어내려는 시도를 시작했지. 그러다가 평온하기만 한 관계에 지루해지고 성적인 모험심도 잦아들게 되자 섹스에서 심리적인 탐험을 시작한 거야. 그것에 대해 당신도 나도 강렬하게 매료되어 있었지. 그것이 만족스러운 것만은 아니라는 것이 입증되었지만 우리는 더 깊이 파고들어 가기 시작했어. 서로를 서로의 속안으로 집어넣은 거지. 그러면서도 본질적으로는 여전히 이방인으로 남아 있었고. 당신에게 묻고 싶었어. '결정적인 관계를 성취하기 위해서는 당신을 꿰뚫어야만 해. 그렇지?

다시는 당신을 만나지 않겠다는 결심을 할 수도 있어. 당신의 '성격'을 더 이상 견뎌낼 수 없다는 판단이 서면. 그러나 우리의 관계가 끝장났다고 최종적으로 확인하는 바로 그 순간, 당신은 내게 전화를 해서 무슨 말인가 늘어놓을 테지. 그렇게 되면 우린 다시 만나 점심이나 저녁을 먹게 될 것이고, 식탁 아래 무릎에 놓인 냅킨 밑으로 당신이 손을 집어넣어 나를 만지며 쳐다보기만 하면 우리 관계는 다시 시작되고 말 거야.

나는 당신에게 한 가지 빚을 졌어. 살인 말이야. 나는 살인을 공공연히 인정할 수 있지. '나는 살인자다.'라고. '대니얼, 나는 살인자인 너를 사랑한다.'라고. 나는 내가 한 짓이 무엇인지를 알아. 내가 앞으로 할 짓이 무엇인지도 알고. 그러나 죄의식 같은 건 느끼지 않아. 그런 짓을 하는 건 다른 어떤 존재가 아닌 바로 나, 대니얼 블랭크가 하는 거야. 나는 그것을 부정하지도 않고 용서를 빌지도 않고 후회하지도 않아. 벌거벗은 채 거울 앞에 서서 내 몸을 만질 때 후회하거나 용서를 빌지 않는 것처럼. 자신의 비밀을 부정하고, 비밀스러운 인생을 거부하고, 충족되지 못한 채 죽어가는 것은 최악이니까.

내게는 무엇보다도 나 자신 속으로, 양파처럼 나 자신을 한 겹씩 벗겨내면서 나 자신 속으로 더욱 깊이 파고들어 가는 것이 필요해. 내 능력의 최대치를 스스로 장악하고 있어야만 하는 거지. 대부분의 사람들이 나를 잔인무도한 미치광이라고 생각하리라는 것은 나도 알지. 그렇지만 그것이 도대체 뭐가 중요하지? 전혀 중요하지 않아. 중요한 것은 자신을 충족시키는 거야. 그렇게만 할 수 있으면 사람은 분열된 두 가지 존재에서 하나로 일치될 수 있어. 그렇게 하나로 일치됨으로써 우주적 합일의 일부로 전화되는 거지. 그 다음에 어떻게 될지는 나도 몰라. 아직은 말이야, 아직은. 하지만 이제 나는 어떻게 될 것인지 조금씩 깨닫기 시작하고 있어. 그 영광스러운 것을. 내가 이 길을 계속해서 간다면 마침내는 그것이 어떤 것인지 알게 될 거야.

명상과 영원한 진실에 대한 이런 집중적 탐구에 대해서 사람들은 비웃을지도 모르지. 그러나 그런 사람들에게 나는 이렇게 반문할 거야. '당신들에게는 이런 것을 탐구할 용기라도 있는가?' 아무튼 흥미진진하면서도 끔찍스러운 일은 내가 그런 생활을 하면서도 외부 세계에 보여주기 위해 꾸며낸 나 자신의 외양을 계속 유지할 수 있었다는 점이야. 말하자면 나는 세상이 원하는 역할을 여전히 수행할 수 있어. 매일 아침 정해진 시간에 일어나서 목욕을 하고, 노골적으로 멋을 부리지는 않은 우아한 차림새를 하고, 택시를 타고 직장으로 나가거든. 그리고 나는 직장에서 능란하고 효율적으로 업무를 처리하고 있지. 물론 이건 우스꽝스러운 짓이야. 하지만 나는 그 우스꽝스러운 짓을 아주 잘 해내고 있어. 아주 성실하고 정직하게, 이제껏 이처럼 성실하고 정직했던 적이 없을 정도로 말이야. 내가 아무런 문제도 없이 계속 전진하고 있냐고? 상상에 불과한 것인지도 모르지만, 별동대 엑스 원 중 몇몇이 날 수상쩍다는 듯이 바라보는 것 같아.

어느 날, 내 비서 클리크 부인이 바지를 입고 출근한 적이 있지. 제이비스 버챔에서는 여직원이 바지 차림으로 출근하는 것을 허용하거든. 나는 옷이 정말 잘 어울린다고 칭찬했어. 사실은 그저 그랬지만. 바로 그날, 몇 시간 뒤에 벌어진 일이야. 내가 서류에 서명하는 동안 그녀는 내 옆에 서서 기다리고 있었지. 나는 갑자기 팔을 뻗어 그녀의 성기 부분을 쓰다듬었어. 바짓가랑이 부분 말이야. 움켜쥐거나 비틀지는 않았어. 그저 툭 건드렸을 뿐이지. 그녀는 작은 비명을 지르고 물러나더군. 나는 계속해서 서명을 했지. 우리 두 사람 다 그에 관해서는 입을 열지 않았어.

또 이런 일도 있었지. 그 일로 인해 다른 사고가 벌어지지 않았기 때문에 굳이 언급할 필요가 있을지는 잘 모르겠지만. 밤에 잘 때 꾼 꿈이 대낮의 백일몽으로 이어지는 경우가 종종 있어. 이번 경우에는 내가 앰록 II에다 어떤 짓을 저지르는 거였지. 그걸 파괴하는 거였어. 언젠가는 그걸 부셔버리고 싶어. 언젠가는 그럴지도 몰라. 방법은 모르지만. 이건 그저 황당무계한 생각에 불과해서 그에 대해 깊이 생각해 본 적은 없어. 아무튼 그런 생각이 들었다는 거야. 아마 나는 더 깊은 '인간성'을 탐구하고 있는 것 같아. 온갖 무시무시한 신비를 고스란히 지닌 그 '인간성'이라는 것 말이야.

이제 내가 사람들을 죽인 이유와 앞으로도 살인을 하려는 이유에 대해 생각해 볼 때가 된 것 같아. 다른 사람들이야 한숨을 쉬고, 흐느껴 울고, 신음소리를 내라지! 다시 한 번 나는 '인간성'이라는 말로 대답하는 수밖에 없을 것 같아. 바로 그것에 접근하기 위해서지. 그것에 최대한 가까이 접근하기 위해서. 사랑으로는, 육체적인 사랑이나 낭만적인 사랑은 답이 되지 못하기 때문이야. 사랑은 보잘것없는 싸구려 대용품에 불과해. 결코 만족을 줄 수 없지. 육체적 사랑이건 낭만적 사랑이건 그것이 아무리 심오한 듯 보인다 해도 상대방은 각기 마음속에 감춰진 생활, 섬처럼 모든 것으로부터 유리된 생활을 지니고 있기 때문이야.

그러나 사람을 죽일 때는 사람과 사람 사이의 그 거리가 사라져. 따로따로 나누어져 있을 때의 격리감이 사라지는 거야. 살인을 한 사람과 살인을 당한 사람이 하나가 되는 거지. 나는 누구에게라도 이 사실을 보증할 수 있어. 살인행위는 사랑의 행위, 결정적인 사랑의 행위야. 오르가슴이나 성적 교감은 없지만. 적어도 내 경험으로 보면 그런 것은 없었어. 살인을 하는 순간 사람은 진정으로 다른 사람의 존재 속으로 들어갈 수 있지. 정말 들어갈 수 있어. 그 난폭하고 고통스러운 결합. 하지만 그건 한순간에 불과해. 그것을 통해서 사람은 모든 사람 속으로, 모든 동물 속으로, 모든 식물과 모든 미생물 속으로 틈입해 들어갈 수 있는 거야. 사실상 사람은 바로 그러한 행위를 통해서 모든 것과 하나가 될 수 있어. 별과 위성과 은하계와 그 너머의 거대한 암흑과도 합일할 수가 있지. 나아가서는······.

아, 알겠어. 마지막 의문점은 내가 찾는 것이 무엇이냐 하는 것이지. 그렇지? 나는 그것이 책에는 없다는 것을 알게 됐어. 그것은 침대 안에도, 대화 가운데도, 교회에도 없어. 순간적인 영감의 불빛이나 깨달음의 광휘 가운데도 없지. 그것은 바로 나의 내부에서 작용하는 것이어야 하고, 앞으로도 작용할 것이어야만 해.

내 말은, 내가 나의 내부로 들어가기를 원한다는 거야. 나 자신 속으로 될 수 있는 한 깊이, 더욱 깊이 꿰뚫고 들어가고 싶어. 그것이 참으로 길고 고통스러운 과정이라는 것은 나도 알아. 결국 불가능한 것으로 판명될지도 모르지. 하지만 난 불가능하다고 생각하지 않아. 나는 내가 나 자신 속으로 깊이 파고들 수 있을 거라고 믿어. 정말 깊이! 진정으로 깊게! 바로 거기에서 나는 내가 찾는 것을 발견하게 될 거야.

때로 나는 이것이 자위행위 같은 것은 아닌가 하는 생각을 할 때도 있지. 온몸을 비추는 거울 앞에서 벌거숭이 몸에 황금 사슬을 팔목과 허리에 늘어뜨린 채 내 성기를 스스로 잡고, 내 몸뚱이를 바라보면서 하는 자위행위 같은 것은 아닌가 하는. 그 황홀감! 그렇지만 나는 제자리로 되돌아오지. 언제나 제자리로 돌아와. 내가 추구하는 바로 그 지점으로. 그건 당신이나 토니나 머튼 부부와는 아무 상관도 없어. 내 직장을 포함해서 그 어떤 것과도 상관없어. 그것은 오직 나하고만 상관이 있는 문제야. 나하고만! 답변이 자리 잡고 있는 지점은 바로 거기야. 내가 아니라면 누가 그 답변을 끌어낼 수 있겠어? 그래서 난 계속 추구하는 거야. 이건 너무 어렵고, 고통스럽고, 힘들지. 한 가지 말할 게 있어. 이러한 모든 탐구에도 불구하고 내가 만일 인생을 다시 한 번 살 수 있다면, 나는 벌거숭이 몸으로 햇빛 아래 누워서 여자들이 자기 몸에 기름을 바르는 것이나 바라보면서 살고 싶어. 내가 원하는 건 그것뿐이야."

블랭크는 거기에서 얘기를 중단해야만 했다. 그것이 그의 명상의 논리적인 귀결이었던 것이다. 그러나 그는 중단하지 않았다. 중단할 수 없었다. 그는 토니 먼포트를 생각했다. 그들이 함께 한 짓을 생각했다. 그들이 함께 할 수 있는 짓을 생각했다. 그러나 그 꿈은 덧없이 사라져버렸다. 그는 어느 새 밸런터를 생각했고, 그 다음에는 흙 냄새를 풍기던 한 대학교수를 생각했으며, 여성용 속옷 가게에 들어가서 자신이 입을 팬티를 사는 일을 생각했다. 그것이 더 잘 어울릴까? 한번은 5번로의 버스 안에서 어떤 남자가 그에게 미소를 보낸 적도 있었다.

블랭크는 아직도 한밤에 그 야릇한 꿈을 꾸었고, 백일몽에 잠겼다. 그러나 그는 그 꿈들이 점점 더 짧아진다는 것을 의식하고 있었다. 꿈도 백일몽도 더 이상 낮으로 밤으로 계속되지 않았다. '플롯'이 무너졌고 꿈의 영상은 순간적으로 흘러갔다. 그의 마음은 성급해졌고 너무 갑자기 이 생각 저 생각으로 헤매고 다녔다. 불확실하나마 조심해야겠다는 생각이 들어서 그는 의사에게 찾아가서 처방을 받았다. 약한 진정제를 투약하라는 처방이었다. 진정제는 그에게 수면제로 작용했다. 그러나 그의 마음은 여전히 돌발적으로 떠오르는 온갖 종잡을 수 없는 생각으로 가득했다.

그는 만족할 만큼 깊숙이 자신 속으로 꿰뚫고 들어갈 수 없었다. 자신에게 거짓말을 했다. 스스로 그 점을 인정했다. 거짓말을 하다가 들키고 말았다. 자신에게 거짓말을 하지 않는다는 것은 어려운 일이었다. 그는 스스로를 감시해야만 했다. 매일이나 매시간이 아니라 매 순간 자신을 지켜보고 있어야 했다. 그는 하나하나의 행동에 대해, 하나하나의 동기에 대해 의문을 품고 질문을 던져야 했다. 탐색하고 통찰해야 했다. 만일 그가 찾아내고자 한다면……. 그러나 무엇을?

그는 벌거숭이 몸으로 일어서서 자위행위를 했다. 그러나 그것은 그가 추구하던 것은 물론 아니었다.

이런 것보다 더 중요한 것이 있다는 것을 그는 알고 있었다. 그는 그것을 이미 체험했다. 다시 그것을 찾아나설 것이었다. 목욕을 하고, 먼지를 털고, 향수를 뿌리고, 밀회를 위하여 옷을 갈아입을 것이다. 우리는 모두, 하나도 예외 없이 내면의 고독한 섬이 원하는 바를 충족시켜야 하는 것이다. 블랭크는 생각했다. 그렇고말고. 우리는 그것을 충족시켜야 한다. 얼음도끼를 들고 나서야 하는 것이다.

블랭크는 말했다.

"피는 물보다 진하다. 그리고 정액은 피보다 진하다."

블랭크는 웃음을 터뜨렸다. 그 말이 무슨 뜻인지 그 자신도 알 수 없었다. 아니, 그 말에 무슨 의미가 있기는 한 것인지도 그는 알지 못했다.

버나드 길버트가 죽은 지 한 주일 정도가 지났을 무렵에 대니얼 블랭크는 산책을 나섰다. 그것은 등산과 별로 다르지 않았다. 기술을 완전히 습득해야 했다. 힘을 시험해 보고, 용기도 시험해 봐야 했다. 한계에 이르기까지 시험해 봐야 하는 것이다. 그러나 한계를 넘어가서는 안 된다. 책을 읽음으로써 살인을 배울 수는 없다. 그것은 도해도(圖解圖)를 물끄러미 들여다보는 것으로 수영이나 자전거를 배울 수 없는 것과 마찬가지였다.

그는 벌써 몇 가지 값진 기술을 습득했다. 코트 자락 속에 얼음도끼를 감추는 방법, 왼손을 주머니 속의 틈새로 밀어 넣고 그 손으로 얼음도끼를 드는 방법, 그리고 코트 앞자락의 열린 틈으로 오른손을 밀어 넣어 얼음도끼를 재빨리 잡는 방법 등이 그것이었다. 그것은 조금의 오차도 없이 완벽한 동작이었다. 그는 롬바드의 죽음은 순간적인 일이었다고 생각했다. 반면 길버트의 죽음은 며칠을 끌었다. 그 경험을 통해 뒤쪽에서 타격을 가하는 것이 치명적인 부분에 직접적 위해를 줄 수 있다는 것을 알게 되었다. 그는 이제 다시는 앞쪽에서 공격을 하지 않기로 결심했다.

블랭크는 그가 희생자에게 접근하는 기본적인 방식이 아주 효과적이라고 판단했다. 빠르고 씩씩하게 걷는다, 상대방의 눈을 마주 보며 미소 짓는다, 전체적으로 느긋하게 집으로 돌아가는 이웃의 태도를 취한다, 그러다가 재빨리 돌아서서 공격하는 것이다.

블랭크도 물론 몇 가지 실수를 범했다. 예를 들면 롬바드를 공격할 때 그는 늘 신고 다니던, 가죽밑창이 달린 쇠가죽 구두를 신고 있었다. 롬바드를 공격하던 바로 그 순간, 오른쪽 발이 길에 미끄러졌고, 그 바람에 가죽밑창이 콘크리트 위에 끌렸다. 다행히 그것은 치명적인 실수는 아니었다. 그러나 그는 균형을 잃었고, 그리하여 롬바드가 뒤로 나자빠지는 순간 얼음도끼를 놓치고 말았다.

그래서 버나드 길버트를 죽이기 전에 블랭크는 가벼운 크레이프 고무밑창이 달린 구두를 샀다. 12월이 다가오고 있었다. 차가운 비가 뿌렸고 진눈깨비도 내렸으며 눈이 내리기도 했다. 그러니까 고무창이 달린 신발이 훨씬 더 편했고 안전성도 높았다.

그와 비슷한 일은 또 있었다. 롬바드를 공격할 때의 일이었다. 손바닥에 땀이 배는 바람에 얼음도끼 손잡이가 뒤틀렸던 것이다. 블랭크는 이것도 잊지 않았다. 그래서 길버트를 공격하기 전에 손잡이의 가죽을 샌드페이퍼로 갈아서 거칠거칠하게 만들어두었다. 그것만으로도 충분했다. 그러나 블랭크는 그것에 만족하지 않았다. 그는 검은색 스웨이드 가죽장갑을 한 켤레 샀다. 물론 이런 초

211

겨울 날씨에 가장 많이 이용되는 대중적인 제품을 선택했다. 장갑을 끼고 얼음도끼의 거칠거칠하게 일어선 가죽 손잡이를 잡은 다음에야 비로소 블랭크는 그 안정감에 만족했다.

그런 것들은 아주 사소한 문제들이었다. 등산을 해본 적이 없는 사람들은 그게 무슨 소용이 있는 일이냐고 힐문할지도 모른다. 그러나 성공적 등산이란 그런 사소한 문제들을 얼마나 잘 처리하느냐에 달려 있었다. 세계 최고의 배짱을 지닌 사람이라 할지라도 장비를 잘못 선택하거나 기술을 올바르게 적용하지 않으면 결과는 죽음이다.

다른 문제들도 생각해 봐야 했다. 그저 아무 때나 밖으로 나가서 눈에 띄는 첫 사람을 죽일 수는 없는 노릇이었다. 블랭크는 비나 진눈깨비가 내리는 밤에는 그 일을 하지 않기로 했다. 피해자 뒤에서 재빨리 몸을 돌려 전광석화처럼 공격을 가하기 위해서는 길이 건조해야만 했다. 구름이 낀 밤이나 달이 없는 밤이 최적이었다. 코트 앞자락을 휘날릴 정도의 바람도 없어야 옷자락에 감춘 얼음도끼가 드러나지 않을 것이었다. 또한 그는 가능한 한 최소한의 소지품과 최소한의 신분증만을 지니고 나서기로 했다. 현장에서 우연히 소지품을 떨어뜨릴 확률을 최소로 낮춰야만 했다.

그는 1주일에 두 번 헬스클럽에 나가서 운동을 하고 집에서도 매일 밤 자신이 개발한 체조를 계속했기 때문에 체력에는 아무 문제도 없었다. 육체적인 건강상태는 완벽하다고 자부할 수 있었다. 그는 자기 나이의 절반밖에 안 먹은 젊은이들보다 훨씬 더 쉽고 유연하게 역기를 들어 올리고, 몸을 틀고, 허리를 굽힐 수 있었다. 그는 체중이 지나치게 불어나지 않도록 유의했다. 그리하여 아직도 그의 반사신경은 신속했다. 블랭크는 몸을 그 상태로 유지할 작정이었고, 그래서 봄에는 다시 '악마의 바늘'로 등산을 갈 예정이었다. 어쩌면 아예 바바리안 알프스로 더욱 기술적인 등산을 위한 여행을 떠날지도 모른다. 그것은 굉장히 즐거운 여행이 될 듯했다.

말하자면 살인에는 등산과 마찬가지의 열정이 있었고, 모든 위대한 기술이 그러하듯이 무기와 신발, 장갑과 미소 등 아주 사소한 문제까지도 소홀히 하지 않는 사려 깊은 계획이 필요했다. 그런 것들은 본질적으로 아주 보잘것없는 일들이었다. 그러나 피카소도 물감을 섞는 일은 했던 것이다.

블랭크는 길버트가 사망한 다음에 산책을 나갔을 때도 다시 한번 세심한 주의를 기울여 계획에 대해 심사숙고했다. 직장에서 집에 돌아와서 밥을 먹거나 밖에 나가서 외식을 하고 다시 집에 돌아오는 식으로 규칙적인 생활을 하는 것은 멍청한 살인자가 할 짓이었다. 조만간에 아파트의 경비원은 그 멍청한 자의 생활방식을 파악하게 될 테니까.

그래서 블랭크는 아파트에서 나가는 시간이나 돌아오는 시간을 불규칙하게 조정했다. 규칙적인 시간에 아파트에 드나드는 것을 주의 깊게 피하며 생활했다. 그는 경비원 중 한 사람이 오후 8시에 퇴근하며, 같은 시각에 교대할 경비원이 도착한다는 것을 알고 있었다. 블랭크가 아파트에 도착하면 그 경비원은 퇴근하는 것이다. 그 무렵 근무 중인 또 한 사람의 경비원은 늘 택시를 잡으러 나가거나 우편물을 분류하거나 다른 일을 처리하느라고 바빠서 누가 드나드는지 온전히 파악할 수 없었다. 블랭크는 매일 밤 외출을 하지는 않았다. 또 이틀 밤은 연달아 외출했다. 하루는 외출을 하지 않았다. 다음 사흘 동안은 매일 외출을 해서 아무런 패턴이나 규칙도 만들지 않았다. 어떤 정해진 시간표도 없었다. 무슨 일이 벌어지든 불규칙한 것이 최선이었다. 그는 온갖 문제를 다 생각했다.

생각해 보면 기묘한 점이 있었다. 그 모험이 의미를 가지는 것은 블랭크의 분열된 두 자아 가운데 개인적인 자아를 위해서였다. 이 모험을 위해 그는 까다로운 분석력과 사려 깊은 판단력, 철두철미하게 침착하고 냉정한 재능을 동원해야 했다. 그것들은 분열된 또 하나의 자아가 계속해 온 공동생활을 통하여 획득한 재능이었다. 그것으로도 블랭크가 분열된 두 자아를 지니고 있으며, 이번 경우에 그 두 자아가 원활히 움직이고 있다는 것이 입증되었다고 그는 생각했다. 그는 그 결과를 미리 예측해 보지 않고서는 결코 행동에 나서지 않았다.

예를 들면 그는 실제로 살인을 감행할 때 모자를 쓸 것인지 말 것인지를 놓고 오랫동안 궁리를 거듭했다. 이런 계절에, 이런 날씨에 대부분의 남자들은 모자를 썼다.

그러나 모험을 하다가 모자를 분실할지도 모르는 일이었다. 또한 그가 살인을 시도했는데 성공하지 못하고(그럴 가능성은 언제라도 존재했다.) 그리하여 피해자가 살아남아 증언을 하게 될 수도 있었다. 그렇게 되는 경우 피해자는 블랭크가 모자를 안 쓴 경우보다 모자를 쓴 경우를 더 확실히 기억할 것이었다.

"범인이 모자를 쓰고 있던가요?"

"물론입니다. 검은 모자를 쓰고 있었어요. 소프트 해트였습니다. 테가 밑으로 쳐진 모자였지요."

그러나 블랭크가 모자를 쓰지 않은 경우에 그 문답은 이런 식으로 진행될 가능성이 높았다.

"범인이 모자를 쓰고 있던가요?"

"모자요? 글쎄요. 기억이 잘 안 나는데요. 모자라……. 모르겠어요. 쓰고 있었던 것도 같아요. 아닙니다. 잘 모르겠어요."

그래서 블랭크는 그날 모자를 쓰지 않았다. 그는 이 정도로 주의력을 기울였다.

그러나 그런 침착한 사려가 산산조각이 날 뻔한 적이 있었다. 버나드 길버트가 사망한 후 그는 밤에 산책을 나가 정찰을 시작했다. 목적지도 없이 이리저리 헤매고 다니던 세 번째 날 밤이었다. 그는 길거리에 혼자 다니는 남자들이 이상하게 여겨질 정도로 많다는 것을 의식했다. 그 남자들 대부분이 키가 크고 옷을 잘 차려 입고 있었다. 또한 그들 대부분이 블랭크의 아파트가 있는 지역 인근의 어둠침침한 거리를 걷고 있었다. 길 위에 잠재적인 희생자들이 넘쳐나고 있었다!

어쩌면 그가 잘못 생각한 것인지도 몰랐다. 크리스마스가 다가오고 있었다. 쇼핑하는 사람들이 많아지는 때였다. 그렇다 하더라도……. 블랭크는 혼자 걷는 남자들 가운데 몇몇을 도로 건너편에서 따라다녀 보았다. 그들이 가는 곳까지 무작정 따라갔다. 그들은 모퉁이까지 가면 되돌아섰다. 블랭크도 모퉁이에서 되돌아섰다. 그들은 맞은편 모퉁이에 닿으면 다시 되돌아섰다. 블랭크도 모퉁이에서 되돌아섰다. 그는 충분한 거리를 두고 세 남자를 따라다녀 보았다. 그런데 세 남자는 결코 어떤 집으로도 들어가지 않았다. 그들은 오직 규칙적으로, 빠르지도 느리지도 않은 걸음으로 이 길 모퉁이에서 저 길 모퉁이까지 그저 걷고 있을 뿐이었다.

블랭크는 그들이 누구인지를 간파한 순간 걸음을 멈췄다. 웃음이 나왔으나 동시에 공포로 얼어붙었다. 위장한 수사관들이다! 경찰이었다. 경찰이 아니라면 무엇이랴. 그는 곧장 집으로 돌아와 생각에 잠겼다.

블랭크는 이 문제를 세밀하게 분석해 들어갔다.

첫째, 지금 당장 모험을 중단한다. 둘째, 다른 구역이나 다른 동네에서 모험을 계속한다. 셋째, 저들의 도전을 받아들여 이 동네에서 모험을 계속한다.

블랭크는 첫째 안은 즉시 묵살했다. 이제 와서 어떻게 중단한단 말인가? 그는 너무 멀리까지 왔다. 이제 머지않아 보상을 받게 될 것이다. 중단이란 있을 수 없었다.

둘째 안에 관해서는 좀 더 깊이 생각해 보았다. 무기(얼음도끼)를 감춘 채 택시나 버스, 지하철 혹은 자신의 승용차를 타고 얼마나 멀리까지 갈 수 있을 것인가? 결국에는 포착될 위험성이 높아지지 않겠는가?

그렇다면 셋째 안의 위험에 직면할 것인가?

그는 그 문제를 곰곰이 생각하며 이틀을 보냈다. 결정을 내렸을 때 그는 무릎을 치며 미소를 지었다. 그는 자신의 어리석음에 대해 머리를 설레설레 저었다. 자신이 이제껏 이 문제를 수직적으로만, 선을 따라서만, 관습적 방법을 따라서만 분석하고 있었다는 것을 깨달았던 것이다. 이런 문제를 그런 식으로 해결하고자 하다니!

그는 이런 식의 해결방식을 이미 넘어선 지 오래였다. 앰록 II

같은 해결방식은 초월한 지 오래였다. 그런데도 다시 같은 함정에 빠졌다는 것이 부끄러웠다. 이 문제를 해결하는 데 가장 중요한 요소는 본능을 따르는 것, 열정이 지시하는 바를 추구하는 것, 차가운 논리와 냉정한 이성과 결별하고 내부의 욕구가 밀려가는 대로 따라가는 것이었다. 만일 그가 마침내 진실을 찾아내게 된다면 그것은 심장과 배짱을 통해서일 것이다.

뿐만 아니라 거기에는 위험이 도사리고 있었다. 위험의 달콤한 매력이 기다리고 있었다.

여기에는 그를 혼란에 빠뜨리는 갈림길이 있었다. 범죄를 계획할 때 그는 기꺼이 냉정하고 논리적인 이성을 활용할 작정이었다. 신발과 장갑, 무기와 기술 등 이 모든 것들이 논리와 검증을 통해 결정되었다. 그런데도 행동을 위한 이성이 필요한 시점에 이르자 그는 같은 처리방식을 거부하고 '심장과 배짱'에서 그 해결방식을 구하고 있었다.

그는 방법에는 논리가 필요하지만 동기에 대해서는 논리가 필요치 않다는 결론을 내렸다. 다시 한 번 그는 창조적 기술의 유추법을 사용하기로 했다. 기술자는 자신의 기술에 대해 깊이 있게 연구해야만 한다. 아니면 다른 사람들에게서 배워 그 기술을 습득해야 한다. 그러면 자신의 끈질긴 노력으로 능수능란한 장인이 될 수 있는 것이다. 그러나 기술자에 그치지 않고 예술가로 성장하고자 한다면 그는 자신만의 감정과 꿈과 열정과 공포 속으로, 그 자신 속으로 깊이 파고들어 자신이 그 재능을 가지고 무엇을 표현하고자 하는지를 포착해 내야 한다.

등산에 대해서도 같은 얘기를 할 수 있다. 여기 놀라운 재능과

지식을 갖춘 등산가가 한 사람 있다고 가정하자. 그러나 그의 내면에 삶의 한계에 이르기까지 스스로를 투신(投身)하겠다는 결단, 저 산 밑의 골짜기에 처박혀 사는 사람들은 상상도 할 수 없는 세계에 대한 탐구욕이 없다면 그는 그저 단순히 재주 있는 등산가에 그칠 것이다.

블랭크는 민간인으로 위장한 형사들의 움직임을 관찰하느라고 며칠 밤을 보냈다. 그가 판단하기로는 위장한 수사관들에게는 뒤에 감춰진 '지원반'도 없었고, 일반 차량으로 위장한 수사 차량의 보호도 없었다. 한 사람이 네 블록에 달하는 지역을 맡고 있는 것 같았다. 그들 각자는 동서로 뻗은 한 블록의 거리를 걸어간 다음 길을 건너 다음 블록을 걸어갔고, 그곳에서 돌아서서 원점으로 왔다가 길을 바꿔 남북으로 뻗은 도로를 걸었다. 부지런히 발걸음을 옮기던 중에 어떤 건물의 어두운 현관 앞에 들어가 있는 수사관 앞을 지나치던 블랭크는 수사관들이 무전기를 지니고 있다는 것을 발견했다. 그것은 블랭크로서는 예상할 수 없었던 수확이었다. 수사관들은 중앙의 통제본부와 교신하고 있는 것이 분명했다. 그러나 블랭크는 그것은 별로 주목할 필요가 없다고 판단했다.

길버트를 습격한 지 16일이 지났다. 대니얼 블랭크는 회사에서 집으로 곧장 돌아왔다. 추운 밤이었다. 비도 눈도 내리지 않았다. 구름으로 뒤덮인 하늘에 조각달이 떠 있는 것이 희미하게 보였다. 바람은 습기가 차 있었다. 하루나 이틀 사이에 비나 눈이 내릴 것 같은 바람이었다. 그러나 전체적으로는 고요한 밤이었다. 코와 귀가 얼고 장갑을 끼지 않았다가는 손도 얼 정도였다. 블랭크에게는 좋은 날씨였다. 또 하나 중요한 요소가 있었다. 근처 극장에서 상영 중인 영화는 블랭크가 한 달 전 타임스 광장의 개봉관에서 이미 본 영화라는 점이었다.

블랭크는 혼자서 술을 한잔 마시고 텔레비전의 저녁 뉴스를 보았다. 미국인들이 베트남 사람들을 살육하고 있었다. 베트남 사람들은 미국인들을 죽이고 있었다. 유대인들은 아랍인들을 죽이고 있었고, 아랍인들은 유대인들을 살육하고 있었다. 가톨릭 신자들은 신교 신자들을 죽이고 있었고, 신교 신자들은 가톨릭 신자들을 죽이고 있었다. 파키스탄 사람들은 인도 사람들을, 인도 사람들은 파키스탄 사람들을 죽이고 있었다. 새로운 것은 없었다. 그는 구운 송아지 간과 꽃상추 샐러드를 준비해 저녁을 먹었다. 그 다음 커피를 타서 거실로 들어가「브란덴부르크 협주곡 3번」을 들으면서 커피를 마시고 코냑을 마셨다. 그는 옷을 벗고 침대로 들어가 잠을 잤다.

블랭크가 잠에서 깨어난 것은 9시가 조금 지난 시각이었다. 그는 찬물로 세수를 하고, 흰 와이셔츠와 검은 양복을 입고, 단정한 무늬의 넥타이를 맸다. 크레이프 고무창이 달린 구두를 신었다. 코트를 입고 검은 스웨이드 가죽장갑을 꼈다. 얼음도끼를 코트에 넣어 주머니 틈 사이로 내민 왼손에 걸었다. 도끼 손잡이에 매달린 가죽매듭을 왼쪽 팔목에 걸었다.

경비원 찰스 립스키는 책상 앞에 앉아 있다가 블랭크가 아파트 로비로 나오자 책상에서 일어나 현관문의 잠금장치를 풀고 문을 열어주었다. 현관문은 저녁 8시가 지나면 잠그도록 되어 있었다. 그 시각이 바로 경비원이 교대하는 시각이었다. 교대한 경비원은 다음 날 아침 8시까지 근무했다.

블랭크는 느긋한 어조로 물었다.

"찰스, 2번로의 필름웨이즈 극장에서 무슨 영화를 하는지 아나?"

"죄송합니다만 잘 모르겠는데요, 선생님."

"좋아. 한번 슬슬 걸어가 보지. 오늘 밤엔 텔레비전에 볼 것이 없어서."

그는 현관을 빠져나갔다. 블랭크는 그처럼 태평하고 자약하게 행동했다.

블랭크는 정말 극장까지 걸어갔다. 매표구 창문에 붙은 상영 시간표를 보았다. 연속상영 중인 영화가 새로이 시작하기까지 30분 정도가 남아 있었다. 바지 오른쪽 주머니에 돈이 있었다. 그는 거스름돈을 받을 필요가 없이 정확한 요금을 지불하고 표를 샀다. 반쯤 비어 있는 극장으로 들어갔다. 그는 코트도 장갑도 벗지 않은 채 극장 맨 뒷줄의 한 좌석에 앉았다. 영화가 끝나자 열다섯 명 가량의 사람들이 극장을 나갔다. 블랭크도 그들 틈에 끼어 극장을 나섰다. 수위도 검표원도, 매표소의 직원도 그를 눈여겨보지 않았다. 그들은 그가 들어온 것도 나간 것도 기억하지 못할 것이었다. 그러나 블랭크의 주머니 안에는 영화표 한 장이 들어 있었으며, 이미 본 적이 있는 영화였으므로 내용을 알고 있었다.

블랭크는 강을 향해 동쪽으로 걸음을 옮겨놓았다. 두 손은 코트 주머니에 찔러 넣었다. 한적한 거리 모퉁이에서 그는 왼쪽 팔목에 걸려 있던 도끼 손잡이의 가죽매듭을 왼쪽 손가락에 끼었다. 코트의 단추를 풀었다. 코트 자락이 너무 심하게 나부끼지 않도록 주머니에 찌른 손을 몸에 붙이고 걸었다.

이제 블랭크가 가장 좋아하는 시간이 시작되었다. 태연한 걸음, 단정한 자세를 취해야 한다. 머리를 똑바로 들고 있어야 한다. 다급한 걸음걸이는 안 된다. 그렇다 해서 게으른 걸음걸이여서도 안 된다. 저편에서 위장한 수사관일지도 모르는 누군가가 다가오는 것이 보이면 그는 태연히 길을 건너서 모퉁이로 걸어가 방향을 바꿔 계속 걸었다. 한 번도 뒤를 돌아보지 않았다. 아직은 너무 빠르다고 그는 생각했다. 그는 이 아슬아슬한 기분을 될 수 있는 한 오래 맛보고 싶었다.

그는 오늘 밤 일이 벌어지리라는 것을 알고 있었다. 그것은 마치 산을 오르기도 전에 벌써 정상을 정복할 것을 예감하고 결코 돌아서지 않을 수 있는 것과 같았다. 그는 침착하고 민감했으며, 영원함이 그의 내면에 자리 잡는 그 순간을, 그가 우주와 합일하는 그 지고지순한 행복감의 절정을 다시 한 번 맛보고 싶은 욕망에 몸이 달았다.

블랭크는 경험자였다. 그래서 그 결정적 순간 이전에 그가 어떤 기분일 것인지 알고 있었다. 처음에는 힘을 느낄 것이다. 오늘의 희생자는 너냐? 아니면 너냐? 신성한 힘과 영광이 그의 혈관 속을 뜨겁게 흐른다. 그 다음은 친밀감과 사랑에서 기인하는 쾌감이 올 것이요, 그 쾌감은 곧 절정에 도달한다. 그것은 육체적인 사랑은 아니다. 그보다 훨씬 더 순수한 어떤 것, 너무도 순수하여 언어로는 표현할 수 없는 어떤 것, 오직 느끼고 알 수 있을 뿐인 그런 사랑, 숭고함으로 고양되어 가는 그런 사랑이었다.

그런데 다른 때는 느낄 수 없었던 것을 블랭크는 이날 밤 최초로 느끼고 있었다. 이전에도 그는 두려움과 긴장감을 느낀 적이 있었다. 그러나 거리에 위장한 수사관들이 진을 치고 있는 이날 밤에는 거의 폭발해 버릴 것만 같은 아슬아슬한 위기가 느껴졌다. 위기가 사방에 가득 차 있었다. 그를 에워싸고 있었고, 대기 속을 떠돌았으며, 빛 가운데에도 있었고 바람 가운데에도 있었다. 그는 그 위기의 냄새를 맡을 수 있을 것 같았다. 그 위기감은 금방 내린 눈이나 향수를 뿌린 자신의 체취처럼 그를 더욱 흥분시켰다.

그는 걸으면서 힘과 쾌감과 위기감이 그의 내부에서 점점 더 팽창하기를 기다렸다. 자신의 몸을 그것들을 향해 열었다. 모든 저항을 포기했다. 그것들이 그의 몸을 휩싸고 마침내는 삼키도록 버려두었다. 블랭크는 전에 서부 지방의 강에서 고무보트를 타고 가다가 급류에 휩쓸린 적이 있었다. 그때의 기분이 지금의 기분과 크게 다르지 않았다. 그때도 기분이 전혀 불쾌하지 않았다. 행운의 여신, 혹은 미지의 신의 손길에 자신의 운명을 맡겼던 것이다. 온몸이 이쪽저쪽으로 뒤흔들린다. 일단 시작하고 나면 멈출 수 있는 방법은 없다. 흔들리며 떠내려갈 따름이다. 거친 열정이 잦아들 때까지, 성난 물결이 널찍한 둑 사이의 편안한 물길로 접어들 때까지. 그때가 되면 남는 것은 행복한 기억이다.

블랭크는 서쪽으로 방향을 바꿔 76번가로 접어들었다. 블록 반쯤 너머 저편에 또 한 남자가 서쪽으로 걸어가고 있었다. 그 남자도 블랭크와 마찬가지로 서두르지도 빈둥거리지도 않는 걸음걸이였고, 비슷한 속도였다. 블랭크는 즉시 발을 멈추고 주변을 둘러보았다. 그는 뒤돌아서서 2번로를 향해서 이제까지 왔던 길을 되돌아갔다. 블랭크가 본 그 남자는 신체적 특징으로 볼 때 위장한 수사관이었다. 예감이 그랬다. 만일 그가 이제까지 조사한 바가 정확하다면, 그리고 그의 추측이 옳다면 그 남자는 75번가를 향하여 동쪽으로 그 블록을 한 바퀴 돌 것이 분명했다. 그래서 블랭크는 2번로를 남쪽으로 걸어가서 모퉁이에서 서쪽으로 3번로를 향하고 서 있었다. 그의 추측은 옳았다. 그 남자가 한 블록 저편에서 모퉁이를 돌아 블랭크를 향해서 다가오기 시작했다. 블랭크는 작은 소리로 중얼거렸다.

"너를 사랑한다."

블랭크는 주위를 둘러보았다. 그 블록에는 그들 외에는 아무도 없었다. 보행자도 없었다. 주차했던 승용차들도 모두 가버리고 없었다. 조각달은 구름 속에 가려졌다. 길도 미끄럽지 않았다. 좋아. 그는 다가오는 사람을 향해 걸어갔다. 2번로와 3번로 중간쯤에서 그 남자와 마주치도록 발걸음을 조절했다.

얼음도끼는 단추를 채우지 않은 코트 자락 밑에 감춘 왼손에 가볍게 쥐어져 있었다. 장갑을 낀 그의 오른손은 자유롭게 흔들렸다. 마침내 두 사람이 마주쳤다. 그는 이웃끼리 흔히 주고받는 미소를 지었다. 미소! 그리고 친밀한 낯으로 고개를 끄덕였다.

"안녕하십니까!"

그 남자는 중간 정도의 키였고 가슴과 어깨가 딱 벌어져 있었다. 멋쟁이는 아니었지만 제법 그럴듯한 용모였다. 꽤 젊었다. 그의 몸은 잔뜩 긴장하여 뻣뻣이 굳어 있었다. 걸음걸이 역시 뻣뻣했다. 팔은 옆구리에서 조금 벌어져 있었고 손가락은 오무리고 있었다. 그 남자는 블랭크를 쳐다보았다. 블랭크의 얼굴에 떠오른 미소를 보았다. 그 순간 그 남자의 몸뚱이 전체가 안도의 한숨을 내쉬는 듯했다. 그 남자는 고개를 끄덕였으나 미소를 짓지는 않았다.

두 사람이 서로 스쳐 지나갔다. 블랭크의 오른손이 열린 코트 자락으로 들어갔다. 도끼가 능란하고 재빠르게 오른손에 쥐어졌다. 왼발에 체중이 실렸다. 그는 마치 발레 동작처럼 유연하게 몸을 돌려세웠다. 그것은 본질적으로 예술적인 움직임이었다. 순수예술로서의 살인이었다. 섬세한 율동의 예술이었다. 이제 오른발로 체중이 옮겨졌다. 오른팔을 허공으로 치켜들었다. 블랭크의 연인이 무엇인가를 느끼고 듣고 발을 멈추더니, 이인무(二人舞)의 상대역으로서 역할을 다하기 위해 몸을 돌리려는 찰나였다.

바로 그때였다. 아. 블랭크는 발끝으로 온몸을 버텼다. 있는 힘을 다해 가격을 하기 위해 그의 몸 전체가 활처럼 휘어졌다. 모든 것들, 살과 뼈, 핏줄과 근육, 피와 성기, 무릎뼈와 팔꿈치와 겨드랑이 그 모든 것들을 블랭크는 완전히, 고스란히 그 남자에게 주었다. 도끼가 희생자의 머리를 파고들었고, 희생자는 털썩 길바닥에 무너져 내렸다. 블랭크의 손과 팔과 상체가 경련을 일으켰다. 그 경련은 몸과 영혼 속으로 흘러들었다. 꿰뚫었다! 이 황홀감! 그 남자의 환상과 신비 속으로 들어선 것이다. 아아!

그 남자의 몸이 길바닥에 나동그라진 순간, 그리고 블랭크가 도끼를 뽑아낸 순간 그 남자의 영혼은 하늘을 뒤덮은 먹구름 속으로 떠올라 사라졌다. 아니 그렇지 않았다. 그 영혼은 블랭크의 영혼 속으로 들어와 하나가 되었다. 블랭크가 일찍이 길을 잃은 우주비행사는 측량할 길 없는 시간의 대해 속으로 들어가 그 속을 떠돌 것이라고 상상했던 것처럼 그들 두 영혼은 하나로 포개어졌다.

블랭크는 재빨리 허리를 굽혔다. 그는 깨진 두개골은 쳐다보지도 않았다. 그는 시체를 사랑하는 정신병자는 아니었다. 그 남자의 가죽지갑에서 경찰관 신분증과 배지를 찾아냈다. 이제 그는 셀리아에게 자신의 행위를 입증할 필요는 없었다. 이것은 자신을 위한 물건이었다. 그것은 전리품이 아니었다. 피해자의 선물이었다. 피해자는 그에게 '나도 너를 사랑해.' 하고 말하면서 이 선물을 내민 것이다.

너무나 간단했다! 블랭크의 행운은 엄청났다. 목격자는 없었다. 외침도 비명도 경종도 없었다. 조각달이 잠깐 구름 사이로 얼굴을 내밀고 그 광경을 훔쳐보다가 다시 숨어버렸다. 바람이 약하게 불어왔다. 밤이 그 광경을 지켜보고 있을 뿐이었다. 어디선가 보이지 않는 곳에서 별들이 정해진 길을 따라 빙글빙글 회전하며 가고 있을 뿐이었다. 그리고 내일도 해는 찬란히 떠오를 것이다. 파도도 여전하겠지.

"영화 재미있었습니까, 선생님?"

립스키가 물었다. 블랭크는 밝은 얼굴로 고개를 끄덕거렸다.

"재미있었네. 아주 좋은 영화였어. 자네도 한번 보는 게 좋을 걸세."

블랭크는 그 다음에는 이미 익숙해진 행위를 반복했다. 얼음도끼를 씻고 건조시켰다. 노출된 금속 부위에는 기름을 발랐다. 그리고 그것을 다른 등산장비들이 보관되어 있는 현관 앞의 옷장에 간직했다. 경찰관 배지가 문제였다. 롬바드의 운전면허증과 길버트의 신분증은 옷장 서랍 맨 윗칸의 손수건 밑에 처박혀 있었다. 청소하는 여자건 누구건 그것을 발견하게 되리라고는 생각할 수 없었다. 그러나……

그는 물건을 감춰둘 더 좋은 장소를 찾아 아파트 안을 이리저리 기웃거렸다. 제일 먼저 떠오른 생각은 거실 벽에 붙어 있는 거울 가운데서 가장 큰 거울 뒷면에 신분증들을 테이프로 붙여놓는 것이었다. 그러나 테이프의 접착력은 시간이 흐르면 약해질 것이요, 그렇게 되면 신분증은 아래로 떨어지고 말 것이다. 그렇게 되면……

그는 다시 침실 옷장으로 돌아왔다. 맨 윗서랍을 뽑아내어 침대 위에 올려놓았다. 서랍 아래쪽 밑바닥과 도르래장치 사이에는 좁은 틈이 있었다. 신분증들을 모두 커다란 흰색 봉투에 넣은 블랭크는 그 봉투를 서랍 밑바닥에 테이프로 붙였다. 테이프의 접착력이 약해져 봉투가 떨어진다 해도 떨어질 곳은 두 번째 서랍 안이었다. 또한 테이프의 접착력이 유지되는 동안에는 원할 때마다 손쉽게 그것이 잘 보관되어 있는지를 살필 수 있는 장소였다. 게다가 원할 때마다 봉투를 열어 안에 들어 있는 것들을 살펴볼 수도 있었다.

그 다음에야 그는 편안해졌다. 무기는 깨끗이 청소하여 보관했고 증거는 은폐했다. 그의 이성이 처리해야 한다고 요구하는 모든 일들은 다 처리되었다. 그는 동네 극장에서 받은 극장표도 잘 보관했다. 이제야말로 모험을 생각하며 꿈을 꿀 수 있는 시간, 모험의 의미와 중요성을 깊이 있게 명상할 수 있는 시간이었다.

그는 느릿느릿 샤워를 했다. 몸을 문지르고 향수가 첨가된 오일을 발랐다. 그는 전신거울 앞에 서서 자신의 벌거벗은 몸을 바라보았다. 아무런 동기도 없이 스트립댄서의 춤을 흉내 내기 시작했다. 두 팔을 머리 위로 들어 올렸다가 무릎을 구부리고 엉덩이를 들썩거리다가 흔들었다. 그는 거울에 비친 자신의 동작을 바라보며 차츰 흥분해 갔다. 그는 자신의 쾌감을 더욱 고조시키기로 마음먹었다. 우뚝 멈춰 서서 발기한 성기를 움켜쥐었다.

내가 미친 것인가? 블랭크는 생각해 보았다. 그리고 웃음을 터뜨렸다. 정말 미쳤는지도 모른다는 생각이 들었다.

이튿날, 블랭크는 아침을 먹고 있었다. 사과 주스를 작은 잔으로 한 잔, 유기농 시리얼과 우유, 블랙커피 한 잔이었다. 부엌의 라디오가 9시 뉴스를 시작했다. 아나운서의 무미건조한 음성이 간밤 자정 무렵 이스트 75번가에서 3급 수사관 로저 코프 형사가 피살되었다는 소식을 알렸다. 코프가 순찰경관에서 형사로 진급된 지 불과 2주일 만의 일이라고 했다. 코프에게는 아내와 세 명의 아이가 있었다. 이 사건의 수사를 맡고 있는 부청장 브로턴은 몇 가지 중요한 단서를 잡고 범인을 추적 중이며, 이 사건에 관하여 잠시 후에 중대한 발표를 할 예정이라고 말했다.

대니얼 블랭크는 다 먹은 접시들을 싱크대에 밀어 넣고, 뜨거운 물을 틀어 싱크대를 가득 채운 다음 출근했다.

그날 저녁, 퇴근하는 길로 그는 《포스트》 석간을 샀다. 그러나 머리기사의 제목은 쳐다보지도 않았다. '이스트사이드에 살인자 난동 중' 이라는 제목이었다. 블랭크는 그 신문과 함께 아파트 로비에서 받은 우편물을 들고 승강기에 올랐다. 승강기 안에서 우편물을 뜯어보았다. 둘은 청구서, 하나는 잡지구독 신청서, 다른 하나는 '아웃사이드 라이프' 의 겨울상품 카탈로그였다.

블랭크는 얼음과 라임 과즙을 넣은 보드카를 한 잔 만들어놓고 텔레비전을 켰다. 그는 거실에 앉아 술을 한 모금씩 마시고 카탈로그를 뒤적이며 저녁 뉴스가 시작되기를 기다렸다.

코프의 살인사건에 관한 기사는 실망스러울 정도로 짤막했다. 살인 현장과 현장에서 앰뷸런스가 떠나가는 광경이 비춰지고, 그 다음에는 기자가 코프 형사 피살사건의 여러 가지 세세한 면들이 프랭크 롬바드와 버나드 길버트 피살사건과 아주 흡사하다고 말했다. 또한 기자는 경찰이 이 세 사건의 범인을 동일인이라고 믿고 있다고 말했다. "수사는 계속될 것입니다."

그날 밤 늦게 블랭크는 2번가로 걸어가서 《뉴스》와 《타임스》의 다음 날 조간판을 샀다. 《뉴스》의 머리기사에는 '미치광이 살인자 또 범행'이라는 커다란 표제가 씌어 있었다. 《타임스》에는 1면에 1단으로 살인사건에 대한 기사가 실려 있었다. 표제는 '형사, 이스트사이드에서 피살'이었다. 블랭크는 신문들을 집으로 가지고 돌아와 퇴근길에 산 《포스트》와 함께 거머쥐고 코프의 살인사건에 관한 기사를 모조리 읽어 내려가기 시작했다. 그는 왠지 지긋지긋하고 지루한 기분이었다.

블랭크가 보기에 가장 자세하고 정확한 기사는 '토머스 핸드리'라는 기자가 쓴 기명기사였다. 핸드리는 '신분을 밝히지 말 것을 요구한 경찰 고위 관계자'의 말을 인용하여 세 살인사건을 저지른 자는 틀림없는 동일인이고 살인에 사용된 흉기는 '예리한 곡괭이가 달린 도끼와 유사한 연장'이라고 말하고 있었다. 다른 신문에서는 그 흉기를 다만 '작은 곡괭이나 그와 유사한 물건'이라고만 언급하고 있었다.

핸드리는 또한 이름이 알려지는 것을 원치 않는 고위 경찰 간부의 말을 인용하여 어떻게 수사 경험이 있는 경찰관이 뒤에서 살인자가 접근하는데도 그것을 전혀 눈치 채지 못할 수 있으며, 자신을 방어하려는 어떠한 시도도 하지 않은 채 고스란히 피살당할 수 있는지 의문이라고 쓰고 있었다. 핸드리의 기사는 이렇게 계속되었다.

"살인자가 피살자의 뒤쪽이 아니라 앞쪽에서 접근해 온 것은 아닐까 하는 추측이 가능하다. 살인자는 피살자가 보기에 친절하고 평범한 시민의 모습으로 다가왔을 것이다. 그러다가 서로가 스쳐 지나는 바로 그 순간 살인자는 재빨리 뒤돌아서서 피살자를 흉기로 내리친 것이다. 이름을 밝히기를 거부한 이 경찰 간부는 살인자가 그 흉기를 접은 신문 안이나 코트 밑에 숨겨 가지고 다닐 것이라고 믿고 있다. 길버트는 머리 위쪽에 부상을 입었으므로, 범인이 코프를 살해할 때 사용한 방법은 롬바드를 살해할 때 사용한 방법과 같은 것으로 간주된다."

핸드리의 기사는, 이름을 밝히기를 거부한 그 경찰 간부는 범인이 체포되지 않는 한 계속해서 살인을 저지를 것을 우려하고 있다고 언급하는 것으로 끝이 났다.

또 하나의 신문은 이 사건에는 전례가 없을 정도로 많은 수사관들이 동원되어 수사가 진행되고 있다고 쓰고 있었고, 세 번째 신문은 251번 지서 관할지역에 야간 통행 금지령을 내리는 것이 논의되고 있다고 전했다.

블랭크는 신문들을 한쪽으로 던져버렸다. 핸드리의 기사 가운데 있었던 '예리한 곡괭이가 달린 도끼와 유사한 연장'이라는 말이 신경에 거슬렸다. 블랭크는 경찰이 범행에 사용된 흉기가 어떤 것인지를 정확히 알고 있으면서도, 그 정보를 공개하지 않고 있다고 판단하는 수밖에 없었다. 그는 경찰이 그 연장의 구입자를 추적하여 결국 그를 포착해 낼 수 있다고는 생각하지 않았다. 그의 도끼는 5년이나 된 물건이었다. 또한 세계적으로 그것은 1년에 수백 개씩이나 팔려 나갔다. 그러나 핸드리의 기사는 그가 직면한 위험을 과소평가해서는 안 된다는 경고가 되기에 충분했다. 그는 부청장 브로턴이라는 자가 도대체 어떤 사람인지 궁금했다. 어떤 자이기에 그를 잡기 위해 이다지 맹렬히 추적하는 것일까? 만일 브로턴이 아니라면, 핸드리가 말한 '이름을 밝히기를 거부한 고위 경찰 간부'는 누구인지 궁금했다. 정면에서 접근하여 서로 스쳐 지나는 순간 재빨리 돌아서서 공격을 가했다는 것, 그것을 추측해 낸 자가 도대체 누구일까? 그자는 물론 그 밖의 다른 사실들도 알고 있거나 추측하고 있을 것이다. 다만 신문에 공개하지 않고 있는 것뿐이리라. 도대체 그자는 어떤 사실을 알고 있을까?

블랭크는 자신의 행적을 주의 깊게 거슬러 올라가며 상기해 보았다. 그는 오직 두 가지 약점만 발견할 수 있었다. 하나는 피해자의 신분증을 보관하고 있다는 점이었다. 그러나 좀 더 깊이 생각해 본 후에 그는 그것이 크게 위험한 요소는 아니라는 결론을 내렸다. 만일 경찰이 나타나서 그의 아파트를 수색하는 일이 벌어진다면, 그것은 경찰이 그를 이번 살인사건과 연결 지을 수 있는 훨씬 더 확실한 증거를 확보한 다음의 일일 것이다. 그러니까 그 신분증은 오직 그의 혐의를 확인해 주는 증거에 불과했다.

또 하나의 약점은 더욱 심각한 것이었다. 그가 살인범이라는 사실을 셀리아 먼포트가 알고 있다는 점이었다.

　플로렌스와 새뮤얼 머튼이 경영하는 '에로티카'는 매디슨로 위쪽에 있었다. 그 가게는 식도락가를 위한 음식점과 100년의 역사를 자랑하는 폴로 경기용품 가게 사이에 자리 잡고 있었다. '에로티카'의 현관을 장식한 사람은 열정적인 팝아트 예술가였다. 현관은 광을 낸 자동차 휠캡 수백 개로 장식되어 있었다. 광을 낸 휠캡은 거기 비치는 상을 왜곡시키는 마술거울의 역할을 하여 거리의 풍경과 행인들을 기묘한 모양으로 비췄다.
　"그건 사람의 마음을 움찔거리게 만들지요."
　"사람의 정신에 신선한 충격을 줘."
　플로렌스와 새뮤얼의 말이었다.
　머튼 부부는 크리스마스 쇼핑 시즌을 맞아 쇼윈도 가운데 하나를 아주 자극적으로 장식하기로 마음먹었다. 그들은 거액을 들여 한 장식회사에 벌거숭이 산타클로스를 제작해 달라고 주문했다. 산타클로스는 하얀 턱수염을 기르고, 술이 늘어진 붉은 모자를 쓰고 있었다. 그러나 사타구니를 가린 검은색 작은 가죽팬티만 입고 뚱뚱한 살집과 불그스레한 몸집을 다 드러내고 있었다. 산타가 입은 가죽팬티는 '에로티카'가 뉴욕에 유행시키려고 하는 남성용 속옷 가운데 한 품목이었다. 그것은 어느 정도는 성공을 거둘 수 있었다.
　그러나 그 벌거숭이 산타클로스는 매디슨로의 쇼윈도에 단 하루만 진열될 수 있었다. 이튿날 251번 지서의 임시서장 마티 도르프만 경위가 '에로티카'에 직접 찾아와서 그것을 치우라고 정중하게 요청했던 것이다. 경위는 그 지역의 교회와 상인, 분개한 시민이 벌거숭이 산타클로스에 대해 불평을 늘어놓았다는 사실을 전했다. 그리하여 가죽팬티를 입은 산타클로스는 하루 만에 가게 뒤편으로 치워졌다. 쇼윈도는 갖가지 에로틱한 크리스마스 선물들로 채워졌다. 플로렌스와 새뮤얼은 쇼핑 시즌 기간에 간소한 파티를 열기로 결정했다. 단골 고객과 새로운 고객을 위하여 스웨덴산 굴러그 술을 무료로 제공했고, 메뚜기 튀김과 초콜릿을 입힌 개미 같은 이국적인 음식들이 포함된 뷔페를 마련했다.

대니얼 블랭크와 셀리아 먼포트는 이 파티에 특별히 초대되었다. 머튼 부부는 그들에게 파티가 끝난 뒤에 자기네 아파트로 가서 음식과 술을 들며 좀 더 실질적이고 편안한 시간을 즐기자고 제안했다. 블랭크와 셀리아는 그 제안을 받아들였다.

가게 안은 난방이 너무 세서 무더웠다. 또한 묘한 향수 냄새까지 풍겼다. 가게 구석에 고대 비잔틴 양식의 향로가 매달려 있었던 것이다. 그 향로의 구멍에서는 '오르가슴'이라는 사향 향기가 흘러나왔다. '오르가슴'은 '에로티카'의 베스트 상품 가운데 하나였다. 고객의 코트와 모자를 맡아 보관하는 일을 하는 여자는 거무스레한 살이 훤히 비치는 아라비안 나이트풍 파자마를 걸치고 있었다. 그래서 그 여자가 파자마 안에 브래지어도 하지 않은 채 미키 마우스가 찍힌 팬티만 입고 있을 뿐이라는 것을 누구나 알 수 있었다.

셀리아와 블랭크는 한쪽에 서서 김이 무럭무럭 피어오르는 굴러그를 한 모금씩 마시면서 가게 안의 혼란스러운 광경을 바라보왔다. 가게 안은 고함을 지르는 사람들과 붉게 물든 얼굴을 하고 떠들어대는 사람들로 소란스러웠다. 고객들 대부분이 젊은 사람들이었고, 그들은 모두 이날의 파티를 위해 야릇하고 기묘한 옷차림을 하고 있었다. 그들은 옷을 입고 있는 것이 아니라 장식을 하고 있었다. 날카로운 소리로 웃어대며, 남근 모양의 촛대와 오브리 비어즐리(환상적이고 에로틱한 그림으로 유명한 영국 화가─옮긴이)의 화집과 가죽으로 만든 브래지어와 두 손을 맞잡은 듯한 디자인으로 제작된 족쇄를 살펴보며 가게 이곳저곳을 누비는 그들의 움직임은 분주했다.

"이 사람들 너무 흥분했어. 온 세상이 흥분하고 있어."

블랭크의 말이었다. 셀리아가 애매모호한 미소를 지으며 그를 올려다보았다. 그녀의 검은 머리칼은 정수리에서 갈라져 마녀 같은 얼굴 양쪽으로 흘러내렸다. 늘 그렇듯이 그녀는 화장은 전혀 하지 않았다. 그녀의 눈가는 뼛속에서부터 우러나는 피로감으로 짙게 그늘져 있었다.

"무슨 생각을 하고 있어요?"

그녀가 물었다. 블랭크는 다시 한 번 생각들이, 추상적인 생각들이 셀리아를 얼마나 흥분시키는지를 깨달았다. 그는 미친 듯이 소용돌이치는 가게 안을 둘러보며 말했다.

"세계에 대해 생각하고 있소. 이 발정난 세상에 대해서. 오늘날의 사람들에 대해서. 엄청난 자극을 받아 출렁거리는 이 사람들에 대해서."

"성적으로 자극을 받았다구요?"

"물론 그 자극도 받았지. 하지만 다른 식으로도 자극받고 있어.

정치적으로도, 영적으로도 자극을 받겠지. 폭력에, 새로운 것에 대해, 뭔가 다른 것에 대해, '물질들'에 대해 이 사람들은 소름 끼치도록 굶주려 있어. 하지만 그것들도 하루나 이틀만 지나면 벌써 낡은 것이 되어버리지. 섹스에서도, 예술에서도, 정치에서도, 다른 모든 것들에서도. 모든 것들이 더욱더 빨리 회전하는 것 같아. 세상이 늘 이렇지만은 않았을 거야. 그렇지 않아?"

"그렇지 않았지요."

블랭크는 다시 한 번 반복했다.

"왜 사람들은 물질에 대해 그 모양일까? 이 사람들은 물질 속으로 꿰뚫고 들어가기를 원하는 게 아닐까?"

셀리아는 호기심 어린 눈으로 그를 쳐다보았다.

"당신 취했어요?"

"겨우 굴러그 두 잔에? 난 취한 게 아니야."

그는 손가락으로 따뜻하게 그녀의 뺨을 어루만졌다. 셀리아는 그의 손을 잡아 손가락에 키스하고 손을 핥았다. 블랭크는 방 안을 재빨리 둘러보았다. 다행히 그들을 눈여겨보는 사람은 없었다.

"당신이 내 누이였으면 좋겠어."

블랭크는 작은 소리로 말했다. 셀리아는 잠시 대꾸하지 않고 있다가 물었다.

"왜 그런 얘기를 해요?"

"모르겠어. 그런 생각은 해본 적도 없는데. 그저 그런 말이 나온 것뿐이야."

"섹스가 지겨워졌어요?"

"아, 아니. 그렇지 않아. 꼭 그런 건 아니야. 이건 다만……. 사

람들이 이런 식으로 산다 해서 그것을 찾을 수 있는 건 아니라는
것뿐이야."

"무엇을 찾아요?"

"당신도 알잖아. 대답 말이야."

그날 밤은 그런 식으로 결단이 났다. 이제 그의 시간은 모두 혼
란스러운 속도로 뒤흔들렸다. 삶은 불연속적인 장면들로 분할되
어 함부로 편집한 영화처럼 흘러갔다. 왜곡된 영상들이 아무 관련
도 없이 엇갈려 나타났다가는 갑자기 엄청나게 빠른 속도로 흘러
갔다. 얼굴과 장소들, 몸뚱이와 긴 얘기와 생각들이 렌즈를 통해
서 바라보듯 커졌다가 작아졌다가 하면서 흘러가고 사라져갔다.
어떤 한 가지 체험에 주의력을 집중하기가 힘들었다. 자신의 몸을
그 모든 자극을 향해서 열어놓는 것이 최선이었다. 그 모든 자극
들이 자신의 몸을 삼키도록 버려두는 길뿐이었다.

블랭크는 셀리아에게 말했다.

"내게 무슨 일이 벌어지고 있어. 난 여기에서 이 사람들을 보고
있지. 거리에서도, 직장에서도 사람들을 만나. 하지만 내가 그들
가운데 속해 있다는 것이 믿어지지 않아. 내가 이 사람들과 같은
종족이라는 것을 믿을 수가 없어. 내가 보기에 이 사람들은 개나
동물원의 짐승들 같아. 아니면 내가 그런지도 모르지. 아무튼 나
는 이 사람들과 나를 관련 지을 수 없어. 만일 그들이 인간이라면
나는 인간이 아니야. 만일 내가 인간이라면 저 사람들은 인간이
아니야. 나는 이들이 누구인지 알 수가 없어. 난 이 사람들로부터
멀리 떨어져 있어."

셀리아는 부드러운 어조로 말했다.

"당신은 이 사람들과 멀리 떨어져 있어요. 당신이 행한 중대한 일 때문에 사람들과 멀어지게 된 거예요."

블랭크는 행복하게 웃었다.

"아, 그래. 난 그런 일을 했지. 그렇지? 만일 저들이 그걸 알기만 한다면……."

"기분은 어땠어요? 제 말은…… 알죠? 만족감, 아니면 쾌감이었어요?"

"물론 그런 것도 있었지."

블랭크는 고개를 끄덕였다. 그는 사람들로 가득 찬 소란스러운 곳에서 이런 얘기를 한다는 것에 대해 가슴을 찌르는 듯한 기쁨을 느꼈다.(예를 들면 그것은 그가 벌거벗고 있는데도 주위의 누구도 그걸 알지 못할 때와 같은 기분이었다.) 그는 얘기를 계속했다.

"하지만 그 기분은 좀 더 정확히 말하자면, 글쎄 희열 같은 거야. 내가 너무나 많은 것을 성취해 냈다는 희열."

"아아, 대니얼, 바로 그럴 거예요."

셀리아는 갑자기 흥분한 듯 숨을 몰아쉬며 그의 팔을 잡았다. 블랭크는 물었다.

"내가 미친 걸까? 그런 의심이 들어."

"그게 중요한가요?"

"아니. 별로 중요할 건 없지."

셀리아는 사람들을 가리켰다.

"이 사람들을 봐요. 이 사람들 정상인가요?"

"글쎄……. 아닐지도 모르지. 하지만 이 사람들이 정상이건 아니건 나는 이 사람들과는 달라."

"물론 다르고말고요."

"당신과도 달라."

블랭크는 미소하며 이렇게 덧붙였다. 셸리아는 몸을 떨며 그에게 조금 더 다가왔다. 그녀는 속삭이는 소리로 물었다.

"머튼네 집에 꼭 가야 해요?"

"꼭 갈 필요는 없지. 하지만 가는 게 좋을 것 같아."

"당신 아파트로 가면 안 돼요? 아니면 우리 집으로 가든지. 우리의 그 방으로."

"일단 머튼네 집에 들르기로 하지."

블랭크는 다시 한 번 미소 지으며, 자신의 얼굴이 미소 짓는 것을 느끼며 말했다.

그들은 플로렌스와 새뮤얼이 떠날 준비를 마칠 때까지 기다렸다가 모두 같이 큰 택시를 타고 머튼의 아파트에 도착했다. 플로렌스와 샘은 큰 소리로 얘기를 주고받았다. 블랭크는 계속해서 미소를 지으며 앉아 있었다.

블랭쉬는 복숭아로 장식한 구운 새끼오리 요리를 내놓았다. 구운 감자와 로메인과 이탈리아산 갓냉이로 만든 샐러드도 나왔다.

그들은 모두 맛있겠다고 말했다. 복숭아즙을 바른 껍질은 윤기가 흘렀고 바삭바삭했다. 그런데도 대니얼 블랭크는 새끼오리 요리가 담긴 접시를 바라보기만 했다. 그 요리는 왠지 기분 나빴다.

이유는 없었다. 그러나 이런 일은 최근 들어 빈번히 일어났다. 단골 식당에 혼자 혹은 셸리아와 함께 가서 이제껏 맛있게 먹어온 요리를 주문한 다음 이윽고 요리가 나와 식탁에 놓이면, 입맛을 싹 잃고 요리에 거의 손도 대지 않는 것이다.

그것은 뭐랄까 너무도 물질적이었다. 김이 무럭무럭 피어오르는 잡동사니를 입 안에 넣기 좋도록 자르고 포크로 찍어 입 속의 구멍으로 밀어 넣는다. 그것은 모양이 변하고 압축되어 나중에는 또 하나의 구멍을 통하여 몸에서 빠져나온다. 블랭크의 기분을 상하게 만드는 것은 어쩌면 그 과정의 속악성인지도 몰랐다. 또는 그 동물성일지도 몰랐다. 그 원인이 무엇이건 간에 아무리 잘 마련된 음식이라 해도 그것을 쳐다보는 것만으로도 불쾌했다. 오직 예의 때문에 그는 새끼오리를 한 조각 먹고, 작은 감자를 두 조각 먹었으며, 샐러드를 뒤적거렸다. 그것이 그가 할 수 있는 최선이었다. 자리를 옮겨 소파에 앉아 블랙커피와 보드카를 마시기까지 그는 마음이 편해지지 않았다.

새뮤얼 머튼이 소파에 앉자마자 물었다.

"댄, 투자할 돈 있나?"

블랭크는 조용히 대답했다.

"물론이지. 많지는 않지만 약간은 있어. 어디에 투자하라는 거야?"

"우선 이걸 좀 알아보자. 자네가 다니는 헬스클럽 말이야. 비용이 얼마나 들어?"

"1년에 500달러 정도. 마사지를 받거나 음식을 먹는 비용은 따로 계산해. 샌드위치나 샐러드 정도지. 특별한 건 없어."

"술은?"

"원하는 사람은 자기 옷장 안에 술병을 하나쯤 보관해 둘 수 있어. 소다수나 얼음, 그 밖의 재료들은 거기서 팔고."

"수영장은?"

"작은 게 하나 있지. 선탠을 할 수 있는 시설도 작긴 하지만 하나 있고. 체육관도 있어. 사우나도 있고. 왜 그러는데?"

"수영장에서 벌거벗고 수영할 수 있어?"

"벌거벗고? 글쎄, 모르겠는데. 원하는 사람은 그렇게 할 수 있을 테지. 남자들만 쓰니까. 하지만 벌거벗고 수영하는 사람을 본 적은 없어. 왜 그런 걸 묻지?"

"남편과 내가 이 멋진 생각을 해냈어요."

플로렌스가 끼어들었다. 새뮤얼이 말했다.

"당연하지. 우린 절대 그런 멋진 생각은 놓치는 법이 없어."

플로렌스가 그 뒤를 이었다.

"이스트 57번가에 헬스클럽이 하나 있어요. 처음에는 체중을 감량하는 시설로 문을 열었지요. 하지만 성공하지 못했어요. 그래서 팔려고 내놓았더군요."

새뮤얼이 고개를 끄덕이고 얘기를 이어받았다.

"가격도 좋고, 더 깎을 수도 있을 거야."

"거기엔 수영장이 큰 게 하나 있어요. 장비란 장비는 모두 갖춘 체육관도 있구요. 사우나실 두 개에 탈의실도 있고, 샤워시설도 있고. 멋져요."

다시 새뮤얼이 말을 이었다.

"게다가 완벽한 시설을 갖춘 주방도 있어. 옥외에도 실내에도 라운지가 있고. 식탁이나 의자도 충분하지."

플로렌스가 덧붙였다.

"실내 장식은 소름 끼칠 정도지요. 정말 넌덜머리가 나요. 하지만 기본적인 시설은 모두 갖춰져 있어요."

"그래서 헬스클럽을 하겠단 거예요?"

셀리아 먼포트가 물었다.

"하지만 종류가 문제지요."

플로렌스가 웃음을 터뜨리며 말하자 새뮤얼도 역시 웃어대며 말했다.

"완전히 새로운 종류."

"남성과 여성이 같이 쓸 수 있는."

"탈의실도 샤워실도 남녀 공용이지. 옥상에서 누드로 선탠을 할 수도 있고."

블랭크는 두 사람을 번갈아 바라보다가 물었다.

"지금 농담하는 거야?"

그러자 머튼 부부는 고개를 저었다.

"그럼, 부부와 가족만을 회원제로 받을 거야?"

"천만에요. 독신자들만 받을 거예요."

플로렌스의 대답이었다. 새뮤얼이 말을 이었다.

"바로 그것이 요점이야. 돈이 나오는 곳이 바로 그 구멍이라니까. 외로운 독신자들. 물론 값싼 비용은 아니지. 우린 1년에 1000 달러의 회비를 내는 회원을 500명쯤 모을 작정이야. 남녀 회원의 비율은 60 대 40 정도로 유지할 생각이지."

"남성을 60퍼센트, 여성을 40퍼센트로요."

플로렌스가 덧붙여 설명했다. 블랭크는 머리를 흔들며 그들을 바라보았다.

"그러다가 감옥에 갈 거야. 회원들까지도."

"그렇지 않아요. 우린 변호사를 동원해서 우리 뒤를 보호할 거니까요."

플로렌스의 반박이었다. 새뮤얼이 그 말을 뒷받침했다.

"이미 몇 가지 고무적인 전례가 있었어. 캘리포니아에는 나체로 수영할 수 있는 해변이 따로 마련되어 있어. 성별 구분 없이 누구나 출입할 수 있지. 법정에서 그 합법성이 확인되었어. 뉴욕의 법은 아주 애매해. 그런데 남녀 공용의 나체 시설을 개인 소유의 클럽에서 마련할 생각을 해본 사람은 없는 거지. 우리가 그걸 시도해 볼 생각이야."

"사람들이 이 시설이 공공 생활을 방해한다고 판단하느냐 아니냐에 성패가 달려 있어요."

플로렌스가 말하자 새뮤얼은 덧붙였다.

"클럽이 개인 소유고, 잘 운영되고, 또 벌거벗은 사람들이 대중의 눈에 띄지만 않는다면 우리는 성공할 수 있을 거라고 봐."

블랭크가 물었다.

"대중의 눈에만 띄지 않으면 된다구? 그렇다면 사우나나 탈의실에서 남녀가 정사를 벌이거나 물속에서 진하게 애무를 하는 짓 같은 건 아무렇지도 않다는 뜻인가?"

"그건 모두 클럽 안에서의 일이죠."

플로렌스가 당연하다는 어조로 대답했고, 샘이 덧붙였다.

"누가 누구에게 해를 끼치는 건 아니잖아. 서로 합의한 성인들만 드나드는 시설인걸."

블랭크는 셸리아 먼포트를 돌아보았다. 그녀는 꼼짝도 않고 앉아 있을 뿐이었다. 그녀는 무표정했다. 그의 반응을 기다리는 것 같았다. 플로렌스가 다시 입을 열었다.

"우린 법인을 구성 중이에요."

이어 새뮤얼이 설명을 해 나갔다.

"10만 달러쯤 필요할 것 같아. 임대료와 저당료, 시설 개수비와 보험료 등등 해서."

"그래서 우린 주식을 팔고 있어요."

플로렌스가 말하자 새뮤얼이 물었다.

"관심 있어?"

대니얼 블랭크는 머리에 쓴 비아 베네토 가발을 가볍게 쓰다듬었다.

"나? 아니. 별로 관심 없어. 내가 할 일은 아닌 것 같아. 하지만 법적인 문제만 해결한다면 괜찮은 사업이 될 것 같군."

"그래? 성공할 것 같아?"

새뮤얼이 물었고, 플로렌스도 물었다.

"이익이 날 것 같아요?"

블랭크는 자신 있게 대답했다.

"의심할 여지가 없지. 당국에서 클럽을 폐쇄하지만 않는다면 엄청난 성공을 거둘 거야. 8번로를 한번 걸어가 봐. 자네의 온몸을 마사지해 줄 여자도 구할 수 있고, 여자를 사서 그 몸뚱이에 그림을 그릴 수도 있어. 같이 영화를 볼 수도 있고 깃털로 여자를 간지를 수도 있지. 물론 평범한 매춘부를 구할 수도 있고. 사설 헬스클럽에서 남녀가 벌거숭이로 같이 수영을 할 수도 있고, 목욕을 할 수도 있다고? 안 될 이유가 뭐겠어? 물론이지. 굉장한 이익을 남길 수 있을 거야."

"그런데 왜 당신은 투자하지 않겠다는 거예요?"

셀리아가 물었다.

"아, 나도 모르겠어. 말했잖아. 내 스타일은 아니니까. 난 이제 지쳤어. 모든 일에. 그저 따분할 뿐이야. 아무튼 난 그건 마음에 들지 않아. 그런 건 싫어."

그들은 블랭크를 쳐다보았다. 세 사람 모두가 그를 바라보며 얘기가 계속되기를 기다렸다. 그러나 그가 더 이상 얘기를 계속하지 않자 셀리아가 다시 그에게 조용히 물었다.

"왜 싫다는 거예요? 남자와 여자가 나체로 같이 수영을 한다는 게 싫다는 거예요? 그것이 부도덕한 일이라고 생각해요?"

블랭크는 큰 소리로 웃음을 터뜨렸다.

"하느님 맙소사! 그건 아니야. 난 도덕군자가 아니야. 다만 그게……."

"다만 뭐예요?"

블랭크는 이를 드러내고 웃으며 말했다.

"글쎄, 섹스는 너무나 우연스러운 거야. 그렇지 않아? 죽음이나 순결에 비교하면 말이야. 죽음이나 순결 같은 건 철두철미하게 절대적이지. 그렇지? 하지만 섹스는 결코 절대적인 것이 못 돼. 언제나 섹스 이상의 무엇인가가 있어. 그러나 죽음이나 순결을 생각해 봐. 그것은 언제나 어디서나 절대적인 거야. 셀리아, 당신이 썼던 말, 그게 무슨 말이었지? 아, 그래. 달관. 아니면 궁극성(窮極性)이었던가? 그 비슷한 거야. 그건 너무나 훌륭해. 너무나 포근하지.

난 인생이란 문제투성이라는 걸 알지. 그럼에도 당신들이 계획하고 있는 것은 잘못된 일이라고 생각해. 윤리적인 면에서가 아니야. 아니지. 그렇지는 않아. 당신들이 건드린 문제는 윤리적인 것이라기보다는 절대적인 거야. 그렇지? 어떤 궁극적인 목표는 보지 못하고 있어. 시선 한번 던지지 않고 있지. 아, 그래. 이익이 남겠냐고? 물론 이익이 남지. 1년이나 2년 동안은. 새로운 장사니까. 보통의 것하고는 다르니까. 새로운 물질이니까. 하지만 몇 년이 지나고 나면 그 새로운 물질도 사라지고 말 거야. 그 새로움이 죽어버리는 거지. 당신들이 사람들에게 제공하는 것이 궁극적인 대답이 아니기 때문이야. 그걸 모르겠어? 물속에서나 사우나에서 섹스를 한 그 다음은 뭐지? 없어! 아무것도 없지! 그건 궁극적인 답변이 될 수 없어. 그건 너무나, 너무나 피상적이야.

셀리아, 아까 내가 사람들에 대해 한 말 생각나? 오늘 밤에 만난 그 무수한 사람들. 그래, 거기에 문제가 있지. 그들이 오늘 무엇을 배웠을까? 무엇을 얻었을까? 아마도 그 사람들이 오늘 한 짓은 자위행위에 불과할 거야. 이런 점을 당신들은 생각해 봤어? 이건 정말 우스꽝스러운 거야. 난 그렇게 생각해. 내가 이런 식으로 얘기하는 걸 용서해 줘. 이 온갖 짓이 허용된 세상에서 사람들은 포르노를 얘기하고, 성도착을 얘기하고, 마약을 얘기해. 그게 무엇을 뜻하든 간에 당신들은 그렇게 간단히 얘기하고 치워버릴 수 있지. 바로 그런 것이 오늘날 우리가 사는 세상이니까. 난 그것 때문에 속이 상해. 그 야만스러움 말이야. 어쩌면 그것이 길이나 통로가 될 수 있었는지도 몰라. 하지만 이제는 더 이상 길도 통로도 아니야.

섹스는 어떠냐고? '우리 마티니를 한잔씩 더 할까 아니면 섹스나 한바탕 할까?' 섹스에는 그런 정도의 중요성밖에 없어. 전에 내가 알던 여자는…… 아, 이제 이 얘기는 그만두는 게 좋겠어. 아무튼 아까도 얘기했듯이 그것으로는 충분한 대답이 못 돼. 그러니까 섹스는 이제 내버려두자구. 그 다음에 우리가 무엇을 택해야 할 것인지 당신네들이 결정해. 몇 번 버스를 타야 '절대적인 것'에 도달할 수 있을지 말이야. 당신들은……."

그때 셀리아 먼포트가 재빨리 얘기를 가로챘다. 그녀는 놀라 멍한 얼굴로 블랭크를 바라보는 머튼 부부에게 말했다.

"블랭크가 말하려는 것은 오늘날처럼 거의 모든 것이 허용된 세상에서는 순결이 절대적으로 남용될 수 있다는 거예요. 당신이 말하고 싶은 게 그거였지요, 내 사랑?"

블랭크는 얼이 빠진 듯 고개를 끄덕거렸다. 이윽고 그들은 머튼 부부의 아파트를 나왔다. 셀리아는 부들부들 떨고 있었다. 그러나 블랭크는 떨지 않았다.

블랭크는 왼쪽 팔꿈치에 몸을 의지하고 몸을 비스듬히 기댄 채 오른손으로 토니의 벌거벗은 부드러운 등판을 쓸어 내렸다.

"안 자니?"

"예."

"그 여자, 셀리아 먼포트에 대해 얘기 좀 해봐."

가벼운 웃음.

"'그 여자, 셀리아 먼포트'에 대해 뭘 알고 싶어요?"

"그 여자는 도대체 누구지? 뭘 하고 다니는 거지?"

"아저씨가 잘 알고 있는 줄 알았는데요."

"그녀가 아름답고 정열적이라는 건 알아. 하지만 수수께끼 같은 여자야. 너무나 멀리 떨어져 있어. 그녀는 자기 자신 속에 갇혀 있어."

"그래요. 우리의 셀리아는 자신 속에 아주 깊이 갇혀 있어요."

"그녀가 갑자기 어딘가로 떠날 때 가는 곳이 도대체 어디냐?"

"아, 여기저기죠, 뭐."

"다른 남자를 만나러 가는 거니?"

"때로는요. 이따금 여자를 만나러 가기도 하구요."

"아, 그래?"

"충격받았어요, 아저씨?"

"별로 그렇지 않아. 그럴 거라고 짐작했지. 하지만 셀리아는 너무나 지쳐서 돌아오거든. 가끔 상처를 입고 오기도 하고. 셀리아가 스스로 그렇게 되기를 바라는 건가? 지치고 상처 입을 행동을 의도적으로 하는 거야?"

"아저씨도 알 거라고 생각했는데. 셀리아가 팔목에 붕대를 감고 있는 걸 본 적 있잖아요. 아저씨가 그 붕대를 유심히 바라보는 걸 내가 봤어요. 셀리아는 동맥을 자르려고 했어요."

"맙소사."

"전에도 그런 적이 있었어요. 아마 또 그런 짓을 할 거예요. 자살 말이에요. 약을 먹거나 교통사고를 내거나 아니면 면도칼로 어딜 긋거나."

"그것 참. 셀리아가 그런 짓을 하는 이유가 뭘까?"

"이유요? 이유는 셀리아도 잘 모를 거예요. 인생이 가치가 없다는 것이 유일한 이유라면 이유일까요? 진정한 가치가 없다는 거지요. 셀리아가 그런 얘기를 한 적이 있어요."

"난 내가 셀리아를 행복하게 해주고 있다고 생각했는데."

"아저씨는 정말 셀리아를 행복하게 해줬어요. 어떤 남자든 해
줄 수 있을 정도로는요. 하지만 셀리아는 그것만으로는 만족하지
못해요. 그녀는 볼 것도 다 보고 해볼 것도 다 해봤어요. 그런데도
아직 의미 있는 것을 어떤 것도 발견하지 못했대요. 셀리아는 열
개도 넘는 종교와 신앙을 체험했어요. 술에도 빠져보았고, 온갖
종류의 마약도 다 했지요. 남자들과 여자들, 아이들과 어울려 아
저씨는 믿지 못할 정도의 온갖 짓을 다 했어요. 이제 셀리아는 타
버렸어요. 뻔하잖아요? 셀리아 먼포트, 불쌍한 여자."

"난 셀리아를 사랑해."

"그래서요? 셀리아에게는 이미 늦었어요, 아저씨. 셀리아는 사
랑 같은 건 넘어섰어요. 그녀가 원하는 건 오직 해방되는 것뿐이
에요."

"무엇으로부터?"

"삶으로부터요. 자살하려고 그렇게 애쓰는 걸 보면 말이에요.
어쩌면 머리가 너무 좋다는 것이 문제인지도 모르죠. 셀리아는 그
림도 그렸고 시도 썼어요. 솜씨가 아주 좋았지요. 하지만 그녀는
단순히 '아주 훌륭한' 시인이나 화가가 된다는 생각을 견디지 못
했어요. 만일 천재적 재능을 지니고 있다 해도 두 번째로 훌륭한
예술가라는 자리에 머물 수 없었던 거지요. 언제나 그녀는 최고를
원했어요. 최선, 가장 좋은 것, 최종적인 것을요. 난 셀리아의 문
제는 늘 확실한 것을 원하는 거라고 생각해요. 무엇이든, 어떤 것
이든 말이에요. 셀리아는 최종적인 대답을 원해요. 셀리아가 아저

247

씨에게 반한 이유도 아마 그걸 거예요. 셀리아는 아저씨도 같은 것을 찾고 있다고 생각했어요."

"네 나이치고는 아주 성숙한 얘기를 하는구나."

"제가요? 전 고대인이에요. 고대에 태어났어요."

그들은 웃다가 서로를 껴안았다. 그들은 키스했다. 욕정이 아닌 사랑의 키스였다.

황홀한 순간이 지나고 마침내 그들은 서로의 손을 잡은 채 나란히 누웠다.

"밸린터는 뭐야?"

"그 사람이 뭐냐는 게 무슨 뜻이에요?"

"이 집에서 그 사람의 역할이 뭐냐구."

"하인이에요. 심부름꾼이죠."

"그 사람은 아주, 아주 사악한 사람 같아."

비웃음.

"그 사람이 누나나 나하고 자는 것 같아요?"

"모르겠다. 이 집은 정말 이상한 집이야."

"그럴지도 몰라요. 하지만 확실히 말씀드릴 수 있어요. 밸린터는 그저 하인일 뿐이에요. 이상하게 생각하는 건 아저씨 상상이 너무 지나쳐서예요."

"그런지도 모르지. 위층의 그 방 말이다. 그 방에 어디 엿보는 구멍이 뚫려 있지 않니? 다른 사람이 그 방을 엿볼 수 있는 구멍 말이야. 아니면 이 건물 전체에 도청장치가 있어서 남의 말을 엿들을 수 있는 건 아니야?"

"이제 아저씨 상상력이 지나친 정도를 넘어 우스꽝스러워지기 시작하네요."

"정말 그런지도 몰라. 어쩌면 내가 믿고 싶은 걸 믿어버리는지도 모르지. 하지만 왜 하필이면 그 방을 그렇게 좋아하지?"

"왜 아저씨를 그 방으로 데려가냐구요? 그 방이 이 집에서 제일 높은 곳이니까요. 그 방에 들어가는 사람은 없거든요. 그 방은 비밀이 보장되는 방이에요. 아무 방해도 받지 않아요. 더럽기는 하죠. 하지만 그것도 재미있잖아요? 재미없다고 생각해요? 왜 웃어요?"

"모르겠다. 내가 세상에 존재하지 않는 것에 대한 얘기를 너무 많이 읽은 모양이다."

"어떤 걸요?"

"글쎄, 이 셸리……."

"나도 알아요. 이 '셸리아 먼포트라는 여자' 말이죠?"

"그래. 셸리아 먼포트라는 여자가 날 조종하고 있다는 생각이 들어. 날 이용하고 있다는 생각이 들어."

"무엇을 위해서요?"

"그걸 모르겠어. 하지만 셸리아가 내게서 무엇인가를 원하고 있다는 느낌은 들어. 그녀는 무엇인가를 기다리고 있어. 내가 무엇인가를 해주기를. 그렇지?"

"저도 모르겠어요, 아저씨. 전혀 몰라요. 셸리아는 아주 복잡한 여자거든요. 나도 셸리아에 대해 모르는 게 너무 많아요. 아저씨도 아시는 것처럼 나는 대부분 남자들하고만 놀거든요. 하지만 내 생각에는 셸리아도 자신이 원하는 것이 무엇인지를 정확히 아는 것 같지 않아요. 그게 무엇인지 느끼고는 있을 거예요. 그래서 더

듬더듬 그것을 찾기 위해 나아가고는 있지요. 갖가지 시행착오를 하고 실수를 거듭하면서요. 셀리아는 늘 사고를 저질러요. 물건을 놓치기도 하고 엉망으로 뒤집어엎기도 하구요. 이 물건 저 물건을 쓰러뜨리기도 하고 떨어뜨리기도 해요. 하지만 그녀는 무엇인가를 향해 움직이고 있어요. 아저씬 그런 느낌 들지 않아요?"

"그래. 바로 그거야. 이제 좀 쉬었니?"

"예, 아저씨."

"다시 할까?"

"그래요. 천천히요."

"토니, 토니, 널 사랑한다."

"아, 그런 말은 그만둬요."

토니 먼포트의 말이었다.

아무리 생각해 봐도 이상한 일이었다. 대니얼 블랭크는 자신과 자신의 세계가 확대되어 가면서 동시에 위축되어 가고 있다는 생각이 들었다. 그것은 참으로 기묘한 일이었다. 그는 토니를, 클리크 부인을, 밸런터를, 머튼 부부를, 그가 아는 모든 사람을, 그리고 거리에서 만나는 모든 사람을 사랑했다. 그렇다. 그는 그들을 사랑했다. 그들은 모두 서글픈 존재들이었다. 하나같이 슬픈 존재들이었다. 그러나 동시에 그가 이미 '에로티카'에서 그날 밤에 셀리아에게 말한 것처럼, 그들 모두로부터 격리되어 있는 것을 느꼈다. 그러면서도 여전히 그들을 모두 사랑할 수 있었다. 그것이야말로 참으로 기묘하고 이해할 수 없는 일이었다.

블랭크의 사랑과 이해가 모든 살아 있는 생물들, 사람과 짐승은 물론이요 바위와 머리 위의 하늘에 이르기까지 모든 것을 포용할 듯 확대되는 것과 동시에 그 자신은 내면 속으로 축소되어 낄낄거리면서 자신의 가슴을 갉아먹거나 자신만의 비밀스러운 삶을 고수했다. 그는 응축되어 가고 있었다. 자신의 내면을 향해서만 꼬여 들었고, 더욱 깊이 그 자신 속으로 침투해 들어갔다. 그것은 그림자와 냄새와 숨가쁜 헐떡임으로 이루어진 폐쇄된 삶이었다. 그처럼 폐쇄되어 있는데도 다른 한편으로 그는 이 믿을 것 없는 세상에서 정해진 길을 가는 별들을 사랑했고 음악을 사랑했다.

결론은 한 가지 의문으로 좁혀졌다. 속세를 떠난 은둔자가 되어야 하느냐 말아야 하느냐? 블랭크는 거울로 장식한 벽 앞에서 벌거숭이 몸을 비비 꼬아댈 수도 있었고, 황금 사슬을 몸에 걸고 자신의 몸을 껴안을 수도 있었다. 그것 역시 하나의 대답이기는 했다. 또는 거리의 어리석은 생활 속에 스며들어 뒤섞일 수도 있었다. 끼어드는 것이다. 침투하는 것이다. 그들 모두와 하나가 되는 것이다. 사랑하는 것이다.

그는 거리를, 사악함으로 뒤덮인 거리를 선택했다. 그리고 자신을 활짝 개방하기로 했다. 그는 답변이 거기에 있다고 판단을 내렸다. 답은 앰록 II에 있지 않았다. 답은 오히려 립스키에게, 그 밖의 힘겹게 살아가며 패배하는 저 무리들에게 있었다. 블랭크는 그들이 허약하고 타락한 자들이기 때문에 그들을 증오했다. 내가 예수 그리스도라도 된단 말인가? 그것은 종잡을 수 없는 생각이었다. 그러나 그는 예수 그리스도라도 될 수 있다고 생각했다. 그에게는 예수 그리스도의 사랑이 있었다. 물론 그는 종교를 믿는 사람은 아니었다.

그리하여 블랭크는 흐린 겨울 하늘을 향해 음울한 웃음을 날리며, 인생의 수수께끼를 풀겠다는 결심을 품고 방황했다.

그날 밤 블랭크는 샤워를 하고, 늘씬한 몸에 기름을 바르고, 향수도 뿌렸다. 그는 천천히 주의를 기울여 옷을 입었다. 검은 터틀넥 스웨터와 검은 양복, 크레이프 고무굽이 달린 구두, 주머니에 틈이 있는 코트를 입고 왼쪽 팔목에는 얼음도끼 손잡이의 가죽매듭을 걸었다. 그는 사악한 연인을 찾기 위해 행복한 기분으로, 너무나 행복한 기분으로 거리로 나섰다. 3급 수사관 로저 코프를 죽인 날로부터 열하루가 지난 날이었다.

블랭크는 이제 이 일이 점점 더 힘들어지고 있다는 사실을 발견했다. 그 수사관이 죽은 이후부터 밤이 되면 거리에는 사복으로 위장한 수사관들뿐만 아니라 2인 1개조로 이루어진 정복 순찰경관들이 블록마다 자리를 잡았다. 그들은 피곤해 보였으나 코프의 피살 이후에는 조금도 긴장을 풀지 않았다. 뿐만 아니라 순찰 차량도 더욱 많아졌다. 그래서 그는 일반 차량으로 위장한 수사용 차량들도 훨씬 더 많이 동원되어 있으리라고 추측할 수 있었다.

이러한 상황이라면 그는 다른 사냥터를 찾아볼 수도 있었다. 그렇게 해도 조금도 이상할 것이 없는 일이었다. 그러나 위험이 커질수록 도전욕도 강해졌다. 위험하다고 해서 등산을 포기할 것인가? 만일 포기한다면 도대체 등산은 무엇 때문에 한단 말인가? 요점은, 가장 중요한 요점은 스스로를 단련시키고 자신의 능력과 용기의 새로운 한계를 시험하는 것이었다. 그것은 마치 근육과도 같았다. 운동을 하면 할수록 그것은 크고 단단해진다. 사용하지 않으면 않을수록 보잘것없고 허약해진다.

그는 가장 중요한 열쇠는 시간적 요소라고 판단했다. 블랭크가 이제까지 저지른 세 건의 살인사건이 발생한 시각은 모두 밤 11시 30분에서 12시 30분 사이였다. 물론 경찰은 이 사실을 충분히 의식하고 있을 것이다. 모든 경찰에게 자정을 전후한 시간을 특별히 조심하라는 경고가 내려졌을 것이다. 그 시각 이전이나 이후에는 덜 긴장할 것이다. 블랭크에게는 아무리 사소한 이점이라도 다 요긴했다.

그는 일을 일찍 치르기로 결심했다. 크리스마스 쇼핑 시즌이었다. 밤 7시만 되면 벌써 어두웠다. 그러나 상점은 9시까지는 영업을 했다. 10시가 되어도 선물꾸러미와 상자를 든 사람들이 집으로 가는 길을 서두르는 것을 쉽게 볼 수 있었다. 밤 12시 30분이 지나면 위장한 수사관들과 정복 경관들을 제외하고는 거리는 완전히 텅 비어버렸다. 인근 주민들도 코프가 피살된 후 신문에서 보도된 내용을 읽었던 것이다. 그리하여 감히 자정이 지난 뒤에 거리로 나서는 사람은 거의 없었다. 그렇다. 일찍 해치우는 것이 최선이었다. 9시부터 10시 30분 사이의 어느 시간이나 무방했다. 등산가들은 가능성과 확률에 대해 심사숙고하는 법이었다. 그들은 결코 자살하기 위해 심사숙고하지는 않았다.

블랭크에게는 위장이 필요했다. 그는 오랫동안 생각을 거듭한 끝에 행동방침을 결정했다. 전날 밤, 직장에서 집으로 돌아오는 길에 그는 크리스마스 카드와 인조 크리스마스 트리, 포장지와 장식품 따위를 파는 42번가의 상점에 들렀다. 크리스마스 6주 전에 영업을 시작하는 상점이었다. 크리스마스 이브가 되면 그 상점은 문을 닫았다. 그는 도시 전체에 한시적으로 영업을 하는 이런 상점이 흔히 있다는 것을 알고 있었다.

그는 두 개의 상자를 샀다. 하나는 구두상자 크기였고, 다른 하나는 넥타이나 장갑을 포장하기 적당한 크기의 납작하고 긴 상자였다. 블랭크는 크리스마스 선물용 포장지도 샀다. 가장 흔하고 전통적인 무늬로, 붉은색 배경에 사슴이 끄는 산타클로스의 썰매가 인쇄된 포장지였다. 포장지는 셀로판지에 싸여 있었다. 그는 또 스티커 한 봉과 노끈 한 묶음도 샀다. 노끈은 털실이라면 네모난 소형 탁자 덮개 하나를 짤 수 있을 정도의 길이였다.

블랭크는 물건을 사는 동안에도 검은색의 얇은 스웨이드 장갑을 끼고 있었다. 상점은 사람들로 붐볐다. 점원은 그를 쳐다보지도 않았다. 집에 돌아오자 그는 장갑을 낀 채 두 개의 빈 상자를 크리스마스 선물상자처럼 꾸미기 시작했다. 사슴이 인쇄된 포장지로 상자를 단정히 쌌다. 산타클로스의 머리가 그려진 스티커로 포장지의 끝을 붙였다. 그 다음 붉은색 노끈으로 그것을 묶어 꼭대기에 아주 예쁜 리본을 만들었다. 일을 끝내자 그의 눈앞에는 멋지게 포장된, 틀림없이 크리스마스 선물로 보이는 두 개의 상자가 놓여 있었다. 그는 상자를 범행 현장에 두고 올 작정이었다. 수사관들이 그 물건을 통해서 그를 찾아낼 수 있는 가능성은 극히 작다고 그는 생각했다. 블랭크는 남은 포장지와 스티커, 노끈을 쓰레기통에 넣어 아래층 복도에 있는 소각실로 가지고 가서 소각로에 비웠다. 아파트로 돌아온 다음에야 그는 장갑을 벗었다.

이튿날 밤, 대니얼 블랭크가 아파트를 나설 때 근무 중인 경비원(찰스 립스키는 아니었다.)은 예상한 대로 그를 쳐다보지도 않았다. 그는 심부름꾼이 배달해 온 선물상자를 받고, 서명을 하고, 상자로 가득 찬 쇼핑백을 안고 택시에서 내리는 아파트 주민들을 돕느라고 분주했다. 만일 그 경비원이 블랭크를 보았다 하더라도 그것이 어떻다는 것인가. 블랭크는 친구들에게 줄 두 개의 선물상자를 들고 외출하는 것뿐이었다. 얼마나 아름다운 일인가.

그는 자신이 너무나 영리하다는 것이 기분 좋았고, 아직도 거리에 제법 많은 쇼핑객들이 나다니고 있다는 사실에 놀랐다. 그리하여 블랭크는 3번로의 '앵무새'까지 걸어갔다. 그곳에서 한가하게 술을 한잔 마시면서 시간을 죽였다. '시간을 죽인다.' 그는 혼자 낄낄거렸다. 도끼는 코트 자락 밑에 감춰져 있었고, 크리스마스 선물상자는 오른쪽 팔에 끼워져 있었다.

술집은 거의 비어 있었다. 바 앞에 한 남자가 앉아 있었다. 중년의 남자였다. 그는 몸을 움직이며 혼잣말을 계속했다. 웨이터는 심심한 얼굴로 뒤쪽 탁자 앞에 앉아서 종교 책자를 읽고 있었고, 바텐더는 경마표를 작성하고 있었다. 그들 두 사람은 지난 해에 블랭크가 동성연애자와 싸움박질을 벌였을 때 근무하던 바로 그 사람들이었다. 블랭크가 들어서자 두 사람은 그를 쳐다보았다. 표정으로 보아서는 그를 알아보는 것 같지 않았다.

블랭크는 브랜디를 주문했다. 술이 오자 그는 바텐더에게 한 잔 하겠느냐고 물었다.

"고맙습니다만 일할 땐 안 됩니다."

그 남자는 차가운 미소를 지으며 대답했다.

"오늘 밤은 조용한데요. 모두들 크리스마스 쇼핑을 하느라고 바쁜 모양입니다."

그 남자는 대니얼 앞으로 고개를 숙이며 말했다.

"꼭 그런 것만은 아니죠. 지난해 크리스마스 때만 해도 폐점시간까지 손님들이 바글바글했으니까요. 하지만 올해에는 아무도 안 와요. 왠지 아세요?"

"왜지요?"

그 남자는 갑자기 화를 내며 말했다. 턱 밑의 붉은 군살이 마구 출렁거렸다.

"그놈의 미치광이 살인자가 날뛰기 때문이지 뭐겠어요? 어두워진 다음에 길바닥에 나돌아다닐 사람이 어디 있어요? 경찰이 빨리 그놈을 잡아서 그놈 자식의 물건을 잘라버려야 할 텐데. 개놈의 자식. 그 새끼가 우리 장사를 망치고 있다니까요."

블랭크는 그럴 법하다는 낯으로 고개를 끄덕여 주고는 술값을 지불했다. 도끼는 여전히 코트 밑에 감춰져 있었다. 그는 바 앞에 앉아서 만족스러운 기분으로 브랜디를 한 모금씩 마셨다. 술집 안이 따뜻한데도 그는 코트를 입고 장갑을 끼고 있었다. 크리스마스 선물상자는 바 위에 놓여 있었다. 조용하고 한가했다. 어떤 면에서는 블랭크 자신이 한 행위가 얼마나 많은 사람들에게 영향을 끼치고 있는지를 알게 되어 재미있기도 했다. 하나의 돌멩이가 물 위에 떨어지면 그 파문은 어디까지나 퍼져 나가게 마련이었다.

그는 술을 다 마시자 적당한 액수의 팁을 준 다음 선물상자들을 들고 밖으로 나섰다. 그는 바텐더나 웨이터에게 인사를 할까 생각하며 문가에서 뒤를 돌아보았다. 그러나 그들 두 사람은 블랭크를 보고 있지 않았다. 그는 속으로만 웃었다. 너무나 쉬웠다. 아무도 그에게 신경을 쓰지 않았다.

쇼핑객들은 이제 훨씬 줄어 있었다. 아직 거리에 있는 사람들은 팔에 선물상자를 끼거나 선물상자를 휘저으며 부지런히 집으로 향하고 있었다. 블랭크도 그 사람들 흉내를 냈다. 두 개의 선물상자를 겨드랑이에 끼었다. 차디찬 바람 때문에 머리와 어깨를 조금 앞으로 구부렸다. 그러나 그의 눈은 사방을 두리번거렸다. 11시가 되기 전까지 일을 끝마치지 못하면, 오늘은 작업을 포기하고 다음 기회를 엿볼 작정이었다. 그에 대해서는 이미 결심해 두었다.

그는 한 사람의 멋진 연인을 잃었다. 한 남자가 갑자기 주택 계단을 뛰어오르더니 블랭크가 미처 친절한 미소를 얼굴에 떠올리기도 전에 바삐 사라졌던 것이다. 그는 또 한 사람의 연인을 잃었다. 그 남자는 아파트 건물의 경비원에게 다가가더니 무슨 얘기인가를 시작했다. 세 번째 연인도 멋있었다. 그러나 외모에서 위장한 수사관의 냄새가 너무 짙게 풍겼다. 민간인이라면 그렇게 천천히 걷지 않았을 것이다. 또 한 사람의 연인도 잃고 말았다. 갑자기 그 사람 뒤에서 정복 경찰관이 모퉁이를 돌아 나타나더니 블랭크를 향해 느릿느릿 걸어왔던 것이다.

그는 실망하지 않았다. 치미는 분노를 억제하기 위해 노력했다. 그러나 참기가 어려웠다. 이 작자들이 도대체 왜 이다지도 나의 일을 방해하는 것인가. 블랭크는 코트 자락을 조금 들어 가로등 불빛으로 손목시계를 보았다. 10시 30분이 되어가고 있었다. 시간이 별로 남지 않았다. 조금만 더 지나면 오늘 밤의 작업은 포기하고 다음 기회를 찾는 수밖에 없었다. 그러나 그럴 수는 없는 일이었다. 그래서는 안 된다. 이미 그의 피 속에서는 열기가 들끓고 있었다. 망할 놈의, 우라질, 저 지겨운 경찰놈들, 멍청이들. 지금이 아니면……. 지금이라야 했다. 그는 운이 너무 좋았다. 이기는 말이었다. 그는 언제나 이기는 말만 탄다.

그리고 그것은 사실이었다. 저만큼에서……. 믿을 수 없을 정도였다. 너무나 기뻤다. 다가오는 순찰차도 없고 경관도 없었다. 그 블록은 텅 비어 있었고 어두웠다. 저만큼에서 한 남자가 이쪽으로 다가오고 있었다. 한쪽 팔에 크리스마스 선물상자를 낀 그 남자는 분주히 걷고 있었다. 트위드 코트 칼라의 단춧구멍에는 작고 예쁜 장미 한 송이가 꽂혀 있었다. 위장한 경찰관이 크리스마스 선물상자를 가지고 다닐까? 장미를 꽂고 다닐까? 블랭크는 그럴 가능성은 희박하다고 판단했다. 그는 얼굴에 미소를 떠올렸다.

그 연인은 가로등 불빛 아래를 지났다. 그 남자는 젊고 늘씬했다. 콧수염을 길렀으며 몸매가 꼿꼿하고 자신만만했다. 블랭크는 그 남자가 아름답다고 생각했다. 그 남자는 또 하나의 대니얼 블랭크였다.

"안녕하세요!"

블랭크는 한 발자국쯤 떨어져 있을 때 미소 띤 얼굴로 큰 소리로 인사를 건넸다. 그 남자도 미소하며 인사를 보냈다.

"안녕하세요!"

서로 스쳐가는 바로 그 순간, 블랭크는 도끼를 오른손으로 바꿔 쥐고 돌아섰다. 돌아서기 시작한 바로 그 순간, 블랭크는 그의 희생자 역시 그와 똑같이 갑자기 발을 멈추고 돌아서고 있다는 것을 깨달았다. 블랭크는 그런 순간에도 그 남자의 놀라운 육감에 대해, 그처럼 정확하고 그처럼 신속한 그 남자의 육체적 반응에 대해 탄복했다. 그러나 그 다음 순간부터는 모든 것이 불확실한 것

258

투성이였다.

도끼가 허공에 쳐들렸다. 크리스마스 선물상자들이 길바닥에 떨어졌다. 그때 그 남자가 두 손을 들어 블랭크의 왼쪽 팔목을 거 머쥐었다. 그 남자의 선물상자도 길바닥에 나뒹굴었다. 남자는 붙잡은 블랭크의 왼손을 놓지 않았다. 블랭크의 몸이 강하게 앞으로 끌어당겨졌다. 세 개의 팔이 허공에서 뒤흔들렸다. 그들은 한순간 꼼짝도 않고 멈춰 서 있었다. 달콤한 포옹이었다. 아주 가까이 접근한 서로의 열린 입술로 서로의 뜨거운 호흡이 밀려들었다. 그 육체적 접촉은 너무도 달콤하여 블랭크는 취할 것만 같았다. 그는 몸을 남자에게 더 가까이 밀착했다. 따뜻했다. 사랑스러운 체온과 힘이었다.

블랭크는 정상적인 의식상태로 되돌아왔다. 그는 발뒤꿈치로 그 남자의 왼쪽 무릎 뒤를 걷어차면서 뒤로 물러섰다가 힘껏 밀어 붙였다. 그것만으로는 부족했다. 그 남자는 비틀거렸으나 쓰러지지는 않았다. 그러나 블랭크의 손목을 움켜쥔 손의 힘이 약해졌다. 블랭크는 다시 한 번 난폭하게 걷어차면서 밀어붙였다. 두 사람의 몸이 뒤얽혔다. 멀리에서 호각소리가 들려오는 것 같았다. 그러나 확실히는 알 수 없었다. 그 순간 그들은 같이 쓰러졌다. 블랭크는 몸을 굴렸다. 왼쪽 팔꿈치가 길바닥에 부딪히며 픽 소리를 냈다. 블랭크는 희미하게 팔이 부러진 것일까 하고 생각했다. 부러진 것 같았다.

그 다음 순간 두 사람은 엉겨붙었다. 블랭크는 그 남자 위에 올라타 있었다. 남자의 두 눈에 지친 표정이 역력히 떠올랐다. 그 남자의 두 손이 블랭크의 손목을 놓쳤다. 블랭크는 도끼를 들어 올려 내리치고, 또 들어 올려 내리쳤다. 황홀감에 젖어, 있는 힘을 다해 내리쳤다. 이번에야말로 최상이었다. 남자의 힘이 빠진 손가락이 그의 얼굴을 할퀴고 있었으나, 블랭크는 그것을 거의 의식하지도 못했다. 뭔가 따뜻할 뿐이었다.

젊은 남자의 몸이 더 이상 움직이지 않을 때까지 그의 검은 눈은 이글거리고 있었다. 블랭크는 도끼를 한쪽에 두고 단춧구멍에 꽂힌 장미를 잡아챘다. 비틀거리며 몸을 일으켜 엉거주춤한 자세로 재빨리 사방을 두리번거렸다. 분명히 호각소리가 들렸다. 멀리 저편 모퉁이를 돌아 정복 경관이 허리 언저리를 손으로 분주히 더듬으며 달려오고 있었다. 거리 건너편에서도 또 한 사람의 경관이 그 우스꽝스러운 소리의 호각을 계속 불어대고 있었다. 블랭크는 도끼 손잡이의 가죽매듭을 코트 자락 속의 왼쪽 팔목에 걸면서 잠시 그것을 바라보았다.

돌연 통증이 왔다. 왼쪽 팔꿈치와 피가 흐르고 있는 얼굴이 아팠다. 다음 순간 그는 다친 왼쪽 팔을 몸 가까이에 붙이고 도주에 성공할 수 있는 가능성이 얼마나 되는지, 그 방법은 무엇인지를 궁리하며 달리고 있었다. 그 와중에도 장미를 내던질 생각은 하지 않았다.

길에 쓰러진 시체 때문에 경관들은, 적어도 둘 중 하나는 잠시 지체할 것이다. 블랭크는 1번로로 꺾어지는 모퉁이를 돌아 달리면서 그 장미를 오른쪽 코트 주머니에 밀어 넣었다. 손수건을 꺼내 피가 흐르는 얼굴을 가렸다. 연달아 기침이 나왔다. 그는 모퉁이에서 두 집 너머에 자리 잡은 간이식당으로 들어섰다. 기침을 계속하면서 피가 흐르는 얼굴을 손수건으로 가리고 뒤쪽에 있는 공중전화 부스로 태연히 걸어갔다. 그는 어깨로 손수건을 얼굴에 밀어 올린 자세로 오른쪽 주머니에서 동전을 꺼내 전화통에 밀어넣고 다이얼을 돌렸다. 날씨를 알려주는 전화번호였다. 기계적이고 건조한 음성이 흘러나왔다.

"소형 선박들에 대한 주의보가 찰스턴에서부터 블록아일랜드에 이르기까지 발효 중입니다."

권총을 꺼내 든 경관 하나가 간이식당 앞을 뛰어 지나갔다. 그것을 본 직후, 블랭크는 공중전화 부스를 떠났다. 그는 여전히 기침을 하며 얼굴을 손수건으로 가리고 있었다. 81번가에 신호를 기다리며 멈춰 서 있는 빈 택시가 한 대 있었다. 행운이었다. 이것이 행운이 아니라고 할 수 있을까?

블랭크는 운전기사에게 예의 바른 어조로 웨스트사이드의 버스 터미널에 가달라고 요청했다. 그의 음성은 적어도 그 자신이 듣기에는 태연했다. 신호가 바뀌고 택시가 출발하자 블랭크는 왼쪽 구석으로 옮겨 앉았다. 그곳이라면 운전기사가 몸을 틀지 않고서는 뒷거울로도 그를 볼 수 없을 것이었다. 그 다음 오른손을 들어 손가락을 폈다. 손가락은 떨리지 않는 것 같았다.

터미널까지는 거의 20분이나 걸렸다. 도착하기 전까지 블랭크는 택시 운전기사가 그를 쳐다보고 있지 않은지를 확인하기 위해 잠시도 쉬지 않고 그의 동태를 살피면서 몇 가지 일을 처리했다. 먼저 코트의 앞자락을 열어 양복 윗도리의 단추를 풀고, 바지의 허리띠를 풀었다. 그 다음 감각을 잃은 왼쪽 손목에 걸린 얼음도끼의 가죽매듭을 조심스럽게 풀어서 허리띠에 건 다음, 다시 허리띠를 맸다. 이제 도끼는 그가 걸을 때마다 넓적다리에 부딪힐 테지만 그것은 안전했다. 그는 양복 윗도리의 단추를 채웠다.

그는 손수건에 침을 뱉어 얼굴을 천천히 문질렀다. 피가 있었다. 우려했던 것보다는 훨씬 적은 양이었다. 그는 손수건을 옆에 놓고 오른손으로 왼손을 잡고 왼팔을 조금씩 굽혀보았다. 아팠다. 고통스러웠다. 그러나 견딜 만했다. 팔굽은 기능을 상실한 것 같지는 않았다. 당장은 팔이 부러진 것이 아니라 그저 심하게 부딪힌 것이기를 바라는 수밖에 없었다. 그는 왼쪽 팔꿈치를 굽혀서 팔을 양복 윗도리 안에 밀어 넣은 다음 석고붕대를 한 것처럼 단추를 잠갔다. 통증이 훨씬 덜해졌다.

그는 손수건에 침을 더 뱉어 얼굴을 계속 닦았다. 피는 이제 거의 없는 것 같았다. 얕은 상처에는 벌써 딱지가 앉기 시작하고 있었다. 블랭크는 붉게 물든 손수건을 양복 윗도리 주머니에 쑤셔 넣었다. 그는 한 손으로 지갑을 꺼내 택시의 미터기를 본 다음 1달러짜리 지폐를 석 장 꺼내고 지갑을 다시 넣었다. 블랭크는 좌석에 깊숙이 몸을 싣고 길게 안도의 한숨을 몰아쉬며 얼굴에 미소를 떠올렸다.

버스 터미널은 사람들로 가득 차 있었다. 그를 쳐다보는 사람은 하나도 없었다. 그는 이제 손수건으로 얼굴을 가릴 생각도 하지 않고 곧장 남자 화장실로 들어갔다. 화장실도 사람들로 붐볐다. 그러나 블랭크는 거울을 통해 자신의 모습을 살펴볼 수 있었다. 가발이 뒤틀려 있었고 왼쪽 뺨이 깊게 긁혀 있었다. 틀림없이 딱지가 앉을 것이었다. 오른쪽 뺨은 긁히기는 했으나 피부가 찢기지는 않았다. 왼쪽 뺨의 긁힌 상처 한 군데에서만 아직 피가 나고 있었다. 그러나 적은 양이었다.

옆 세면대에서 손을 씻는 남자가 있었다. 그 사람의 눈과 블랭크의 눈이 거울 속에서 마주치자 남자는 이렇게 말했다.

"상대한 녀석은 그보다 훨씬 더 심하게 다쳤을 테지요?"

"손 한번 못 대봤어요."

블랭크가 비참한 어조로 중얼거리자 그 남자는 웃음을 터뜨렸다.

블랭크는 수돗물을 틀어 두 장의 종이타월을 적셔서 화장실 안으로 들어갔다. 문을 잠그고 종이타월 한 장으로는 얼굴을 다시한 번 닦고, 화장지를 찢어 긁힌 상처에 붙였다. 나머지 종이타월한 장으로는 코트와 양복의 먼지를 털어냈다. 그는 바지 왼쪽 무릎이 찢어진 것을 발견했다. 살이 엿보였다. 양복을 버려야 할 것 같았다. 양복을 종이에 싸서 출근하는 길에 쓰레기통에 버리면 될것이다. 청소부가 쓰레기통을 비우기 전에 경찰이 그 양복을 발견하게 될 가능성은 전무했다. 블랭크는 그렇다 하더라도 양복의 상표를 뜯어내 태워버리기로 했다. 그것은 중요한 문제가 아니었다.

그는 다시 왼팔을 움직였다. 팔꿈치가 움직이기는 했으나 몹시아팠다. 뭔가 이상이 생긴 것이 분명했다. 그는 양복을 벗고 와이셔츠의 소매를 걷어 올렸다. 많이 부어올라 있었다. 피부는 이미멍이 들어 시퍼렇게 변색되어 있었다. 그러나 팔꿈치를 움직이는데는 지장이 없었다. 그는 옷을 입고 코트를 어깨 위에 걸쳤다. 양팔은 코트 소매에 끼지 않고 코트 안쪽에 감췄다. 도끼는 여전히넓적다리 옆에서 대롱거렸다. 그는 얼굴에 붙였던 화장지를 조심스레 떼어서 그것을 살펴보았다. 화장지에는 희미한 붉은 얼룩이묻어 있을 뿐이었다. 그는 화장지와 종이타월을 변기 속에 던지고 물을 내렸다. 옷을 단정히 한 다음 그는 화장실 문을 밀고 나왔다. 어느 새 그의 얼굴에는 보일 듯 말 듯 미소가 떠올라 있었다.

그는 다시 세면대 앞 거울로 가서 가발을 잘 쓰고 오른손으로 빗질을 했다.

모자도 쓰지 않은 대머리 남자가 옆에서 손의 물기를 닦고 있었다. 그 사람이 블랭크를 쳐다보았다. 블랭크도 돌아서서 그 남자를 쳐다보았다. 블랭크가 물었다.

"뭐, 찾는 거라도 있습니까?"

그 남자는 미안하다는 몸짓을 했다.

"당신 머리 말입니다, 그거 가발이지요? 그렇지요?"

"그래요."

"그걸 보고 있었어요. 좋습니까?"

"좋고말고요. 누구에게나 추천할 만하지요. 하지만 될 수 있는 한 가장 비싼 것을 사야 해요. 인색하게 굴어서는 안 된다는 거지요."

"벗겨지지 않아요?"

"절대로 그런 일 없어요. 난 모자 같은 건 안 써요. 이 가발을 쓴 채로 샤워도 할 수 있어요."

"그게 정말입니까?"

"그렇다니까요. 인생 전체가 바뀝니다."

블랭크는 고개를 끄덕이며 말해 주었다. 그 남자는 기뻐서 숨을 몰아쉬었다.

"농담 아닙니까? 틀림없어요?"

블랭크는 택시를 타고 아파트로 돌아왔다. 여전히 코트를 어깨

위에 느슨하게 늘어뜨린 차림이었다. 경비원은 그를 보자 말했다.

"안녕하십니까, 블랭크 선생님? 오늘 밤에 또 한 사람이 죽었어요. 여기서 겨우 두 블록 떨어진 곳에서요."

"그게 정말이오? 이제부터 어딜 가든 택시를 타고 다녀야겠군."

"그게 좋을 겁니다, 블랭크 선생님."

그는 욕조를 뜨거운 물로 가득 채우고 거품이 많이 일도록 충분히 오일을 넣었다. 욕실 안에 가득 찰 만큼 향수도 듬뿍 뿌렸다. 그는 옷을 벗고 뜨거운 물속으로 조심스럽게 들어가 앉았다. 도끼를 닦고 기름칠을 하는 일은 나중으로 미뤘다. 그는 뜨거운 물속에 뺨까지 잠길 정도로 깊이 들어앉아 그 도끼를 바라보았다. 물론 아픈 팔꿈치도 물속에 잠겼다. 차츰 그의 성기가 발기되기 시작했다. 그는 행복했다. 생애 처음 맛보는 짙은 행복감이었다. 그는 꿈속으로 잠겨 들었다.

제 7 장

"그들은 흰색으로 칠해진 부두에서 멈췄어요. 허니 번치는 아빠와 엄마를 따라갔지요. 허니 번치는 그곳이 한 번도 본 적이 없을 정도로 익살맞게 생긴 방갈로라는 것을 알게 됐어요. 그 소녀는 바로 그 방갈로의 계단에 서 있었지요. 방갈로는 하얀색으로 칠해져 있었어요. 창문가에는 녹색 화분들이 놓여 있었구요. 허니 번치는 이제까지 흰색 도토리는 본 적이 없었어요. 하지만 그 소녀는 덧문에 그려진 흰색 도토리가 정말 예쁘다고 생각했어요. 방갈로의 베란다에 작은 표지판이 붙어 있었어요. 그 표지판에는 '도토리 집'이라고 씌어 있었어요."

에드워드 델러니 지서장은 거기에서 읽기를 중단했다. 아내가 원하는 바람에 그는 이제까지 『허니 번치: 캠프에서 보낸 나날』을 큰 소리로 읽고 있었다. 그가 고개를 들었을 때 바바라는 곤히 잠들어 있는 것 같았다. 그녀는 깊은 호흡을 규칙적으로 하고 있었고, 가느다란 팔과 하얀 손은 담요 위에 허약하게 던져져 있었다. 아내는 이제 침대에서 나오지 않았다. 휠체어에 앉으려고도 하지 않았다.

델러니는 아내가 저녁식사를 하는 것을 도와주기 위해 일부러 시간을 내서 병실로 들어섰다. 바바라는 머핀을 조금 맛보고, 으깬 감자와 완두콩을 조금 먹었다. 그러나 쇠고기는 먹으려 하지 않았다.

"먹어야 해, 여보."

그는 될 수 있는 한 엄격한 어조로 말했다. 그가 커스터드 푸딩을 숟가락에 떠 입에 대자 아내는 힘없이 미소 지었다. 그녀는 푸딩은 거의 다 먹었다. 그 다음에는 그의 손을 밀어내고 고개를 돌렸다. 그는 더 이상 먹으라고 강요할 수 없었다.

"뭐 하다 왔어요, 여보?"

바바라는 허약한 음성으로 물었다.

"그냥 이 일 저 일 바쁘게 시간만 보냈지, 뭐."

"그 사건에 관해서는 무슨 새 소식 없어요?"

"무슨 사건?"

그는 반문했다가 곧 부끄러워져 고개를 숙였다. 거짓말을 할 생각은 없었지만, 아내의 건강상태로 보아 잔인한 살인사건 얘기를 꺼내는 것이 내키지 않았다.

"왜 그래요, 여보?"

바바라는 뭔가가 있다고 짐작하고 물었다. 그는 작은 소리로 대답했다.

"살인이 또 한 건 발생했어. 이번엔 수사관이 피살당했어. 브로

267

턴이 민간인으로 위장해서 배치한 수사관 가운데 하나였지."

"기혼자였어요?"

"응. 아이가 셋 있는."

바바라는 눈을 감았다. 그녀의 얼굴이 새하얗게 질렸다. 바바라가 그가 가지고 온 『허니 번치』를 읽어달라고 부탁한 것은 바로 그때였다. 그는 화제를 바꾸게 된 것이 반가워서 기꺼이 그 부탁을 들어주었다. 그는 아무 곳이나 펴고 목소리를 꾸며서 마치 연극이라도 하듯이 큰 소리로 읽기 시작했다.

그러나 겨우 두 페이지를 읽었을 뿐인데 아내가 잠든 것처럼 보였다. 델러니는 책을 덮고 코트를 입고 모자를 썼다. 그가 문가로 조용히 걸어갔을 때 아내가 그를 불렀다.

"여보."

그가 돌아섰을 때 바바라는 눈을 뜨고 있었다. 그녀는 남편에게 손을 내밀었다. 그는 곧 침대 옆으로 갔다. 의자를 침대 옆에 놓고 앉아 아내의 뜨겁고 마른 손을 잡았다. 바바라는 말했다.

"그러면 이제 세 사람이군요."

델러니는 서글픈 얼굴로 고개를 끄덕거렸다.

"그래. 셋이지."

바바라는 작은 소리로 말했다.

"모두 남자구요. 왜 모두 남자들일까요? 여자를 죽이는 편이 훨씬 더 쉬울 텐데요. 아이들을 죽이는 것도 쉬울 거구요. 그렇지 않아요, 여보? 살인범에게는 그러는 편이 덜 위험할 텐데 말이에요."

그는 아내를 바라보았다. 아내가 지금 한 말의 중요성이 그의 마음속에서 차츰 구체적인 형태를 띠었다. 물론 아내의 그 말은 무의미한 것인지도 모른다. 그러나 어떤 중요성이 발견될 수도 있었다. 그는 고개를 숙여 아내의 뺨에 키스하며 속삭였다.

"당신은 놀라워. 당신이 없다면 내가 무엇을 할 수 있겠어?"

집에 돌아와서 호밀 하이볼 잔을 커다란 손아귀에 움켜쥔 델러니는 메리가 부엌 식탁에 만들어둔 파이는 까맣게 잊은 채 아내가 한 말의 의미를 집중적으로 생각했다.

정신병질적 성격의 살인자가 살인을 저지르기 전에 섹스에 대해 아무런 관심을 나타내지 않거나 섹스를 두려워한다는 것은, 심지어 성불능상태가 된다는 것까지도 전혀 이상한 일이 아니었다. 또한 그런 살인자가 살인을 저지르는 사이에, 또는 살인을 저지른 직후에 억제할 수 없을 정도의 음란한 충동에 휩쓸리는 것 역시 이상한 일이 아니었다. 그런 전례는 이미 여러 차례 있었다. 델러니가 알기로 그런 살인사건의 경우 피해자들은 모두 여자들이거나 아이들이었다.

그러나 이번 사건의 경우에는 희생자 세 사람이 모두 남자였다. 게다가 롬바드와 코프는 덩치가 큰 건장한 사내들이었다. 잠깐의 틈만 있었다면 능히 자신을 방어하기에 충분한 사람들이었다. 그런데도 살인자는 오직 남자들만을 선택하여 도끼로 내리치고 있었다. 바바라의 말대로 그것은 살인자로서는 위험한 일이었다. 살인자 자신에게 위험이 돌아오는 짓이었다. 여자를 도끼로 죽인다거나 남자라 해도 총으로 쏴 죽인다면 그것은 얼마나 간단할 것인가. 그러나 범인은 그렇게 하지 않았다. 오직 남자들만 죽였고, 오직 도끼만 사용했다. 그것에 어떤 의미가 있는 것은 아닐까?

의미가 있을지도 모른다. 델러니는 고개를 끄덕였다. 틀림없이 어떤 의미가 있을 것이다. 물론 살인자가 이 다음에 여자를 죽인다면 이 이론은 쓰레기통에나 처박히겠지만 생각해 볼 만한 가치는 충분했다. 살인범은 남자다. 그자는 위험을 무릅쓰고 오직 남자들만을 선택하여 세 차례 살인을 감행했다. 델러니는 아마추어 심리학자를 흉내 내어 살인에 사용된 흉기가 성적인 상징물은 아닐까 생각해 보았다. 끝이 날카로운 얼음도끼, 예리하고 단단한 도끼. 전혀 관련이 없는 것일까? 밑으로 구부러진 얼음도끼! 더욱 엉뚱한 생각일까?

그는 책상 서랍에서 '전문가 집단' 자료를 꺼내 뒤적이다가 마침내 그것을 찾아냈다. '범죄심리학자 오토 모건터우 박사'의 카드였다. 카드에는 모건터우 박사가 경찰청을 도와준 두 사건에 관한 개요가 델러니의 필적으로 짤막하게 기록되어 있었다. 하나는 강간범에 관련된 사건이었고, 다른 하나는 폭발물 사건이었다. 박사의 사무실은 5번로 60번지였다. 251번 지서 관할지역이 아니었다.

여자가 전화를 받았다.

"모건터우 박사 사무실입니다."

"모건터우 박사와 통화하고 싶습니다. 나는 뉴욕 경찰청의 에드워드 델러니 지서장입니다."

"죄송합니다, 서장님. 박사님께서는 지금 전화를 받으실 수 없습니다."

그것은 모건터우 박사가 지금 환자를 진찰 중이라는 의미였다. 델러니는 물었다.

"박사님께서 전화를 주실 수는 없을까요?"

"그렇게 말씀드리겠습니다, 서장님. 서장님 전화번호는요?"

델러니는 번호를 일러주고 전화를 끊었다. 그는 부엌으로 가서 파이를 먹어보았다. 맛은 좋았다. 그러나 배가 고프지 않았다. 그는 파이를 비닐랩에 싸서 냉장고에 보관하고 또 한 잔의 호밀 하이볼을 만들어 서재로 돌아가서 책상 앞의 회전의자에 앉았다. 그는 술을 마시며 전화통을 내려다보았다. 전화벨이 울린 것은 그로부터 30분쯤이 흐른 뒤였다. 전화벨이 세 번 울린 다음에 그는 전화를 받았다.

"에드워드 델러니 지서장입니다."

"오토 모건터우입니다. 잘 지내셨습니까, 서장님?"

"좋습니다. 박사님은요?"

"지쳤습니다. 무슨 일입니까, 서장님?"

"한번 뵙고 싶습니다, 박사님."

"개인적인 용무인가요, 아니면 공적인 일인가요?"

"공적인 일입니다."

"그래요? 무슨 일이죠?"

"전화로 말씀드리기는 어렵습니다, 박사님. 궁금한 것이 좀 있는데……"

모건터우는 델러니의 말을 가로채 날카롭게 잘라 말했다.

"불가능합니다. 오늘 밤 10시까지 환자를 받아야 해요. 그 다음에는……"

이번에는 델러니가 그의 말을 잘랐다.

"이스트사이드에서 세 남자가 도끼로 피살당했습니다. 신문에

271

서 기사를 보셨을 겁니다."

전화 저편에서는 한동안 대답이 없다가 모건터우의 음성이 다시 흘러나왔다. 이번에는 조용한 음성이었다.

"그래요. 기사를 읽었습니다. 흥미 있더군요. 모두 한 사람의 소행이라구요?"

"그렇습니다, 박사님. 모든 정황으로 미루어볼 때 그렇습니다."

"증거가 있습니까?"

"부스러기뿐입니다. 박사님이 그 부스러기들을 정리하는 일을 도와주실 수 없을까 해서요."

모건터우 박사는 한숨을 내쉬었다.

"지금 당장 만나야겠다는 말이겠지요?"

"가능하다면 그러고 싶습니다."

"정확히 밤 10시에 이곳으로 오시지요. 15분 동안 시간을 내보겠습니다. 그 이상은 안 됩니다."

"알겠습니다. 고맙습니다, 박사님."

델러니는 모건터우 박사의 병원에 10시 5분 전에 도착했다. 기숙사 사감처럼 까다롭게 생긴 간호사가 흉측한 옷감의 코트를 입고 앞쪽에서 목제 버클을 잠그고 있었다.

"델러니 서장님이세요?"

"그렇습니다."

"제가 나간 다음에 문의 잠금장치를 두 개 다 잠가주세요. 박사님은 준비가 되면 나오실 거예요."

그는 고개를 끄덕였다. 간호사가 나간 뒤에 그는 문의 잠금장치를 걸고 딱딱한 의자에 앉아 기다렸다. 그는 아무것도 보지 않은 채 모자를 무릎 위에 올려놓고 참을성 있게 기다렸다.

마침내 박사가 진찰실에서 모습을 나타냈다. 델러니는 박사의 모습을 본 순간 깜짝 놀라 의자에서 일어섰다. 그가 모건터우를 마지막 보았을 때 박사는 비록 뚱뚱하기는 했지만 건강하고 기민했으며 몸가짐도 꼿꼿했다. 피부도 건강한 빛이었고 눈빛도 맑고 예리했다. 그러나 지금 델러니 앞에 나타난 사람은 세 배나 큰 옷을 걸친, 얼굴빛이 창백한 말라깽이였다. 눈빛은 흐리고 탁했으며, 멋대로 헝클어진 머리칼은 숱이 빠져 성글성글했다. 손은 경련을 일으키고 있었다. 델러니는 손질하지 않은 기다란 손톱 밑에 때가 끼어 있는 것을 보았다.

그들은 진찰실에 들어가서 모건터우는 책상 앞의 의자에 앉고 델러니는 한쪽에 놓인 안락의자에 앉았다.

"될 수 있는 한 짧게 말씀드리겠습니다. 박사님이 얼마나 바쁘신지 잘 압⋯⋯."

델러니가 얘기를 시작했으나 곧 모건터우가 책상 모서리를 붙잡고 몸을 일으키며 말을 막았다.

"미안합니다, 서장. 즉시 전화를 해줘야 할 일이 있어요. 이제야 생각이 났어요. 곤란을 겪고 있는 환자입니다. 몇 분밖에 안 걸려요. 여기서 기다려주시오."

박사는 서둘러 진찰실에서 나갔다. 그는 대기실이 아니라 안쪽의 사무실로 들어갔다. 델러니는 새하얀 병원 캐비닛과 스테인리스 스틸 제품의 싱크대를 둘러보았다. 박사가 돌아왔다. 그의 걸음걸이는 이제 정확하고 민첩했으며, 눈빛도 맑고 환했다. 박사는 두 손을 마주 비벼대면서 미소 지었다.

"자, 이제 들어봅시다. 무슨 일인지 말해 봐요, 서장."

'약은 아니다.' 하고 델러니는 생각했다. 내복약으로 이렇게 신속한 효과가 나지는 않는다. 어쩌면 암페타민을 주사한 것인지도 몰랐다. 그것이 무엇이건 간에 적어도 모건터우 박사에게는 신비의 약이었다. 그는 이제 느긋해져 있었고 자신만만한 태도였다. 시가에 불을 붙일 때도 손이 더 이상 떨리지 않았다.

델러니는 얘기를 계속했다. 세 남자가 피살당했다. 흉기는 얼음도끼다. 등산가들에 대해 알게 된 사실들과 그가 추리해 낸 범행 방법, 분실된 신분증 등 모건터우 박사가 알아야 한다고 생각되는 사실 모두를 얘기했다. 다만 델러니가 현직 서장으로 일하고 있지 않다는 사실, 그의 수사가 공식적 수사가 아니라는 것은 알리지 않았다. 어쩌면 그것은 당연한 일이었다.

"우리가 아는 건 그것이 모두입니다, 박사님."

"세 피살자들 사이에는 아무런 관련도 없다는 거죠."

"없었습니다. 적어도 우리가 조사해 본 바로는요."

"나에게서 뭘 알고 싶다는 거요, 서장?"

"전에 박사님이 우리를 위해 해주셨던 바로 그겁니다. 범죄자의 심리상태랄까요? 큰 도움이 됩니다."

모건터우는 고개를 끄덕거렸다.

"그래요. 강간하고 폭발물 사건이었죠. 하지만 그런 사건들은 과거부터 있어온 것들이고 참조할 역사적 자료도 충분했어요. 과거에 비슷한 사건들도 많았고. 그러니까 어떤 패턴을 분석하고 조사하는 것이 가능했지요. 아시겠습니까? 동기와 범죄 상식, 나아가서는 심리상태와 습관 같은 것까지도 제법 합리적으로 추리할 수 있었다는 거요. 그러나 이번 사건의 경우에는 그게 불가능해요. 지금 이 사건은 다중살인사건인데, 이런 사건이야 불행 중 다행으로 희귀한 사건 아닌가요? 다만 추측하기로는 정치적 암살 같은 것으로는 보이지 않는다는 것뿐입니다."

"그렇습니다, 박사님. 정치적 사건은 아닙니다."

"그렇다면 이 분야에 관한 문헌은 그다지 많지 않아요. 내가 그에 관한 짤막한 글을 쓴 적은 있지만 서장이 그걸 읽어본 것 같지는 않군요."

"읽지 못했습니다."

모건터우는 키들키들 웃어댔다.

"당연하지요. 그 글이 실린 건 아주 난해한 독일어 심리학 잡지였으니까요. 자, 이러니 내가 서장에게 그 다중살인범의 심리상태에 대한 조언을 할 수는 없게 된 것 같습니다만……."

델러니는 절망적으로 매달렸다.

"박사님, 아무것도 말씀해 주실 게 없습니까? 동기에 대해 말입니다. 아주 총론적인 말씀만이라도 큰 도움이 될 겁니다. 예를 들면 이 살인자가 비정상적인 인물로 보이십니까?"

모건터우 박사는 화난 얼굴로 머리를 저었다.

"정상적이다 비정상적이다 하는 건 법률적인 용업니다. 그런 말은 정신적 건강을 추구하는 세계에서는 아무 의미도 없어요. 그렇다면 글쎄……. 간단히 내 생각을 말해 보리다. 다중살인에 관한 내 연구는 지극히 일천한 것에 불과하다는 것을 먼저 알아둬야 합니다. 내 생각에 다중살인자들의 범행 동기는 일반적으로 아주 모호하기는 하지만 세 가지 유형으로 분류되는 것 같더군요. 하지만 미리 경고하는데, 동기란 종종 서로 겹치는 수가 있어요. 아무튼 다중살인자의 경우, 우리는 한 범인 한 범인을 따로따로 상대해야 해요. 각 사건 사이에 어떤 패턴을 발견해 낼 만한 공통점이 없다는 겁니다. 그러니까 다시 그 세 가지 유형으로 돌아가면, 하나는 생물학적인 동기요. 다중살인자가 비록 심리적인 요인을 지니고 있었다 하더라도 육체적 약점이 직접적 살인충동의 동기가 되는 것이 바로 이런 유형의 사건들이지요. 예를 들면 텍사스 탑에서 장총으로 몇 사람인가를 마구 난사했던 자 같은 경우 말입니다. 내가 알기로는 그 사람에게 뇌종양이 있었다고 합니다. 그리고 군에 있을 때 저격병으로 훈련을 받았고. 살인기술도 군에서 습득했다고 하더군요. 두 번째는 심리적인 동기요. 이 경우에는 일반적인 환경은 잘못된 것이 없다 할지라도 특별한 압력이 범인에게 가해질 때 살인을 저지르지요. 그 압력은 언제나 가족이나 성적인 문제에서 기인하지요. 범인에게는 그런 압력으로부터 탈출하는 길이 오직 거듭하여 살인을 저지르는 길뿐인 겁니다. 푸른 턱수염이나 잭 더 리퍼 같은 자들이 이런 경우였다고 해야 할 거요. 뉴저지에서 살인을 저지른 그 젊은이도 그렇고. 이름이 뭐라고 했더라?"

"언루였습니다."

"그래요. 언루. 마지막 세 번째로는 사회적인 동기를 들 수 있습니다. 이런 경우는 만일 살인자가 다른 환경에서 살았더라면 평생 폭력 같은 건 쓰지 않으면서 살 수 있었을지도 모르는 경우지요. 그러나 이 경우에는 주변 환경이 너무도 강한 억압을 가해오기 때문에 반격을 가하는 것, 즉 살인으로 반격을 가하는 것만이 거기에서 탈출하는 유일한 방법이 되는 겁니다. 살인자는 자신이 만들지도 않은 주변 환경이 자신을 인간보다 못한 미물로 왜소화시키는 데 격분하는 것이지요. 이 사회적 동기는 빈민굴에 사는 사람들에게만 영향을 끼치는 것이 아니라 비인간화되어 버린 소수 집단에 사는 사람들에게도 막대한 영향력을 끼칩니다. 몇 년 전에 이런 일이 있었습니다. 아마도 뉴저지였다고 생각되는데, 아주 견실한 시민이 한 사람 있었습니다. 중년이었고, 중산층이었지요. 은행인가 보험인가, 아무튼 그 비슷한 회사에서 오랫동안 일해 온 사람입니다. 일요일이면 이 사람은 교회에 나가 연보금 걷는 쟁반을 교인들에게 돌리곤 했어요. 그러다가 어느 날 이 친절하고 착한 모범적 시민이 자기 아내를 죽이고, 자식들을 죽이고, 어머니를 죽였습니다. 이걸 잊지 말아요. 자기 어머니를 죽였단 말입니다! 그러고는 달아났지요."

모건터우 박사가 델러니에게 허용한 15분이 지났다. 그러나 박사는 여전히 얘기를 계속했다. 델러니가 예상한 대로였다. 좋아하는 일을 하는 사람을 중단시킨다는 것은 어려운 일이었다. 델러니는 고개를 끄덕이며 말했다.

"그 사건은 저도 기억합니다."

"잡혔습니까?"

"아닙니다. 아직 잡히지 않았을 겁니다."

"그것 참. 아무튼 서장, 신문의 보도에 따르면 사건의 조사과정에서 공동 사회의 푯대와 같았던 이 시민이 그때까지 감당하기 힘들 정도로 큰 집에서 살아왔다는 것이 밝혀졌지요. 그 집은 굉장히 많은 액수의 저당이 잡혀 있었어요. 또한 부채도 많았지요. 이 사건에 있어서는 보험과 승용차, 의복과 가구, 아이들 교육비 같은 모든 사회적 억압이 고려되어야 합니다. 이것은 명백히 사회적 동기로 인해 발생한 사건입니다. 그러나 아까도 말한 것처럼 다중살인범들을 단순명료하게 분류할 수는 없어요. 살인범의 성격과 성장 배경, 어린 시절, 그의 범죄행위 자체까지도 한 국가나 한 세계의 사회사의 맥락에서 평가해야 하니 말입니다. 예를 들면 찰스 맨슨이라는 자를 생각해 봐요. 내가 말하고자 하는 요점은 다중살인사건의 동기를 내가 모호하게 세 가지로 분류해서 제시하기는 했지만, 다중살인사건은 그 하나하나가 각기 독특한 사건이라는 점입니다. 다른 사건과 구별되는 독특한 사건이라는 거지요. 아이들을 죽인 자들이나 시카고에서 간호사들을 학살한 범인, 그리고 팬즈럼의 어린 시절은 아주 유사했던 것처럼 보입디다. 어릴 때부터 그들은 육체적으로 학대당했어요. 또 아주 어린 시절부터 성적 접촉을 갖기 시작했구요. 초보적인 수준의 성적 쾌감을 맛보기 시작했던 겁니다. 그런데도 한 사람은 아이를 죽였고, 다른 한 사람은 젊은 여자들을 죽였으며, 다른 한 사람은 어린 소년들을 죽이거나 소년들에게 비역질을 했습니다. 그러니 어떻게 패턴 같은 걸 발견할 수 있겠습니까? 다만 한 가지, 아주 피상적인 패턴은 얘기할 수 있을 것 같군요. 대부분의 다중살인자는 조용하고 보수적이고 단정한 생활을 한다는 점입니다. 그들은 난동을 부리기 전까지는 이목을 끄는 사람이 아니었습니다. 그들 가운데 일부는 평생 동안 같은 색깔의 옷을 입고 다니거나 같은 식으로 머리를 잘랐지요."

델러니는 부지런히 수첩에 기록했다. 그가 고개를 들었을 때 박사의 눈은 얘기에 열중하여 이글거리고 있었다.

"아주 흥미 있는 말씀입니다, 박사님! 하지만 맨슨은 그렇지 않았어요."

모건터우는 도취된 듯 부르짖었다.

"바로 그겁니다! 내가 지금 하려는 얘기가 바로 그 점이에요. 이런 사람들에 관해서는 일반화한다는 것이 참으로 위험한 일이라는 겁니다. 여기 또 흥미 있는 얘기가 있어요. 위샘은 다중살인자들이 무기력한 인물들이 아니라는 말을 했습니다. 다만 무기력한 것처럼 보이는 것뿐이라는 거지요. 그러나 바로 이것이 중요한 점입니다. 그들은 살인의 광란이 끝나고 나면 다시 한 번 누가 봐도 무기력하기 짝이 없는 인물로 되돌아가서 아무런 후회도 하지 않고, 슬퍼하지도 않고, 자신이 저지른 그 피비린내나는 행위들을 소름 끼칠 정도로 자세히 설명할 수 있다는 거지요. 서장, 당신네 분야가 그렇듯이 우리 분야에도 빌어먹을 전문용어들이 있어요. 그런데 그놈의 전문용어들이 너무나 자주 바뀌어서 탈이지요. 그래서 지금은 뭐라고 하는지 모르겠소만, 5년이나 10년 전에는 그런 걸 'CPI'라고 불렀어요. '구조적 정신병질적 결함을 지닌 인물'이라는 말의 약자지요. 이런 사람들은 죄의식을 느끼지 않아요. 그런 의식이나 가책감 같은 것 없이 태어나는 것이 분명합니다. 그래서 이들은 가스레인지 불 위에 아이의 손을 대는 짓이나 10층짜리 건물 창문 밖으로 애완동물을 내던지는 짓이나 사과 속에 면도날이나 깨진 유리 조각을 감춰두었다가 만성절에 선물을 얻으러 오는 아이들에게 내주는 짓을 법이 금지한다고 하면, 도대체 왜 금지하는지를 이해하지 못해요. 다중살인자들은 대부분 이런 '구조적 정신병질적 결함을 지닌 인물'이라는 게 내 추측입니다. 자, 내 강의가 도움이 되었습니까, 서장?"

델러니는 음울하게 대답했다.

"아주 큰 도움이 되었습니다. 몇 가지 불분명하던 지점을 분명히 정리해 주셨습니다. 하지만 박사님, 어쩌면 잘못은 제게 있었던 건지도 모릅니다. '동기'에 대해 제가 질문한 것 말입니다. 박사님은 주로 원인에 대해 말씀하셨습니다. 그렇지만 '동기'에 대해서는 어떨까요? 다시 말하면 살인범이 자신이 한 행위를, 혹은 하고 있는 행위를 어떻게 정당화시킬까요?"

모건터우 박사는 한동안 델러니를 쳐다보고 있다가 갑자기 짤막하게 웃음을 터뜨렸다. 그러나 그의 즐거운 기분은 곧 사라졌다. 회전의자에 파묻힌 그의 몸뚱이는 점점 더 깊게 처지는 것 같았다.

"사람들이 당신을 왜 '쇠심줄'이라고 부르는지 알겠군요. 그래, 난 당신의 별명을 옛날부터 알고 있었어요. 우리가 처음 사건을 수사하기 위해, 거 뭐라 해야 하나 아무튼 협조를 하고 있을 때 난 당신에 대해 몇 가지 질문을 했습니다. 그 사건이 아마 첼시아 강간사건이었지요? 그때부터 난 당신에게 흥미를 느꼈어요."

"그러셨습니까?"

"아직도 당신에게 흥미를 느끼고 있어요, 서장. 그 별명은 당신에게 아주 잘 어울리는 별명입니다, 서장."

"그런가요?"

"그렇고말고요. 당신은 그 직위에 있는 사람치고는 놀라울 만큼 지적이고 예민합니다. 독서량도 풍부하지요. 정확한 질문을 던질 줄 알아요. 그러나 당신 자신이 무엇인지는 아십니까, 에드워드 델러니 서장? 당신의 그 지성과 감수성, 인내력과 이해력 밑에 감추어진 것이 무엇인지 아느냔 말입니다. 그 밑에 감춰진 진정한 당신 자신을 아느냐구요, 서장?"

"뭡니까?"

"당신은 경찰관입니다."

델러니는 기꺼이 동의했다.

"그렇습니다. 틀림없이 경찰관입니다."

박사는 차츰 델러니의 관심사로부터 멀어지고 있었다. 될 수 있는 한 얘기를 빨리 끌어내야 했다. 모건터우 박사는 혼자 중얼거렸다.

"쇠심줄, 강철 영혼."

델러니는 고개를 끄덕거렸다.

"예, 박사님. 다시 동기 문제로 돌아가 봅시다. 이 살인범은 자신이 하는 행위를 어떻게 정당화시킬까요?"

모건터우는 불분명한 어조로 말했다.

"아주 불합리하지요. 너무나 불합리해. 어쩌면 흥미롭기도 하고. 그들은 아주 정교한 방법으로 합리화해요. 그렇게 해서 자신들의 행위를 계속할 수 있게 되지요. 소위 '정상적인' 인간에게는 그것은 전혀 말이 안 되는 수작이지요. 하지만 살인자는 그것으로 죄책감으로부터 벗어나는 겁니다. 자신들이 하는 행위가 필연적인 행위가 되는 거지요."

"어떻게 해서 말입니까?"

"글쎄, 이제 우리는 형이상학의 영역으로 들어온 것 같군요. 그렇지 않습니까? 상상력을 발휘해 봐요. 그렇게 해서 언젠가는 그 것으로 논문도 발표하고, 서장. 잠깐만."

모건터우 박사는 의자에서 몸을 일으키려고 했다. 그러나 델러 니는 팔을 내밀어 그것을 막으며 강한 어조로 말했다.

"잠깐만 기다리십시오, 박사님. 잠깐이면 됩니다. 저는 곧 가겠 습니다."

모건터우는 다시 의자에 몸을 앉혔다. 그가 델러니를 바라보는 눈은 몽롱하고 지친 눈빛이었다.

"쇠심줄, 다중살인자들은 혼돈에 질서를 부여하고자 노력합니 다. 당신이나 내가 원하고 환영하는 그런 질서가 아니라 다중살인 자 자신이 추구하는 질서 말입니다. 세계는 부글부글 혼돈으로 들 끓고 있어요. 다중살인범은 그것을 체계화하려고 노력합니다. 그 러나 세계를 수습할 방도를 찾지 못합니다. 그리하여 감금상태의 안정감을 추구합니다. 그 낯익고 친밀한 감금상태 말입니다. '내 가 살인을 또 저지르기 전에 나를 잡아라.' 라는 말을 범행 현장에 남긴 다중살인자가 있었지요. 그자의 심정을 이해하겠습니까, 서 장? 그런 자는 낯익은 곳을 원하는 겁니다. 그것이 안 되면 이 우 주에 질서를 부여하는 수밖에. 인간성이란 무질서한 것입니다. 예 측할 수가 없지요. 그러니 자기 스스로 질서를 부여하기 위해 일 을 해야지요. 질서를 부여하기 위해서 살인을 저질러야 한다 하더 라도 말입니다. 그렇게 하여 그런 자는 평화를 찾게 되는 겁니다. 질서정연한 세계에서는 책임질 것이 없을 테니까 말입니다."

델러니는 이제는 수첩에 기록을 하고 있지 않았다. 그 대신 그 는 몸을 앞으로 기울이고 앉아 눈을 빛내며 열중하여 모건터우의 얘기를 듣고 있었다. 모건터우 박사는 그를 바라보다가 갑자기 입을 있는 대로 벌리고 하품을 했다. 델러니도 따라서 하품을 했다. 어쩔 수 없는 일이었다.

"그게 아니면 그자는 잔인한 예술가인지도 모릅니다. 아무도 그를 알아주지 않자 화가 치민 겁니다. 야 이놈의 세상아, 내가 살아 있단 말이다. 나는 피코이자 마브이자 슬링키다. 나는 작품을 만들었다. 너희들은 내 존재를 인식해야만 한다. 이 엿 먹을 놈의 자식들아, 내가 여기 존재한단 말이다! 그리하여 그는 자신의 존재를 인식시키기 위해 사람을 열다섯 명쯤 죽이거나 대통령을 암살하는 겁니다. 그렇게 되면 세상이 '아, 피코이자 마브이자 슬링키인 자네가 살아 있다는 걸 알았다!' 하고 말하게 되니까요."

델러니는 모건터우가 얘기를 끝낼 수나 있을지 의심스러웠다. 두꺼운 눈꺼풀이 흐릿한 눈을 덮었다. 살은 축 늘어졌고 부어오른 손가락은 턱 밑의 늘어진 살을 감싸 쥐고 있었다. 목소리마저도 음색이 없이 모호해졌다.

"또는……. 또는……."

모건터우는 단조롭게 중얼거렸다. 눈동자가 그의 얼굴 속으로 숨어들었다. 델러니에게는 그 눈이 퀭하게 뚫린 구멍으로 보였다. 그러다가 갑자기 모건터우는 몸을 똑바로 일으켜 세우고 머리를 이리저리 거칠게 흔들어댔다. 침방울이 그의 책상 위에 덮인 유리판 위에 여기저기 떨어졌다. 박사는 억지로 내뱉듯 중얼거렸다.

"또는 소외감일 수도 있어요. 그자는 어디에도 소속감을 가질 수가 없었던 거지요. 더 고약한 것은 무엇도 느낄 수가 없었던 거지요. 접근하고 싶다, 이해하고 싶다, 진정이다, 세계와 친해지고 싶다, 어떤 사람을 통해 모든 인간과 존재의 비밀에 접근하고 싶고 친해지고 싶다, 이런 겁니다. 서장, 쇠심줄? 듣고 있어요? 이 사람은 인생 속으로 들어가고 싶었던 겁니다. 왜냐하면 가정이나 느낌, 사랑과 황홀감 같은 것들이 이 사람에게는 거부되었기 때문입니다. 아까 형이상학이라는 얘기를 했지요? 이 사람은 바로 그걸 찾는 겁니다. 하지만 찾을 수가 없었어요. 오직 살인 가운데에만 그것이 있었지요. 그 사람에게 남은 방법은 그것뿐이었던 겁니다. 이제 서장, 나는 이만……."

델러니는 서둘러 의자에서 일어서며 말했다.

"이제 가겠습니다, 박사님. 고맙습니다. 큰 도움이 되었습니다."

"그래요?"

모건터우 박사는 어눌하게 중얼거렸다. 그는 비틀거리며 몸을 일으키더니 주저앉았다. 그는 다시 한 번 안간힘을 써 몸을 일으켜 세우고 흐느적거리며 안쪽의 사무실을 향해 걸음을 옮기기 시작했다.

델러니는 대기실로 나가는 문의 손잡이를 잡았다가 멈춰 섰다. 그는 천천히 돌아섰다.

"박사님."

델러니는 날카롭게 그를 불렀다. 모건터우는 비틀거리며 돌아섰다. 아무것도 보이지 않는 듯한 퀭한 눈으로 그는 델러니를 쳐다보았다.

"누구요?"

박사가 물었다.

"델러닙니다. 한 가지만 더 묻겠습니다. 이 살인자 말입니다.

이 살인자는 남자를 셋 죽였습니다. 여자도 아이도 아니고, 남자들만 셋을 죽였어요. 그자는 날카로운 곡괭이가 달린 얼음도끼를 사용했지요. 남근(男根)이라고 할 수 있지 않을까요? 제가 지금 아마추어처럼 말씀드리고 있다는 건 압니다만, 이 범인이 동성애자라고 생각할 수 있을까요? 잠재적 동성애자는 아닐까요? 스스로 동성애적 충동에 저항하는 동성애자는요? 그렇게 생각할 수 있을까요?"

모건터우는 델러니를 멍하니 바라보았다. 델러니의 눈앞에서 모건터우의 몸뚱이는 옷 속으로 붕괴되어 갔다. 그의 얼굴이 찌그러지면서 무너져 내렸다. 그의 눈에서 모든 빛이 사라졌다. 그는 속삭이듯 중얼거렸다.

"가능하냐고? 모든 것이 다 가능하지."

델러니는 분노와 절망감을 품은 채 롬바드 작전 수사대가 붕괴되어 가는 것을 지켜보았다. 관할지역과 정상적 명령 계통을 가로질러 수평적으로 조직하여 일정 기간 동안 활동하는 수사대라는 개념은 생산적인 생각이었다. 펄리 부장이 지휘를 맡고 있을 때는 그가 인원을 조직하는 데 남다른 재능을 지니고 있었고, 인원을 관리하는 데에도 탁월했기 때문에 성공할 확률이 높았다. 그러나 펄리는 해임되었다. 부청장 브로턴의 직접 지휘 아래 들어간 롬바드 작전 수사대는 이제 침몰해 가고 있었다.

그것은 에너지의 결핍 때문이 아니었다. 브로턴에게 에너지는 충분했다. 그는 오히려 지나치게 에너지로 충만한 인물이었다. 그러나 이와 같은 거대한 규모의 복합적인 수사조직을 감독할 만한 경륜을 지니고 있지 못했다. 또한 그는 자신의 부하를 알지 못했다. 브로턴은 흉기 전문가들을 전국 각처로 보내 정신병원에서 탈출했다가 다시 잡혀온 사람들을 심문하게 했다. 또한 수사조를 파견하여 먼지가 잔뜩 쌓인 호적계 창고에서 온갖 사람들의 출생과 결혼기록을 뒤지게 했다. 그는 한 사람의 수사관을 도보로 보내는 것이 훨씬 더 효과적인데도, 한 사람의 혐의자를 심문하기 위해 네 사람의 부하를 한 조로 묶어 순찰차에 태워서 요란하게 경적을 울리며 파견했다. 브로턴의 서류작업은 거대한 혼돈이었다. 델러니는 롬바드 수사대의 보고서를 읽으면서 이제 수사가 아무런 방향도 없이 표류하고 있는 것을 발견했다. 브로턴은 벌써 몇 주일 전에 필리 부장이 이미 완료한 임무를 새로운 수사관에게 부여하여 출동시켰다. 그러나 브로턴이 그것을 아는지 모르는지는 알 수 없었지만, 그에 관한 보고서는 이미 서류함에 보관되어 있었다.

토머스 핸드리는 한 주일에 두 차례씩 델러니에게 전화를 하고 있었다. 그는 브로턴이 저지른 또 하나의 실수를 알려주었다. 기자를 상대하는 방식이 너무나 멍청하다는 것이었다. 브로턴은 실제보다 훨씬 더 많은 것을 끊임없이 기자들에게 약속했다. 그것은 결정적인 잘못이었다. 그는 기자들에게 '곧 범인을 체포할 겁니다.' 라거나 '내일 아주 중대한 발표를 할 예정입니다.' 라거나 '혐의자 한 사람을 잡아놓았습니다. 틀림없이 범인입니다.' 라는 식의 큰소리를 쳤고, 기자들은 이제 아무도 그의 말에 귀를 기울이지 않았다. 핸드리에 의하면 이제는 브로턴이 매일 여는 기자회견에 관심을 갖는 기자는 거의 없다고 했다. 그는 기자들에게서 별명을 얻었는데, 그것은 '똥덩이 부청장'이었다.

의학검사실 샌포드 퍼거슨도 전화를 했다. 그는 버나드 길버트의 상처에서 채취한 물질을 후각검사기로 분석해 봤으나 뚜렷한 결론을 얻을 수 없었다고 말했다. 길버트에게서 채취한 물질에서 경기계용 기름이라고 추측할 수 있는 물질이 발견되기는 했으나 그것은 십여 가지 다른 물질로도 해석될 수 있다는 것이었다. 퍼거슨은 그래서 이번에는 로저 코프 수사관의 부상에서 채취한 물질을 가지고 재분석을 시도하고 있다고 했다.

"브로턴에게 그 결과에 대해 얘기했나?"

"그 정신 나간 놈에게? 그런 소리 마. 그자는 문제만 일으키고 있어. 여기선 말할 수 없어. 그자가 우리에게 맡긴 작업이 문제가 아니야. 그 망할 놈의 태도가 문제라니까."

퍼거슨은 경찰청 내에서 떠도는 소문을 이야기해 주었다.

브로턴은 정말 곤란한 상황에 빠져 있었다. 251번 지서 관할지역의 동부에 사는 부유한 주민들은 세 건의 살인사건을 속히 해결하라는 압력을 더욱 강하게 가하고 있었다. 시민들은 항의조직을 결성했다. 시장은 경찰청장을 재촉하고 있었고, 심지어는 주지사가 수사에 관한 감사기구를 설치하기로 약속했다는 소문까지 나돌았다. 프랭크 롬바드는 여기저기 정치적으로 연루된 수많은 동료를 지니고 있었기 때문에 그가 피살된 사건만으로도 최악이었는데, 거기다가 경찰까지 피살당한 것이다. 그로 인해 수사를 더욱 효율적으로 진행시켜야 한다는 여론이 비등해졌다. 퍼거슨의 표현을 빌자면, 브로턴은 엉덩이에 불을 붙인 다이너마이트를 달고 있는 꼴이었다.

"그런 일을 당해도 싼 녀석이지. 안 그래?"

퍼거슨은 재미있다는 듯 덧붙였다.

부청장 브로턴이 당하고 있는 곤란은 마땅한 것이었다. 델러니는 그런 일을 생각하느라고 소비할 시간이 없었다. 또한 3급 수사관 로저 코프가 피살당한 일에 대한 개인적 죄의식에 오랫동안 빠져 있을 수도 없었다. 그는 이미 브로턴에게 살인에 사용된 흉기와 방법을 알려주려고 최선을 다했다. 게다가 냉정하게 말하면 로저 코프 역시 비난을 면치 못할 입장이었다. 근무 중인 경찰관이 그런 식으로 피살당한다는 것은 언어도단이었다. 코프는 자신이 직면한 일이 무엇인지, 어느 정도 위험한 일인지를 알고 있었다. 숨어 있던 적에게 피살당한 사람에 대해서 공포심과 동정심을 느끼는 것은 당연한 일이다. 그러나 코프는 어쨌든 실패했다. 그리고 그 대가를 치른 것이다.

델러니는 코프 형사에 대해 더 이상 죄의식을 느끼지 않을 수 있을 만큼은 최선을 다하고 있었다. 그는 아마추어 수사관들을 끊임없이 돌봐야 했다. 전화도 해줘야 했고, 만나서 그들이 하는 일이 가치 있는 일이라는 점을 확인시켜 줘야 했다. 그래서 랭글리가 전화로 짐머만 부인과 저녁식사를 같이 하면서 자기의 조사가 어느 정도 진행되었는지, 앞으로는 어떤 조사를 해야 하는지 상의하자고 했을 때 그 제안을 즉시 받아들였다. 그는 전화로도 얼마든지 상의할 수 있다는 것을 알고 있었다. 그러나 랭글리에게 델러니를 직접 만나는 일이 얼마나 중요한 것인지도 알고 있었다. 그리하여 그는 기꺼이 시간을 할애하기로 결정했다.

다행히도 저녁식사를 준비한 사람은 그 날렵한 노인이었고, 장소도 랭글리의 아파트였다. 짐머만은 치즈 케이크를 가지고 왔다. 그러나 거기에는 절대로 손을 대고 싶지 않았다. 델러니는 두 병의 포도주를 가지고 갔다. 하나는 붉은 포도주였고, 다른 하나는 백포도주였다. 그들은 짐머만 부인과 함께 두 병의 포도주를 같이 마셨다. 랭글리가 붉은 포도주는 고기와 백포도주는 생선과 함께 먹어야 한다는 말은 얼토당토않은 소리라고 주장했기 때문이었다.

저녁식사가 끝나자 짐머만은 그들 곁에서 사라졌다. 그 여자는 마치 크리스토퍼 랭글리의 안사람이라도 된 듯 아파트 안을 어슬렁거렸다. 델러니는 정말 그렇게 됐을지도 모른다고 생각했다. 그는 두 사람이 정겨운 눈길로 서로를 바라보는 것이나 슬쩍슬쩍 서로를 어루만지는 것을 보았고, 게다가 그로서는 전혀 의미를 알 수 없는 농담을 주고받으며 둘이서 키득거리는 것을 보았다.

랭글리와 델러니는 깨끗이 치운 식탁 앞에 앉아 브랜디를 마셨다. 전직 박물관 직원은 명단과 기록, 공책을 가지고 왔다. 그 모든 것이 아주 깨끗이 정리되어 있었다. 학자의 섬세한 손으로 이루어진 기록이었다.

그는 델러니에게 한 장의 종이를 내밀며 말했다.

"자, 이것이 뉴욕 지역에서 그 얼음도끼를 파는 모든 상점의 명단이야. 어떤 가게에서는 그걸 '얼음도끼' 라고 하고 어떤 가게에서는 그걸 '얼음망치' 라고 하더군. 그거야 자네에겐 중요할 거 없는 일이지?"

"물론입니다. 중요할 거 없지요."

"다섯 가게 가운데 세 가게는 판매전표를 가지고 있었어. 거기

붉게 표시된 가게들. 그 세 가게 가운데 한 군데는 우편물 발송은
하지 않아. 그러니까 고객들의 주소록 따위는 없어. 다른 두 가게
는 우편물 발송을 하고 있었어. 상품목록을 고객들에게 보낸다
더군."

"잘됐습니다. 제가 그 가게의 주소록과 판매전표를 구해보겠습
니다."

"그렇지만 미리 알려주겠네. 이 가게들이 모두 내가 '아웃사이
드 라이프'에서 발견한 것과 똑같은 얼음도끼를 갖고 있지는 않았
어. 도끼들은 비슷하기는 했지만 완전히 똑같지는 않았지. 오스트
리아산 하나, 스위스산 하나, 미국산 하나를 보았어. 다른 두 개는
우리가 '아웃사이드 라이프'에서 본 것과 똑같은 서독산 도끼였
고. 그걸 모두 그 명단에 표시해 뒀어."

"잘하셨습니다, 랭글리 선생님. 고맙습니다. 이제는 어떻게 해
야 할까요?"

랭글리는 진지하게 말했다.

"내 생각을 말하지. 먼저 '아웃사이드 라이프'가 판매한 서독산
얼음도끼를 집중적으로 조사해야 할 것 같아. '아웃사이드 라이
프'가 이 근방에서는 가장 널리 알려진 등산장비 판매점이고 게다
가 가장 싼값으로 물건을 판매하고 있으니 말이야. 난 제작공장과
수입상을 파악하고, 이 나라에서 그 특정한 도끼를 파는 모든 판
매처를 확인해 보지. 어떻겠나?"

"멋집니다. 대단하십니다. 정말 대단히 정확하고 빈틈없이 일
하시는군요, 랭글리 선생님."

"뭘 그런 소릴……."

델러니가 그 집을 떠날 무렵, 짐머만은 부엌에서 설거지를 하고 있었고, 랭글리는 식기의 물기를 닦아내고 있었다.

델러니는 그로부터 이틀 동안 랭글리의 명단을 보고 뉴욕 지역에서 그 얼음도끼를 파는 동시에 판매전표를 보유하고 있는 상점들을 찾아다녔다. 우편물 발송을 하지 않고, 고객의 주소록도 가지고 있지 않은 가게 가운데 하나에서는 기꺼이 델러니에게 협조하겠다면서 판매전표를 빌려주었다. 그는 캘빈 케이스와 약속을 하여 그 판매전표를 전달해야 했지만, 그 성과에 대해서는 그다지 낙관할 수 없었다. 그 가게는 6개월 분의 판매전표만을 보유하고 있었던 것이다.

다른 두 가게 중에서 델러니는 오직 한 군데에서만 판매전표와 고객의 주소록을 얻을 수 있었다. 다른 한 가게의 주인은 협조를 거부했다. 고객 주소록은 철저히 보안을 유지해야 할 사업상의 기밀이며, 경쟁자에게 결코 공개되어서는 안 되는 무한한 가치를 지닌 물건이라는 것이 주인의 주장이었다. 델러니는 법정의 명령 없이는 그것을 요구할 수 없게 되고 말았다. 그는 가게의 주인에게 더 이상 강요하지 않았다. 나중에 언제라도 다시 올 기회가 있을 테니까.

이제 델러니에게는 두 무더기의 자료가 있었다. 하나는 판매전표였다. 그것은 케이스가 맡을 일이었다. 다른 하나는 주소록이었다. 그것은 모니카 길버트가 맡을 일이었다. 그는 케이스를 먼저 접촉하기로 결정했다. 그는 전화를 한 다음 정오 무렵 지하철을 타고 케이스의 집으로 갔다.

케이스의 변화는 놀라웠다. 그는 이제 단정했다. 깨끗이 이발을 하고 빗질까지 했다. 수염도 깔끔히 면도했다. 파자마 차림의 그는 알루미늄과 플라스틱으로 만든 휠체어를 타고 책상 앞에 앉아서 '아웃사이드 라이프'의 판매전표를 뒤적거리고 있었다. 델러니는 처음 케이스를 만나던 날 그가 마시던 상표의 위스키를 한 병 사 가지고 갔다. 불구자가 되어버린 등산가는 그 술병을 물끄러미 내려다보다가 웃음을 터뜨렸다.

"고맙습니다, 서장님. 하지만 이제 해가 지기 전에는 그런 병에는 손도 대지 않아요. 서장님이나 한잔 하시겠습니까?"

"아닙니다. 나도 됐어요. 이건 뇌물이니까. 좋지 않은 소식을 가져왔거든요."

"뭔데요?"

"그 얼음도끼를 파는 가게를 두 군데 더 찾아냈습니다. 당신은 그걸 얼음망치라고 했지요? 아무튼 그 가게들도 판매전표를 보유하고 있더군요."

케이스는 웃었다. 그것은 전혀 예상할 수 없었던 반응이었다.

"그래서요?"

"그 판매전표도 조사해 줄 수 있겠습니까?"

"그게 수사에 필요합니까?"

"당연히 필요하지요."

델러니가 대답하자 케이스는 빙그레 미소 지었다.

"여기로 가지고 오세요. 난 갈 데도 없고 할 일도 없는 사람 아닙니까. 이런 게 많을수록 좋아요."

델러니는 말했다.

"얼마 안 돼요. '아웃사이드 라이프'에서 가져온 판매전표에 비

292

하면. 한 가게는 겨우 여섯 달 동안의 전표뿐이고, 다른 한 가게는 1년치뿐입니다. 어떻게 되어가는 중입니까?"

"좋아요. 앞으로 사흘쯤 더 해봐야겠지요. 그 다음엔 뭘 하지요?"

"지난 7년 동안 '아웃사이드 라이프'에서 얼음도끼를 산 고객들의 명단을 받게 될 겁니다. 그러면 내가 251번 지서 관할지역의 지도를 한 장 갖다 줄 테니까 그 명단에 있는 사람들 가운데 그 지역에 사는 사람들의 이름을 따로 분류하는 겁니다."

케이스는 오랫동안 말없이 델러니를 바라보고 있다가 머리를 설레설레 저었다.

"델러니 서장님은 수사관이 아니군요. 우라지게 꼼꼼한 경리 직원이에요. 그렇지 않아요?"

"그렇고말고요. 의심의 여지가 없는 사실입니다."

델러니는 계단을 내려가는 길에 에블린 케이스를 만났다. 그는 모자를 벗고 고개를 숙여 인사하며 미소를 보냈다. 그녀는 쇼핑백을 내려놓고 델러니의 팔을 붙잡고 포옹하며 그의 뺨에 키스했다. 그녀는 숨가쁘게 말했다.

"그이는 놀라워요. 옛날의 모습 그대로가 되었어요. 이건 전부 서장님 덕분이에요."

델러니는 영문을 알 수 없었다.

"그런가요?"

그는 이제 모니카 길버트를 만나야 했다. 그녀에게 또 하나의 주소록을 주어 조사를 시켜야 했다. 그러나 먼저 전화를 한 사람은 그녀였다. 그녀는 '아웃사이드 라이프'의 주소록에 대한 조사

작업이 모두 끝났다고 말했다. 주소록에 있는 고객들 가운데 251번 지서 관할지역에 사는 사람들의 자료 카드를 만들었고, 그들의 전체 명단을 타자기로 정리했으며, 자료 카드는 복사본을 두 부씩 만들었다는 것이었다. 모두 그가 요청했던 그대로였다.

델러니는 놀랐다. 모니카가 그처럼 신속히 일을 끝냈다는 것이 반가웠고, 한편으로는 걱정스럽기도 했다. 그가 기대한 만큼 모니카가 정확하게 일을 처리하지 않았을지도 모른다는 생각이 들었던 것이다. 그러나 그는 현재의 역량을 십분 활용하여 수사를 계속하는 수밖에 없었다. 그는 이튿날 밤에 그녀의 집을 방문하기로 약속했다. 모니카는 같이 저녁식사를 할 수 있냐며 초대했으나 그는 완곡하게 거절했다. 그는 내일 아내를 문병하기 전에 일찍 저녁을 먹을 예정이라고 거짓말을 하고, 아내와 헤어지는 시간은 이미 늦은 시각이 되고 말 것이라고 말했다. 그러나 그는 어째서 랭글리의 저녁식사 초대는 받아들이면서 모니카의 초대는 거절하는지 스스로 알 수가 없었다.

델러니는 모니카의 두 딸을 위해 장난감을 하나씩 샀다. 검은색과 흰색의 푸들이었다. 배를 누르면 삑삑거리는 기묘한 소리를 내며 짖는 장난감이었다. 그가 도착했을 때 메리와 실비아는 이미 귀여운 잠옷을 입고 침실에 들어가 있었다. 그러나 모니카는 아이들이 밖으로 나와 손님에게 인사하는 것을 허락해 주었다. 아이들은 그의 선물을 보자 환호했다. 마침내 아이들은 어떤 장난감 푸들의 표정이 더 귀여운지에 대해 서로 말다툼을 하면서 침실로 돌아갔다. 사실은 억지로 떠밀려 들어갔지만. 그로부터 약 30분 동안 어른들은 그 장난감이 삑삑거리는 소리를 들어야만 했다. 그러나 차츰 그 소리가 잦아들더니 중단되고 말았다. 마침내 모니카와 델러니는 조용히 얘기를 나눌 수 있게 되었다.

그제서야 모니카는 따뜻한 어조로 말했다.

"아이들을 생각해 주셔서 감사합니다."

"제가 좋아서 한 일입니다. 귀여운 아이들이에요."

"정말 친절하세요. 아이들을 좋아하세요?"

"물론입니다. 아주 좋아하지요. 제게도 아들과 딸이 하나씩 있습니다."

"결혼은 했나요?"

"딸은 결혼했지요. 곧 아이를 낳을 예정이구요. 이제나저제나 하는 중입니다."

"첫 아이인가요?"

"예."

"정말 기쁘시겠어요. 이제 할아버지가 되시겠군요."

델러니는 웃음을 지었다.

"그렇지요. 할아버지가 되는 겁니다."

모니카는 커피와 아몬드 향기가 나는 과자를 내놓았다. 델러니는 그것을 먹는 순간 진한 버터 냄새를 맡았고, 그것이 집에서 구운 과자라는 것을 알아차렸다. 그의 어머니도 이런 과자를 만들어 주셨다. 그는 블랙커피와 과자를 먹으며 두터운 안경을 꺼내 쓰고 모니카가 만든 명단과 자료를 살펴보았다.

그는 곧 모니카가 일을 신속히 끝낸 것과 관련하여 그녀의 정확성을 의심할 필요가 없다는 것을 알게 되었다. '아웃사이드 라이프'의 주소록에 있는 고객들 가운데 251번 지서 관할지역에 사는 주민은 116명이었다. 모니카는 그 한 사람 한 사람에 관한 자료 카드를 만들어두었다. 성을 제일 앞에 대문자로 쓰고, 그 다음 이름과 가운데 이름을 이니셜로 기록했다. 이름 밑에는 타자기로 주소를 두 줄로 쳐 넣었다. 그 다음에는 그 모든 이름을 알파벳 순으로 정리하여 하나의 명단을 만들고, 자료 카드를 두 부 만들어서 알파벳 순서로 나무상자에 차례대로 정리했다.

델러니는 고개를 끄덕거렸다.

"아주 훌륭하십니다. 잘하셨습니다. 이제 한 가지 좋지 않은 소식을 전하겠습니다. 다른 가게에서 또 한 묶음의 주소록을 가지고 왔습니다. 해주시겠습니까?"

델러니는 미소 지으며 물었다. 모니카도 미소 지었다.

"물론이에요. 얼마나 되죠?"

"'아웃사이드 라이프'에서 가져온 주소록의 3분의 1 정도입니다. 어쩌면 그보다 더 적을지도 모르지요. 같은 이름도 나올 겁니다. 같은 이름이 나오면 카드를 또 만들지 마시고 '아웃사이드 라이프'의 주소록으로 만든 카드에 그 사실만 기록해 두십시오. 그렇게 하실 수 있겠지요?"

"물론이에요. 이제 어떻게 하실 거죠?"

"이 명단 말입니까? 사본 한 부는 만일의 경우에 대비하여 부인이 어딘가에 보관해 두십시오. 한 부는 내가 가지고 가겠습니다. 원본은 경찰청의 친구들에게 보낼 겁니다. 그 친구들이 이 명단을 시, 주, 그리고 연방의 전과기록부와 대조하여 이들 가운데 전과가 있는 자들을 찾아낼 겁니다."

"전과라구요?"

"물론입니다. 처벌받은 기록과 재판받은 기록, 기소된 기록 말입니다. 선고받은 형량도요. 벌금과 집행유예, 구류 같은 것들도 모두."

모니카는 그 말을 듣자 마음이 불편한 것 같았다. 델러니는 곧 그것을 알아차렸다.

"이렇게 하는 것이 제 남편을 죽인 범인을 찾는 데 도움이 되는 일인가요?"

"물론입니다."

델러니는 확실하게 대답한 다음 잠시 그녀를 바라보다 물었다.

"꺼려지십니까?"

"이건, 이건 좀…… 부당한 짓 같아요."

모니카는 작은 소리로 대답했다. 델러니는 그 순간 돌연 그녀를 하나의 여성으로 의식하게 되었다. 검은 드레스 안에 감춰진 그녀의 단단하고 따뜻한 몸과 강한 팔다리, 곧은 몸가짐이 한꺼번에 의식되었다. 그녀는 아름답다고 할 수는 없었다. 적어도 바바라처럼 섬세하거나 세련된 여자는 아니었다. 그러나 모니카에게는 투박한 농부와도 같은 감각이 있었다. 그녀의 체취는 짙고 강렬했다.

"무엇이 부당하다는 겁니까?"

델러니는 조용히 물었다.

"한번 실수한 것뿐인데 그 사람들을 이렇게 추적한다는 것 말이에요. 당신들은 이런 일을 늘 하시겠지요."

"그렇습니다 우린 늘 그렇게 합니다. 길버트 부인, 초범자의 재범률이 얼마나 되는지 아십니까? 지금 교도소에 갇혀 있는 자들 가운데 80퍼센트가 이미 한 번 이상 갇혔던 적이 있는 자들입니다."

"그렇지만……."

"확률입니다, 길버트 부인. 우리는 확률을 적용해야 합니다. 우리는 한 사람이 강간을 하거나 강도질을 하거나 살인을 저지르면, 그가 다시 강간이나 강도나 살인을 저지를 가능성이 높다는 것을 압니다. 수사를 하면서 그것을 부정할 수는 없습니다. 그런 상황을 만들어낸 것은 우리가 아닙니다. 하지만 우리가 그런 상황을 통찰하지 못한다면 우린 바보가 되고 말 겁니다."

"하지만 경찰의 그런 감시나 지속적인 추적 때문에 사람들이 결국……."

델러니는 화난 얼굴로 고개를 저었다.

"그렇지 않습니다. 만일 전과자가 진정으로 마음을 잡고 올바르게 살고자 마음먹는다면 그는 그렇게 할 수 있습니다. 전과자가 마음을 잡고 올바르게 살아가는 경우가 전혀 없다고 말씀드리는 것이 아닙니다. 물론 그런 사람들도 있습니다. 그렇지만 일반적으로 한 전과자가 재범을 저지른다면 그것은 그자가 스스로 교도소에 들어가기를 원하고 있다는 것을 뜻합니다. 그걸 아십니까? 제가 알기로 그에 관한 연구가 있는 것 같지는 않습니다. 하지만 제 추측으로는, 재범자나 누범자(累犯者) 대부분은 스스로 교도소로 들어가기를 원하는 자들입니다. 그들에게는 교도소가 필요한 거지요. 바깥에서는 잘 살아갈 수가 없는 겁니다. 나는 부인이 조사해 준 이 자료에서 그런 한 명의 전과자나 몇 명의 전과자가 포착되기를 바랍니다. 만일 그런 자가 발견되지 않는다면, 이건 뭔가 특별한 사건이 되겠지요. 비슷한 사건, 이런 식으로 폭력을 행사한 적이 있었던 사건, 그리하여 그 사건을 통해 단서를 포착할 수 있는 사건이 이 명단을 통해 확보되기를 바랍니다."

"그렇다면 서장님은 이 명단에 있는 불쌍한 사람 가운데 하나가 수표를 위조했거나 아내를 버렸다는 사실이 발견되면, 그 사람을 붙잡아놓고 제 남편이 피살된 날이나 다른 희생자들이 피살된 날 어디에서 무엇을 하고 있었는지를 추궁할 건가요?"

"물론 그런 식으로는 하지 않습니다. 무엇보다도 범죄자들은 대개 유형이 있습니다. 각기 전문 분야가 있지요. 그 전문 분야가 바뀌는 적은 거의 없어요. 어떤 자들은 화이트칼라 범죄에 매달립니다. 횡령과 뇌물수수, 특허법 위반 따위지요. 대부분이 각종 재산에 대한 범죄행위입니다. 그 다음에는 음산한 영역이 있습니다. 위조와 사기, 협잡 등등. 그것들 역시 각종 재산에 대한 범죄지요. 하지만 이런 유형의 범죄에 대한 피해자는 정부나 공공 기관이 아니라 개인입니다. 그리고 마침내 전통적인 범죄의 광범위한 영역이 있습니다. 살인과 납치, 강도 등의 범죄지요. 이런 유형의 범죄에는 늘 폭력이 동반됩니다. 대개의 경우 범죄자는 범죄행위를 저지르는 사이에 피해자를 직접 목격하고 육체적으로 접촉하게 됩니다. 그리하여 순간적으로 살인을 저지르거나 상해를 입히지요. 또는 적어도 잠재적으로 언제나 그럴 위험성이 있습니다. 제가 찾는 것은 바로 이런 마지막 유형의 범죄기록입니다. 폭력적인 전과가 있는 자, 물리적 폭력 말입니다."

"그렇지만, 그렇지만 어떻게 서장님이 그 사람인지 아닌지를 알 수가 있어요? 이 명단 가운데 있는 사람 중 하나가 자기 아내를 때렸다는 이유로 구속된 적이 있다면요? 그것 역시 폭력이잖아요? 그렇다 해서 그 사람이 살인범의 혐의를 써야 하는 건가요?"

"꼭 그런 건 아닙니다. 물론 그런 자가 있다면 당연히 그를 조사해 봐야겠지만 제가 찾는 것은 특정한 윤곽에 맞는 인물입니다."

모니카는 그를 바라보았다. 그녀는 그의 말을 이해하지 못하고 있었다.

"윤곽이라뇨?"

델러니는 그녀에게 얘기를 할 것인지 말 것인지 잠시 생각해 보았다. 그는 얘기해 주고 싶은 욕구를 느꼈다. 그 욕구에 대해 저항해 보았으나 욕구가 더 강했다. 어째서 그런 것인지는 알 수가 없었다.

"길버트 부인, 제게는 이 살인을 저지른 자에 대한 제법 뚜렷한 인상 같은 것이 있습니다. 상당히 뚜렷합니다. 그자는 젊습니다. 서른다섯 살에서 마흔 살 사입니다. 키가 크고 늘씬합니다. 건강 상태도 양호하고 힘이 셉니다. 운동신경은 잘 발달되어 있습니다. 아마 혼자 살 겁니다. 또한 동성애자일 수도 있구요. 옷은 아주 잘 입고 다닐 테지만 보수적인 옷차림일 겁니다. 짙은 색 계통의 양복 같은 것이겠지요. 사람들은 밤에 그자의 곁을 스쳐 지날 때에도 그자가 어떤 위험을 끼칠 인물이라고는 전혀 짐작하지 못할 겁니다. 그자의 직장은 제법 훌륭할 테고, 또 십중팔구 직장에서 유능하다는 평판을 얻고 있을 겁니다. 그자를 범죄자나 위험한 인물이라고 의심할 만한 구석이라고는 전혀 없는 듯 보일 겁니다. 그렇지만 그자는 위험을 즐기고 있습니다. 스스로 위험에 노출되는 재미에 빠져 있지요. 그자는 등산가입니다. 침착하고 결단력이 있

습니다. 또한 확신하건대, 그자는 바로 이곳 251번 지서의 관할지
역에 사는 주민입니다. 바로 여기 사는 자입니다. 키카 큽니다. 키
가 크다는 얘기는 아까 했던가요? 아, 했군요. 그자는 신장이 아
마 185센티미터나 그 이상일 겁니다."

모니카는 충격에 사로잡혔다. 그가 기대한 것 이상이었다. 델러
니는 이런 식으로 얘기를 꺼낸 것에 대해 스스로 저주를 퍼부었
다. 그녀가 마침내 물었다.

"어떻게 그런 걸 다 알아내셨어요?"

그는 일어나 물건들을 챙기기 시작했다. 자신이 너무나 실망스
러웠다. 그는 염증나는 어조로 대답했다.

"셜록 홈즈 식이지요. 모두 추리한 겁니다. 길버트 부인, 그에
대해서는 잊어버리십시오. 그저 내가 입을 함부로 놀린 것뿐이니
까요."

모니카는 그를 문간까지 배웅했다.

"아까 그런 심한 말을 해서 미안합니다."

그녀는 그 강한 손을 델러니의 팔 위에 놓고 말을 계속했다.

"전 다만 전과가 있는 사람들을 하나하나 조사한다는 것이 얼
마나 잔인한 일인지를 말씀드리려 했던 것뿐이에요. 서장님께선
그렇게 하시는 수밖에 없다는 걸 알아요."

그는 고개를 끄덕거렸다.

"그래요. 그렇게 하는 수밖에 없습니다. 확률의 승부거든요."

"서장님, 모든 방법을 다 동원해 주세요. 전 그에 대해선 아무
것도 몰라요. 이건 모두 저에겐 처음 있는 일이에요. 오늘 밤부터
새로 가져오신 주소록을 가지고 일을 시작하겠어요. 고맙습니다,

서장님."

그는 말없이 미소를 지으며 물었다.

"뭐가요?"

"서장님께서 해주시는 그 모든 일이요."

"부인께 귀찮은 일을 부탁한 것 말고는 한 일이 없는걸요."

"서장님께서는 그자를 잡으실 거예요. 그렇죠?"

"부인, 우리가……."

그러나 델러니는 곧 입을 다물어버렸다. 모니카는 영문을 알 수 없었다. 그녀는 반문했다.

"우리가 뭐요?"

"아무것도 아닙니다. 안녕히 주무세요, 길버트 부인. 커피하고 과자 아주 맛있게 먹었습니다. 고맙습니다."

델러니는 집까지 걷기로 했다. 그는 자신이 한 바보짓에 대해 더 이상 생각지 않으려 노력했다. 그것은 모니카에게는 바보짓으로 보이지 않았다 해도 자신에게는 바보짓이 분명했다. 그는 공중 전화가 보이자 토어슨에게 전화를 하고 기다렸다. 5분 뒤에 전화벨이 울리자 그는 전화를 받았다.

"델러니?"

"그렇습니다."

"새 소식 있나?"

"116명의 이름과 주소를 가지고 있습니다. 이 사람들에 대해 시와 주, 연방정부의 전과기록을 조회해야 합니다."

"맙소사!"

"중요한 일입니다."

"아네, 델러니. 이제야 우리에게 이름들이 생겼군. 브로턴이 가진 것보다는 훨씬 나은 재산이네."

"그 사람 곤란을 겪고 있다면서요?"

"그래."

"심각합니까?"

"차츰 심각해지는 중이네. 모든 사람들이 그에게 압력을 가하고 있으니까."

"이 명단은 내일 심부름꾼을 통해 사무실로 보내겠습니다. 괜찮겠습니까?"

"내 집으로 보내는 게 낫겠네."

"그렇게 하지요. 들어보세요. 주정부 교통과의 기록과 뉴욕 경찰청 특별 수사과의 기록도 함께 조사해 주세요."

"그래야겠지."

"그렇습니다."

"조금 윤곽이 잡히나, 에드워드?"

"조금은요."

"그 명단 안에 그자가 들어 있을 거라고 생각하나?"

"그랬으면 좋겠습니다."

델러니는 그 자신에게 역시 모든 사람들이 압력을 가하고 있다는 생각이 들었다.

지친 기분이었다. 다른 것보다 뜨거운 물로 샤워를 하고 싶었다. 호밀 하이볼을 마시고 싶었다. 어쩌면 수면제 한 알과 푹신푹신한 침대도 필요할지 몰랐다. 그러나 그에게는 아직 할 일이 남아 있었다. 기록이었다. 그는 억지로라도 그 일을 해내야만 했다.

케이스가 그를 뭐라고 불렀던가? 꼼꼼한 경리 직원이라고?

델러니는 기록을 끝마쳤다. 머리가 윙윙거렸다. 자료철을 치우고 그는 거의 물뿐인 하이볼 잔을 비웠다. 그는 저 116명에 대한 시와 주, 연방정부의 전과기록이 오면 그것을 어떻게 처리하는 것이 최선의 방법일까를 궁리하기 시작했다.

그는 한 가지 방법을 찾아냈다. 그것이 최선이라고 여겨졌다. 전과가 있는 것으로 밝혀진 자들의 모든 기록을 모니카가 이미 만든 개인별 자료 카드에 옮겨 써달라고 그녀에게 부탁한다. 몇 가지 서로 다른 색깔의 접착 인식표를 대여섯 통 산다. 전과기록의 출처에 따라 각기 다른 색깔을 정한다. 예를 들면 붉은 인식표는 교통과에서 보내온 자료에 전과기록이 있는 자를 나타내고, 파란색 인식표는 뉴욕 시에서 보내온 자료에 전과기록이 있는자의 개인별 자료 카드에 부착하는 방식으로 색깔을 구분하여 사용하는 것이다. 각 단위 정부에서 컴퓨터 자료를 보내와서 그 기록이 개인별 자료 카드에 기록되고, 그 기록에 따라 자료 카드가 모두 색깔로 분류되면 그는 모니카 길버트의 자료상자에 있는 116명의 카드를 뒤적이느라고 시간을 허비할 필요가 없었다. 한번 쳐다보는 것만으로도, 그리하여 자료 카드 위쪽에 어떤 색깔의 인식표가 붙어 있는지를 확인하는 것만으로도 각자의 전과기록이 어떤 출처에서 나온 것인지 파악할 수 있을 것이었다. 델러니는 다시 한 번 잘못된 점이 없는지 그 방법을 곰곰이 생각해 보았다. 역시 그것이 가장 효과적인 방법이었다.

왜 모니카가 만든 자료 카드를 집으로 가져오지 않았던가 하는 생각이 든 것은 그로부터 얼마 후였다. 그의 정신이 너무나 굼뜨

게 움직이는 것 같았다. 그것을 집으로 가지고 와서 서재에 보관해 뒀더라면 필요할 때마다 뒤적일 수 있었을 텐데. 알 수 없는 노릇이었다. 머지않아 토어슨이 각 단위 정부의 컴퓨터 출력물을 보내오면 그 자신이 직접 개인별 자료 카드에 컴퓨터의 자료를 옮겨 쓸 수 있지 않은가. 색깔 인식표도 직접 붙일 수 있지 않은가. 자료 카드가 필요할 때마다 모니카의 집으로 달려갈 필요가 어디 있단 말인가. 그런데도 그는 자료상자를 집으로 옮겨오고 싶지 않았다. 왜 그럴까? 모니카는 아주 유능하다. 그리고 그 혼자서 모든일을 해낼 수는 없다. 그것이 이유란 말인가? 그 여자가 화를 낼까 봐? 만일 그 여자가……. 만일 바바라가…….

델러니는 침대로 기어 들어갔다. 샤워도 하지 않고 수면제도 먹지 않았다. 침대에 들고 나서도 거의 한 시간 동안 그는 잠을 이루지 못한 채 자신이 어째서 이러는 것인지 알아내려고 애썼다. 그러나 아무것도 알아낼 수 없었다. 그는 마침내 포기해 버리고 잠에 빠져 들었다.

서서히 자료들이 도착하기 시작했다. 그가 작동을 하도록 지시한 것들이 움직이기 시작한 것이었다. 116명에 대한 자료를 가장 먼저 보내온 것은 뉴욕 주정부의 교통과였다. 자료는 아주 깨끗한 컴퓨터 출력물이었다. 원본과 여섯 부의 사본이 달려 있었다. 델러니는 자료를 재빨리 훑어보았다. 전과기록이 있는 열한 명에 관한 자료였다. 그는 사본 한 부를 떼어냈다. 그 자신이 보기 위해서였다. 그는 나머지를 모니카 길버트에게 가지고 갔다. 그는 그 자료를 어떻게 정리할 것인지를 설명했다.

"이건 컴퓨터 출력물입니다, 부인. 모두 대문자로 씌어 있어요. 구두점도 없구요. 하지만 너무 두려워하지 말아요. 익숙해지기만 하면 읽기가 훨씬 쉬워집니다. 첫 번째 이름을 봐요. 애브리 존 H, 주소는 이스트 79번가. 애브리의 개인별 자료 카드 있지요?"

모니카는 카드를 뒤적이다가 한 장을 뽑아 델러니에게 내밀었다.

"좋습니다. 이제 내용을 봅시다. 에브리는 50센트를 동전 투입구에 넣지 않은 채 무인 톨게이트를 지나갔다는 이유로 기소되었습니다. 그 결과 유죄임이 판명되어 벌금을 냈구요. 컴퓨터 출력물에 공식적인 문구로 그렇게 기재되어 있지요? 이해할 수 있을 겁니다. 이제 애브리의 개인 카드에 그 내용을 간단하게 기록해 주십시오. '톨게이트, 유죄, 벌금형' 이라고만 기록하면 충분합니다. 또 애브리의 자동차 번호판과 차종, 그러니까 이 경우에는 머큐리라고 기록해 주세요. 이해하시겠습니까?"

모니카는 고개를 끄덕거렸다.

"알 것 같아요. 그럼 이번엔 다음 사람을 직접 해볼게요. '블랭크 대니얼 G. 주소는 이스트 83번가. 속도 위반으로 두 차례 기소. 유죄, 벌금형. 차종은 검은색 콜벳. 그리고 차의 등록번호.' 이런 식으로 정리하라는 거죠?"

"좋습니다. 궁금하게 생각하실까 봐 미리 말씀드립니다만, 전 이 자료에만 의지할 생각은 없습니다. 이것은 그저 각 인물의 배경을 알려주는 자료에 불과합니다. 더 중요한 자료는 시정부와 연방정부에서 올 겁니다. 한 가지 더 말씀드리겠습니다."

그는 문방구에서 사온 갖가지 색깔의 인식 테이프를 보여주면서, 전과기록의 출처에 따라 어떤 색깔의 테이프를 붙여야 하는지를 설명했다. 설명을 다 들은 모니카는 델러니가 색깔과 자료의 출처를 구분하여 써온 메모지를 한동안 들여다보다가 '애브리'의 자료 카드와 '블랭크'의 자료 카드 꼭대기에 각기 붉은 테이프를 붙였다. 델러니는 안심했다.

케이스는 델러니에게 전화를 하여 '아웃사이드 라이프'의 판매전표를 모두 조사한 결과 지난 7년 동안 얼음도끼를 구입한 234명의 이름을 기록한 명단을 만들었다고 알려왔다. 델러니는 그에게 251번 지서 관할지역의 지도를 가져다 주었다. 이튿날 케이스는 그 지도를 보고 그 234명의 구입자 가운데 251번 지서 관할지역에 사는 주민들을 따로 분류해 냈다. 여섯 명뿐이었다. 델러니는 그 여섯 장의 판매전표를 받아 집으로 돌아와서 두 장의 명단을 만들었다. 하나는 그 자신의 자료철에 넣어두기 위해서였고, 다른 하나는 모니카에게 전달하기 위해서였다. 모니카는 그 카드를 보고 이미 만들어둔 개인별 자료 카드 가운데에서 그 명단에 있는 사람들의 카드를 찾아내어 꼭대기에 녹색 테이프를 붙였다. 델러니가 집에 돌아오자마자 모니카가 전화를 했다. 그녀는 걱정을 하고 있었다. 그 여섯 명의 얼음도끼 구입자들 가운데 한 사람의 이름이 '아웃사이드 라이프'의 전체 고객 명단에서 발견되지 않는다는 것이었다. 모니카는 그 사람의 이름과 주소를 알려주었다.

델러니는 웃어댔다.

"그것 때문에 걱정할 필요 없습니다. 우린 완벽을 기대하는 것이 아닙니다. 아마 그런 건 사람이 저지를 수밖에 없는 실수일 겁니다. 늘 그런 실수는 있는 법이지요. 어떤 이유 때문에 그 고객의 이름이 주소록에 포함되지 않았을지도 모릅니다. 누가 압니까? 그 사람이 자기는 상품목록 같은 건 필요 없다고 했을 수도 있지요. 광고 우편물을 싫어하는 사람이었는지도 모르구요. 그저 그 사람 개인별 자료 카드를 만드는 것으로 충분합니다."

"알았어요, 에드워드."

델러니는 아무 대답도 하지 않았다. 모니카가 그를 에드워드라고 부른 것은 이번이 처음이었다. 그녀는 그제서야 그를 이름으로 불렀다는 것을 깨달은 것 같았다. 그녀는 서둘러 다시 말했다.

"알았어요, 서장님."

"에드워드라고 부르는 게 더 나은데요."

그는 그렇게 말하고 작별인사를 했다. 이제 그도 길버트 부인을 모니카라 부를 수 있게 된 것이다.

그는 전체 주소록 명단에서 이름이 누락되어 있던 그 한 사람의 이름과 주소를 토어슨에게 보내야 한다는 것을 생각해 냈다. 그는 그 사람의 이름을 자신의 자료에도 올리고 토어슨에게 보낼 명단을 새로 만들어 거기에도 기록했다. 이틀 뒤에 모니카는 델러니가 나중에 준 주소록에 대한 정리작업을 끝냈다. 그것으로 서른네 명의 이름이 전체 명단에 추가되었다. 델러니는 그 서른네 명의 이름을 토어슨에게 보낼 명단에 추가했다. 그로부터 이틀 뒤에 케이스가 뉴욕에서 얼음도끼를 파는 다른 두 가게의 판매전표에 대한 조사를 끝내 251번 지서 관할지역의 주민들을 밝혀냈다. 역시 그 이름들도 모니카의 전체 명단에 첨가되어 녹색 테이프가 붙은 개인 자료로 정리되었고, 마찬가지로 토어슨에게 보낼 명단에도 그 새로운 사람들의 이름이 추가되었다. 델러니는 그 명단을 토어슨에게 다시 보냈다.

한편 처음에 토어슨에게 보냈던 116명에 관한 전과조회 결과가 컴퓨터 출력물로 배달되어 왔다. 모니카는 개인별 자료 카드에 그 내용을 기록하고 색깔이 다른 테이프를 붙여 정리했다. 또한 케이스는 '아웃사이드 라이프'의 모든 판매전표를 조사하여 그 가운데 등산장비 판매와 관련된 전표를 분리하고, 다시 그 중에서 251번 지서 관할지역 주민들의 이름을 골라내고 있었다. 그 사이에 랭글리는 뉴욕에 있는 독일 대행사를 방문하여 그 얼음도끼를 제작하는 회사와 미국 내에서 그 얼음도끼를 취급하는 수입상과 중개인, 소매상 등을 조사했다. 그동안 델러니는 직접 '아웃사이드 라이프' 이외의 다른 두 가게에서 그 얼음도끼를 구입한 여섯 사람에 대해 조사를 했다. 그리고 아내에게 『허니 번치』를 읽어주었다.

델러니는 정복 순찰경관에서 3급 수사관으로 승진한 후 처음 만났던 조장(組長), 늙고 경험이 많고 알코올 중독이었던 형사로 델러니를 '애송이 꼬마'라고 부른 이가 해준 충고를 이제까지 그대로 따랐다. 그것은 명함을 버리지 않고 모아두는 것이었다. 은행원이나 구두 판매원, 장의사와 보험회사 모집인, 사립탐정 등 어느 누구라도 그가 명함을 내밀면 그는 얼른 받아 고무줄로 둘둘 만 명함뭉치 속에 끼워 넣어두었다. 스승의 가르침대로 모은 명함은 가치를 발휘했다. 명함만으로도 충분히 일시적인 '위장'을 할 수 있었다. 사람들은 명함을 보면 그것을 그대로 믿기 일쑤였다. 때로는 그 명함 한 장만으로 그는 신분을 은행원으로, 구두 판매원으로, 장의사 직원으로, 보험 모집인으로, 사립탐정으로 무엇으로든지 바꿀 수 있었다. 그 작은 종이쪽지가 그대로 신분증 역할을 했다. 그 이상의 신분을 추궁하려는 사람은 거의 없었다. 한번은 어떤 인쇄소에서 광고용으로 만든 '명함 100장을 단돈 5달러로!'라고 인쇄된 전단을 명함 대신 쓴 적도 있었다. 사람들이 그 광고 전단만으로 그를 인쇄소 직원이라 믿어주는 것을 보고 델러니는 사기꾼들이나 협잡꾼들이 얼마나 쉽게 사람의 등을 칠 수 있는지를 이해할 수 있게 되었다.

이제 델러니는 그 명함뭉치를 꺼내놓고 251번 지서 관할지역 주민 중에 지난 7년 사이에 얼음도끼를 구입한 아홉 사람들을 직접 조사하기 위해 어떤 신분으로 위장할 것인지를 궁리했다. 그는 그 아홉 사람이 사는 장소에 따라서 찾아갈 순서를 정했다. 될 수 있는 한 한 번 갔던 길을 되돌아오는 일이 생기지 않도록, 마지막 조사를 끝내는 장소가 집에서 너무 먼 장소가 되지 않도록 순서를 정했다. 이것은 거의 완전히 도보로 해내야 하는 일이었다. 그는 과거에 이와 비슷한 업무를 처리해야 하던 시절에 신던 낡은 신발을 찾아냈다. 그 신발은 부드럽고 편안한 캥거루가죽으로 만든, 발목까지 덮이는 구두였다.

그는 오전 9시까지 기다렸다가 거리로 나섰다. 그는 경비원이나 구멍가게 주인, 집주인이나 이웃 사람들하고만 이야기를 했다.

"안녕하세요? 제 이름은 바레트입니다. 애크미 보험회사에 근무합니다. 여기 제 명함이 있습니다. 보험에 가입하시라고 온 것은 아닙니다. 데이비드 샤프라는 사람을 찾아왔습니다. 그분은 저희 보험의 신탁 수령인이십니다. 그분에게 돈을 지급해야 하는데요. 그분 여기 사시지요?"

"누구요?"

"데이비드 샤프 씨요."

"그런 사람 모르겠는걸요."

"그분 주소가 여기라고 되어 있는데요."

"아니, 난 그런 이름 들어본 적 없…… . 잠깐만, 그 사람 이름이 뭐라구요?"

"데이비드 샤프요."

"아, 그 사람이군. 맙소사, 이사 간 지 벌써 2년이 다 되어갑니다."

"아, 그래요? 그분의 현주소는 잘 모르시겠군요?"

"몰라요. 우체국에 가서 한번 알아보시구려."

"그러겠습니다. 알겠습니다."

그 다음 명함을 다시 받아 들고 델러니는 돌아 나오는 것이다.

"안녕하세요? 제 이름은 바레트입니다. 애크미 보험회사에서 나온 직원입니다. 여기 제 명함이 있습니다. 하지만 보험에 가입하시라고 온 것은 아닙니다. 저는 아놀드 아벨이라는 사람을 찾는 중입니다. 그분이 저희 보험의 신탁 수령인이시거든요. 그분 앞으로 돈이 나와 있습니다. 그분이…… ."

"우스운 일이군. 그 사람 죽었어요."

"죽다니요?"

"죽었다니까. 작년에 그 비행기 추락사고 생각나요? 비행기가 이륙하자마자 자메이카 만에 곤두박질쳤잖아요."

"아, 예. 그랬지요."

311

"그거요. 아벨은 그 비행기에 타고 있었어요."

"그것 참 안됐군요."

"그래요. 참 괜찮은 친구였는데. 술을 너무 먹어서 탈이지, 사람은 좋았어. 그 사람 크리스마스 때만 되면 늘 나에게 10달러씩 주곤 했지."

그러다가 뜻밖의 일이 벌어지기도 했다.

"안녕하세요? 제 이름은……."

델러니가 그 반복되는 대사를 시작하려는데, 상대방이 이렇게 말을 가로채는 것이다.

"델러니 서장님. 서장님이 만든 상가 방범연합회 회원이에요. 기억 안 나세요? 내 이름은 골든버그입니다."

"아, 알고말고요, 골든버그 씨. 잘 지내셨습니까?"

"건강하지요. 고맙습니다. 서장님은요?"

"좋아요."

"은퇴하셨다는 말씀 듣고 참 서운했습니다."

"아닙니다. 은퇴한 게 아니에요. 잠시 휴직을 신청한 것뿐입니다. 그런데 그만 사건이 밀리는 바람에 새로 임명된 서장을 하루에 몇 시간씩 도와주고 있지요. 아시지요?"

"알다마다요. 새 서장이 능숙해질 때까지 도와주시는 거겠지요?"

"그렇습니다. 우린 지금 시몬스라는 사람을 찾는 중입니다. 월터 시몬스. 그 사람이 지명수배되었거나 범죄를 저지른 건 아닙니다. 다만 1년쯤 전에 발생한 어떤 강도사건을 그 사람이 목격했지요. 그런데 이제야 그 범인을 잡았습니다. 그래서 증언이 필요해서 찾는 겁니다."

"루스벨트 병원으로 가보셔야 할 겁니다. 서장님. 6개월 전부터 거기 입원해 있거든요. 그 사람 아시다시피 등산가였잖아요. 그런데 그만 산에서 떨어져 온몸이 만신창이가 되어버렸어요. 듣기로는 다시는 회복이 불가능하대요."

"그것 참 슬픈 소식이네요. 그렇지만 아직도 증언이야 할 수 있겠지요. 아무튼 거기 가봐야겠습니다. 귀찮게 해서 미안합니다."

"무슨 말씀을요, 서장님. 그런데 사실대로 좀 얘기해 주세요. 새로 서장으로 임명된 도르프만이라는 사람에 대해서 어떻게 생각하십니까?"

"좋은 사람입니다."

델러니는 한마디로 대답했다.

"지난 몇 달 사이에 이 지역에서 살인사건이 세 건이나 벌어졌잖아요. 그 미치광이가 아직도 활개를 치고 다닌단 말입니다. 도대체 도르프만인가 뭔가 하는 사람은 뭘 하고 있는 겁니까?"

"글쎄요, 그 사건은 도르프만의 손을 떠났습니다. 골든버그 씨. 그 사건의 수사는 브로턴 부청장이 맡고 있어요."

"그건 나도 신문에서 봤어요. 하지만 사건이 발생한 곳은 바로 도르프만의 구역이잖아요?"

"그렇지요."

델러니는 서글프게 대답하는 수밖에 없었다.

그렇게 하루가 지났다. 얻은 것이 없는 재난의 날이었다. 그 아홉 명 가운데 세 명은 251번 지서 관할지역 밖으로 이사를 갔고, 한 사람은 사망했으며, 한 사람은 병원에 입원 중이었고, 또 한 사람은 벌써 6개월 동안이나 유럽으로 등산을 위한 여행을 떠나 있었다.

이제 남은 것은 셋뿐이었다. 델러니는 분주히 병원으로 가서 바바라를 만난 뒤, 저녁에 나머지 세 사람을 찾아가서 조사했다. 이번에는 신분증과 배지를 보여주고 신분을 밝힌 다음 본인을 직접 만나 질문을 던졌다. 그는 심문하는 이유에 대해서는 말하지 않았다. 그들 역시 묻지 않았다. 그러나 뉴욕 경찰청 델러니 지서장의 수사도 애크미 보험회사 직원 바레트의 조사보다 나을 것이 없었다.

세 사람 중 한 사람은 열두 살 난 증손자에게 생일선물로 얼음도끼를 사준 여든이 넘은 노인이었다.

다른 한 사람은 활기에 찬 젊은이였다. 그는 델러니에게 스카이다이빙을 하기 위해 등산을 그만뒀다고 의기양양하게 말했다.

"이게 등산보다 훨씬 더 남자다운 운동이라니까요, 아저씨!"

델러니가 계속해서 요구하자 그 젊은이는 옷장 구석에 처박아 두었던 얼음도끼를 꺼내 보여주었다. 그것은 여기저기 녹이 잔뜩 슬어 있었고, 먼지를 뒤집어쓰고 있었다. 델러니는 이 젊은이가 그 얼음도끼를 무엇 때문이건 한번이라도 쓴 적이 있기나 한지 의심스러웠다.

마지막 한 사람 역시 젊은이였다. 초인종을 울리자 문가에 나타난 그 젊은이를 보고 델러니는 한눈에 자신이 상상한 범인의 영상에 상당히 근접한 인물이라고 생각했다. 키가 크고 후리후리했으며 강해 보였다. 그 젊은이 뒤에 서서 불쑥 나타난 불청객을 한편으로는 불안한 얼굴로, 다른 한편으로는 호기심에 차서 훔쳐보는 여자는 틀림없이 그 젊은이의 임신 중인 아내였다. 아파트 안은 상자와 궤짝으로 가득 차 있었다. 그들은 이제 태어날 아이를 위해 좀 더 넓은 집을 장만하여 앞으로 이틀 후에 이사 갈 예정이라고 말했다. 델러니가 얼음도끼에 대해 이야기를 꺼내자 그들은 동시에 웃음을 터뜨렸다. 젊은이의 아내가 결혼에 동의하면서 내세운 조건 중에 하나가 남편이 등산을 그만둬야 한다는 것이었다는 설명이었다. 남편은 등산을 포기하는 수밖에 없었다. 젊은 남편은 델러니가 요구하지 않았는데도 얼음도끼를 보여주었다. 그 부부는 도끼를 갖가지 용도로 사용하고 있었다. 도끼의 머리 부분은 여기저기 홈집이 가고 칠이 벗겨져 있었다. 언젠가 창문에 페인트칠을 할 때 칠이 마르면서 창문이 닫혀 열리지 않자 그것을 열기 위해 얼음도끼의 쪼는 부분을 창문 틈에 밀어 넣고 힘을 썼더니, 날이 갑자기 부러졌다고 했다. 그들은 '이게 강철인데 강철이 부러지다니 세상에 이런 법이 다 있습니까?' 하고 델러니에게 물었다. 델러니는 '세상에 별일이 다 있군요.' 하고 대답하는 수밖에 없었다.

델러니는 이 조사를 손쉬운 일로 판단했던 자신이 바보였다고 생각하며 느릿느릿 집까지 걸었다. 그러나 흉기 구매자들을 하나하나 추적해야 한다는 것은 아직도 분명한 일이었다. 하지 않으면 안 되는 일이고 그는 그 일을 했다. 그러나 성과는 없었다. 그는 이제 택할 길들이 얼마나 많이 있는지 알고 있었다. 모두가 절망스러웠다. 그것을 스스로 인정하지 않을 도리가 없었다. 그는 다만 저 녹색 인식 테이프가 붙은 개인 카드 가운데 하나가 범인의 것이기를 바라는 수밖에, 그저 그것을 바라는 수밖에 없었다.

델러니의 가장 큰 걱정거리는 시간이었다. 판매전표를 모두 조사하고, 명단을 작성하고, 개인별 자료 카드를 정리하고, 무고한 사람들을 모조리 찾아가 심문하기 위해서는 절대적으로 시간이 필요했다. 시간! 며칠, 몇 주일이 걸릴지 알 수 없었다. 그 사이에 저 미치광이는 거리를 배회하고 다니며 살인을 계속할 것이고, 살인과 살인 사이의 시간 간격은 점점 더 짧아질 것이었다.

집에 도착하자 메리가 대신 서명을 하고 받아둔 우편물을 발견했다. 델러니는 곧 그것이 토어슨이 심부름꾼을 통해 보낸 물건이라는 것을 알아차렸다. 델러니는 포장을 뜯고 내용물을 확인하자 더 이상 시간을 끌지 않았다. 그것은 뉴욕 경찰청 기록과에서 조사한 전과조회 결과였다. 그 안에는 특수 범죄수사기록에 대한 조회 결과도 포함되어 있었다. 그것으로서 처음 작성된 명단에 들어 있던 116명에 대한 전과조회 결과는 모두 받은 셈이었다.

그는 기묘한 방식으로 일을 처리해 오고 있었다. 전과조회 결과가 연방 당국, 주정부 당국, 시정부 당국에서 도착하면 그 중에서 자신의 자료철에 첨부할 복사본 한 부를 떼어낸 다음 나머지를 모두 모니카에게 가져다 주었다. 그러면 모니카는 개인별 자료 카드에 범죄 내용을 요약하여 기록하고 인식 테이프를 붙이는 것이다. 이제까지 그 자신은 전과조회 결과를 읽어볼 생각도 하지 않았다. 한번 쳐다본 적도 없었다. 그런 식으로 일을 처리하는 이유는 모든 기록이 정리되고 모니카의 개인별 자료 카드에 기록되고 분류되기 전에는 본격적인 수사를 시작할 수 없기 때문이라는 것이 그의 생각이었다. 그렇게 분류된 뒤에는 한번 자료 카드를 쳐다보는 것만으로도 얼마나 되는 사람들이 몇 번이나 범행을 저질렀는지를 한눈에 알아볼 수 있게 되는 것이다. 그는 그 자신에게 그렇게 타일러왔던 것이다.

동시에 그는 거짓말을 하고 있다고 스스로에게 얘기해 왔다. 자신에게 거짓말을 하고 있었다.

델러니가 이런 식으로 일을 처리해 온 진정한 이유는 어떻게 보면 아주 우스운 것이었다. 그는 스스로도 그 진정한 이유를 잘 알지 못했다. 무엇보다 먼저 그가 미신을 믿는 경찰관이라는 점이 지적되어야 할 것이었다. 그는 왠지 모니카가 그에게 지금까지 행운을 가져다 주었으며, 앞으로도 행운을 가져올 것이라고 믿었다. 그것이 발휘한 효과가 부분적이었건 전체적이었건, 모니카의 조사를 통하여 그는 필요한 단서를 발견했던 것이다. 두 번째로 지적되어야 할 것은 컴퓨터로 출력된 전과조회기록들이 그를 살인범에게 인도해 주기를 바라고 있다는 점이었다. 그렇게 되어야만 모니카에게 이런 일을 시킨 것이 논리적이고 전문적인 필요 때문이었다는 것이 입증되는 셈이었다. 델러니는 그 전과기록으로 무엇을 해야 하는지를 모니카에게 설명할 때, 그녀의 눈빛에서 그것을 보았다. 모니카는 그를 잔인하고 냉혹한 경찰관으로 생각하고 있었다. 인간의 유약함에 대해서는 아무런 감정도 동정심도 없는, 오직 냉정하기만 한 경찰관. 그것은 두말할 필요도 없이 사실이 아니었다.

구두끈을 풀고 땀에 젖은 양말을 벗어 던지다 말고 그는 잠시 생각에 잠겼다. 그는 젖은 양말을 쥐고 있었다. 도대체 왜 내가 모니카에게 좋은 인상을 줘야 한다고 생각하는 것인가? 왜 나에게 그것이 이다지 중요한 일이 된 것인가? 그는 모니카를 생각해 보

317

았다. 얇은 검은색 드레스 속에서 그녀의 단단한 몸이 움직이는 것을 상상했다. 그는 자신의 그것이 딱딱해지는 것을 느끼고 부끄러워 혼자 얼굴을 붉혔다. 바바라가 병든 이래 그는 섹스를 하지 못한 채 살아왔다. 그러나 그런 '희생'은 바바라의 고통에 비하면 참으로 하잘것없는 일이었다. 그런데 이런 생각을 자신이 하고 있다는 것을 스스로 믿을 수가 없었다. 아내가 저런 모습으로 앓고 있는 상황에서 최근에 남편이 피살당해 과부가 된 여자에 대해서 이런 생각을 하다니. 그는 자신에 대한 혐오감으로 혀를 차고, 미지근한 물로 샤워를 했다. 새 파자마를 입고 침대로 들어간 그는 한 시간 뒤에 초롱초롱한 눈으로 미친 사람처럼 갑자기 침대에서 빠져나와 두 알의 수면제를 꿀꺽 삼켰다.

이튿날 아침, 델러니는 모니카에게 새로 배달된 전과조회기록을 넘겨주었다. 그녀가 잠깐 앉아 커피와 대니시 빵을 먹으라고 권했으나 그는 거절했다. 그녀가 그때 섭섭한 얼굴이었던가? 그는 그랬다고 생각했다. 그러나 그는 한숨을 내쉬고 그날 해야만 하는 일들, 해봐야 별 소득이 없으리라는 것을 뻔히 아는 일들을 하며 하루를 소비(시간! 아, 시간!)했다. 그는 얼음도끼를 구입한 사람 중에 이사를 갔거나 죽었거나 해외여행을 떠났거나 병원에 입원한 사람들에 관해 조사했다. 결과는 그가 예상한 대로 소득이 없었다. 그들은 사실 그대로 이사를 갔거나 죽었거나 해외여행을 떠났거나 병원에 입원해 있었다.

집에 돌아온 그는 메리가 집을 떠나며 남긴 메모를 발견했다. 길버트 부인이 전화를 하여 델러니 지서장이 돌아오는 대로 집으로 전화를 해달라고 부탁했다는 내용이었다. 델러니는 그 즉시 전화를 걸었다. 모니카의 목소리는 그가 판단하기에는 오직 따뜻하기만 할 뿐 전혀 아무런 거리감도 느껴지지 않았다. 그녀는 개인별 자료 카드에 새로 온 전과조회기록을 모두 정리했으며, 정해진 색깔의 인식 테이프를 붙였다고 말했다. 델러니는 그녀에게 다음날 오후 1시에 같이 점심을 할 수 있겠는지 물었다. 그녀는 곧 그러겠다고 대답했다.

그들은 인근의 해산물 식당에서 같은 메뉴로 점심을 먹었다. 게살 샐러드와 백포도주였다. 그들은 이 도시에서 살면서 맛보아야하는 고통과 즐거움에 대한 이야기를 나누면서 한 시간 반 정도를 유쾌하게 보냈다. 모니카는 창가의 화분에서 자라고 있는 제라늄을 키우기 위해 얼마나 많은 노력을 기울였는지를 얘기했다. 델러니는 아내와 함께 그가 몇 년 동안이나 그늘진 뒷마당에 꽃과 관상식물을 기르기 위해 노력했으며, 그러다가 마침내 매연과 산성토질 때문에 포기하고 말았고, 결국 그 땅에서는 덩굴식물밖에 자라지 않더라는 얘기를 했다. 이제 그 뒷마당은 덩굴식물이 거의 밀림을 이루고 있는데, 뜻밖에도 그것 역시 제법 아름다웠다.

그들이 커피를 마시는 동안 델러니는 아내 바버라 얘기를 했다. 모니카는 열중하여 얘기를 듣다가 이렇게 물었다.

"의사를 바꿀 생각이세요?"

"어떻게 해야 할지를 모르겠어요. 그자는 오래전부터 아내의 주치의였거든요. 아내는 그 의사를 깊이 믿고 있구요. 아내가 허락하지 않는 한 다른 의사를 데려올 수는 없습니다. 물론 그 의사도 할 수 있는 한 최선을 다하고 있다는 것은 압니다. 조언자들도 몇 명 있구요. 그런데도 아내의 병세에는 차도가 보이지 않아요.

사실대로 얘기하자면 아내가 그냥 소진되어 가는 것만 같아요. 그저 잦아들어 가는 것처럼 보입니다. 아들이 몇 주일 전에 왔었는데 엄마의 모습을 보고는 충격을 받더군요. 너무나 마르고 너무나 창백하고 너무나 지쳐 있었으니까요. 게다가 이따금 아내는 치매 증세까지 보여요. 아주 짧은 순간이지만요."

"그건 열 때문인지도 몰라요. 투약하고 있는 항생제 때문일지도 모르구요."

그는 무력하게 고개를 끄덕거렸다.

"나도 그럴 거라고 생각합니다. 하지만 그때마다 너무나 끔찍합니다. 아내는 항상 아주 예리했습니다. 감수성도 예민하구요. 지금도 그래요. 그 알 수 없는 혼수상태 같은 데 빠져들지 않을 때는요. 글쎄요. 이러고 보니 꼭 부인에게 신세한탄이나 하려고 점심 초대를 한 셈이 되고 말았군요. 이제 따님들에 대해 얘기해 보세요. 아이들의 학교생활은 어떤가요?"

모니카의 얼굴이 밝아졌다. 그녀는 아이들의 천진난만한 점과 악동 같은 점을 얘기하고 아이들이 하는 말과 아이들이 서로 얼마나 다른지를 얘기했다. 델러니는 미소 지으며 흥미롭게 들었다. 그는 에디와 엘리자베스가 자랄 무렵을 생각해 보았다. 새삼 그때 그처럼 행복했던 대가를 지금 치르고 있는 것은 아닌가 하는 생각까지 들었다.

모니카가 커피를 다 마시자 델러니는 말했다.

"자, 이제 댁으로 가도 되겠습니까? 부인이 정리한 자료를 보고 싶습니다. 정리가 다 끝났다고 하셨지요?"

"그래요. 모두 다 정리하고 기록했어요. 하지만 서장님이 실망하실까 봐 그게 걱정이에요."

"전 늘 실망만 하고 사는 사람인걸요."

델러니는 익살스레 말했다. 모니카가 웃었다.

"거기 기록된 범죄들은 모두 실패한 범죄들이에요."

"무슨 말씀이신지?"

델러니는 처음에는 모니카가 농담을 한다는 것을 모르고 이렇게 물었다.

"어떤 사람이 전과기록을 가지고 있다는 것은 그 사람이 능란한 범죄자가 아니라는 걸 뜻하는 게 아닐까요? 붙잡혔다는 것이 그걸 입증하잖아요. 만일 능란한 범죄자였다면 잡히지 않았을 것이고 그러면 전과도 없겠지요."

"그렇군요. 옳으신 말씀입니다."

그는 웃었다. 그들은 식탁에서 일어나 카운터로 갔다. 델러니는 지갑을 꺼냈다. 그러자 지배인이 그를 막았다.

"델러니 지서장님은 계산하실 필요 없습니다."

지배인은 이때가 오기를 기다린 것이 분명했다. 델러니는 깜짝 놀라 그를 쳐다보았다.

"아, 안녕하시오. 배로 씨. 요즘 어떠십니까?"

"하느님의 은총으로 잘 지냅니다. 서장님께선 어떠십니까?"

"그럭저럭 잘 지내고 있지요. 호의는 고맙습니다만 받아들이기 곤란합니다. 배로 씨. 아시겠지만 전 휴직 중이거든요. 뿐만 아니라……."

델러니는 모니카를 가리켰다. 그녀는 이 광경을 흥미롭게 지켜보고 있었다.

"이 부인께서 지켜보고 있잖습니까? 부인께서 내가 뇌물을 받는다고 생각해서야 어디 되겠습니까?"

그들은 모두 유쾌하게 웃어댔다. 델러니는 음식값을 지불하며 말했다.

"내 말 들어봐요. 이 다음에 혼자 와서 이 집에서 가장 비싼 바닷가재를 주문하고 나서 당신을 부르겠습니다. 그럼 됐지요?"

배로는 다시 한 번 웃었다.

"물론이지요, 서장님. 절 아시잖습니까? 언제라도 환영하겠습니다."

그들은 모니카의 집을 향해 천천히 걸었다. 모니카는 호기심에 찬 얼굴로 그를 바라보았다.

"정말 거기 들러서 공짜로 식사를 하실 거예요?"

델러니는 즐거운 얼굴로 대답했다.

"물론이죠. 내가 들르지 않으면 배로 씨는 섭섭해 할 겁니다. 그 사람은 좋은 사람입니다. 유력한 인사들이 거의 매일 커피를 마시기 위해 그 집에 들르지요. 순찰차를 타고 다니는 경관들도 들르구요. 순찰차 대원들이 모두 다 그 사람 호의를 받아들이는 건 아니겠지만, 대부분은 받아들일 겁니다. 무슨 저의가 있는 호의가 아니니까요. 그것은 이 구역에 있는 수백 개의 음식점과 술집, 핫도그 노점과 피자 가게 등에서 생기는 일이거든요. 그게 '작은 선물' 아니냐고 하시겠습니까? 물론 그렇지요. 하지만 경찰들은 대부분 그 보잘것없는 봉급으로 자식을 대학까지 공부시키느라고 애를 먹고 있어요. 이따금 공짜로 점심을 먹을 수 있다는 건 부인이 생각하는 것보다 훨씬 더 중요한 일이지요. 저의가 없는

322

선물이라는 말은 만일 그런 가게나 음식점의 마음씨 좋은 주인이나 지배인이 탈법적인 행위를 하다가 들키는 경우에는 다른 사람들과 조금도 다름없이 처벌을 받게 될 거라는 뜻입니다. 커피 한 잔 공짜로 대접한다는 것은 그들에게 그저 친절하게 인사를 나누는 것 정도의 의미밖에 없어요.

게다가 배로는 내게 신세를 갚을 일이 있습니다. 2년 전에 그 사람은 가게에서 물건들이 사라진다는 것을 발견했어요. 보통의 도난 사건 같은 것이 아니었어요. 이따금 캔이나 식재료 따위가 상자째로 없어지는 거였지요. 그래서 그가 나를 찾아와 상의를 했고, 나는 우리 지서에 경위로 근무하던 제리 페르난데스를 불러들였지요. 제리는 뒷골목에 사람을 둘 배치했습니다. 첫날 밤이었습니다. 거기 대원을 배치한 바로 그날 밤이지요. 어떤 작자가 스테이션 왜건을 타고 그 음식점 뒷문 앞에 나타나더니 아주 태연하게 가게 뒷문의 자물쇠를 따고 안으로 들어가서 지하실에서 상자와 짐꾸러미를 끌어내 차에 싣는 거였습니다. 대원들은 그 작자가 왜건을 짐으로 가득 채우고 음식점 뒷문을 잠글 때까지 기다렸지요. 그랬다가 덮쳤습니다."

"어떻게 되었어요?"

모니카는 숨가쁘게 물었다. 델러니는 웃어댔다.

"대원들은 스테이션 왜건에 있는 짐을 모두 끌어내 지하실로 다시 옮기라고 시켰지요. 아주 깨끗하게 정리까지 시켰답니다. 그 일을 끝낼 무렵에 그 작자는 마치 고래처럼 숨을 헐떡거렸다더군요. 그 작자는 그 음식점 주방에서 일하는 보조주방장 가운데 하나였어요. 그래서 뒷문 열쇠도 창고 열쇠도 다 가지고 있었지요.

그건 기소를 할 정도로 중대한 사건은 아니었습니다. 만일 기소를 했다면 증거를 수집하고, 수많은 사람들이 수많은 서류작업을 해야 하고, 법정에 나가서 시간을 소비했을 겁니다. 그 작자는 아마 벌금형을 받거나 만일 초범이었다면 보호관찰을 받아야 했겠지요. 그래서 그 작자가 물건을 제자리에 모두 정리한 다음에는 제리의 부하들이 그자에게 약간의 벌을 주었어요. 심각한 벌은 아니었습니다. 말하자면 그 작자가 병원에 실려가거나 부상을 당할 정도는 아니었다는 겁니다. 하지만 충분한 벌이기는 했을 겁니다. 아프고 고통스러울 만큼요. 물론 그 작자는 해고되었지요. 그런 소문이 퍼지자 그 뒤부터 배로는 식품 캔 하나도 분실한 적이 없답니다. 그것 때문에 그 친구가 우리 점심값을 받지 않으려 한 겁니다."

델러니는 그녀를 돌아보았다. 모니카는 갑자기 몸을 부르르 떨었다. 그녀는 작은 소리로 말했다

"세상이 온통 다르게 보여요."

"뭐라구요?"

그러나 모니카는 아무 대답도 하지 않았다.

그녀의 말은 옳았다. 범죄기록은 실망스러울 정도였다. 델러니가 예상한 것은 이런 것이 아니었다. 그는 각 단위 정부 당국의 전과기록조회가 완료되어 그것이 개인별 자료 카드에 기록되면 꼭 대기에 서로 다른 갖가지 색깔의 인식 테이프가 숲을 이룰 것이요, 그 가운데에는 몇 가지 색깔의 테이프가 동시에 부착된 카드가 적어도 서너 장이나 예닐곱 장은 될 것이며, 그것은 중대한 범죄를 저지른 사실이 있다는 것을 뜻하는 것이므로 어쩌면 그것으

로 정신병질적 범죄행위나 적어도 제어가 불가능한 상태에서 범죄행위를 저지른 자를 색출해 낼 수 있을 것이라고 생각했다.

결과는 그렇지 않았다. 인식 테이프가 부착된 개인별 자료 카드는 절망스러울 정도로 드물었다. 세 가지 서로 다른 색깔의 인식 테이프가 붙은 카드가 석 장, 두 가지 색깔의 인식 테이프가 붙은 카드가 두 장, 한 가지 색깔의 인식 테이프가 붙은 카드가 마흔세 장 있을 따름이었다. 게다가 얼음도끼를 구입한 것으로 판명된 아홉 명(델러니가 이미 개인적으로 조사한 사람들)은 아무 전과도 없는 것으로 판명되었다.

델러니는 모니카의 부엌 식탁 위에서 인식 테이프가 부착된 개인별 자료 카드를 천천히 조사해 나갔다. 그동안 그녀는 바느질감을 가지고 와서 테 없는 안경을 쓰고 딸아이의 옷 가장자리를 감침질했다. 그녀는 골무와 가위를 쓰면서 재빠른 솜씨로 한 뜸 한 뜸 바느질을 했다. 델러니는 카드를 모두 조사한 다음 자료상자를 밀어놓았다. 그 소리를 들은 모니카는 고개를 들어 그를 바라보았고, 델러니는 빙긋 미소 지었다.

"부인의 말씀이 옳았습니다. 실망스러운 결과군요. 강간이 하나, 강도가 하나, 살인을 저지를 수 있는 흉기로 타인을 공격한 사람이 하나 있을 따름입니다. 맙소사! 소득세를 사기 치는 사람이 이렇게 많다는 것은 난생 처음 알았습니다!"

모니카는 말없이 미소 지으며 바느질을 계속했다. 델러니는 음울한 얼굴로 주저앉아 연필 지우개로 탁자를 톡톡 치고 있었다. 그는 모니카에게 얘기를 한다기보다는 자신의 생각을 중얼중얼 늘어놓는 듯 입을 열었다.

"물론 이곳은 아주 건강한 지역입니다. 제가 '건강하다' 고 하는 것은 이스트할렘이나 베드퍼드스타이버선트보다는 훨씬 낫다는 뜻입니다. 평균 소득은 뉴욕에서 두 번째 가는 지역이고, 범죄율은 뉴욕에서 세 번째로 낮은 지역이에요. 맨해튼과 브롱스, 브루클린을 포함한 구역에 한해서 얘기하자면 그렇다는 거지요. 그러니까 화이트칼라 범죄가 상당히 높은 비율일 것으로 예상해야 했습니다. 세금 포탈이나 부당 배상, 주가 조작 따위가 얼마나 많은지 보셨지요? 내가 미처 생각지 못한 것은 이 많은 카드 중에 여성은 네 명뿐이라는 것과 십중팔구 등산을 즐기거나 등산을 다니는 사람에게 선물하기 위해 얼음도끼를 샀거나 등산 외에 다른 형태의 야외생활을 즐기는 사람들일 거라는 점입니다. 사냥과 낚시, 보트와 소풍, 캠핑 등 말입니다. 그것은 이 사람들이 여가생활에 돈을 쓸 수 있을 정도로 경제적 여유가 있는 사람들이라는 뜻이지요. 그리고 중요한 범법행위의 원인은 경제적 결핍입니다. 이 지역 주민들은 제법 잘사는 사람들이고 여가생활을 위해 상당한 액수의 돈을 쓸 여유를 지닌 사람들입니다. 내가 어리석었어요. 등산이나 바다낚시를 즐기는 사람들도 빈민굴 주민들과 마찬가지의 범죄율을 기록할 거라고 생각하다니. 그렇지만 아무튼 이건 너무 실망스럽군요."

"낙심하셨군요?"

모니카가 고개를 들지 않은 채 조용히 물었다. 델러니는 작은 소리로 입을 열었다.

"모니카, 난 결코 낙심하지 않아요. 글쎄요. 거의 낙심하는 적이 없습니다. 나는 이 강간사건과 강도사건, 상해사건을 조사할 겁니다. 그것으로 아무 성과를 얻지 못한다 해도 내가 할 수 있는 일은 얼마든지 있어요. 난 이제야 시작했을 뿐이니까요."

모니카는 고개를 들어 델러니의 얼굴에 떠오른 미소를 바라보고는 고개를 끄덕이며 다시 바느질로 돌아갔다. 델러니는 개인별 자료 카드에서 그 세 사람에 관한 기록을 수첩에 옮겨 적었다. 혐의자로 밝혀질 가능성은 거의 없었으나 기물 파괴나 강탈, 절도 따위의 범죄를 저지른 사람들의 이름과 주소도 옮겨 적었다. 그는 시계를 보았다. 할아버지로부터 물려받은, 앞뒤로 뚜껑이 달린 두툼한 회중시계였다. 전과를 가진 서너 사람을 조사할 시간적 여유가 아직 있었다.

델러니는 의자에서 일어섰다. 모니카도 바느질거리를 내려놓고 일어섰다. 두 사람은 똑같이 안경을 벗었다. 그것을 보고 동시에 웃음을 터뜨렸다. 기묘한 일이었다.

"부인께서 곧 완쾌되시기를 바라겠어요."

모니카는 문간까지 델러니를 배웅했다.

"고맙습니다."

모니카는 작은 소리로 말했다.

"부인께 문병을 가고 싶어요. 서장님께서 괜찮다고 하시면요. 전 시간은 많고 할 일은 없거든요. 이제 자료를 정리하는 일도 끝냈으니까 문병을 가서 부인과 같이 얘기도 하고……."

델러니는 너무도 기뻐 갑자기 돌아섰다.

"그래 주시겠습니까? 그래 주신다면 얼마나 좋겠습니까! 집사람하고 부인은 정말 친해질 수 있을 겁니다. 집사람은 부인을 좋아할 거예요. 부인도 집사람을 좋아하게 될 거구요. 전 하루에 두 번씩은 집사람에게 가려고 노력하고 있습니다만 때로는 그게 잘 안 되거든요. 집사람을 찾아오는 사람들도 있긴 하지요. 적어도 한 번씩은 찾아오더군요. 하지만 아시지요, 부인? 그런 사람들은 이제 오지 않습니다. 제가 부인과 같이 집사람에게 가서 소개하도록 하지요. 그렇게 해서 부인이 이따금 집사람을 찾아주시기만 하면……."

"물론이에요. 저는 행복한 마음으로 부인을 문병할 거예요."

"고맙습니다, 부인. 정말 친절하시군요. 함께 점심을 해주신 데 대해서도 감사드립니다. 정말 즐거웠습니다."

모니카는 손을 내밀었다. 델러니는 한순간 깜짝 놀랐으나 곧 그 손을 마주 잡았다. 그들은 악수를 했다. 그녀의 손은 건조했으나 살은 단단했으며 그 손의 힘은 놀라울 만큼 강했다.

그는 밖으로 나왔다. 흐린 겨울날 오후였다. 하늘에는 먹구름이 잔뜩 뒤덮여 있었다. 그는 명단을 꺼내 들여다보며 누구를 제일 먼저 찾아갈 것인지 생각했다. 그러나 그의 마음속 깊은 곳에서 생각하는 것은 그런 것이 아니었다. 델러니는 모니카를 생각하지도 않았고, 바바라를 생각하지도 않았다. 그의 마음속 한 귀퉁이를 어떤 것이 따끔따끔 찔러오고 있었다. 그것은 이번 살인사건과 관련된 어떤 것이었다. 범인에 대해 어떤 행동을 취해야만 한다는 생각이 드는 것이었다. 델러니가 최근에 들은 어떤 일과 관련이 있었다. 누군가가 어떤 애기를 했다. 그러나 그는 그것이 정확히 무엇인지 판별해 낼 수가 없었다. 그의 마음속 한 귀퉁이를 따끔따끔 찔러대면서도, 약을 올리듯 맴돌면서도 끝내 생각이 나지 않았다. 그는 투덜거리며 고개를 흔들었다. 일단 그것은 잊기로 하고 거리를 박차고 나섰다.

그가 집에 돌아온 것은 그날 밤 10시가 조금 지난 시각이었다. 발이 아팠다. 편한 경찰관용 구두를 신지 않았기 때문이었다. 좌절감 때문에 속이 상했다. 그는 휘파람을 불며 수선화를 생각하기로 했다. 잘못된 길로 접어들어 낭비한 시간을 잊을 수 있다면 무엇이든 하고 싶었다. 그는 뜨거운 물로 샤워를 하고 머리를 말렸다. 그것으로 기분은 조금 나아졌다. 그는 파자마를 입고 가운을 걸치고 슬리퍼를 신고 서재로 내려갔다.

그날 오후와 저녁 사이에 델러니는 명단에 있는 여섯 사람 가운데 다섯 사람을 조사했다. 강간범과 강도는 아직 교도소에 갇혀 있다는 것이 확인되었다. 치명적 흉기로 사람을 공격한 인물은 1년 전 석방되었으나 명단에 기록된 주소지에 살고 있지 않았다. 그것은 내일 아침 그자의 가출옥 담당 경관에게 연락을 해봐야 할 일이었다. 나머지 세 사람의 경우는 이러했다. 절도범은 아직도 교도소에 갇혀 있었다. 기물을 파괴한 사람은 두 달 전에 주소를 남겨두고 플로리다로 이사 간 것으로 밝혀졌다. 델러니는 지쳐서 강탈범은 내일 찾기로 하고 조사를 중단했다.

그는 서재에서 이와 같은 조사 내용을 자료철에 꼼꼼히 기록했다. 그 다음에는 매일 밤 하는 집안 순찰을 시작했다. 창문과 바깥으로 나가는 문이 모두 잠겼는지를 확인하는 일이었다. 그 다음에야 그는 불을 끄고 침대에 들어갔다. 아직 자정도 되지 않았으나 그는 피곤했다. 이제 이런 말도 안 되는 식의 조사를 하기에는 너무 나이가 든 것 같았다. 오늘 밤에는 수면제는 먹지 않을 것이었다. 저절로 편안히 잠들 수 있을 테니까.

잠을 청하면서 델러니는 아내에게 모니카를 소개해 주는 것이 과연 현명한 일인지 생각해 보았다. 그는 두 사람이 서로를 좋아하게 될 것이라고 말했다. 사실 그럴 것이다. 바바라는 그 살인범에게 피살당한 사람의 미망인에게 동정심을 느낄 것이다. 그러나 혹시 아내가 다른 생각을 하지는 않을까. 엉뚱한 상상을 하게 되지는 않을까. 만일 아내가 그에게 이상한 질문을 던진다면······. 아, 델러니는 알 수 없었다. 짐작할 수도 없었다. 하지만 두 여자를 적어도 한 번은 만나게 해야겠다고 마음먹었다. 결과야 어떻게 되든지 그저 두고 보면 될 것이다.

그는 오후에 모니카의 집을 나설 때 마음을 따끔따끔 찌르던 문제를 다시 생각해 보기로 했다. 그는 뭔가 찜찜한 문제, 그러니까 잘 생각이 나지 않는 단어나 주소나 이름, 직업적 개인적 문제 따위가 있을 때 그것에 대한 생각을 품고 잠들면, 이튿날 아침에는 훨씬 좋은 기분으로 깨어나 그 문제에 대한 마술적인 대답이 준비되어 있는 것을 발견하게 된다고 굳게 믿는 사람이었다. 잠을 자는 사이에 무의식이 문제를 해결해 놓는다는 것이 그의 생각이었다.

이튿날 아침 델러니는 잠에서 깨어났을 때, 그 문제의 윤곽이 여전히 미지의 것으로 남아 있다는 것을 발견했다. 그러나 문제가 좀 더 선명해진 것은 사실이었다. 그것은 어제 점심을 같이 먹으면서 모니카가 한 말 가운데 하나였다. 그는 그때 두 사람이 나눈 얘기를 세밀한 부분까지 상기해 보려고 노력했다. 모니카는 제라늄에 대해 얘기했다. 그는 덩굴식물에 대해 얘기했다. 모니카는 딸아이들 얘기를 하고 델러니는 바바라 얘기를 했다. 배로가 그들의 점심값을 받지 않으려 했고, 델러니는 나중에 모니카에게 2년 전에 그 음식점에서 일어난 절도사건에 대해 얘기했다. 그러나 그 모든 것들이 도대체 지금 무엇 때문에 그의 마음을 불편하게 만드는 것인가? 그는 머리를 설레설레 흔들어대다가 욕실로 들어가 면도를 했다.

그날 아침 시간을 델러니는 모니카의 자료 카드 가운데서 찾아낸 여섯 명의 가벼운 범법행위 전과자들 가운데 마지막 남은 강탈범을 추적하느라고 보냈다. 그리하여 마침내 2번로의 작은 양복점에서 다리미질을 하고 있는 그 사람을 찾아냈다. 그 강탈범은 152센티미터 정도의 키에 체중은 80킬로그램가량 되는 것 같았다. 얼굴은 창백했고 손은 떨렸으며 눈에서는 진물이 흘렀다. 도대체 이런 사람이 무엇을 강탈할 수 있었을까? 델러니는 '사람을 잘못 알았다.'고 생각하고는 최대한 빨리 그 자리를 떠났다. 그 강탈범은 여전히 눈에서 진물을 흘리며 부들부들 떨고 서 있었다.

델러니는 곧장 병원으로 가서 바바라가 점심식사를 하는 것을 도와주고 거의 한 시간 가까이 아내에게 『허니 번치: 첫 번째 작은 정원』을 읽어주었다. 기묘하게도 그 책을 읽는 사이에 그는 아내 못지않게 안정감을 되찾을 수 있었다. 그리하여 집으로 돌아왔을 때는 말끔한 기분이 되었다. 우울한 기분 같은 것은 전혀 남아 있지 않았다. 쓸데없이 이유를 추궁하거나 회의에 빠지지 않고 꾸준히 일을 계속할 수 있는 그런 기분이었다.

그는 한 시간 남짓 개인적인 일을 처리했다. 수표와 투자, 은행 계좌와 세금 계산, 자선 헌금 등의 일이었다. 그는 그 달의 수입을 계산하고 지불해야 할 돈을 지불하고 담당 회계사에게 전화를 해서 예금할 돈을 맡기고 이미 사용한 금액에 대한 수표 정리를 마쳤다.

봉투를 봉하고 우표를 붙인 다음 그는 외출하는 길에 잊지 않고 그것을 들고 나가 우체통에 넣기 위해 복도의 탁자에 올려놓았다. 그는 서재로 돌아와 기다란 종이를 꺼내놓고 자신이 택할 수 있는 갖가지 수사방안을 하나하나 기록하기 시작했다.

(1) 모니카의 개인별 자료 카드에 이름이 있는 사람 모두를 개인적으로 조사한다. 자료 카드에 이름이 있는 사람은 155명 정도.

(2) 랭글리의 작업이 끝나 명단이 작성될 때까지 기다린다. 그 다음 우편이나 전화로 미국 내에 있는 서독산 얼음도끼 소매상을 모두 조사한다.

(3) 케이스의 작업이 끝나기를 기다렸다가 '아웃사이드 라이프'에서 어떤 장비든 등산과 관련이 있는 장비를 산 적이 있는 사람들, 그리고 다른 상점이 보유한 고객 주소록에 이름이 있는 사람들 가운데 251번 지서 관할지역 주민들의 명단을 확보한다. 모니카에게 부탁하여 개인별 자료 카드와 그 명단을 다시 한 번 대조하여 모든 고객들의 개인별 자료 카드가 분명히 작성되었는지 확인한다.

(4) 판매전표와 고객 주소록의 공개를 거부한 상점을 다시 찾아가 강요한다. 그것이 통하지 않으면 토어슨에게 부탁하여 수색영장을 발부받는 방법을 모색한다.

(5) 얼음도끼를 구입한 251번 지서 관할지역 주민 아홉 명에 대해 다시 한 번 세밀히 조사한다. 가벼운 범법 사실이 확인된 여섯

명의 251번 지서 관할지역 주민들에 대해서도 다시 한 번 정밀 조사를 한다.

(6) 처음 생각했던 대로 산악인들을 위한 잡지가 있는지 확인해서 잡지가 배포되는 주소를 확보한다. 만일 산악인협회나 클럽이 있으면 그곳의 명단을 확보한다. 또한 동네 도서관에 가서 등산에 관련된 도서를 대출한 적이 있는 251번 지서 관할지역 주민의 이름을 확인한다.

(7) 만일 그래야 하는 경우가 닥치면 '아웃사이드 라이프'의 고객 주소록에 이름이 있는 모든 빌어먹을 놈의 뉴욕 주민들을 하나하나 조사한다. 아마도 만 명가량의 빌어먹을 주민을 조사해야 할 것이다. 하나하나 모두 조사해야 한다.

그러나 이것은 헛소리에 불과했다. 그것을 그도 알고 있었다. 만일 델러니가 롬바드 작전 수사대에 소속된 500명의 수사관들을 지휘하고 있다면 얼마든지 가능한 일이었다. 그러나 혼자서는 5년을 준다 해도 하기 힘들 것이다. 그때까지 그 살인범은 또 얼마나 많은 목숨을 앗아갈 것인가? 적어도 1000명 안팎이리라. 아! 그것은 소름 끼치는 일이었다.

그것 역시 헛된 생각이었다. 한 가지 일이 자꾸 마음에 걸렸다. 델러니는 그것을 무시하려 했으나 자꾸 생각이 났다. 모니카가 그에게 전화를 하여 케이스가 보낸 명단 가운데 있는 사람의 이름이 그녀의 개인별 자료 카드에는 없다고 말했을 때, 그는 '사람이 흔히 저지르는 실수'라고 말하며 그것을 웃어넘겼다. 세상에 완벽한 사람은 없다. 사람은 흔히 실수를 저지른다. 자신도 모르는 사이에, 태만으로 인해. 물론 의도적으로 실수를 저지르는 사람은 없다.

그러나 만일 케이스가 밤늦은 시간까지 일을 하다가 지친 나머지 얼음도끼 구입자의 판매전표를 빼먹었다면 어찌 할 것인가?

랭글리가 뉴욕 지역에서 그 얼음도끼를 파는 가게를 하나 빼먹었다면 어찌 할 것인가?

모니카가 전과조회기록 중에 있는 중범자의 기록을 어쩌다가 빠뜨리고 넘어갔다면 어찌 해야 하는가?

만일 에드워드 델러니 지서장이 이 모든 우라질 놈의 혼란스러운 사태에 대한 해결책이 바로 자신의 크고 퉁퉁한 코밑에 떨어져 있는데도 멍청한 나머지, 오직 멍청하기만 한 나머지 그것을 발견하지 못하는 것이라면 또 어찌 할 것인가?

인간의 실수라. 델러니의 아마추어 수사팀이 그러하듯 전문가들도 실수를 저지르게 마련이었다. 펄리 부장이 하나의 사실을 조사하는 데 각기 다른 사람을 거듭 보내는 까닭이 그 때문이었다. 같은 사안에 대해 두 차례씩, 때로는 세 차례씩이나 심문을 하는 까닭이 거기에 있었다. 그렇다. 컴퓨터마저도 완벽할 수는 없는 법이 아닌가. 그러나 그런 문제를 해결할 방도를 델러니가 가지고 있는가? 아니었다.

그래서 그는 자신이 기록한 일곱 가지 방안을 거듭 읽다가 한쪽으로 던져버렸다. 쓰레기에 불과했다. 그는 모니카에게 전화를 걸었다.

"모니카? 나 델러닙니다. 방해가 됐습니까?"

"아니에요."

"시간 좀 낼 수 있어요?"

"여기로 오시겠어요?"

"아닙니다. 그저 얘기를 좀 하려구요. 어제 우리가 점심을 같이 먹은 것에 대해서요. 부인이 무슨 얘긴가를 했는데 그게 뭐였는지 기억이 나지 않아서요. 그게 중요한 얘기였다는 느낌이 들어요. 그런데 아무리 생각을 해봐도 기억이 안 나요."

"그게 뭐였는데요?"

델러니는 갑자기 커다랗게 웃음을 터뜨렸다. 말을 계속할 수가 없었다. 잠시 후 그는 겨우 웃음을 진정시키고 말했다.

"그걸 안다면 무엇 때문에 전화를 했겠습니까? 우리가 그때 무슨 얘기를 했지요?"

모니카는 델러니의 웃음을 기분 나빠하지 않았다.

"얘기요? 가만 있어 보세요. 난 창가의 화분 얘기를 했고, 당신은 뒤뜰 얘기를 했어요. 부인의 병환 얘기를 하셨구요. 제 딸아이들 얘기를 했어요. 밖으로 나오는 길에 음식점 지배인이 음식값을 받지 않으려 했는데 당신이 결국 음식값을 지불하고야 말았구요. 집으로 오는 길에는 당신이 그 음식점에서 일하던 보조주방장이 도둑질을 했다는 얘기를 했구요."

델러니는 참다못해 말했다.

"아니, 그런 게 아닙니다. 이 사건과 관련된 얘기였어요. 식사를 하는 동안 우리가 사건 얘기를 했던가요?"

"아닐걸요. 커피를 마신 다음에 당신이 집으로 가서 자료를 보자고 말했어요. 아, 그래요. 당신이 내게 물었죠. 컴퓨터의 전과조회기록을 개인별 자료 카드에 모두 옮겼냐구요. 그래서 난 그렇다고 대답했어요."

"그게 전부였어요?"

"그래요, 에드워드. 도대체 이게 무슨……. 아니에요, 잠깐만 요. 내가 전과조회기록에 대해서 농담을 했지요. 전과를 가진 사람 들은 모두 실패한 범죄자라구요. 그 사람들이 아주 탁월한 범죄자 였다면 붙잡히지 않았을 거고, 그러면 전과 같은 것도 남아 있지 않을 거라구요. 그러니까 당신은 웃으면서 그렇다고 말했구요."

델러니는 한동안 아무 대답도 않고 있다가 입을 열었다.

"모니카."

"예, 에드워드."

"당신을 사랑해요."

델러니는 웃으며 말했다.

"아, 그러니까 그걸 알고 싶어 전화를 하신 건가요?"

"바로 그거였습니다."

델러니를 초조하게 만들던 그 어렴풋하던 것이 이제야 확실히 생각났다. 그는 지서 2층으로 올라가는 계단에서 수사관 제리 페 르난데스 경위와 한 얘기를 떠올렸다. 그것은 지서의 수사대를 해체시키던 무렵이었다. 그때 델러니는 제리 페르난데스에게 물 었다.

"자넨 어디에 발령받았나?"

"미드타운의 금고트럭과에 배속되었습니다."

페르난데스는 낙담한 얼굴로 대답했다.

델러니는 경찰청 안내과로 전화를 걸어 신분을 밝힌 다음 새로 생긴 맨해튼 미드타운의 금고트럭과 전화번호를 알려달라고 부탁했다. 그의 전화는 두 번이나 이곳저곳으로 바뀌 연결되었다. 그러나 결국 그는 전화번호를 알아낼 수 있었다. 델러니는 손가락을 주의 깊게 움직여 페르난데스 경위에게 전화를 했다. 이번에는 행운이 그의 편이었다. 전화벨이 여덟 번 울리자 페르난데스가 직접 전화를 받았다.

"페르난데스 경위입니다."

"에드워드 델러니 지서장이네."

페르난데스는 잠깐 동안 아무 말도 못 하고 있다가 갑자기 소리쳤다.

"서장님! 이게 웬일이십니까? 반갑습니다. 그동안 별고 없으셨구요?"

"그저 그렇지, 뭐. 경위, 자넨 어떻게 지냈나?"

"온몸이 똥통에 잠겨버린 것 같아요, 서장님. 이놈의 새로운 편제는 작동을 하지 않아요. 단언하지만 이건 정말 헛지랄이에요. 제가 지금 무슨 일을 하는지 알고 있다고 생각하세요? 몰라요. 제가 지금 여기서 하는 일이 뭔지를 제가 모른다니까요. 아는 사람이 하나도 없어요. 각 지서에서 온 대원들이 여기 모여 있기는 해요. 상부에서는 우리를 시내 각 지역으로 파견하지요. 그러고는 우리가 지역에서 발생하는 모든 일을 파악하기를 기대하는 거예요. 좀도둑과 납치, 사기와 방화, 금고털이와 폭동 등등 모두를 말이에요. 서장님, 이건 저주예요! 정말이에요, 이건 저주예요!"

델러니는 그를 위로했다.

"진정하게. 잠시 시간이 지나면 괜찮아질 테지. 그러면 제대로 돌아갈 거야."

페르난데스는 버럭 소리를 질렀다.

"돌아가기는 제 엉덩이가 돌아갑니다. 어제는 부하 두 놈이 우편물 트럭 짐칸에서 소포를 훔치는 놈을 잡았습니다. 상상이 되세요? 벌건 대낮에 말이에요. 트럭은 34번가와 매디슨로 모퉁이에 서 있었어요. 그런데 이 미친놈이 그 트럭 짐칸에서 묵직한 소포 뭉치 두 자루를 훔쳐내 태연히 산보라도 하는 것처럼 걸어가더라는 겁니다. 우편물 트럭에서요!"

델러니는 참을성을 발휘해서 말했다.

"경위, 내가 전화한 건 도움을 받고 싶어서야."

"도움이라구요? 말씀만 하세요, 서장님. 뭐든 도와드리지요. 뭡니까?"

"지서의 수사 병력이 해체되기 직전에 있던 일이야. 그때 자네는 각종 수사 자료를 범죄의 유형에 따라 분류해서 새로운 수사과에 보내는 중이라고 말했어."

"그랬지요, 서장님. 그 일을 처리하는 데만 몇 주일이 걸렸어요."

"좋아. 나머지는 어떻게 처리했지? 그러니까 고소장이나 고소가 취하된 사건들에 관련된 서류, 정리하고 남은 서류와 근무일지 같은 것들 말이야."

"그거요? 대부분 버렸지요. 가지고 있어봐야 뭐 하겠어요? 우리가 시내 각 지역으로 파견될 판국이고, 251번 지서에는 겨우 한두 명쯤만 일을 하게 될 텐데요. 아무튼 그런 거야 모두 과거의 유물이 되어버렸잖습니까? 그래서 부하들에게 남은 건 모두 쓰레기통에 갖다 버리라고 했지요."

338

델러니는 실망하며 무겁게 말했다.

"알았어. 고맙네. 나는 그게……."

페르난데스는 델러니의 말은 듣지도 않은 채 자기 말만 계속했다.

"남은 게 있는데 그건 작년 서류들뿐이에요. 그건 남겨두라고 했지요. 최근 서류들은 누군가 긴요하게 쓸 일이 생길지도 모르니까요. 하지만 그 밖의 것들은 다 없애버렸어요."

델러니는 화들짝 놀라 물었다.

"그래? 그걸 어디 뒀나?"

"지서 지하에 있어요. 계단을 내려가면 탈의실이 오른쪽 끝에 있고 유치장이 왼쪽에 있잖아요? 그 유치장을 지나 계속해서 가면 음료수 탱크가 나오는데, 거기도 지나서 오른쪽으로 가면 좁은 복도가 나와요. 그 복도를 따라 걸어가면 뒷문으로 통하는 계단이 나오지요."

"그래. 그건 나도 알아. 조사 기간 동안 우린 내내 그 복도를 폐쇄해 두었지."

"그랬지요. 그 복도를 따라가다 보면 걸레니 양동이니 하는 것들을 넣어두는 장이 하나 있어요. 그걸 지나 뒷문 쪽으로 좀 더 가면 작은 창고가 하나 있습니다. 잡동사니가 잔뜩 처박힌 창고지요. 옛날엔 아마 고문실로 쓰던 방 같아요."

"그래. 아마 그랬을 거야."

델러니는 웃어댔다.

"틀림없어요, 서장님. 그 방 벽이 얼마나 두꺼운지 아세요? 게다가 창문도 없잖아요. 누가 비명을 질러봐야 알 수가 있겠어요?

그 방에서 해결된 사건이 아마 숱하게 많았을 겁니다. 안 그래요? 아무튼 우린 그 방에다가 쓰레기들을 처넣어뒀어요. 하지만 작년 것밖에 없을 겁니다. 그게 도움이 되겠습니까?"

"큰 도움이 되지. 고맙네, 경위."

"무슨 말씀을요, 서장님. 잠깐만요. 이번엔 제가 도움을 청해도 되겠습니까?"

"물론이네."

"단 한 마디면 됩니다. '살려주세요!' 서장님은 영향력도 있고 친구도 많잖아요. 절 여기서 빼내주세요. 부탁입니다. 전 여기서 죽어버릴 것 같아요. 이곳도 싫고 여기에서 같이 일하는 치들도 싫어요. 만주에서 온 바보처럼 난 하루 종일 종이만 뒤적거리고 있어요. 그러면서도 제가 지금 어디에서 허우적거리고 있는지도 모르겠다니까요. 전 다시 거리로 나가야 해요. 제가 아는 곳은 거리예요. 해주실 수 있죠, 서장님?"

"어디로 가고 싶은가?"

페르난데스는 기다렸다는 듯 말했다.

"강력계나 절도계 같은 데요. 마약수사계도 좋아요. 진급은 바랄 수 없다는 걸 알아요. 아직 제 능력이 거기 미치지 않으니까요."

델러니는 조심스럽게 말했다.

"글쎄. 약속은 할 수 없네. 하지만 어떻게 해볼 방법이 있는지 알아보지. 방법을 찾을 수 있을지도 모르네."

페르난데스는 기뻐서 말했다.

"그걸로 충분합니다, 서장님. 고맙습니다, 서장님."

"나도 고맙네, 경위."

델러니는 전화를 끊고서도 한동안 전화통을 노려보고 있었다. 그는 페르난데스에게 들은 말을 생각해 보았다.

그것은 수사를 위한 장기적인 포석이었다. 그러나 그 작업에 하루 이상은 걸리지 않아야 했다. 또한 그것은 그가 만든, 이제부터 선택할 수 있는 일곱 가지 수사방향에 매달리는 것보다 오히려 나은 방법이었다. 그가 만든 일곱 가지 방책은 성공하리라는 보장도 없이 뼈를 깎는 힘든 노고만을 요구하는 작업이었다.

모니카가 성공한 범죄자에게는 전과가 없을 거라는 농담을 했을 때 델러니는 그 말이 어떤 면에서는 진실이라는 점을 인정해야 했다. 그러나 모니카는 범죄를 저지르고서도 자유롭게 살아가는 자들과 기소되어 처벌받는 자들 사이에 서류로 이루어진 중간지대가 존재한다는 사실을 알지 못했다. 기소가 취소된 사건들, 확실한 증거를 확보할 수 없었기 때문에 구속영장이 발부되지 못한 사건들, 법정까지 갈 필요조차 없었던 사건들, 뇌물이나 위협 때문에 피해자가 고소를 취하한 사건들이 무수히 있었다. 게다가 오직 사법부의 무시무시한 업무량과 폭주하는 사건들, 사법부의 인원 부족 때문에 재판이 지연되거나 거부되는 사건들도 무수히 많았다.

그러나 판결이 유예된 대부분의 사건들에 대해서도 기록은 남아 있었다. 사건의 시작과 과정에 대한 기록이 어디엔가는 남아 있게 마련이었다. 그 기록 가운데 일부를 담당하는 것이 바로 수사관의 일이었다. 고소장과 업무일지, 그리고 '기소유예'와 '기소포기', '원고와 피고 사이의 합의'와 '훈방 처리' 등에 관한 기록들이 그것이었다. 그것은 사실상 과중한 업무량에 시달리는 수사관이 상관의 재가를 받아, 혹은 그것마저 없이 법정에 제출하지도 않은 채 자신의 판단에 따라 사건을 처리한 결과이기도 했다.

사법적으로 처리되는 사건들은 소수에 불과했다. 수사관의 경험과 상식에 따라 법정에 보내져야 할 사건이 판별되는 것이다. 한 술집에서 술에 취한 두 사람이 서로 얼굴을 두들겨 패기 시작한다. 경찰에 신고가 들어온다. 술 취한 두 사람은 서로 상대방을 체포하라고 주장한다. 이런 경우 경찰은 어떻게 해야 하는 것일까? 만일 그 경찰이 영리한 자라면 양쪽 모두에게 공중의 평온을 파괴했다는 명목으로 한바탕 훈계를 하고, 조금만 더 시끄럽게 굴면 둘 다 체포해 버리겠다고 위협한 다음 그들이 다시는 싸우지 못하도록 서로 반대방향으로 가도록 조처할 것이다. 고통도 없고 괴로운 일도 없으며 법정이 사건을 처리(그것은 모두에게 지긋지긋한 일일 따름이다.)하기 위해서 시간을 허비할 필요도 없다. 만일 그와 같은 모든 거추장스러움에도 불구하고 그 사건이 법정까지 간다 해도, 판사는 사건 당사자들의 얘기를 한 5분쯤 들은 다음에 당사자 모두와 변호사를 법정 밖으로 쫓아내고 말 것이다.

그러나 만일 사건이 술집에서의 소란 정도를 넘어서 심각한 양상으로 진행되어 사유재산에 대한 피해가 있다거나 싸움의 한쪽 당사자가 부상을 당했다면 수사관은 더욱 용의주도하게 움직여야 한다. 이 사건 역시 경찰관이 검사와 판사처럼 임의의 판정을 내림으로써 법정까지 갈 필요가 없을 수 있다. 또한 사건 당사자가 기소를 포기하거나 가해자가 피해자에게 즉시 피해를 변상함으로써, 또는 수사관으로부터 중대한 처벌을 받을 수도 있다는 위협을 받은 두 당사자가 사건을 더 이상 끌지 않기로 합의하거나 단순히 수사관에게 뇌물을 줌으로써 막을 내릴 수도 있다.

이런 것은 '거리의 재판'이다. 거리에서 발생하는 사소한 사건들이 모두 법정에서 처리될 수는 없는 까닭에 전국 각지에서 매시간 이런 '거리의 재판'이 수백 건씩이나 이루어진다. 재판을 주재하는 것은 경찰관, 즉 사복 형사이거나 정복을 착용한 순찰경관이다. 청렴결백하건 부패했건 그 경찰관은 혼란스럽고 우습고 변덕스러운 '거리의 재판'을 주재하는 우두머리로 활약하는 수밖에 없다. 그런 경찰관이 없다면, 그렇지 않아도 엄청난 업무량으로 쓰러지기 일보 직전인 국가의 공식 판결기관인 법정은 수많은 사소한 사건들의 홍수에 묻혀 익사하고 말 것이요, 더 이상 법정으로서 기능할 수 없게 되고 말 것이다.

고지식한 경찰관은 이런 경우의 사건을 기록으로 남길 수도 있고 남기지 않을 수도 있다. 그것은 그가 사건을 얼마나 중요시하느냐에 달린 일이다. 만일 그 수사관이 정복을 착용하는 수사관이고 그 사건에 관련된 인물이 거리의 부랑아가 아니라 사회적으로 제법 높은 직위의 인물이라면, 또한 사건 당사자 가운데 어느 한쪽이 과거에도 어떤 사건에 연루된 적이 있는 인물이라서 관할서에 한 번 이상 끌려온 적이 있는 인물이라면 수사관은 틀림없이 사건에 관한 기록을 남길 것이다. 사건을 일으킨 자는 누구인지, 어떤 사람이 어떤 증언을 했는지, 누가 어떤 일을 저질렀는지, 누가 누구에게 어떻게 부상을 입히고 재물을 손괴시켰는지를 기록해 둘 것이다. 사건이 그 즉시 해결된 경우, 즉 고발이나 기소나 재판 같은 것을 하지 않는 경우라 해도 수사관은 한숨을 내쉬면서 양식에 따라 서류를 작성하고, 보고서를 써서 그 모든 기록을 책상 서랍에 처박아버리는 것이다. 그리하여 마침내 책상 서랍이 넘쳐나게 되면 쓰레기통에 던져버리는 것이다.

델러니는 이것을 모두 알고 있었다. 따라서 그는 지서의 수사관들이 해산되어 버린 지금, 뭔가 의미 있는 기록을 발견할 수 있는 확률은 지극히 희박하다는 것도 알고 있었다. 그러나 그는 경찰관의 본능을 좇아 바로 옆 건물에 자리 잡은 251번 지서의 마티 도르프만에게 전화를 했다.

전에 두 사람이 만났을 때, 대화는 우호적이었으나 냉정했다. 델러니는 도르프만에게 가족의 안부를 물었고, 도르프만 경위는 델러니 부인의 건강을 물었다. 그때까지는 두 사람은 편안하고 예의 바른 어조로 얘기를 나누었다. 그러나 델러니가 지서의 형편에 대해 묻자 도르프만의 대답은 대뜸 성마르고 분개한 어조로 바뀌었다.

롬바드 작전 수사대는 251번 지서 건물을 수사본부로 쓰고 있었다. 부청장 브로턴은 도르프만 경위의 집무실을 차지했다. 그리하여 브로턴의 부하들이 2층 사무실을 모조리 차지하고, 지서의 수사관들이 쓰던 대기실도 브로턴의 부하들로 득시글거렸다. 도르프만 자신도 경사들이 쓰던 방 한구석의 작은 책상 하나만을 겨우 차지하고 있었다.

도르프만은 그런 정도의 수치는 감수할 수 있다고 말했다. 브로턴이 복도 같은 곳에서 만나도 아는 체하지 않는 것 역시 감수할 수 있었다. 또 브로턴이 사전에 도르프만과는 상의도 하지 않은 채 지서의 차량을 멋대로 사용하는 것 역시 참을 수 있었다. 그러나 그가 정말 견딜 수 없는 것은 관할지역의 주민들이 살인범을 체포하지 못한다는 이유로 그를 개인적으로 비난하는 것이었다. 물론 주민들 역시 신문과 방송을 통해 롬바드 작전 수사대를 지휘하는 것은 경찰청 부청장 브로턴이라는 것을 알고 있었고, 도르프만은 다만 그 관할지역의 임시서장일 뿐이라는 것도 알고 있었다. 그러나 주민들은 관할지역의 거리를 평온하게 만들지 못했다는 이유로 그를 비난하고 있었다.

델러니는 동정 어린 어조로 말했다.

"알 만하군. 주민들이야 여기가 자네 관할이니까 자네 책임이라고 생각하는 거지."

도르프만은 한숨을 내쉬었다.

"그런 것 같아요. 전 서장님이 견뎌내야만 했던 것이 무엇인지를 배우는 중입니다. 좋은 경험이 될 것 같습니다."

델러니는 단언했다.

"좋은 경험이고말고. 가장 좋은 경험일세. 사건의 최전선에 서 있는 일 말이야. 서장 시험을 볼 예정이었지?"

"어찌 해야 할지 모르겠어요. 집사람은 그런 시험은 보지도 말라고 합니다. 경찰 일은 그만두고 다른 일을 시작하기를 바라는 겁니다."

델러니는 서둘러 말했다.

"그러지 말게. 거기 붙어 있어. 적어도 잠시만이라도. 자네가 미처 깨닫기도 전에 사태는 바뀔 걸세."

"그렇습니까? 변화가 올 거라는 말씀이죠?"

도르프만의 어조는 궁금증을 띠고 있었으나 단도직입적으로 묻지는 않았다.

345

"그래. 어쩌면 자네 생각보다 훨씬 더 빨리. 지금 어떤 결정을 내리지는 말게. 기다려. 조금만 기다리면 돼."

"알았습니다. 서장님께서 그렇게 말씀하신다면요."

"경위, 내가 전화한 이유가 있네. 내일 아침 8시에서 9시 무렵에 지서 지하에 있는 창고에 좀 들어가고 싶어. 뒷문으로 나가는 복도 끝에 있는 창고 말이네. 음료수 탱크를 지나서 오른쪽으로 방향을 틀면 있는 창고는 자네도 알 거야. 거기 보관된 낡은 서류를 좀 조사해 봐야겠어. 해산된 수사대가 남겨둔 서류더미 말이네. 어쩌면 하루 온종일 시간이 걸릴지도 몰라. 또 서류 가운데 얼마간을 내가 가지고 나와야 할지도 모르겠고. 자네의 허락이 필요한 일이네."

도르프만은 한동안 대답하지 않았다. 델러니는 전화가 끊어졌다고 생각하고 몇 번 불러보았다.

"여보세요, 여보세요?"

도르프만이 작은 소리로 대답했다.

"예, 듣고 있습니다. 좋습니다. 허락하겠습니다. 제게 먼저 전화해 주셔서 감사합니다, 서장님. 그러실 필요도 없는데."

"그건 자네 지서야."

"그래서 배우는 중이지요, 서장님."

"뭐라구?"

"서장님이 지금 하시는 일이 뭔지도 알 것 같습니다. 뭔가 발견된 게 있습니까?"

"아무것도 확실한 건 없네. 아직도 추적 중이야."

"그 서류들이 도움이 될까요?"

346

"그럴지도 모르지."

"필요하신 건 뭐든 다 가져가십시오."

"고맙네. 나와 마주치게 되면 그저 고개나 끄덕이고 지나가게. 말은 걸지 말고. 브로턴의 부하들이 쓸데없이 우릴 보고……."

"압니다, 서장님."

"도르프만."

"예, 서장님."

"서장 시험 준비 중단하지 말게."

"알겠습니다, 서장님. 계속하겠습니다."

"자네가 필기 시험은 잘 보리라고 믿네. 하지만 이 작자들이 구두 시험 때 괴상한 걸 질문해 대거든. 매년 이 작자들이 묻는 똑같은 질문이 있어. 하지만 매번 그 형태는 바뀌지. 예를 들면 이런 식이야. '귀관은 서장이다. 경위 하나, 경사 셋, 그리고 서른 명 정도의 경관을 데리고 있다. 그런데 폭동이 발생했다. 히피들이나 허드슨 강의 배에서 기어 나온 주정뱅이들, 혹은 괴상한 신념을 가진 미치광이들이라고 해도 좋다. 100명가량의 사람들이 유리창을 깨고 구호를 외치고 소동을 피운다. 어떻게 처리하겠는가?' 이런 질문이야."

도르프만은 한동안 생각해 보다가 자신 없는 어조로 머뭇머뭇 대답했다.

"대원들을 V자 대형으로 세우겠습니다. 그 다음 메가폰이 있으면 그것으로 시위군중에게 해산하라고 명령하겠습니다. 그래도 해산하지 않으면 그때는 부하들에게 새로운 명령을 내리……."

"아니야. 그 작자들이 원하는 답변은 그게 아니야. 옳은 대답은

이거야. 자네는 경위에게 돌아서서 '저자들을 해산시켜.' 하고 명령을 내리고 그 자리를 떠나면 되는 거야. 그것은 옳은 방법은 아닐지도 몰라. 알아들었나? 하지만 그 질문에 대한 옳은 답변은 그것일세. 그 작자들이 원하는 것은 자네가 명령을 올바르게 사용하는 방법을 아는지 모르는지를 확인하는 거니까. 이런 식의 질문이 나오면 유의하게."

"고맙습니다, 서장님."

델러니는 두 사람이 전처럼 편하고 친밀한 관계를 회복할 수 있기를 바랐다.

그는 지서에 들어가는 방법을 궁리했다. 가장 낡은 경찰복을 입는다. 그 창고는 물론 먼지구덩이일 것이다. 천장에 전구가 달려 있을 테니까 어둠을 걱정할 필요는 없을 것이다. 하지만 만일에 대비하여 손전등도 가지고 가야 한다. 물론 창고의 문은 잠겨 있을 것이다. 그 문을 열기 위해서는 지서의 열쇠를 가진 사람을 찾는 소동을 벌여야 할 것이다. 그러나 델러니에게는 서장으로 임명되었을 때 전임자로부터 물려받은 마스터키 꾸러미가 있었다. 한 번도 사용한 적은 없지만, 전직 서장은 그에게 그 열쇠뭉치만 있으면 경찰서 내의 문과 모든 잠금장치를 열 수 있다고 분명히 말했다. 그러니까 그 열쇠뭉치를 가지고 가야 한다.

그는 창고에 있는 낡은 기록을 모두 뒤지는 데 시간이 얼마나 걸릴지 알 수가 없었다. 적어도 하루는 걸릴 것으로 여겨졌다. 조사를 하다 말고 밖에 나가 식사를 하고 돌아올 수는 없을 것이다. 브로턴의 부하들이나 복도와 계단을 오르내리는 브로턴에게 들킬 염려가 없을수록 최선이었다. 그래서 그는 두 개의 샌드위치를 준비해야 했다. 그것은 아침에 메리에게 부탁해서 만들게 하면 된다. 또 블랙커피를 타서 보온병에 넣어달라는 부탁도 할 것이었다. 서류가방에 그것들과 손전등과 열쇠를 넣고, 모니카의 개인별 자료 카드 전체를 타자한 명단도 넣어 들고 가면 된다.

그 밖에 뭐가 있던가? 그렇다. 만일의 경우에 대비하여, 운이 나빠서 브로턴에게 발각되어 도대체 왜 여기 들어와 있는지를 추궁당하게 될 경우에 대비하여 답변할 말을 미리 궁리해 두어야 했다. 델러니는 지하의 창고에 보관된 몇 가지 개인적 자료를 찾아가기 위해 잠깐 들렀다고 대답하기로 했다. 그는 될 수 있는 한 애매모호한 대답만 할 것이다. 그것으로도 브로턴의 심문을 따돌릴 수 있을 것이었다.

그는 이튿날 아침에 깨어났을 때 이 일에 대해 큰 기대는 걸지 않기로 했다. 그저 수사를 위해 거쳐야 하는 논리적 과정에 지나지 않았다. 결과가 좋건 나쁘건 당연한 하나의 과정이었다. 그는 다른 때와는 달리 아침을 든든하게 먹었다. 토마토 주스, 물에 풀어 끓인 달걀 두 개, 큼직한 호밀 토스트, 돼지고기 소시지, 그리고 블랙커피를 두 잔이나 먹었다.

메리가 델러니의 점심과 보온병을 준비하는 동안 그는 서재로 들어가서 바바라에게 전화를 했다. 병원에 갈 수 없는 이유를 설명하기 위해서였다. 다행히 아내는 정신이 말짱했고 명랑한 기분이었다. 델러니가 오늘 하려는 일을 설명하자 바바라는 즉시 동의하면서 조사가 끝나는 대로 곧 전화로 결과를 알려달라고 말했다.

그는 아무런 방해도 받지 않고 조용히 251번 지서로 스며들었다. 접수계의 금발 여경사는 책상 맞은편에 앉아 눈물을 흘리는 흑인 여자에게 무슨 말인가를 하면서 사건을 기록하고 있었다. 여경사는 델러니를 보자 곧 그를 알아보고는 경례를 붙였다. 그는 경례를 받고 마치 세일즈맨처럼 서류가방을 든 채 계속해서 태연히 발걸음을 옮겨 낡은 계단을 걸어 내려가서 유치장으로 들어섰다.

유치장 근무자(열한 살 소년이 그의 팔에 칼질을 한 이래 그는 서내의 업무에만 배치되었다.)는 낡은 팔걸이 의자에 앉아 의자를 앞뒤로 흔들어 덜컹덜컹 소리를 내며 그날 치의 《데일리 뉴스》를 읽고 있었다. 델러니에게도 그 신문의 표제가 보였다. '미치광이 살인범 아직도 오리무중.' 그는 고개를 들었다가 델러니를 알아보고는 깜짝 놀라 일어나려고 뒤뚱거렸다. 델러니는 손짓으로 그를 제지했다. 그 순경의 이름이 생각나지 않는 것이 미안했다.

"어떻게 지내나?"

"좋습니다, 서장님. 치료가 잘 되어가는 중입니다. 의사는 앞으로 1주일 남짓이면 정상 근무에 들어가도 좋다고 하더군요."

"그거 참 잘됐군 그래. 하지만 서두르지는 말게. 필요한 만큼 충분히 쉬어. 난 저 뒤쪽 복도에 가봐야겠네. 거기 둔 개인적인 물건을 좀 가지고 나와야겠어."

근무자는 고개를 끄덕거렸다. 전혀 아무런 관심도 나타내지 않았다.

"그걸 찾는 데 시간이 얼마나 걸릴지 모르겠네. 그러니 만일 교대시간이 됐는데도 내가 나오지 않거든 교대자에게 내가 그 창고 안에 있다고 알려주게."

"알았습니다, 서장님."

델러니는 유치장 앞을 걸어갔다. 여섯 개의 유치장이 있었다.

그 중 네 개의 유치장에는 잡혀온 사람들이 있었다. 델러니는 오른쪽도 왼쪽도 돌아보지 않았다. 누군가가 뭐라고 그에게 속삭였고, 누군가는 비명을 질렀다. 주정뱅이들을 잠시 가둬두는 유치장에는 세 사람이 있었다. 그들은 서로의 사타구니에 얼굴을 처박고 신음소리를 내며 나자빠져 있었다. 그는 그들의 소리는 참을 수 있었지만 냄새는 견디기 힘들었다. 그는 그 냄새가 얼마나 지독한지를 거의 잊고 있었다. 케케묵은 오줌과 피와 구토물의 냄새. 유치장의 벽과 바닥은 90년 동안이나 인간의 고통을 빨아들이고 있었다. 그 지독한 대기 속을 헤쳐 나오면서 델러니는 칼날처럼 예리하게 콧속을 파고드는 지독스러운 냄새 때문에 눈물을 찔끔거렸다.

창고의 문은 잠겨 있었다. 그 커다란 자물통에 맞는 열쇠를 찾아내는 데 거의 5분이 걸렸다. 문이 열리는 순간에, 델러니는 잠시 동안 왜 그 열쇠뭉치를 도르프만에게 주지 않았는지 의아스러웠다. 열쇠뭉치는 당연히 그가 지니고 있어야 했다. 이곳은 도르프만의 지서였던 것이다.

델러니는 문을 열고 벽에 붙은 전등 스위치를 찾아 올렸다. 불이 켜졌다. 그는 문을 닫고 사방을 둘러보았다. 생각했던 대로 창고 안은 지독한 꼴이었다.

이 지서가 처음 업무를 시작한 것은 1882년이었다. 창고 안을 둘러보며 델러니는 90년 동안 온갖 정성을 기울여 작성한 사건기록들을 다시 한 번 들여다본 사람이 단 하나도 없었을 것이라는 생각이 들었다. 서류가 천장까지 쌓여 있었다. 역사가였다면 이 서류를 가지고 놀라운 일을 해낼 수 있을 것이었다. 그는 한 가지

제목을 머릿속에 떠올리며 미소를 지었다. '우리 시대의 범죄사'
라면 어떨까? 누렇게 변색된 경찰기록을 가지고 증조부모와 조부
모, 부모의 온갖 삶을 분석한다면 책 한 권 정도는 쓸 수 있지 않
을까? 아마 흥미진진한 책이 되리라. 그것은 철학자들의 이론이
나 과학자들의 발견, 정치가들의 웅대한 계획, 전쟁이나 혁명 혹
은 새로운 신앙에 관한 기록은 될 수 없었다.

그저 나약하고 죄많은 인간들의 사소한 범죄들, 가볍고 무거운
범법행위에 관한 것들이었다. 그것들이 모두 여기 있었다. 상해와
사기, 어린이 학대와 절도, 약물 남용과 알코올 중독, 납치와 강
간, 살인 등. 이것은 정말 재미있는 기록일 수 있었다. 델러니는
어떤 역사가가 이 일을 시도하면 얼마나 좋을까 하는 생각이 간절
해졌다. 그런 책이라면 많은 배움을 얻을 수 있을 것이다.

그는 코트와 모자를 벗고 윗도리도 벗어 먼지가 가장 덜 쌓인
상자 위에 올려놓았다. 창고에는 창문이 없었다. 통풍기가 하나
달려 있을 뿐이었다. 통풍기는 끊임없이 덜그럭거리며 돌아 열기
와 습기를 뽑아냈다. 그는 문을 조금 열었다. 문틈으로 악취가 스
며들었으나 그래도 조금은 시원했다.

그는 안경을 쓰고 창고 안에 있는 것들을 살펴보았다. 대부분이
종이상자들이었다. 상자마다 각종 서류가 넘쳐났다.

상자 옆구리에는 위스키와 럼, 진 등의 상표가 붙어 있었다. 그
는 상자들 대부분이 1번로 모퉁이의 주류 상점에서 사온 것임을
짐작할 수 있었다. 거친 나무 판자로 짠 상자들도 있었다. 그런 상
자들에는 오래전에 잊혀진 범죄의 증거품으로 보이는 물건들이
담겨 있었다. 털실로 짠 좀먹은 장갑, 손잡이가 부러진 녹슨 식칼,

녹슨 의치(義齒), 장난감 헝겊 인형, 텅 비어 주둥이를 벌리고 있는 실용적인 여성용 가죽지갑, 부러진 목발, 검은 얼룩이 묻은 창틀, 총알 구멍이 난 남성용 페도라 모자, 겉에 글자가 씌어진 얄팍하거나 두터운 봉투, 피에 젖은 가발, 칼로 난자된 코르셋 등등.

그는 이번에는 온갖 호사스러운 의상들로 가득 찬 상자를 발견했다. 경찰관들이 이웃 어린아이들을 위한 크리스마스 파티 때 사용하려고 마련했던 의상들이려니 하고 생각하며 그것을 뒤적거렸다. 그러나 그 값싼 의상들 속에서(이제는 쓸 수 없을 정도로 낡고 갈가리 해져 있었다.) 델러니는 오래된 고물 콜트를 찾아냈다. 30 센티미터가 넘을 정도로 길고, 녹이 잔뜩 슬어 더 이상 쓸 수가 없을 것 같았다. 방아쇠에는 쪽지가 붙어 있었고, 거기에는 희미하게 '1902년 7월 16일, 멜론의 총' 이라고 씌어 있었다. 멜론이라. 그 사람이 누구였을까? 경찰이었을까 살인범이었을까? 그러나 이제는 그가 경찰이었건 범인이었건 아무런 차이도 없었다.

마침내 델러니는 기대하던 것을 발견했다. 두 줄로 쌓아 올린, 아직은 비교적 깨끗한 마분지상자들이었다. 그 안에는 수사반에서 나온 작년의 사건기록들이 가득 담겨 있었다. 상자에 알파벳 순서로 씌어진 쪽지가 붙어 있기는 했으나 뒤죽박죽이었다. 그는 거의 한 시간을 들여 상자들의 순서를 바로잡았다. 정오가 지나자 그는 나무상자 위에 앉아(상자 위에는 페인트로 '켈라 서장 보관용' 이라고 씌어 있었다.) 그가 아주 좋아하는, 마요네즈를 얇게 바른 호밀빵 위에 양념한 살라미 소시지와 두껍게 자른 양파를 얹은 샌드위치를 먹고 보온병의 블랙커피를 반쯤 마셨다.

그는 모니카의 개인별 자료 카드의 명단을 꺼내 작업을 시작했다. 명단의 이름과 수사기록의 이름을 대조해야 했다. 때로는 일어서거나 엎드려서 일을 했다. 이따금 그는 팔을 쫙 펴기도 하고 허리를 뒤로 젖히기도 했다. 두 차례나 복도로 나가 몇 분 동안 위아래로 오락가락하는 것으로 다리의 통증을 풀었다.

명단의 이름을 수사기록에서 발견했을 때도 큰 의욕 같은 것은 느낄 수 없었다. 주소도 대조했다. 그는 수사기록을 한쪽에 치워놓고 다시 일을 계속했다. 그것은 미행이나 스물네 시간 잠복근무처럼 지루한 작업이었다. 지금 하는 일이 도대체 무엇인지를 자신에게 끊임없이 질문하지 않을 수 없었다. 그것은 빼놓을 수는 없는 일이었고, '그렇다.'는 대답을 얻기 위해서라기보다는 '아니다.'라는 대답을 얻기 위한 절차였다.

델러니가 마지막 상자의 마지막 사건기록에 대한 조사를 마친 시각은 저녁 7시가 다가올 무렵이었다. 이미 두 개째 샌드위치와 보온병에 남은 커피는 먹어치운 지 오래였다. 그러나 배가 고프지는 않았다. 목이 마를 따름이었다. 코와 목이 먼지로 꽉 막혀버린 것만 같았다. 통풍기가 계속 삐그덕거리며 돌아가는데도 그랬다. 와이셔츠의 겨드랑이와 가슴, 등판은 땀에 젖었다. 그는 자신의 몸에서 땀 냄새를 맡을 수 있었다.

그는 주의 깊게 가방을 꾸렸다. 세 개의 사건기록을 찾아냈다. 모니카의 개인별 자료 카드에 이름이 있는 사람들 가운데 '거리의 재판'이 벌어진 사건에 연루된 사람은 셋이었다. 그 세 건의 사건기록을 조심스럽게 가방에 넣고 빈 보온병과 샌드위치를 쌌던 기름종이도 넣었다. 제복 윗도리와 코트를 입고 모자를 쓴 다음 마지막으로 창고를 둘러보았다. 만일 그가 251번 지서로 다시 돌아오게 된다면 제일 먼저 이 창고를 청소할 것이다. 그는 불을 끄고 복도로 나와 자물쇠를 채웠다.

유치장 앞을 지나면서 보니 주정뱅이 두 명은 보이지 않았고, 한 유치장에만 사람이 있었다. 유치장 근무자는 보이지 않았다. 위층에 잠시 커피라도 마시러 간 것이리라. 델러니는 낡은 계단을 올라가다가 지친 다리가 떨리는 것을 깨닫고 깜짝 놀랐다. 도르프만 경위는 바깥 현관문 근처에서 델러니로서는 신원을 알 수 없는 한 민간인과 얘기를 하고 있었다. 델러니는 그 앞을 지나면서 보일 듯 말 듯 미소를 지으며 고개를 끄덕였고, 도르프만 역시 고개만 끄덕거리고 계속해서 그 사람과 얘기를 나누었다.

침실로 돌아온 델러니는 될 수 있는 한 빠른 동작으로 옷을 모두 벗어 던졌다. 옷들을 그 자리에 둔 채 그는 뜨거운 물로 샤워부터 했다. 손에 비누칠을 세 번이나 해서 씻었지만 땀구멍이나 손톱 밑에 낀 때는 지워지지 않았다. 그는 싱크대 밑의 주방용 세제를 생각해 냈다. 그것을 쓰자 지워졌다. 몸의 물기를 닦아낸 다음 그는 향수와 분을 뿌렸다. 그런데도 아직 몸에서 지독한 악취가 풍기는 것 같았다.

그는 파자마를 입고 가운을 걸치고 슬리퍼를 신었다. 침대 옆의 시계를 보았다. 그는 가지고 온 사건기록을 훑어보기 전에 먼저 바바라에게 전화를 하기로 마음먹었다. 그녀가 전화를 받았을 때 그는 아내가 다시 치매상태에 빠진 것을 알아챘다. 잠에 취했기 때문일까 아니면 약물 때문일까? 어쩌면 병 때문인지도 모른다. 그는 이유를 알 수 없었다. 아내는 계속해서 그를 부르기만 했다. 웃으며 "여보!" 하는가 하면 문득이 "여보?" 하고 불렀고, 그랬다가는 뭔가 요구하는 어조로 "여보." 했다가 사랑을 구하듯 "여보."
하고 부르는 것이었다.

델러니는 마침내 말했다.

"잘 자요, 여보."

그는 전화를 끊고 울지 않기 위해 심호흡을 했다. 서재로 들어
가서 미친 듯 빠른 동작으로 호밀 하이볼을 만들고 서류가방을 열
었다. 손전등은 다시 부엌 서랍에 넣었다. 구겨진 기름종이는 쓰
레기통에 던졌다. 보온병은 씻어서 뜨거운 물을 채웠다가 비운 다
음 물기가 빠지도록 싱크대 위에 올려놓았다. 열쇠뭉치는 도르프
만 경위에게 곧 돌려주기 위해 책상 맨 윗서랍에 넣었다. 그는 이
제야 새삼스럽게 자신이 251번 지서의 서장으로 복직되는 일은 없
으리라는 것을 깨달았다.

그는 세 부의 사건기록 서류를 책상 한가운데에 단정히 놓은 다
음 종이타월을 가지고 와서 서류 표면의 먼지를 잘 닦아내고 다시
단정히 정리해 올려놓았다. 그는 손을 씻고 나서 책상 앞에 앉아
안경을 꼈다. 한동안 거기 앉은 채 그는 천천히, 아주 천천히 독한
하이볼을 마시며 서류를 노려보았다. 그 다음에야 비로소 허리를
굽히고 서류를 읽기 시작했다.

첫 번째 사건은 재미있었다. 사건을 담당한 2급 수사관 새뮤얼
버코비츠는 처음부터 사건의 경위를 알고 있었다. 그의 문장은 예
리하고 역설적이었다. 조심스럽고 완곡한 표현을 사용했음에도
불구하고 그 문장 때문에 사건 전체의 재미가 증폭되었다. 티모시
레스터라는 남자가 매디슨로에 있는 한 옷 가게의 대형 쇼윈도에
빈 쓰레기통을 던진 혐의로 구속되었다. 그 가게는 임산복을 전문

적으로 취급하는 곳이라 사람들은 장난기를 발동하여 그 가게를 '임신 옷 가게'라고 불렀다. 버코비츠는 혐의자가 '술에 만취되어 있었던 것이 분명하다.'고 기록하고 있었다. 그것은 제법 합리적인 추론이었다. '임신'의 바로 옆집은 '옛 친구 에메랄드 섬'이라는 선술집이었다. 버코비츠 형사는 또한 티모시 레스터는 겨우 서른네 살인데 벌써 일곱 명의 아이들을 가진 가장이었고, 바로 그날 밤 아내로부터 또 한 명의 아이가 태어날 것이라는 사실을 통고받았다고 기록하고 있었다. 레스터는 그 소식을 듣자마자 곧 '축하'하기 위하여 '옛 친구 에메랄드 섬'으로 갔고, 거기서 혼자 '축하'를 한 다음 집으로 돌아가는 길에 발을 멈추고 '임신 옷 가게'의 거대한 쇼윈도에 빈 쓰레기통을 집어던졌던 것이다. 버코비츠의 표현에 따르면 레스터는 '가정적인 인물의 모범이라고 하기에 부족함이 없는 인물'이었고, 또한 식자공이라는 훌륭한 직업을 지니고 있었으며, 깨진 창문에 대해 보상하겠다고 제안했기 때문에 보상을 허락하고 기소는 하지 않는 것이 정의를 실현하는 가장 좋은 방법이라고 생각했다는 것이다.

에드워드 델러니 지서장은 이 기록을 읽으며 빙그레 미소 지었다. 버코비츠 형사의 판결에 동의하지 않을 수 없었다.

두 번째 사건기록은 짤막하고 서글펐다. 그것은 모니카의 개인별 자료 카드에 들어 있는 몇 안 되는 여성들 가운데 한 사람에게 벌어진 사건이었다. 서른여덟 살인 그녀는 2번로 85번가 근처의 아담한 아파트에서 살았다. 그녀는 스물두 살짜리 예쁜 여자 한 사람을 룸메이트로 받아들였다. 그들 두 사람은 거의 1년 동안 잘 지냈다. 그런데 젊은 여자가 한 남자를 만나 약혼을 하게 되었고,

그 소식을 서른여덟 살 난 룸메이트에게 알렸다. 서른여덟인 여자는 어린 룸메이트를 축하해 주었다. 젊은 룸메이트가 이튿날 회사에 갔다가 돌아왔더니, 자신의 옷이 모두 면도칼로 갈가리 찢기거나 조각이 나 있었고, 자신의 물건은 쓰레기통에 처박혀 있었다. 그녀는 경찰에 신고했다. 그러나 그녀는 약혼자와 상의한 끝에 고소를 취하하고 아파트에서 떠났다. 그것으로 사건도 끝났다.

세 번째 사건기록은 대니얼 블랭크라는 남자에 관한 것이었다. 83번가에 홀로 사는 이혼남이었다. 그는 6개월 사이를 두고 일어난 두 사건에 관련되어 있었다. 첫 사건에서는 같은 아파트에 사는 주민과의 사소한 싸움으로 기소되었다. 그 주민은 자기 개를 두들겨 팼다. 그러자 대니얼 블랭크가 그것을 말리다가 개 주인의 팔을 부러뜨렸다. 목격자도 있었다. 그 아파트의 경비원 찰스 립스키라는 자였다. 그는 서명한 증언서에 쓰기를, 개 주인이 신문을 접은 것으로 대니얼 블랭크를 먼저 때렸기 때문에 대니얼 블랭크가 개 주인을 그저 민 것이라고 진술했다. 그러자 개 주인이 나가 떨어지며 팔이 부러졌다는 것이었다. 그리하여 기소는 취하되었다.

두 번째 사건은 좀 더 심각했다. 대니얼 블랭크는 3번로의 '앵무새'라는 술집에 앉아 있다가 중년의 한 동성애자에게 걸려들었다. 목격자의 증언에 따르면 대니얼 블랭크는 동성애자를 두 번 쳤다. 그 두 번째 가격으로 동성애자의 턱이 깨졌다. 동성애자는 바닥에 쓰러져 꼼짝 못할 지경이 되었는데도 블랭크는 경찰이 출동할 때까지 그자의 사타구니를 거듭 걷어차서 동성애자는 들것에 실려 나가야 할 형편이었다. 그 동성애자는 고소장에 서명하는 것을 거절했고, 블랭크의 변호사가 나타나자 피해자는 가해자를 석방시켜도 좋다는 문서에 서명했다.

그 두 사건을 담당한 사람은 1급 수사관 로널드 블랭큰십이었다. 보고서의 문체는 공적이고 분명하고 간결하고 건조했으며, 어떠한 판단도 내리지 않고 있었다.

델러니는 이 사건기록을 한 번 읽고 나서, 다시 한 번 세밀히 읽어 내려갔다. 그는 호밀 하이볼을 한 잔 더 만들어 책상 앞에 돌아와 선 채로 기록을 세 번째 읽었다. 그는 안경을 벗고 술잔을 손에 든 채 한 모금씩 목구멍으로 흘려 넣으며 추운 서재 안을 오락가락 서성거리기 시작했다. 한두 번씩 그는 책상 앞으로 돌아가 대니얼 블랭크의 사건기록을 내려다보았으나 그 기록을 다시 펼치지는 않았다.

몇 년 전 경위 계급의 수사관일 때, 그는 경찰청에서 발간하는 월간지에 두 편의 논문을 발표한 적이 있었다. 한편은 「상식과 새로운 수사기술」이라는 제목의 논문이었다. 그것은 범죄사건이 대부분 어떻게 해결되는가에 대한 현실적 근거를 가진 아주 기초적인 분석이었다. 그 논문의 결론은 물적 증거와 경험에 따른 훌륭한 판단, 둘과 둘을 합쳐서 셋이나 다섯이 아니라 넷을 만들어내는 능력이 범죄의 대부분을 해결해 낸다는 것이었다. 그것은 그다지 새로운 글이라고는 할 수 없었다.

두 번째 논문의 제목은 「예감, 육감 그리고 새로운 수사기술」이었다. 그 글은 좀 더 많은 논쟁을 불러일으켰다. 그의 논점은 과학수사의 발전과 컴퓨터 조회와 확률 추정술의 발전 등에도 불구하고 새로운 수사기술이 수사관의 목숨을 건 예감과 육감을 등한시해서는 안 된다는 것이었다. 왜냐하면 예감이나 육감은 단순히 돌발적으로 머릿속에서 생겨나는 아이디어가 아니라 수사관이 물적 증거를 관찰한 결과요, 그가 아직 정확히 의식하고 있지는 못할지라도 이제껏 이루어낸 모든 수사 경험의 결과이기 때문이라는 것이 델러니의 주장이었다. 수사관이 비록 그것을 완전히 알지는 못한다 해도 그 무의식적인 예감이나 육감이 결국 합리적이고 이성적인 추리에 도달하게 되는 까닭에 그것을 추적하지 않고 버려서는 안 되는 것이다. 더구나 여러 사건에서 예감이나 육감은 상식과 마찬가지로 논리적이며 경험에 근거를 두고 있는 것임이 입증되었다.(델러니는 세 번째 논문을 준비했다. 이번에는 「적의 개념」이라는 이론적 글이었다. 그가 이 주제를 잡은 것은 수사관과 범죄자 사이의 도스토예프스키적인 관계를 탐색하면서였다. 그것은 사냥꾼과 사냥감 사이에 생겨나는, 그 자신의 표현을 빌자면 '감각적인' 친화감을 깊이 있게 통찰한 결과였다. 어떤 특정한 사건의 경우에는 그 친화감이 지극히 명백하다는 것이 그의 생각이었다. 그리하여 범죄자를 정의의 심판대 앞에 세우기 위해서 범죄자의 몸과 마음, 그리고 정신을 관통하거나 추측해 보는 것이 꼭 필요했다. 바바라의 부드러운 설득으로 델러니는 이 논문은 발표하지 않기로 했다.)

대니얼 블랭크가 저지른 두 번째 사건에서 가장 뚜렷이 눈에 띄는 점은 그 야만적인 폭력행위였다. 정상적인 사람, 최소한 평범한 사람이었다면 그 동성애자가 치근거릴 때 그저 미소를 짓고는 고개를 젓는다거나 다른 자리로 옮겨 앉는다거나 그 술집에서 나가는 식으로 반응했을 것이다. 블랭크가 저지른 폭행은 정도를 넘어선 것이었다. 너무 민감한 반응이었다고 할 수 있지 않을까?

개 주인이 부상을 당한 사건의 경우에도 수사관 블랭큰십의 보고서에 적힌 그대로 블랭크가 무고하다고만 볼 수는 없을 것 같았다. 목격자인 경비원(그자의 이름이 뭐였더라. 델러니는 다시 사건 기록을 넘겨다보았다. 찰스 립스키였다.)이 개 주인이 먼저 대니얼 블랭크를 접은 신문으로 때렸고, 그 뒤에 블랭크가 그를 밀었다고 증언한 것은 사실이었다. 그러나 목격자란 뇌물로 매수될 수도 있는 법이었다. 그런 일은 종종 벌어졌다. 만일 립스키가 사실대로 증언했다 하더라도 달라질 것은 별로 없었다. 델러니는 이 사건이 경험으로 배운 유형과 얼마나 상통하는 점이 많은지 경탄하지 않을 수 없었다. 그것은 쉽게 폭력을 휘두르는 사람, 주먹이나 발이나 심지어 이를 사용하는 사람은 그 자신의 잘못이 아니라 할지라도 상대방에게 부상을 입히거나 죽음에 이르게 하는 불상사에 말려들 가능성이 높다는 사실이었다.

델러니는 모니카에게 전화를 했다.

"모니카? 델러닙니다. 이런 시간에 전화를 해서 미안합니다. 아이들이 깨지 않았어야 할 텐데요."

"아니에요. 아이들을 깨우려면 전화 정도로는 안 돼요. 무슨 일이세요?"

"개인별 자료 카드를 좀 봐주시겠습니까? 대니얼 블랭크라는 사람이 있는지 봐주세요. 주소는 이스트 83번가입니다."

"잠깐만 기다리세요."

델러니는 초조히 기다렸다. 전화 저편에서 모니카가 분주히 움직이는 소리가 들렸다. 마침내 그녀가 전화를 다시 받았다.

"여기 있네요. 대니얼 블랭크, 과속으로 두 차례 체포된 적이 있어요. 유죄판결을 받고 벌금을 물었어요. 차종과 면허번호를 알려드려요?"

"부탁합니다."

모니카가 그것을 불러주자 그는 부지런히 받아 적었다.

"고맙습니다, 부인."

"에드워드, 잠깐만요. 그건 중요한 단서인가요?"

"아직은 몰라요. 지금 단계에서는 그저 흥미 있는 사람이라고밖에는 말할 수 없겠네요. 내일쯤이면 더 알게 되겠지요."

"전화해 주시겠지요?"

"원하신다면."

"전화해 주세요. 부탁이에요."

"좋습니다. 편히 주무세요."

"고마워요. 당신두요."

과속으로 두 번 체포된 적이 있다. 그것 자체만으로는 중요할 것이 없었다. 그러나 그것 역시 델러니가 생각하는 어떤 유형에 들어맞는 사실이었다. 차종 역시 의미심장했다. 델러니는 대니얼 블랭크의 차가 폴크스바겐이 아닌 것이 다행스러웠다.

델러니는 신문사의 토머스 핸드리에게 전화를 했다. 핸드리는 퇴근하고 없었다. 그래서 그의 집으로 전화를 걸었다. 전화를 받는 사람이 없었다. 그는 제리 페르난데스 경위의 일터로 전화를 걸었다. 그 역시 퇴근한 뒤였다. 델러니는 필요할 때면 자리에 없는 이 사람들에 대해 갑작스레 화가 치밀었다. 그러나 곧 그것이 얼마나 어린애 같은 반응인가를 깨닫고 마음을 진정시켰다.

그는 근무수첩 뒤쪽의 전화번호부에서 페르난데스의 전화번호를 찾아냈다. 그는 사려 깊게 251번 지서의 경사 계급 이상인 이들의 집 전화번호를 거기 기록해 두었던 것이다. 페르난데스는 브루클린에 살고 있었다. 아이가 전화를 받았다.

"여보세요?"

"페르난데스 형사님 계시니?"

"잠깐만 기다리세요. 아빠, 전화 왔어요!"

아이의 고함치는 소리가 들렸다. 그 너머에서는 음악소리와 고함소리, 커다란 웃음소리와 사람들이 춤을 추는 소리가 들렸다. 이윽고 페르난데스가 나왔다.

"여보세요."

"에드워드 델러니 지서장이네."

"아, 서장님. 웬일이세요?"

"경위, 이런 시간에 전화해서 미안하네. 거기선 지금 파티가 벌어지는 모양이지?"

"예, 아내 생일이거든요. 그래서 사람들을 좀 초대했어요."

"오래 걸리지는 않는 일이야. 경위, 자네가 251번 지서에 근무할 당시 블랭큰십이라는 부하가 있었지?"

"그렇지요. 로니 말이지요? 좋은 친굽니다."

"그 친구 어떻게 생긴 사람이었지? 기억이 안 나서 말이야."

"기억하실걸요, 서장님. 키가 엄청나게 큰 작자였거든요. 아마 190이나 195센티미터 정도는 됐을 겁니다. 꼭 젓가락처럼 삐쩍 말랐구요. 그 친구 별명이 허수아비였어요. 그래도 기억 안 나세요?"

"아, 그래. 울대뼈가 큼직하던 친구 말이지?"

363

"바로 그 친굽니다."

"그 친구 어떻게 되었나?"

"웨스트사이드 경찰서의 강력반으로 전출되었어요. 아마 60번가나 70번가, 아니면 80번가 어디 담당일 겁니다. 그게 그러니까, 20번 지서 관할지역이라는 건 압니다. 여기 어디 그 친구 전화번호가 있을 텐데, 찾아볼까요?"

"고맙네."

전화번호를 찾는 데 거의 5분이나 걸렸다. 마침내 페르난데스가 블랭큰십의 전화번호를 알려주었다. 델러니는 고맙다고 말했다. 페르난데스는 더 얘기하고 싶은 것이 있는 듯했으나 델러니는 말을 막고 전화를 끊었다.

그는 블랭큰십의 집으로 전화를 했다. 한 여자가 전화를 받았다. 전화 너머에서는 갓난아기가 큰 소리로 울어대고 있었다.

"여보세요?"

"블랭큰십 부인이십니까?"

"예. 누구시지요?"

"뉴욕 경찰청의 에드워드 델러니……."

"무슨 일이세요? 로니에게 무슨 일이 생겼나요? 그이가 다쳤나요? 살아 있나요? 무슨 일……."

델러니는 다급히 그녀의 말을 막았다.

"아닙니다, 아니에요, 블랭큰십 부인. 제가 알기로는 남편은 무사합니다."

델러니는 그녀의 두려움을 충분히 이해할 수 있었다. 경찰관의 아내들은 모두 그런 끔찍스러운 공포를 견디며 살아가고 있었다.

그러나 블랭큰십 부인도 이제쯤이면 남편에게 무슨 일이 생긴다 해도 그것이 전화로 통고되지는 않는다는 것 정도는 알아야 할 것 아닌가. 아마도 그런 경우에는 경찰청에서 나온 두 사람의 경관이 직접 방문하여 초인종을 누를 것이다. 블랭큰십의 아내는 문을 열어줄 것이요, 그리하여 죄지은 사람 같은 일그러진 얼굴로 서 있는 두 경찰관을 발견할 것이며, 그러면 남편에게 어떤 일이 발생했다는 것을 알게 될 것이다.

"저는 지금 어떤 정보를 얻기 위해 남편을 찾는 중입니다, 블랭큰십 부인."

그는 낮지만 분명한 어조로 얘기를 계속했다. 이제 여자는 겁을 먹지 않은 것 같았다.

"블랭큰십이 집에 있을 거라고 생각했는데 그렇지 않은 모양이군요. 아직 직장에서 안 돌아왔습니까?"

"예, 앞으로 2주일 동안은 야간 근무예요."

"블랭큰십의 직장 전화번호를 알려주실 수 있겠습니까?"

"좋아요. 잠깐만 기다리세요."

그는 블랭큰십 부인에게 한밤중에 전화하여 뉴욕 경찰청의 지서장이라고 주장하는 낯선 사람에게는 어떠한 것도 알려줘서는 안 된다는 점을 얘기해 줄 수도 있었다. 그러나 그것이 무슨 소용이랴. 벌써 블랭큰십이 골백번도 더 얘기했을 것을. 둔한 여자였다.

델러니는 전화번호를 받아 적고 고맙다고 말했다. 벌써 11시가 되어가고 있었다. 그는 지금 계속할 것인지 아니면 내일 아침까지 기다릴 것인지 망설였다. 결국 그는 전화를 걸었다. 블랭큰십은 철야 근무를 할 예정이었다. 그러나 자리에는 없었다. 델러니는 신분을 밝히지 않은 채 자신의 전화번호를 남기고 그의 전화를 기다린다고 전해달라고 부탁했다.

"중요한 일이라는 말도 전해주십시오."

델러니가 말하자 전화를 받은 남자가 반문했다.

"'중요'라. 그게 철자법이 어떻게 되지요, '중요' 선생님?"

델러니는 전화를 끊었다. 멍청한 놈. 델러니는 그를 기억해 둘 것이었다. 경찰청은 인간관계를 기묘하게 얽어냈다. 때로는 신비스럽기까지 했다. 그리하여 언젠가 저 교환원은 델러니 밑에서 근무하게 될지도 모른다. 그는 그 높고 경망스러운 웃음소리를 기억할 것이다. 저런 식으로 행동하는 것은 어리석은 짓이었다.

그는 새로운 자료를 만들었다. 제목은 '대니얼 G. 블랭크'였다. 델러니는 그 자료에 블랭큰십의 수사기록을 집어넣고, 그가 과속으로 체포된 적이 있다는 사실을 기록했다. 그의 차종과 면허번호도 기록했다. 다음으로 그는 맨해튼 지역의 전화번호부를 찾아 거기에서 '블랭크, 대니얼 G.'를 찾았다. 그 이름은 하나뿐이었다. 주소는 이스트 83번가였다. 델러니는 그 주소와 전화번호도 자료에 기록했다.

전화벨이 울린 것은 델러니가 호밀 하이볼을 두 잔째든가 세 잔째든가를 만들고 있을 때였다. 그는 잔과 술병을 조심스럽게 내려놓고 책상으로 달려가서 세 번째 벨이 울리기 직전에 전화를 받았다.

"여보세요?"

"블랭큰십입니다. 누구시지요?"

"나 에드워드 델러니 지서장이네."

"서장님! 정말 반갑습니다. 어떻게 지내십니까?"

"좋지, 로니. 자넨 어떤가?"

그는 이제껏 블랭큰십을 이름으로 부른 적이 없었다. 페르난데스와 통화를 하기 전에는 그의 이름이 무엇인지조차 몰랐다. 사실대로 말하자면 블랭큰십과 개인적으로 얘기를 나눠본 기억조차 없었다. 그러나 그는 이런 식의 어조를 유지하기로 마음먹었다.

"좋지요, 서장님. 잘 지냅니다."

"새 부서는 어떤가? 말해 보게. 자넨 이번에 재조직한 수사대가 원활히 작동할 거라고 생각하나?"

블랭큰십은 열광적으로 소리쳤다.

"서장님, 이건 대단합니다! 1년 전에 이렇게 했어야 해요! 이제전 중요한 사건에만 시간을 할애하고 사소한 일은 잊어도 됩니다. 범인 검거율이 높아지고 사기도 정말 높습니다. 미제 사건은 점점 줄어들고 있어요. 그래서 생각할 시간도 많아졌습니다."

블랭큰십의 말투는 지적이었다. 맑게 울리는 그의 음성에는 힘과 심사숙고의 흔적이 엿보였다. 델러니는 그 커다랗던 울대뼈를 상기했다.

"그거 반가운 소리군. 내 말 좀 들어보게. 난 지금 휴직 중이네. 하지만 무슨 일이 생겨서 내가 도와주기로 했지."

델러니는 이런 식으로 모호하게 얘기를 시작했다. 그래서 블랭큰십이 그 말을 받아들이는지 아니면 질문을 하는지 보고 싶었다. 블랭큰십은 잠시 머뭇거리다가 이렇게 말했다.

"알겠습니다, 서장님."

"대니얼 블랭크라는 사람과 관련된 일이네. 251번 지서 관할지

역에 사는 주민이지. 그 사람은 작년에 두 가지 사건에 연루되었
네. 자네가 그 사건을 처리했지. 자네 보고서가 지금 나한테 있네.
훌륭한 보고서더군. 완전무결했어."

"그 사람 이름이 뭐라구요?"

"대니얼 G. 블랭크. 이스트 83번가에 사는 사람이야. 처음 사건
은 자기 개를 두들겨 패는 같은 아파트 주민과의 사이에 벌어진
분란이었고, 두 번째 사건은……."

블랭큰십이 끼어들었다.

"아, 그랬지요. 기억납니다. 그 사람 이름은 블랭크고 제 이름
은 블랭큰십이어서였을 겁니다. 그때 난 이 사건을 맡게 된 것이
우습다고 생각했어요. 여섯 달 정도 간격으로 두 사건이 있었습니
다. 두 번째 사건에서는 그 사람이 어떤 동성애자를 마구 걷어찼
습니다. 그렇지요?"

"맞네."

"하지만 그 피해자가 가해자를 고발하려고 하지 않았습니다.
무얼 알고 싶으십니까, 서장님?"

"대니얼 블랭크에 대해서네. 그 사람을 만났겠지?"

"물론이죠. 두 번 만났습니다."

"그 사람에 대해 기억나는 게 뭐가 있나?"

"대니얼 G. 블랭크. 남성, 183센티미터 정도. 그보다 약간 더 클
지도 모릅니다. 그리고……."

델러니가 서둘러 중단시켰다.

"잠깐, 잠깐. 지금 메모 중이네. 조금만 천천히 말해 주게."

"알겠습니다, 서장님. 신장은 받아 적으셨습니까?"

"183센티미터나 그보다 크다."

"예, 체중은 약 80킬로그램 정도. 몸매는 후리후리했지만 어깨는 딱 벌어져 있었습니다. 눈으로만 판별하기로는 건강상태는 양호했고 외면적으로 드러난 상처나 약점 같은 것은 없었습니다. 피부가 거무스레했구요. 햇볕에 그을린 것 같았습니다. 얼굴이 길고, 모습이 중국인 같았다고나 할까요? 가만있자. 그 밖에 더 알고 싶으신 게 있습니까?"

"옷차림은 어땠나?"

델러니는 내심 블랭큰십의 관찰력과 기억력에 경탄하며 물었다. 블랭큰십은 즉각 대답했다.

"검은 양복이었습니다. 화려하지는 않았구요. 값비싼 옷을 단정히 차려입고 있었지요. 우스운 일이 기억나네요. 그 사람 손목시계에 금줄이 달려 있었어요. 팔찌처럼요. 처음 봤을 때는 머리칼이 그 사람 진짜 머리칼인 줄 알았습니다. 하지만 두 번째 봤을 때 그게 가발이라고 확신하게 되었습니다. 그때는 셔츠 단추를 가슴까지 풀어놓고 있었는데, 목에 목걸이 같은 걸 차고 있더군요. 아시지요? 그거 왜 히피들이 하는 것 같은 물건 말입니다."

"말씨는?"

"말씨요?"

블랭큰십은 반문하더니 잠시 생각해 보다가 말했다.

"뉴욕 출신은 아닙니다. 중서부 지방 출신이 아닐까 하는 생각이 드는데요. 죄송합니다. 더 자세한 말씀은 드리기가 어려운데요."

"대단한 기억력이군. 그자의 힘이 셀 거라고 생각하나?"

"세냐구요? 아마 그럴 겁니다. 주먹으로 다른 사람의 턱을 깨뜨릴 수 있는 사람이라면 세다고 해야겠지요. 그렇지 않습니까?"

"그렇지. 그 사람에 대한 자네 느낌은 어땠나? 의심스러웠나?"

"그랬을 겁니다, 서장님. 동성애자가 분명한 사람을 그 정도로 두들겨 팼다면 거기엔 뭔가가 있다는 생각이 들었습니다. 그렇지 않겠습니까?"

"그렇지."

"그자를 기소하고 싶었습니다. 하지만 피해자가 고발을 하지 않는 걸 어쩝니까? 저로서는 다른 수가 없었습니다."

"이해하네. 내 말 믿게. 이건 그 문제와는 아무런 상관도 없는 일이네."

"믿습니다, 서장님."

"그자 직장이 어딘지, 하는 일이 뭔지 모르나?"

"그게 제 보고서에 없던가요?"

"없던데."

"그것 참 죄송합니다. 하지만 그 사람 변호사의 주소나 전화번호는 갖고 계시죠?"

"아, 그래. 변호사에게서 알아내야겠군."

델러니는 거짓말을 했다. 그것은 블랭큰십의 첫 번째 실수였다. 그러나 사소한 실수였다. 델러니는 변호사에게 가지 않을 것이었다. 변호사는 알려주지 않고는 당장 대니얼 블랭크에게 전화를 걸어 경찰이 무엇 때문인지 그의 주변을 조사하고 있다고 알려줄 것이다.

"그만 하면 됐어. 도와줘서 고맙네. 지금 맡은 사건은 뭔가?"

블랭큰십은 열광적인 어조로 되돌아가 대답했다.

"흥미로운 일입니다. 늙은 부인 한 사람이 자기 아파트에서 피살당했습니다. 목이 졸려서요. 침입한 흔적은 없었습니다. 조사해본 바로는 도난당한 물건도 없었지요. 그런데 이웃 사람이 냄새를 맡았어요. 우리도 그렇게 해서 수사에 진전을 이루었습니다. 그곳은 가난한 동네의 작은 아파트였습니다. 그런데 그 늙은 여자가 대단한 재산가였다는 것이 밝혀졌습니다."

"상속자는?"

"조카였습니다. 그 사람을 여섯 가지 방법으로 조사했습니다만, 알리바이가 너무나 견고했습니다. 두 주일 동안 플로리다에 가 있었던 겁니다. 조사를 해봤지요. 그랬더니 그자는 정말 거기 있었던 것으로 판명되었습니다. 잠시도 그곳에서 떠나지 않았다는 것이 확인되었습니다."

"그자의 은행계좌를 조사해 보게. 지난 여섯 달 동안의 입출금 아니면 아예 지난 1년 동안의 입출금 동향을 조사해. 특히 큰 액수를 인출한 적이 있는지 확인해 보게. 5만 달러나 10만 달러 정도의 금액이 인출된 적이 있는지 말이야."

"서장님 말씀은 그러니까…… 그자가 청부살인자를……. 이런 빌어먹을!"

블랭큰십은 쓰디쓰게 부르짖었다.

"왜 제가 그 생각을 미처 못 했을까요?"

델러니는 웃어댔다.

"스물다섯 해 동안 그 자리에 근무해 보게. 그럼 배우게 될 거야. 다시 한 번 고맙네. 내 도움이 필요하거든 언제든 연락하게."

"그 말씀 잊지 않겠습니다, 서장님."

"그래."

델러니는 전화를 끊은 뒤 호밀 하이볼을 마저 만들었다. 그는 한 모금을 꿀꺽 삼킨 다음 웃고, 웃고, 또 웃었다. 그는 벽을 둘러보며 웃고, 천장과 바닥을 바라보며 웃고, 가구를 바라보며 웃고, 모든 것을 바라보며 웃었다. 기분이 좋았다. 이것은 상식에 관한 그의 첫 번째 논문에서 개인적으로 판별한 증거와 경험이 수사에서 훌륭한 가치를 지닌다고 주장한 것 이상의 결과였다. 나아가서는 예감과 육감의 중요성을 역설한 그의 두 번째 논문을 뛰어넘는 성과였다. 이제 그는 바바라가 발표하지 않는 편이 낫다고 설득한 세 번째 논문의 영역에 들어와 있었다. 그 논문은 제법 정확했다고 할 수 있었다. 그는 논문에서 수사관과 범죄자의 관계('적의 개념' 에 관한 그의 이론이 그것이었다.)를 탐색하면서 수사에 개가를 올렸을 때의 '기쁨' 을 성급할 정도로 거칠게 역설했던 것이다.

바로 그것이 지금 델러니의 느낌이었다. '기쁨!' 그것이었다. 그는 '대니얼 G. 블랭크' 라고 이름을 붙인 새로운 자료를 꺼내놓고 거기에 블랭큰십이 얘기해 준 내용을 고스란히 옮겨 적었다. 그가 얘기한 것들 가운데 단 한 가지도, 아주 사소한 것 한 가지도 델러니가 이미 '혐의자' 라는 제목의 자료에 기록해 두었던 범인의 특징과 어긋나지 않았다. 그는 자료를 정리하면서 더욱 큰 확신을 갖게 되었다. 그것은 아름다웠다. 그 모든 것이 너무나 아름다웠다. 그가 발표하지 않은 세 번째 논문에서 이미 기술했듯이 추적에는 놀라울 만큼 풍부한 감각적 쾌감(혹시 이것은 성적인 쾌감은 아닐까?)이 있었다. 새로운 아름다운 자료를 부지런히 써 나가는 동안 그 쾌감이 너무도 강렬하고 진하게 그를 사로잡았기 때문에 전화벨이 다섯 번이나 울린 다음에야 그는 겨우 전화를 받을 수 있었다. 사실상 그는 전화를 받으면서도 자료를 기록하는 손길을 멈추지 않았다.

"에드워드 델러니 지서장입니다."

"도르프만입니다. 또 한 건 발생했습니다."

"뭐라구?"

"이 시간에 잠을 깨워서 죄송합니다만, 살인사건이 또 발생했습니다. 같은 방법이었습니다. 차이점은 좀 있었지만요."

"사건 현장은 어딘가?"

"85번가입니다. 1번로와 요크로 사이."

"남자인가?"

"예."

"키가 큰?"

"키요? 160에서 165센티미터 정도였을 겁니다."

"체중은?"

한동안 침묵하고 있다가 도르프만이 말했다.

"체중이 얼마나 나가는지는 잘 모르겠습니다, 서장님. 그게 중요합니까?"

"차이점이라고? 자네 아까 차이점이라고 했지? 무슨 차이점이 있단 말인가?"

"피해자는 최소한 세 차례는 가격을 당한 것 같습니다. 그 이상인지도 모릅니다. 반항한 흔적이 있었습니다. 크리스마스 선물상자 세 개가 주변에 떨어져 있었구요. 뭔가 밀려 나간 흔적이 길바닥에 나 있었습니다. 그자의 코트 자락이 밀린 것 같았습니다. 아마 싸움이 벌어졌던 것 같아요."

"피해자의 신분은?"

"파인버그라는 남자입니다. 앨버트 파인버그."

"분실된 물건은? 신분증 같은 것이 없어지지 않았나?"

도르프만은 지친 어조였다.

"아직은 모릅니다. 지금 대원들이 피살자의 아내를 만나 조사하는 중입니다. 롬바드 사건과는 달리 피살자의 지갑이 떨어져 있지는 않았습니다. 그러니 아직은 알 수 없습니다."

델러니는 조용히 말했다.

"알았네. 전화해 줘서 고맙네. 자네 잠을 좀 자야 할 것 같군, 경위."

"예, 그러고 싶습니다. 잘 수만 있다면요."

"현장이 어디라고?"

"85번가, 1번로와 요크로 사이입니다."

"고맙네."

델러니는 책상 위의 달력을 보며 차근차근 날짜를 계산했다. 코프 형사가 피살당한 지 열하루가 지나 있었다. 델러니의 분석이 옳다는 것이 입증되고 있었다. 살인과 살인 사이의 시간적 간격은 점점 더 짧아지고 있었다.

델러니는 비닐을 덮은 관할지역 지도를 꺼내놓고 붉은 색연필로 주의 깊게 현장에 표시를 했다. 물론 앨버트 파인버그라는 이름과 범행 날짜, 장소도 적어 넣었다. 네 건의 살인이 발생한 장소는 지도 위에서 불규칙한 사각형을 이루고 있었다. 본능적으로 델러니는 사각형의 대칭되는 두 지점에 자를 대고 색연필로 연결했다. X자가 만들어졌다. X자의 교차 지점은 84번가와 2번로가 교차하는 지점 중앙을 지났다. 그는 대니얼 블랭크의 주소를 조사했다. 83번가였다. 한 블록 반쯤 떨어진 거리였다. 지도만으로는 블랭크를 범인이라고도 아니라고도 단정 지을 수 없었다.

델러니는 지도를 노려보며 고개를 끄덕였다. 그로부터 15분 뒤에 그는 갑자기 잠에서 깨어났다. 그는 자신이 졸았다는 것을 깨닫고는 놀라고 충격을 받았다. 그는 의자에서 일어나 얼음이 녹아 거의 물에 가까워진 하이볼을 마셔 잔을 비우고 창문과 현관문이 완전히 잠겼는지를 확인하기 위한 순찰을 시작했다.

그는 지친 신음소리를 내며 침대로 기어들었다. 그가 진정으로 하고 싶은 것은 너무나 어리석게도…… 블랭크를 만나는 것이었다. 지금 당장 그를 만나고 싶었다. 만나서 신분을 밝힌 다음 이렇게 말하고 싶었다.

"모든 사실을 있는 그대로 자백해."

그렇다. 그것은 천치 같은 어리석은 짓이었다. 그러나 그에게는 확신이 있었다. 어쩌면 그의 생각대로 되지 않을지 모른다. 그러나 가능성은 있었다. 잠들기 직전에 그는 서글픈 미소를 떠올리며 이렇게 생각하고 있었다. 유형과 확률과 심리상태에 관한 생각들은 모두 다 쓰레기에 불과한 것인지도 모른다. 그가 블랭크를 추적하는 것은 그저 그에게 다른 추적할 단서가 없기 때문일지도 모른다. 이처럼 단순하고 명백한 것이다. 오컴의 면도날이었다. 델러니는 잠이 들었다.

〈3권에서 계속〉

밀리언셀러 클럽을 펴내면서

지난 수백 년 동안 소설은 기묘하면서도 교양 넘치고, 자유로우면서도 현실에 뿌리 박고 있으며, 흥미진진하면서도 감동적인 이야기로 독자들의 사랑을 독차지해 왔다.

민담이나 전설 등에 비해 비교적 최근에 탄생한 이야기 형식인 소설이 순식간에 이 야기 왕국의 제왕으로 올라선 것은 현대인들이 살아가면서 느끼는 희망과 절망, 불안과 평화 등 온갖 삶의 양상들을 허구 속에 온전히 녹여 내어 재창조함으로써 이야기를 읽 는 기쁨과 더불어 삶을 재발견하는 즐거움을 주어 온 까닭이다.

사실 이야기를 읽음으로써 삶을 다시 생각하고, 삶을 생각함으로써 이야기를 다시 만들어 온 것은 인간이라면 피할 수 없는 숙명이다.

그런데도 최근 이야기의 제왕이라는 소설의 위기를 말하는 목소리가 점점 늘어나고 있다. 만약에 이 말이 사실이라면, 그리하여 사람들이 소설을 점차 외면하고 있다면, 핏 속에 스며들어 있으며 뼛속에 틀어박힌 이야기 본능이 무언가 다른 것에 홀려 있음에 틀림없다.

사람들은 이제 이야기를 소설이 아니라 거리에서, 인터넷에서, 영화에서, 드라마에 서, 광고에서, 대중가요에서 즐기고 있는 것이다.

'밀리언셀러 클럽'은 이러한 소설의 위기를 넘어서려는 마음에서 기획되었다. 국내 뿐만 아니라 전 세계 각국에서 독자들의 사랑을 한껏 받은 작품들을 가려 뽑아 사람들 마음을 다시 소설로 되돌리고 이야기를 한껏 즐길 수 있도록 배려하였다.

'밀리언셀러'라는 이름을 단 것은 소설이 다시 사람들의 마음을 끌어 널리 읽히기 를 바라기 때문이고, '클럽'이라는 이름을 단 것은 소설을 사랑하는 독자들이 이 작품 들을 가운데 놓고 오랫동안 이야기를 나누기를 바라기 때문이다.

앞으로 '밀리언셀러 클럽'에는 예로부터 오늘날까지, 동양에서 서양까지 시대와 장 소를 가리지 않고 널리 독자들의 사랑을 받아 온 작품들 중에서 이야기로서 재미에 충 실할 뿐만 아니라 인간 본연의 모습을 확인시켜 줄 수 있는 소설들이 엄선되어 수록될 것이다.

이 작품들이 부디 독자들을 소설의 바다로 끌어들여 읽기의 즐거움을 극대화함으로 써 이야기 본능을 되살려 주어 새로운 독서 세대를 창출하기를 바라는 마음 간절하다.

제1의 대죄 2

1판 1쇄 찍음 2006년 4월 20일
1판 1쇄 펴냄 2006년 4월 25일

지은이 ︱ 로렌스 샌더스
옮긴이 ︱ 최인석
편집이 ︱ 장은수
발행인 ︱ 박근섭
펴낸곳 ︱ (주) 황금가지

출판등록 ︱ 1996. 5. 3. (제16-1305호)
주소 ︱ 135-887 서울 강남구 신사동 506 강남출판문화센터 5층
전화 ︱ 영업부 515-2000 / 편집부 3446-8773 / 팩시밀리 515-2007
홈페이지 ︱ www.goldenbough.co.kr

값 9,500원

ISBN 89-8273-982-3 04840
ISBN 89-8273-980-7 (세트)